HEIKO VON TSCHISCHWITZ

DIE WELT KIPPT

HEIKO
VON TSCHISCHWITZ

DIE WELT KIPPT

ROMAN

List

Wir verpflichten uns zu Nachhaltigkeit

- Klimaneutrales Produkt
- Papiere aus nachhaltiger Waldwirtschaft und anderen kontrollierten Quellen
- ullstein.de/nachhaltigkeit

FSC MIX Papier FSC® C083411

List ist ein Verlag
der Ullstein Buchverlage GmbH

ISBN 978-3-471-36053-8

Gesetzt aus Quadraat Pro
Satz: LVD GmbH, Berlin
Druck und Bindearbeiten: CPI books GmbH, Leck

Prolog

Mittwoch, 14. August 2024
Berlin, Deutschland

Mit schlaff von sich gestreckten Beinen saß sie auf dem Boden, den Rücken gegen den Zaun gelehnt, den Blick abwesend in die Nacht gerichtet. Trotz der hochsommerlichen Temperaturen war sie in mehrere Decken gehüllt. Und dennoch quälte sie ein fortwährender Schüttelfrost. Warum, war ihr natürlich klar: Ihr Stoffwechsel hatte sich umgestellt, um den Kalorienverbrauch ihres Körpers zu drosseln. Wie bei einem Tier im Winterschlaf hatten sich ihre Herzfrequenz, ihr Blutdruck und ihre Körpertemperatur auf ein Minimum reduziert. Nur dass sie nicht schlief, sondern im Gegenteil das ganze Leid hautnah mitbekam, das sie sich antat. Freiwillig selbst antat.

Die Eisenketten, die von den Schellen an ihren Handgelenken rechts und links an ihr vorbeiführten, waren mit massiven Vorhängeschlössern am Zaun des Bundeskanzleramts befestigt. Die dazugehörigen Schlüssel hatten sie in die Spree werfen lassen. Sie waren gekommen, um zu bleiben. Wer sie entfernen wollte, musste schon eine Flex bemühen.

Das hell erleuchtete Kanzleramt warf diffuses Licht bis weit auf das Bürgerforum hinaus. So hatte sie rund um die Uhr das Zeltlager im Blick, das ihr Unterstützerteam an Tag eins vor ihren Augen aufgebaut hatte. Die beiden größeren Zelte, die rechts davon standen, gehörten nicht zu ihnen. Das graue war von der Polizei. Die hatten sich gleich von Beginn an dauerhaft zu ihnen gesellt, wobei unklar blieb, ob zu ihrem Schutz oder weil die Behörden sie als Bedrohung ansahen. Das weiße mit dem roten Kreuz war erst gestern neu dazugekommen, es beherbergte Sanitäter und eine Notärztin. Offenbar erwartete man Gefahr im Verzug.

Es musste irgendwann in den frühen Morgenstunden sein. Zwischen 02:00 und 04:00 Uhr, schätzte sie. Ihr fortgeschrittener Erschöpfungszustand hatte jegliches Zeitgefühl in ihr eliminiert. Doch eines gab ihr Orientierung: Auf der Tafel, die zwischen den Zelten stand und in ihre Richtung wies, war seit Kurzem in handgemalten Ziffern »21+2« zu lesen. Nach drei Wochen Hungerstreik hatte inzwischen Tag zwei der neuen Zeitrechnung begonnen.

Sie lag zwischen Mila und Leander, die sich keine zwei Meter neben ihr in gleicher Weise angekettet hatten. Sie hatten seit geraumer Zeit kein Lebenszeichen mehr von sich gegeben. Die beiden waren viel mehr für sie als nur die letzten Mitstreikenden. Mila sowieso, sie war seit der Grundschule ihre Freundin. Nein, Mila war wie eine Schwester, ein Familienmitglied, wie sie es sich immer gewünscht hatte. Eines, das sie verstand. Sie hatten ihr Leben nicht nur zu einem Großteil zusammen verbracht, sondern auch dieselben Schwerpunkte gesetzt, für die es zu leben und zu kämpfen lohnte. Sie liebte Mila wie keinen Menschen sonst auf der Welt und war unendlich dankbar, sie neben sich zu haben. Leander hatte sie erst vor wenigen Wochen im Vorbereitungscamp kennengelernt. Aber das, was sie seitdem gemeinsam durchmachten, hatte sie eng zusammengeschweißt.

Zu dritt waren sie gestern Morgen in den trockenen Hungerstreik getreten. Nach vierzehn Tagen ohne feste Nahrung und einer weiteren Woche, in der sie zusätzlich auf Vitamin- und Nährstoffzufuhr verzichtet hatten, verweigerten sie jetzt in einem finalen Schritt auch jegliche Aufnahme von Wasser.

Ihnen war klar, dass das nicht lange gut gehen würde. Zumal sie den ganzen Tag über der sengenden Hitze ausgesetzt waren. Das Rote Kreuz hatte sich eindringlich darum bemüht, eine Zeltplane über ihnen aufspannen zu dürfen, um den Austrocknungsprozess wenigstens etwas zu verlangsamen. Aber sogar Schatten hatten sie verweigert.

Ursprünglich waren sie zu sechst gewesen. Die drei anderen waren gestern Morgen ausgestiegen. Nur mit Mühe hatten sie sich aufgrund ihrer schlechten körperlichen Verfassung noch der Öffentlichkeit erklären können, nachdem sie von ihren Ketten gelöst worden waren. Lallend hatten sie zu Protokoll gegeben, dass sie die nun geplante Eskalationsstufe nicht mittragen würden. Der Tod sei für sie keine Option.

Die Forderungen, die sie mit Beginn des Hungerstreiks kommuniziert hatten, waren nicht radikal. Sie waren weder überzogen noch unlauter. Das Einzige, was sie verlangten, war die verbindliche Zusage zur Umsetzung aller im Koalitionsvertrag von 2021 festgeschriebenen Klimaschutzmaßnahmen. Nicht mehr und nicht weniger als das, was die Bundesregierung vor gut zweieinhalb Jahren als ihre Ziele, an denen sie sich messen lassen wollte, verkündet hatte.

Und obwohl das wie eine Selbstverständlichkeit klang, war es praktisch unerfüllbar. Bei der Ausarbeitung des Koalitionsvertrags waren diverse weltwirtschaftliche Entwicklungen nicht oder nur unzulänglich berücksichtigt worden. Außerdem hatten Gerichtsentscheidungen und politische Zwänge verschiedene gut gemeinte Pläne durchkreuzt. Dementsprechend hatte die Regierung zunächst überhaupt nicht auf den Hungerstreik reagiert. Als dann nach knapp einer Woche der Mediendruck zu stark wurde, stellte ein Sprecher unmissverständlich klar, dass es unmöglich sei, die Forderungen der Gruppe zu erfüllen. Die Realitäten hätten sich verschoben und damit auch die Wege hin zu dem gemeinsamen Ziel der Klimaneutralität, an dem man vom Grundsatz her aber selbstverständlich festhalte. Damit waren die Fronten klar.

Während hinter ihr auf dem Gelände des Kanzleramts zwei Beamte der Bundespolizei scheinbar unbeeindruckt von den Vorgängen auf der anderen Zaunseite einen ihrer nächtlichen Routinerundgänge absolvierten, fragte sie sich wieder einmal, in was für einer aberwitzigen Welt sie eigentlich lebte. Beziehungsweise gelebt hatte, denn an ein Streikende mit gutem Ausgang glaubte sie nicht mehr.

Der Tag, an dem sie den Hungerstreik begonnen hatten, war ihr 18. Geburtstag gewesen. Das Timing war kein Zufall, sie hatte jegliche Einflussnahme ihrer Eltern ausschließen wollen. Die Anfangsphase ihrer Aktion hatte sie als wahnsinnig aufregend empfunden. Der Medienrummel war so überwältigend gewesen, dass sie zum ersten Mal seit Langem wieder das Gefühl gehabt hatte, wirklich etwas bewegen zu können.

Gleich in den ersten Stunden hatte eine Polizeipsychologin versucht, sie davon zu überzeugen, wenigstens ihre Ketten abzulegen und in bereitgestellte Zelte umzuziehen. Das sei bequemer und entspräche dem üblichen Verhalten bei derartigen Protestaktionen. Fassungslos hatten sie abgelehnt. Die besondere Symbolik der Bilder, die sie martialisch angekettet am Machtzentrum der deutschen Politik zeigten, war schließlich ein wichtiger Teil ihrer Botschaft.

Als dann aber die Medienaufmerksamkeit schleichend nachzulassen begann, obwohl es ihnen praktisch stündlich schlechter ging, wurde ihnen klar, dass sich ihre Aktion im Sande verlaufen würde, wenn sie einfach so weitermachten.

Das Trinken einzustellen, beschleunigte ihren Weg rasant. Während ein Mensch viele Wochen, zum Teil Monate ohne Nahrung auskommen konnte, überlebte man ohne Wasser nur zwei Tage bis maximal eine Woche, hatten die Mediziner im Vorbereitungscamp gewarnt. Bei ihrem Zustand nach drei Wochen Hungerstreik mussten sie damit rechnen, dass ihre Lebenserwartung am unteren Ende dieser Spanne lag.

Natürlich hatte sie Verständnis für die drei, die den Streik beendet hatten. Alle so weit, wie sie konnten. Und natürlich hatte auch sie Angst zu sterben. Von Beginn an und jetzt erst recht. Trotzdem fühlte es sich richtig an, was sie hier tat. Wie eine Außenstehende betrachtete sie die Szene, in der sie eine der inzwischen nur noch drei Hauptrollen spielte, und empfand das Drehbuch als gut und schlüssig. Weil sie davon überzeugt war, dass sie mit ihrem Tod einen Unterschied machen würde. Am Ende würde sie nicht umsonst gelebt haben. Das war die Erkenntnis, die ihr die Kraft gab durchzuhalten.

Jetzt waren sie also auf der Zielgeraden. Den Morgen würden sie wahrscheinlich noch schaffen, mit aufsteigender Sonne würde es dann aber vermutlich eng werden. Die Wettervorhersage hatte wieder einen wolkenlosen Himmel bei über 30 Grad angekündigt. Mit Grauen musste sie an die Springbrunnen denken, die um 09:00 Uhr wieder anfangen würden mit ihrem perfiden Spiel. Die Wasserspiele auf dem Bürgerforum direkt vor ihnen hatten sie gestern als besonders makaber empfunden. Den ganzen Tag über waren die kleinen Fontänen in kurzen Abständen plätschernd aus dem Boden gesprießt. Unregelmäßig, sodass sich Kinder einen Spaß daraus machten, quer hindurchzulaufen und dabei zu versuchen, nicht nass zu werden.

Wie würde es zu Ende gehen? Eine Zwangsernährung war in ihrem Fall ausgeschlossen, da war die deutsche Rechtslage eindeutig. Aber würden sie alle drei nacheinander sterben? Oder würden sie aufgeben, wenn sie nur noch zu zweit waren?

Plötzlich stieg Panik in ihr auf. Mila und Leander hatten sich immer noch nicht bewegt.

In diesem Moment kam Bewegung ins Sanitätszelt. Endlich! Sie atmete erleichtert auf, die nächtliche Routineuntersuchung. Zuerst gingen die beiden Rettungskräfte zu Leander. Alles blieb ruhig, es gab keine Aufregung. Offenbar schien er in Ordnung zu sein. Dann kamen sie zu ihr. Als sie sich neben sie knieten, versuchte sie zu sprechen. Außer einem kläglichen Krächzen brachte sie aber nichts heraus. Sowohl ihr Mund wie auch ihr Hals waren vollkommen ausgetrocknet. Sie machte eine Geste in Richtung von Mila. Die beiden Sanitäter schauten sich kurz fragend an, sprangen dann auf und wandten sich ihrer Freundin zu. Sie hielt den Atem an. Bitte nicht Mila, flehte sie und bekam sofort Schuldgefühle Leander gegenüber. Aber die Sanitäter blieben erneut gelassen. Nachdem sie Milas Puls und Blutdruck gemessen hatten, standen sie auf und kamen zurück zu ihr. Erleichtert ließ sie das Prozedere über sich ergehen und spürte, noch während die Sanitäter mit ihr beschäftigt waren, wie der Schlaf sie übermannte. Mit letzter Anstrengung robbte sie ihren Körper vom Zaun weg, sodass sie sich der Länge nach ausstrecken konnte.

Plötzlich zerriss ein Schrei die Stille. Sie fuhr hoch und schlug die Augen auf. Es war noch mitten in der Nacht, lange konnte sie nicht geschlafen haben.

Ein zweiter Schrei ertönte, ähnlich wie der erste. Nicht besonders laut, aber dafür in ihrer unmittelbaren Nähe. Es klang wie ein panischer Hilferuf, und er kam von Leander! Als sie sich mit pochendem Herzen zu ihm drehte, sah sie, dass eine dunkle Gestalt über ihm kniete und wie wahnsinnig auf ihn einschlug. Immer und immer wieder. Leander schien sich kaum zu wehren. Wie auch, er war ja viel zu schwach und außerdem angekettet.

Jetzt erst nahm sie den glänzenden Gegenstand in der Hand des Täters wahr, und ihr Herz blieb stehen. Ein Messer. Mein Gott, er schlug nicht, er stach auf Leander ein! Beim Versuch, um Hilfe zu schreien, versagte ihre Stimme kläglich. Wo war die Polizei?

Dann hörte sie etwas im Garten des Kanzleramts hinter ihr. Die nächtliche Patrouille kam rufend und gestikulierend auf sie zugerannt. Die Gestalt über Leander hob den Kopf und ließ von ihrem Opfer ab. Blitzschnell erhob sie sich und sprang zu ihr hinüber. Von Leander war nur noch ein gurgelndes Stöhnen zu hören. Sein Körper zuckte. Ohne zu zögern, kniete sich der Angreifer auf sie und stieß ihr das Messer mit voller Wucht seitlich in den Hals. Zu ihrer eigenen Überraschung spürte sie keinen Schmerz. Noch bevor er das Messer wieder herauszog, erhaschte sie für einen kurzen Moment seinen Blick. Sie konnte nicht glauben, was sie sah. Da war kein Wahnsinn, der Mann schien nicht einmal aufgeregt zu sein. Er wirkte verstörend ruhig und sehr präsent. Und noch etwas spiegelte sich in seinen Augen wider. Etwas, das sie nicht richtig einzuordnen wusste.

Dann krachte unmittelbar hinter ihnen ein Schuss. Der Angreifer fuhr zusammen und schaute auf. Das Messer steckte immer noch in ihrem Hals. In den Zelten erhoben sich Schreie.

Einer der beiden Polizisten im Garten des Kanzleramts hatte in die Luft geschossen. Jetzt steckte er seine Waffe durch den Zaun und richtete sie auf den Täter, während der andere mit entsetztem Gesicht in sein Funkgerät schrie.

Als dem Attentäter klar wurde, dass der Polizist aus irgendeinem Grund nicht abdrückte, zog er entschlossen das Messer aus ihrem Hals, sprang auf und stürzte sich auf Mila.

Mit letzter Kraft fasste sie sich an den Hals und spürte warmes Blut. Viel Blut. Instinktiv drückte sie die Wunde zu. Aus den Augenwinkeln sah sie, wie der Mann über ihrer Freundin saß und mit kurzen, heftigen Hieben auf sie einstach. Als endlich Polizisten aus dem Zelt vor ihr stürzten, erhob er sich behände, blickte kurz auf das zurück, was er angerichtet hatte, und rannte am Zaun entlang in Richtung Platz der Republik davon.

Mehrere Schüsse fielen.

Dann war es kurz überraschend still, bis ein aufheulendes, sich zügig entfernendes Motorradgeräusch vermuten ließ, dass die Flucht gelungen war.

Jetzt erst verlor sie das Bewusstsein.

dpa-Meldung Mittwoch, 14. August 2024, 03:57 Uhr

Tödliches Attentat auf hungerstreikende Klimaaktivist*innen

In den frühen Morgenstunden ist ein Attentat auf die drei noch im Hungerstreik befindlichen Klimaaktivist*innen vor dem Bundeskanzleramt in Berlin verübt worden. Nach Aussagen der Polizei hat ein bisher nicht identifizierter männlicher Täter gegen 02:45 Uhr mit einem Messer auf die Streikenden eingestochen und ihnen lebensgefährliche Verletzungen zugefügt. Obwohl Rettungskräfte und eine Notärztin vor Ort waren, erlag ein 20-jähriger Mann noch am Tatort seinen Verletzungen. Die beiden 18-jährigen Frauen wurden umgehend in die nahe gelegene Charité-Klinik gebracht. Sie befinden sich in Lebensgefahr.

Die Klimaaktivist*innen waren seit mehr als drei Wochen im Hungerstreik, seit zwei Tagen hatten sie auch die Aufnahme von Wasser verweigert. Ihre Forderung nach der Umsetzung aller Klimaschutzmaßnahmen gemäß Koalitionsvertrag lehnt die Regierung nach wie vor mit dem Hinweis auf Unerfüllbarkeit ab.
Der Attentäter ist flüchtig, über das Tatmotiv gibt es bisher keine Erkenntnisse.

dpa-Meldung Mittwoch, 14. August 2024, 10:58 Uhr

Attentat auf hungerstreikende Klimaaktivist*innen: Weiteres Todesopfer. Täter mutmaßlich aus rechtsradikaler Szene

Die Messerattacke auf die sich im Hungerstreik befindenden Klimaaktivist*innen in Berlin hat ein weiteres Todesopfer gefordert. Laut einem Sprecher der Charité-Klinik erlag eine 18-jährige Aktivistin ihren schweren inneren Verletzungen. Ein 20-jähriger Mann war bereits am Tatort verstorben. Der Zustand des dritten Opfers, einer weiteren 18-jährigen Frau, ist kritisch.

In der Zwischenzeit hat sich eine bisher unbekannte Organisation zu dem Anschlag bekannt, die nach ersten Erkenntnissen der Querdenker-Szene zugeordnet wird. Die Polizei schließt nicht aus, dass es sich dabei um einen Einzeltäter handeln könnte. In dem als authentisch eingestuften Bekennerschreiben heißt es unter anderem, dass man dem »Irrsinn der Verschwörungstheorien rund um die Klimawandel-Lüge ein Ende setzen« und »den richtigen Umgang mit lebensunwerten Klimaspinnern aufzeigen« wolle. Weitere Details werden aus fahndungstechnischen Gründen nicht veröffentlicht.

Auf dem Berliner Bürgerforum und vor der Charité haben sich inzwischen mehr als 10 000 Menschen versammelt, um ihre Solidarität mit den Opfern zu bekunden.

Teil 1

Zwei Jahre später

1. Kapitel

Anfang August 2026
Timbuktu, Mali, südliche Sahara

Mit einem leisen Quietschen öffnete sich die Tür des für malische Verhältnisse luxuriösen Lehmbaus in einem ruhigen Viertel im Süden Timbuktus. Ein kleiner, vielleicht achtjähriger Junge kam zum Vorschein, blickte neugierig die Straße hinauf und setzte sich dann vor das Haus auf den staubigen Boden.

Er trug ein orangefarbenes, viel zu großes und von der Sonne verblichenes Fußballtrikot der Wolverhampton Wanderers mit der Rückennummer 37 und der Aufschrift Adama. Ein echter Schatz: Der bis vor fünf Jahren für das englische Premier League Team spielende Spanier Adama Traoré stammte aus Mali und wurde hier wie ein Gott verehrt.

Obwohl es noch früh am Morgen war, hatte die Sonne bereits ausreichend Kraft, um dem Jungen innerhalb kürzester Zeit Schweißperlen auf die Stirn zu treiben. In der rechten Hand hielt er ein sichelförmiges Messer, mit dem er Muster vor sich in den Dreck zu ritzen begann. Er tat das geduldig, blickte zwischendurch aber immer wieder auf und suchte mit seinen Augen die Kreuzung am oberen Ende der Straße ab.

Eine halbe Stunde verging.

Dann plötzlich sprang der Kleine auf. Ein Mann mit einem schwer beladenen Dromedar war soeben um die Ecke gebogen. Ein Lächeln überzog das Gesicht des Jungen. Ohne zu zögern, warf er das Messer auf den Boden und rannte die Straße hinauf. Der in bunte Tücher gehüllte Führer des Dromedars stoppte und breitete auffordernd beide Arme aus. Sein Lachen war so breit, dass es bereits von Weitem zu erkennen war. Als er den heraneilenden Jungen zur Begrüßung in seinen Armen auffing, fragte er in scherzhaft vorwurfsvollem Ton: »Wie lange verschwendest du schon wieder deine Zeit vor der Tür? Ich komme nicht schneller, wenn du auf mich wartest, Ajak.«

Nachdem sie das Dromedar vor ihrem Haus angebunden hatten, begannen die beiden, das schwer beladene Tier von seiner Last zu befreien. Drei der an seinen Flanken verschnürten, etwa einen Meter langen und halb so breiten armdicken Platten trugen sie gemeinsam nach drinnen. Die vierte legten sie draußen auf eine Plastikplane, dorthin, wo Ajak eben gesessen und gewartet hatte. Die Art und Weise, wie sie das taten, verriet, dass die Ware schwer und wertvoll sein musste. Ihre Bewegungen war langsam und sorgfältig, sie sprachen nicht, sondern waren ganz in die Tätigkeit vertieft.

Als der Vater mit dem erkennbar erschöpften Dromedar hinter dem Haus verschwunden war, setzte sich Ajak neben die auf dem Boden liegende Fliese und machte sich an die Arbeit. Er maß mithilfe seiner Hände die ungefähre Mitte ab, nahm sein Messer und ritzte eine Linie, die die Platte in zwei Hälften teilte. Dann setzte er das Messer an und bewegte es mit rhythmischen Stößen an der Linie entlang hin und her. Die so entstehende Furche wurde langsam immer tiefer. Den kleinkörnigen Abrieb, der sich rechts und links neben dem Schnitt bildete, fegte Ajak in regelmäßigen Abständen vorsichtig mit seinen Händen zusammen und sammelte ihn in einer Schale.

Tief in seine Arbeit versunken, spürte er irgendwann, dass er beobachtet wurde. Ajak blickte auf und entdeckte einen Mann, der auf der anderen Straßenseite im Schatten an einer Hauswand lehnte und herüberschaute. Er hatte den Fremden noch nie gesehen, doch seine Gesichtszüge waren ihm nicht unvertraut. Er hatte in letzter Zeit immer wieder Männer beobachtet, die diesem hier ähnlich sahen. Sie waren neu in der Stadt und keine Touristen. Sie kamen mit Lastwagen voll großer Geräte und blieben meist nur eine Nacht. Timbuktu war offenbar nur Zwischenstation. Die meisten von ihnen trugen Militäruniform, dieser hier allerdings nicht.

Ajak grinste, wie immer, wenn er sie sah. Er unterbrach seine Arbeit, legte das Messer zur Seite und zog seine Augen mithilfe seiner Zeigefinger zu Schlitzen auseinander.

Der fremde Mann antwortete, indem er seine mandelförmig verengten Augen mit Daumen und Zeigefinger nach oben und unten auseinanderzog. Dann fing auch er an zu lachen und ging zu Ajak hinüber. Mit einer Mischung aus rudimentärem Französisch und gestenreicher Zeichensprache begrüßte er den Jungen und fragte, was er da machte. Ajak erklärte es ihm. Als er merkte, dass ihn der Fremde nicht verstand, reichte er ihm die Schale mit dem gesammelten Abrieb. Pantomimisch forderte er ihn auf, einen Finger anzulecken, in die Schale zu tunken und dann zum Probieren in den Mund zu stecken. Der Mann zögerte kurz, folgte der Aufforderung aber.

»*Sel?*«, stieß er überrascht und schwer verständlich aus.

»*Oui, oui*«, antwortete Ajak aufgeregt.

In diesem Moment trat Ajaks Vater, von den Stimmen angelockt, vor die Tür. Ein kurzer Blick in die Gesichter seines Sohnes und des Mannes verriet ihm, dass alles in Ordnung war. Herzlich begrüßte er den Fremden und lud ihn zu einer Tasse Tee ins Haus ein. Der Mann zögerte erneut, diese Art der Gastfreundschaft war er nicht gewohnt. Dann aber siegte seine Neugier, und er willigte ein.

Innen war es überraschend kühl und gemütlich. Sie begaben sich in den ersten Stock und nahmen auf einem dicht gewebten bunten Teppich Platz. Nachdem Tee und Gebäck gebracht worden waren, lernte der Fremde trotz erheblicher Verständigungsschwierigkeiten, dass der Salzhandel eine über tausend Jahre alte Tradition in Timbuktu hatte. Der auf der Grenze zwischen der Sahara und der Sahelzone gelegene Ort hatte sich schon früh zu einem der Hauptzentren des afrikanischen Salzhandels entwickelt. In der Sahara geschürft, wurde das Salz auch heute noch auf traditionelle Art mit Dromedar-Karawanen nach Süden transportiert. Ab Timbuktu ging es meist per Schiff über den Niger weiter. In der Sahelzone und in Zentralafrika gab es kein Salz oder zumindest keines, das qualitativ mit dem Steinsalz aus der Sahara mithalten konnte. Der Mineralstoff war für Menschen und für Tiere gleichermaßen lebensnotwendig. Weil das Salz über die Haut ausgeschwitzt wurde, stieg der Bedarf bei hohen Temperaturen.

Mit immer größerem Staunen erfuhr der Fremde, dass das Salz deshalb hier in früheren Jahrhunderten zeitweise so wertvoll gewesen war, dass es eins zu eins mit Gold aufgewogen wurde. Auch wenn diese Zeiten lange vorbei waren, lohnte sich der Handel trotzdem noch. Nach wie vor war das Saharasalz im Süden sehr begehrt.

Nachdem er sich später für den Tee bedankt und verabschiedet hatte, blieb der Chinese noch einen Moment lang alleine vor dem Lehmhaus stehen. Nachdenklich ruhte sein Blick auf der etwa zur Hälfte durchgesägten Platte, an der Ajak zuvor gearbeitet hatte und die nun verlassen auf dem Boden lag.

»Salz«, murmelte er kopfschüttelnd, »ausgerechnet Salz!«

2. Kapitel

Sonntag, 9. August 2026
Poole, Südengland

»Unglaublich!«, keuchte sie, als sie ihre Körperspannung aufgab und locker auslief.

Normalerweise joggte sie immer bis zum Pier von Bournemouth. Das waren von ihrem Hotel aus fünf Kilometer, hin und zurück zehn. Manchmal, wenn sie sich gut fühlte, lief sie zwei Kilometer weiter bis zum nächsten Pier in Boscombe. Heute aber hatte sie eine Mischung aus körperlicher Leichtigkeit und ablenkender Grübelei immer weiter dem Sonnenaufgang entgegengetragen. Erst als das Ende der Strandpromenade vor ihr aufgetaucht war, war ihr klar geworden, dass sie schon fast elf Kilometer in den Beinen hatte. Mit dem Fahrrad war sie schon oft hier gewesen, joggend noch nie. Jetzt war es genauso weit zurück, hatte sie gedacht, das machte zusammen einen Halbmarathon. Hoch motiviert hatte sie mit der Hand auf die Holzbalustrade geschlagen, die das Ende des befestigten Weges von den Dünen abgrenzte, und sich auf den Rückweg gemacht.

Die zweite Hälfte ihres Frühsports war beschwerlicher gewesen als die erste. Nicht nur, weil sie den Hinweg schon in den Beinen hatte. Kaum spürbar hatte sie ein leichter Luftzug nach Osten getragen, den sie erst wahrnahm, als er ihr ins Gesicht blies. Es war doch nicht ganz windstill heute Morgen, obwohl das Meer fast spiegelglatt vor ihr lag.

Die englische Südküste schlief noch. Außer Möwen, ein paar früh trainierenden Langstreckenschwimmern und vereinzelten Hundebesitzern war ihr niemand begegnet. Wieder einmal wunderte sie sich darüber, dass Möwengeschrei Glücksgefühle in ihr auslöste. Dabei gab es doch kaum etwas Nervtötenderes als diese aufgeregte Kreischerei. Es musste die unmittelbare Assoziation mit Strand und Meer sein, die jedes Mal zum Ausstoß von Endorphinen führte, wenn sie das Geräusch hörte.

Endorphine hatten ihr eben auch geholfen, den dritten Halbmarathon ihres Lebens zu laufen. Und ihre zerstreuenden Gedanken. Irgendwann nach drei oder vier Kilometern war ihr aufgefallen, dass das Meer an diesem Morgen ungewöhnlich hoch stand. Der Strand war so schmal, wie sie ihn lange nicht gesehen hatte. Offenbar war Vollmond und damit Springflut. Getriggert durch diese Beobachtung kam ihr in den Sinn, dass der Meeresspiegel derzeit um vier Millimeter im Jahr anstieg – klimawandelbedingt. Sie wusste, dass sich dieser Prozess dynamisch vollzog, im letzten Jahrhundert waren es durchschnittlich noch weniger als zwei Millimeter pro Jahr gewesen. Aber trotzdem fand sie irgendwie, dass sich das jetzt nicht so dramatisch anhörte. Vierzig Zentimeter in hundert Jahren, o. k., aber das war ja auch eine ziemlich lange Zeit. Die entscheidende Frage war natürlich, wie steil die Beschleunigung des Anstiegs in dieser Zeit zunehmen würde, dachte sie sich. Ihre Gedanken kreisten weiter: Wie viel Wasser brauchte man eigentlich, um den Meeresspiegel weltweit um vier Millimeter ansteigen zu lassen? Obwohl sie gut im Kopfrechnen war, verhedderte sie sich mehrmals. Deshalb dauerte es seine Zeit, in der sie lief. Und lief. Und lief. Sie wusste, dass die Ozeane rund siebzig Prozent der Erdoberfläche bedeckten, und dass die Erde einen Umfang von 40 000 Kilometern hatte. Aus der Schulzeit erinnerte sie sich daran, dass man eine Kugeloberfläche berechnen konnte, indem man ihren Umfang mit dem Durchmesser multiplizierte. Und der Durchmesser ergab sich, wenn man den Umfang durch die Zahl Pi teilte. Nach einigem Hin und Her war sie sich ziemlich sicher, dass es ungefähr 350 Millionen Quadratkilometer Ozean auf der Erde geben musste. Für die anschließende Multiplikation mit den vier Millimetern brauchte sie allein rund zwei Kilometer, weil sie andauernd mit den vielen Nullen durcheinanderkam.

Als sie das Ergebnis endlich hatte, war sie schon längst auf dem Rückweg. Für vier Millimeter Meeresspiegelanstieg im Jahr mussten vier Milliarden Kubikmeter zusätzliches Wasser ins Meer fließen – pro Tag. Das waren vier mit Wasser gefüllte Würfel mit einer Kantenlänge von jeweils einem Kilometer. Ganz schön heftig, dachte sie und kontrollierte noch mal, ob sie irgendwo eine Null zu viel hatte, doch das Ergebnis hielt der Überprüfung stand. Allerdings musste sie sich eingestehen, dass sie das Resultat im Grunde nicht einordnen konnte. Diese Erkenntnis irritierte sie, weil es nicht oft vorkam, dass sie mit Zahlen nichts anfangen konnte. Sie hatte keine Vorstellung, wie viel vier Milliarden Kubikmeter am Tag im Wasserkreislauf der Erde eigentlich waren. Wie viel Wasser verdunstete täglich, und wie viel wurde von den Flüssen wieder zurück in die Meere gespeist? Das war vermutlich dieselbe Menge, die insgesamt über dem Land abregnete. Aber was hieß das? Sie hatte keine Ahnung.

Die aktuell wertvollste Erkenntnis aus der Rechnerei war, dass man auf diese Art ziemlich problemlos einen Halbmarathon laufen konnte. Immerhin.

Jetzt stand Shannon O'Reilly erschöpft und ziemlich stolz am Strand und dehnte sich. Das hinter ihr liegende Hotel, in dem sie immer wohnte, wenn sie hierherkam, war in den 1920er-Jahren erbaut und im Verlauf der Zeit mehrmals zweckmäßig, aber weder stilgerecht noch besonders hochwertig renoviert und erweitert worden. Shannon liebte den Charme des Unperfekten, und außerdem war das Hotel ein Teil ihrer Kindheit. Wie viele Nachmittage und Abende hatte sie hier nach der Schule verbracht? Zum Meer hin erstreckte sich eine große Sonnenterrasse, die über eine schmale Treppe für alle Strandbesucher zugänglich war und auf der sie oft Eis gegessen oder Kakao getrunken hatte. Im Sitzen konnte man bequem über die weiße Steinmauer blicken und das Treiben am Wasser beobachten. Vom tiefer gelegenen Strand aus war die Mauer höher und im unteren Teil so angeschrägt, dass sie alle Kinder dieser Welt zu einem Kletterversuch einlud. Von Erfolg gekrönt war das allerdings nie, weil die Mauer in der oberen Hälfte gemeinerweise einen Knick machte und so steil wurde, dass man immer wieder zurückrutschte. Das tat aber den vielen Versuchen der kleinen Freeclimber keinen Abbruch, daran hatte sich bis heute nichts geändert. Shannon machte es immer große Freude, Kinder bei diesem Spiel zu beobachten und dadurch selbst wieder in ihre eigene Vergangenheit einzutauchen.

Die beiden ineinanderfließenden Städte Poole und Bournemouth waren ihre Heimat. Bis zum Ende ihrer Schulzeit hatte sie hier gelebt. Obwohl sie vor über zwanzig Jahren in die USA gezogen war, fühlte sie sich immer noch nur hier wirklich zu Hause.

Eigentlich hatte sie für ein oder maximal zwei Jahre an der Stanford University in Kalifornien studieren wollen. Mit siebzehn hatte sie sich, ohne viel nachzudenken, um ein Stipendium beworben und tatsächlich einen der begehrten Plätze bekommen. Die Noten dafür hatte sie, das Engagement ebenfalls. Es gefiel ihr so gut, dass sie blieb. Sie machte einen exzellenten Abschluss und heuerte bei einer der großen Venture-Capital-Gesellschaften an, die damals Milliardensummen von Versicherungen, Pensionsfonds und vermögenden Privatleuten in Google, Facebook und Amazon investierten. Das war im Jahr 2006, der boomenden Zeit zwischen dem Platzen der Dotcom-Blase und der Finanzkrise. Bewerbungen hatte sie keine schreiben müssen. Die Big Player im Silicon Valley überboten sich gegenseitig mit attraktiven Angeboten.

Weil Shannon ein ausgesprochen glückliches Händchen beim Timing und der Auswahl neuer Investments hatte, machte sie sich schnell einen Namen in der Branche und stieg innerhalb kürzester Zeit zur Partnerin auf. Obwohl sie in ihrer Position alle nur denkbaren Freiheiten und Privilegien genoss, fühlte sie sich nach einigen Jahren latent abhängig und fremdbestimmt. Mit gerade einmal 29 Jahren zog sie daraus ihre Konsequenzen, machte sich selbstständig und gründete Shamrock Capital. Der Name war eine Hommage an ihre Eltern, die beide aus Irland stammten. Von ihrem Namen abgesehen gab es nichts, was auf ihre Abstammung hätte schließen lassen. Äußerlich wurde sie mit ihren hellblonden Haaren, den strahlend blauen Augen und ihrer Haut, die sich bräunte, sobald sie nur kurz der Sonne ausgesetzt war, regelmäßig nach Skandinavien verortet.

Wie von allen prognostiziert, die Shannon kannten, wurde ihr Unternehmen eine einzige Erfolgsgeschichte. Shamrock Capital konzentrierte sich ausschließlich auf Green Investments und darin insbesondere auf Firmen, Technologien und Produkte, die dem Klimawandel entgegenwirkten. Shannon glaubte fest daran, dass sich das auszahlte, und zwar gleich in zweifacher Hinsicht: Ökologisch und ökonomisch, weil Klimaschutzinvestitionen mittel- und langfristig eine höhere Rendite abwerfen würden als Projekte, die nicht auf Nachhaltigkeit setzten. Sie war davon überzeugt, dass man den Klimawandel nur stoppen konnte, wenn man die Kräfte des Kapitalismus und der Marktwirtschaft zu seinen Verbündeten machte.

Bei der Umsetzung ihrer Strategie investierte Shannon überproportional viel eigenes Geld. Verdient hatte sie in den Jahren vor Shamrock Capital mehr als genug. Insbesondere durch Aktienoptionen war sie bereits mit Mitte zwanzig zur Multimillionärin geworden.

Shannon zog ihre Laufschuhe aus, ließ ihre Leggings und das Oberteil an, die sowieso nass geschwitzt waren, und sprang ins Meer. Das tat sie zu jeder Jahreszeit nach dem Laufen. Jetzt im August war das Wasser warm, zumindest für englische Verhältnisse. Entsprechend lange blieb sie drin und schwamm bis zu einer der gelben Bojen hinaus, die das Ende des Badebereichs markierten. Anschließend legte sie sich im Sand auf den Rücken und ließ sich von der Sonne trocknen.

Heute war Sonntag, sie hatte den ganzen Tag für sich. Gestern Nachmittag war sie direkt vom Flughafen in London Heathrow an die Küste gefahren und Jetlag-bedingt sehr früh eingeschlafen. Deshalb war sie heute Morgen schon um 05:00 Uhr aufgewacht. Seit vierzehn Tagen war sie jetzt unterwegs: erst Australien und dann über Singapur und Peking weiter nach Europa. Wenn sie übermorgen zurück nach San Francisco kommen würde, war sie einmal um die ganze Welt gejettet.

Mal wieder.

Gedankenverloren blinzelte sie in den Himmel, als ihr Blick auf ein Flugzeug fiel, das etwas südlich der Küste einen von Ost nach West verlaufenden Kondensstreifen in den blauen Himmel zeichnete. Bei genauerem Hinsehen bemerkte sie, dass es sich um vier

Kondensstreifen handelte, die sich kurz nach ihrer Entstehung zu einem einzigen, dickeren vereinten. Ein Großraumjet, dachte sie, darin sitzen vermutlich 400 Menschen. Wenn der Flug von Europa an die Ostküste Nordamerikas ging, emittierte er auf seiner Reise rund zwei Tonnen Kohlendioxid pro Passagier, zusammen also etwa 800 Tonnen, überschlug sie. Das entsprach dem Jahres-CO_2-Ausstoß von gerade einmal fünfzig Nordamerikanern. Oder von über 5 000 Menschen aus Zentralafrika. Mit Verblüffung hatte sie neulich gelesen, dass ein Nordamerikaner für über hundertmal so viel CO_2-Emissionen verantwortlich war wie ein Mensch in der Sahelzone.

Mit einem Seufzen schloss sie die Augen und verlor sich in den immerwährenden Geräuschen des Meeres, die heute mehr ein leises Plätschern als ein lautes Rauschen waren.

3. Kapitel

Sonntag, 9. August 2026
Über dem Atlantik

Die Maschine, die hoch über Shannon die englische Küste passierte, steuerte tatsächlich auf die US-amerikanische Ostküste zu. In ihr saßen aber nicht 400 Menschen, sondern nur 37. Es handelte sich um einen deutschen Regierungsflieger, der den Bundeskanzler mit seinem Stab nach Washington brachte.

Der 42-jährige Grüne Carsten Pahl bekleidete dieses Amt seit knapp einem Jahr. Die davor seit 2021 regierende Ampelkoalition hatte die Wiederwahl erwartungsgemäß nicht geschafft, nachdem sie sich seit dem dramatischen Ende des Hungerstreiks am Bundeskanzleramt vor zwei Jahren heillos zerstritten hatte. Kernpunkt ihres Zerwürfnisses war die Frage nach dem Stellenwert der Klimapolitik im Vergleich zu anderen zentralen Fragen wie soziale Gerechtigkeit, Autarkie bei der Energieversorgung und internationale Wettbewerbsfähigkeit der Wirtschaft. Während die Grünen dabei durch geschickte Positionierung als vermittelnde Partei mit dem eigenen Schwerpunkt auf erneuerbaren Energien als Lösungsansatz für all diese Problemfelder viele Sympathien gewannen, hatten die Sozialdemokraten zusammen mit den Liberalen massiv Federn lassen müssen. Letzteres weniger durch falsche Inhalte als durch eine desaströse Kommunikation, die bei den Wählerinnen und Wählern den Eindruck von Ignoranz und Beliebigkeit hinterlassen hatte.

Heute führte Carsten Pahl eine bisher erstaunlich stabile Koalition mit den Konservativen, die im Wesentlichen durch Nichtstun viele Enttäuschte eingesammelt hatten, sowie mit dem Shootingstar der Parteienszene: Unter30!, einer Partei, die erst wenige Monate vor den Neuwahlen gegründet worden war.

Die Logik von Unter30! war bestechend, zumindest wenn man sich erlaubte, den Gleichheitsgrundsatz für einen Moment lang außen vor zu lassen: Repräsentierte die Gruppe der unter 30-Jährigen im Jahr 1985 noch vierzig Prozent der deutschen Bevölkerung, waren es heute nur noch knapp dreißig Prozent. Diese Entwicklung hatte dazu geführt, dass die Bevölkerungsgruppe, für die die Zukunft gestaltet wurde, in allen Belangen unterrepräsentiert war.

Zentrale Forderung von Unter30! war daher die Reform des Wahlrechtes. Sie plädierte für die Senkung des Wahlmindestalters auf vierzehn Jahre und die Einführung eines Korrekturfaktors, um das demografische Ungleichgewicht zwischen den Altersgruppen auszugleichen. Die Stimmen von jungen Wählerinnen und Wählern sollten bei der Auszählung ein höheres Gewicht bekommen als die der älteren Generationen. Außerdem befürwortete sie die Einführung einer »Frischzellen«-Quote, die nach dem Beispiel der Frauenquote sicherstellen sollte, dass die junge Generation in allen Bereichen der Wirtschaft und der Politik stärker zum Zuge kam, als es in den vergangenen Jahrzehnten der Fall gewesen war.

Pahl machte einen guten Job – fand zumindest die Öffentlichkeit. Seit seiner Amtseinführung hielt er sich auf Platz 1 der Beliebtheitsskala innerhalb der deutschen Politik. Er selbst war sich in Bezug auf seine Performance nicht so sicher. Die Umfragen betrachtete er mit einer durchaus selbstkritischen Skepsis: Zum einen war ein Ranking immer eine Frage der Peer-Group und damit relativ. Pahl war der Meinung, dass es keine besondere Leistung war, besser als seine Kolleginnen und Kollegen zu agieren. Zum anderen, und das war der wesentliche Punkt, passierte ihm zu wenig. Viel zu wenig. Das lag zum Teil an der Konstellation seines Regierungsbündnisses, das aus der Not heraus geboren war. Die Parteienlandschaft war inzwischen so zersplittert und radikalisiert, dass alle froh waren, überhaupt eine Mehrheit gefunden zu haben. Dabei kamen die Grünen mit ihren beiden Partnern im Grunde gut klar. Die eigentliche Herausforderung war die ständige Mediation zwischen den beiden Koalitionären. Insbesondere die Konservativen waren bei jeder Gelegenheit darauf bedacht, sich von Unter30! abzugrenzen, um ihre eigene Wählerschaft nicht zu vergraulen. Einstimmige Beschlüsse kamen deshalb selten zustande, waren aber zwingend für alle wesentlichen Maßnahmen, die über das bereits Geregelte hinausgingen. Der wahre Grund für die zermürbende Langsamkeit war aber nicht das bremsende Koalitionsgeschacher innerhalb seiner Regierung. Das war Kleinkram gegen das, was sich auf EU-Ebene abspielte. Seufzend schüttelte der Bundeskanzler den Kopf. Das war ein anderes Thema.

Nun saß Carsten Pahl im Wohnzimmer, wie die Lounge des Regierungsfliegers intern genannt wurde, und schaute über die Rückenlehne der großzügigen Sitzgruppe aus dem Fenster. Sie waren heute sehr früh in Berlin gestartet, um den kommenden Tag in den USA voll nutzen zu können. Warum müssen wir eigentlich immer in diesem Monster-Jet fliegen?, fragte er sich, während er die englische Küste unter sich vorbeiziehen sah. Hier war mehr

Platz als bei ihm zu Hause. Es gab wirklich an allen Enden Baustellen.

Pahl bestellte sich Frühstück, zog seine Schuhe aus und legte die Beine hoch. Widerwillig schnappte er sich seine Unterlagen für die anstehenden Termine und begann, lustlos darin herumzublättern. Nach kurzer Zeit warf er die Papiere entnervt auf den Tisch. Muss ich mich wirklich mit dem Scheiß hier beschäftigen?, schoss es ihm durch den Kopf. Es gab doch weiß Gott Wichtigeres. Wann Hartmut wohl endlich aufwacht?

Der CDU-Vorsitzende Hartmut Willemann war Vizekanzler und Wirtschaftsminister in Pahls Regierung. Er hatte zugesagt, auf dem heutigen Flug in die USA für ein offenes Gespräch zur Verfügung zu stehen. Pahl hatte ihn in den vergangenen Wochen bereits mehrfach darum gebeten. Aber zuerst müsse er schlafen, hatte Willemann kurz vor dem Start gesagt. Kaum hatten sie ihre Reisehöhe erreicht, war er in eine der Schlafkabinen verschwunden. Wie Pahl ihn kannte, würde er den Kollegen irgendwann wecken müssen. Zumal er vermutlich mal wieder versuchen würde, sich vor einer Aussprache zu drücken.

Doch zu seiner Überraschung kam Hartmut Willemann in diesem Moment um die Ecke geschlichen, sichtlich noch im Aufwachmodus.

»Na, gut geratzt?« Pahl versuchte intuitiv, die Stimmung zu lockern.

»Nein, die Betten sind zu schmal, ich kann hier nicht vernünftig schlafen«, grummelte Willemann.

Du bist zu breit, dachte Pahl. Seit wir zusammenarbeiten, hast du bestimmt zehn Kilo zugenommen. »Bestell dir doch auch was zu frühstücken und lass uns reden.«

Kaum hatten die Worte seinen Mund verlassen, bereute er seinen Vorschlag. Willemann beim Essen zuzusehen, war schon eine

Zumutung. Als noch viel schlimmer empfand er es allerdings, ihm beim Essen zuzuhören. Dabei war Pahl sonnenklar, dass das Problem nicht allein bei seinem Wirtschaftsminister lag, sondern zumindest teilweise auch bei ihm selbst. Er reagierte überempfindlich auf gewisse Geräusche von bestimmten Personen und konnte nichts dagegen tun. Eigentlich fokussierte sich das Problem auf ihm sehr nahestehende Menschen, namentlich insbesondere seine Frau und seinen Vater. Dementsprechend hatte es ihn zusätzlich irritiert, als er gleich zu Beginn ihres Kennenlernens bemerkte, dass ausgerechnet Willemann auch zu dem Kreis dazugehörte.

Der Wirtschaftsminister nickte der Stewardess missmutig zu und setzte sich. Das Bordpersonal kannte die kulinarischen Vorlieben der Regierungsvertreter und lieferte entsprechend, sofern keine Sonderwünsche geäußert wurden.

»Lass uns ganz offen sein«, begann Pahl und versuchte, seine jetzt schon aufkeimende Aversion gegen Willemanns Kau- und Atemgeräusche zu unterdrücken. »Alles andere bringt uns nicht weiter, o. k.?«

Willemann seufzte. »Finde ich gut.«

Die Stewardess kam und stellte das Frühstück vor dem Wirtschaftsminister ab. Als der sie ignorierte, bedankte sich Pahl bei ihr – obwohl er alles andere als dankbar war. Aber er konnte nicht anders. Abwertendes Verhalten gegenüber anderen widerte ihn an, insbesondere gegenüber Bediensteten.

»Also, ich weiß, dass wir bisher alle Klimaziele erfüllen, die wir im Koalitionsvertrag vereinbart haben. Aber das reicht mir nicht. Wir müssen mehr tun, und das schnell, sonst ist es zu spät.«

»Was schlägst du vor?« Willemann wirkte genervt, bevor das Gespräch überhaupt richtig begonnen hatte.

»Ich glaube mit jedem Tag weniger an Selbstverpflichtungen

der Industrie. Die großen Unternehmen spielen doch alle nur auf Zeit, weil sie glauben – fälschlicherweise glauben –, dass schnelle strukturelle Veränderungen für sie womöglich schädlich sein könnten.«

Willemann stocherte missmutig in seinem Frühstück herum und schwieg. Zum Glück hatte er noch nicht angefangen zu essen.

»Ich schlage vor, dass wir den CO_2-Preis deutlich dynamischer ansteigen lassen und zusätzlich Mindestquoten für klimaschonende Produkte einführen, und zwar branchenübergreifend. Wo immer das möglich ist.« Pahl spürte förmlich, wie sich bei seinem Gegenüber die Haare sträubten, ließ sich aber nicht beirren. »Und die Quoten dürfen nicht nur für Hersteller gelten. Wir müssen sie auf die nachgelagerten Wertschöpfungsstufen ausdehnen, also Händler und Dienstleister einbeziehen. Damit das Ganze auch einen spürbaren Erfolg bei uns in Deutschland hat.«

Willemann schaute überrascht auf. »Aber Klimaschutz ist doch keine nationale Aufgabe! Das muss ich gerade dir doch wohl nicht erklären. Wir sollten immer versuchen, da CO_2 zu vermeiden, wo es am billigsten ist. Dann erreichen wir am meisten.«

»Schon klar.« Pahl ärgerte sich über diese nichtssagende Floskel, die seit vielen Jahren immer wieder bemüht wurde, um die Verantwortung anderen in die Schuhe zu schieben. »Aber das darf nicht dazu führen, dass wir hier die Hände in den Schoß legen.«

»Carsten, du weißt, dass ich grundsätzlich bei dir bin. Aber wir geben doch schon eine wahnsinnige Geschwindigkeit vor! Unsere Wirtschaft braucht Zeit, sich auf die neue Welt einzustellen. Das geht nicht von heute auf morgen. Wir sind weiter als die meisten anderen Staaten und müssen aufpassen, dass wir es nicht überspannen. Sonst haben unsere Konzerne im internationalen Wettbewerb keine Chance mehr, und dann nützt es niemandem, dass wir sie klimafreundlich aufgestellt haben.«

Pahl schüttelte den Kopf. »Genau das sehe ich fundamental anders. Am Ende tun wir unseren Unternehmen einen Gefallen, wenn wir ihnen jetzt Feuer unterm Hintern machen. Die Nachfrage nach nachhaltigen Lösungen steigt rapide, wer da vorne ist, wird am Ende gewinnen.«

»Darum geht es den Konzernen doch schon lange nicht mehr.«

»Wie bitte? Worum denn sonst, deiner Ansicht nach?«

»Ums nackte Überleben! Die Umstellung auf den ganzen Schei ..., ich meine, auf ständig neue Standards ist für die Firmen existenzbedrohend. So etwas haben die in ihrer ganzen Unternehmensgeschichte noch nicht erlebt. Zusätzliche Belastungen führen nur zu noch mehr Kosteneinsparungen und damit zum Verlust weiterer Arbeitsplätze. Damit erweisen wir unserem Land einen Bärendienst.«

Willemann schaute Pahl triumphierend an. Offenbar hatte er das Gefühl, einen Punkt gemacht zu haben. Sichtlich zufrieden schnitt er ein Stück von seinem Spiegelei mit Speck ab und schob es sich in den Mund.

Pahl versuchte, weder hinzusehen noch hinzuhören. Als er trotzdem ein aus seiner Sicht unverhältnismäßig starkes Schnauben, gefolgt von gurgelnden Schmatzgeräuschen, vernahm, konnte er nicht anders, als sich angewidert abzuwenden. Willemann war glücklicherweise so mit seinem Essen beschäftigt, dass er nichts davon mitbekam.

Pahl nahm sich zusammen und setzte erneut an: »Ums Überleben, darum geht es mir auch. Aber nicht um das der Konzerne, sondern um das der Erde. Die Konzerne sind mir egal. Zumindest so lange, wie die sich so querstellen.«

Willemann guckte ihn ungläubig an. Dann nahm er noch einen Bissen, stellte seinen Teller ab und sprang auf. Mit großer Erleichterung nahm Pahl zur Kenntnis, dass sein Wirtschaftsminister zum Fenster ging und ihm den Rücken zudrehte, während er kaute. Sie waren inzwischen über dem offenen Atlantik.

Nach einer kurzen Denkpause drehte sich Willemann entschlossen um und legte los. »Erstens ist das ja wohl nicht dein Ernst, dass dir die Konzerne egal sind.« Sein Gesicht hatte sich inzwischen sichtlich rot gefärbt. »Du weißt ganz genau, dass da auch viele deiner Wähler arbeiten! Und zweitens stellt sich doch überhaupt niemand quer.« Er schrie jetzt fast. »Das ist doch lange vorbei, Carsten. Hör doch endlich mal auf, diese alten Stereotypen zu bedienen. Wir tun wirklich, was wir können. ›Nach fest kommt ab‹, kennst du den Spruch?«

»Nein«, antwortete Pahl irritiert, während er sich fragte, wer von ihnen beiden eigentlich alte Stereotypen bediente.

»Du kennst ihn nicht?« Willemann stutzte. »Na ja, ist aber doch wohl klar, was das bedeutet, oder?«

»Ehrlich gesagt, nein.«

»Na ja, wenn man Schrauben zu fest anzieht, brechen sie eben ab ... Mann, Carsten, wir leben immer noch in einem marktwirtschaftlichen System. Da musst du auch ein kleines bisschen den Markt entscheiden lassen. Du willst viel zu viel regulieren und bist auf dem besten Wege zu überreizen. Das werde ich nicht zulassen.«

»Dann beschränkt sich dein Beitrag mal wieder aufs Verhindern? Was schlägst du denn verdammt noch mal vor? Du kannst mir doch nicht erzählen, dass du zufrieden bist mit dem, was wir im Moment auf die Kette kriegen?«

Willemann zögerte. Dann erwiderte er überraschend gefasst: »Nun lass uns doch erst mal abwarten, was deine Minerva für Ergebnisse liefert, wenn sie so weit ist. Vielleicht ist ja auch alles gar nicht so schlimm, wie viele denken.«

Pahl verdrehte die Augen. »Erstens ist das nicht *meine* Minerva, und zweitens können wir auf die Ergebnisse nicht warten, die sind frühestens in zweieinhalb Jahren verfügbar. Ich mache keine Zeitspielchen mehr mit, Hartmut.« Er hob beide Hände und machte eine beschwichtigende Geste. »Aber o. k., lassen wir die Industrieregulierung mal für einen Moment beiseite. Was ist denn mit der Verbraucherseite?«

»Was meinst du damit?« Willemanns Blick verdüsterte sich wieder.

»Na ja, dass die Leute in hinreichendem Maße verzichten, klappt ja auch nicht.«

»Das hatten wir doch alles schon so oft, Carsten. Du willst doch jetzt nicht mal eben zwischen Berlin und Washington die Basis unserer Zusammenarbeit nachverhandeln, oder?«

»Kannst du dich an die Ölkrise 1973 erinnern?«

»Ja, im Gegensatz zu dir war ich da schon geboren.«

Pahl ignorierte die alberne Spitze. »Dann weißt du ja sicher noch, dass es damals autofreie Sonntage und ein sechsmonatiges Tempolimit gab.«

Willemann bekam Sorgenfalten auf der Stirn, unterbrach ihn aber nicht.

»Weißt du, warum das gemacht wurde?«, fragte Pahl. Da Willemann ihn nur düster anstarrte, setzte er selbst zu einer Antwort an. »Nicht, um Benzin zu sparen, der Effekt war nämlich verschwindend …«

»Ich weiß das alles«, unterbrach ihn sein Wirtschaftsminister nun doch. »Es war Symbolpolitik.«

»Genau, um die Bevölkerung dafür zu sensibilisieren, dass der Rohstoff knapp war. So etwas brauchen wir jetzt, fünfzig Jahre später, wieder.«

»Willy Brandt«, zischte Willemann abfällig durch seine schmalen Lippen.

»Quatsch! Das hatte nichts mit sozialdemokratischer Parteipolitik zu tun. In anderen Ländern gab es ähnliche Maßnahmen. Das war Vernunft, die da regierte. Ich will nicht wieder mit dem Tempolimit anfangen, das hat ja was Pathologisches bei euch. Aber warum können wir nicht allen Autos mit Verbrennungsmotoren ein Fahrverbot erteilen? Nicht generell, mir ist klar, dass das nicht geht, aber an einem Tag pro Woche zum Beispiel. Das würde die Attraktivität von Elektroautos mit einem Schlag massiv erhöhen.«

»Wie willst du das denn kontrollieren?« Willemann lachte laut auf.

»Meinetwegen mit einem farbigen Aufkleber an der Windschutzscheibe. Gab es übrigens auch schon. In Österreich, ebenfalls während der Ölkrise. Hat hervorragend geklappt. Mensch, Hartmut, das ist über ein halbes Jahrhundert her! Was die damals konnten, können wir doch heute schon lange. Zumal die Lage heute tausendmal ernster ist.«

»Sorry, Carsten!« Willemann schüttelte vehement mit dem Kopf. »So was nenne ich sozialselektive Freiheitsberaubung. Jeder, der sich einen teuren Elektrowagen leisten kann, ist aus dem Schneider. Wie kannst du als Grüner so etwas vorschlagen? Vergiss es, das mach ich nicht mit!«

Pahl schloss für einen Moment die Augen und zuckte resigniert mit den Schultern. Es hatte einfach keinen Zweck. Er war machtlos. Nun war er schon Bundeskanzler und hatte im Grunde genommen doch nichts zu sagen. Scheißdemokratie, schoss es ihm durch den Kopf.

»Alles klar, Hartmut, es bringt nichts, lass uns das beenden, aber ich habe jetzt zumindest endlich verstanden, woran ich bin.«

Willemann zögerte kurz, drehte sich dann aber, ohne etwas zu erwidern, konsterniert zum Gehen.

»Hast du eigentlich schon mal über die Größe unseres Flugzeuges nachgedacht?«, rief Pahl ihm hinterher.

»Ja, eben, in der Schlafkabine. Wurde wieder mal an der falschen Stelle gespart von unseren Vorgängern. Du hast meine Unterstützung, lass uns versuchen, einen größeren Vogel zu ordern.«

Carsten Pahl war fassungslos. Lange noch starrte er entgeistert in den Gang, durch den Willemann gerade verschwunden war.

4. Kapitel

Montag, 10. August 2026
London, Großbritannien

Shannon mochte die frühen Morgenstunden in Europa, weil in den USA dann noch alles schlief und ihr Telefon somit nicht ständig klingelte. Sie hatte ihr Hotel schon um 06:00 Uhr verlassen, um ohne Stress rechtzeitig in London anzukommen. Wie üblich hatte sie auf einen Fahrer verzichtet und fuhr selbst, auch wenn sie so nicht effizient arbeiten konnte. Durch einen Chauffeur fühlte sie sich eingeschränkt und beobachtet, außerdem war ihr diese Art von Luxus nach wie vor peinlich.

Gerade hatte sie Southampton hinter sich gelassen und fuhr auf der M3 in Richtung Norden. Sie führte ein paar kurze Telefonate mit Asien, bekam einen Anruf aus Israel und zwei aus London, ansonsten hatte sie ihre Ruhe.

Ihr Ziel war eine Green-Tech-Konferenz im Natural History Museum. Eigentlich hasste sie derartige Veranstaltungen. Den offiziellen Teil fand sie öde, weil da in der Regel nichts Neues passierte – für sie zumindest. Und im inoffiziellen gab es viel zu viele Leute, die etwas von ihr wollten. Hin und wieder musste sie sich aber auf solchen Events blicken lassen, und da war der heutige noch einer der interessantesten.

Kurz vor Winchester überquerte Shannon ein kleines Flüsschen. Der Anblick des in der Sonne glitzernden Wassers brachte sie zurück zu ihren gestrigen Überlegungen: Sie wollte doch ein Gefühl dafür bekommen, wie viel die vier Kubikkilometer waren, die den Meeresspiegel derzeit täglich ansteigen ließen. Sie griff nach ihrem Telefon und überlegte kurz, was sie der Sprachsteuerung diktieren sollte.

Dann sagte sie: »Wassermenge aller Flüsse dieser Welt.«

Die Antwort »Das hier habe ich gefunden« verriet ihr schon, dass das Telefon vermutlich nichts Passendes gefunden hatte. Ein Blick auf den Bildschirm bestätigte das. Angezeigt wurden verschiedene Links mit Überschriften wie »Die zehn längsten Flüsse der Welt«, »Wassermenge der Flüsse in Europa schwankt« oder »Mehr als 27 000 Flüsse in China abhandengekommen«.

Abhandengekommen? Shannon verzog das Gesicht. Was sollte das denn heißen? Sie klickte den Artikel an und erfuhr, dass in China offenbar tatsächlich 27 000 Flüsse wegen geringer Niederschläge und abgeschmolzener Kleingletscher im Himalaya für immer ausgetrocknet waren. Überall dasselbe, dachte sie, obwohl ihr die bloße Zahl doch sehr hoch vorkam.

Egal, dann eben nicht die Flüsse, sondern die Regenmenge, vielleicht kam sie damit weiter. Sie entschied sich für ein kurzes »Regenmenge weltweit« als Kommando.

»Ich glaube nicht, dass es regnet«, antwortete ihr Telefon in gewohnter Sachlichkeit.

Shannon seufzte. Sie änderte ihre Strategie und wurde konkreter: »Wassermenge Amazonas!«

Vielleicht würde ihr das ein erstes Gefühl geben.

»Der Amazonas führt eine durchschnittliche Wassermenge von 210 000 Kubikmetern pro Sekunde.«

»Na also, du weißt ja doch was«, murmelte Shannon grinsend

und begann umzurechnen. Vier Kubikkilometer Schmelzwasser am Tag waren rund 170 Millionen Kubikmeter in der Stunde und knapp drei Millionen Kubikmeter in der Minute. Noch mal durch sechzig machte ... 50 000 Kubikmeter pro Sekunde.

Sie stutzte. Wie bitte? Konnte das sein? Einen Moment lang starrte sie ungläubig nach vorne auf die unter ihrem Auto weggleitende Straße. Allein der Amazonas speiste viermal so viel Wasser ins Meer wie klimawandelbedingt an Schmelzwasser dazukam?

Sie hielt ihr Telefon mit der linken Hand am oberen Lenkrad fest, wie sie das immer tat, wenn sie es beim Autofahren nutzte, öffnete Wikipedia und tippte »Amazonas« in das Suchfeld. Ja, es stimmte, der Amazonas spülte tatsächlich gut 200 000 Kubikmeter Wasser pro Sekunde ins Meer. Weiter las sie, dass der mit Abstand größte Fluss der Erde alleine für rund zwanzig Prozent des weltweiten Wasserabflusses in die Ozeane verantwortlich war.

Wow, dachte sie, dann habe ich es ja. Alle Flüsse auf der Welt speisten damit zusammen eine Million Kubikmeter Wasser pro Sekunde in die Meere. Das war zwanzigmal mehr, als klimawandelbedingt hinzukam.

Shannon versuchte, das Gelernte einzuordnen. War das jetzt viel oder wenig? Sie musste sich eingestehen, dass sie es immer noch nicht beurteilen konnte. Aber faszinierend fand sie es allemal.

In South Kensington angekommen, bog sie kurz vor ihrem Ziel von der stark befahrenen Cromwell Road in eine urige Seitenstraße mit Kopfsteinpflaster ab. Vor einem der ehemaligen Kutschenschuppen aus dem 19. Jahrhundert, die inzwischen überwiegend zu Wohnhäusern hipper, vor allem aber gut situierter Londoner umfunktioniert worden waren, hielt sie an und parkte am Straßenrand.

Shannon nahm ihren Rucksack vom Beifahrersitz und stieg aus.

»Hi, ich schätze, dass ich ihn gegen 14:00 Uhr wieder brauche. Ich schreibe dir noch, wo und wann genau«, sagte sie zu dem ihr nur aus der App bekannten jungen Mann, der sie bereits erwartet hatte, und reichte ihm den Autoschlüssel.

Sein Lächeln erwidernd drehte sie sich um und machte sich zu Fuß auf den kurzen Weg zum Museum. Diesen Parkservice fand sie zwar ähnlich dekadent wie einen Chauffeur, aber bei Terminen in der Londoner Innenstadt nahm sie diese Option immer in Anspruch, wenn sie mit dem Wagen kam. Hier siegte ihr Pragmatismus.

Kurz darauf stand sie vor dem imposanten Hauptgebäude des Natural History Museums, das sie schon als Kind beeindruckt hatte. Wie eine Symbiose aus Schloss und Kathedrale wirkte der viktorianische Bau. Als hätte der Architekt die Besucher schon von Weitem darauf vorbereiten wollen, dass hinter der kunstvollen Terrakotta-Fassade weltliche und himmlische Schätze gleichermaßen zu erwarten seien. Für Shannon war das Museum genau das: eine Ansammlung unglaublicher Wunder, deren Geheimnisse für sie unmöglich allein mithilfe rationaler Gedanken und menschlicher Vorstellungskraft zu erklären waren. Und dabei war es nicht die hier beherbergte weltgrößte Meteoritensammlung, die sie auf ihren vielen Entdeckungsreisen durch die unzähligen Museumstrakte an außerirdische Kräfte hatte denken lassen. Bis heute gab es für sie keinen anderen Ort auf der Welt, an dem man deutlicher spüren konnte, dass die Erde und alles, was darauf lebte, Teil irgendeines größeren Plans sein musste. Nirgendwo sonst wurde einem die Einzigartigkeit, die Komplexität und die Fragilität des Lebensraums, die Genialität der alles fortlaufend optimierenden Evolution und die unvorstellbare Kumulation vermeintlicher Zufälle der Erdgeschichte besser vor Augen geführt als hier. Für Shannon, die weder an Gott noch an andere übersinnliche Kräfte glaubte, war das Natural History Museum ein Ort, der sie demütig machte. Ein Ort, der ihr die natürlichen Grenzen von Rationalität, Logik und kalkulierbaren Wahrscheinlichkeiten aufzeigte und bewies, wie unbedeutend der Mensch im Vergleich zu dem war, was das Universum geschaffen hatte.

Die Organisatoren des heutigen Events hatten das Prunkstück des Museums, die zentral gelegene Hintze Hall, gebucht. Als Shannon den bunt ausgeleuchteten, an ein riesiges Kirchenschiff erinnernden Saal betrat, blieb sie zunächst verblüfft stehen. Dippy war verschwunden. Dippy war ein gigantisches, dreißig Meter langes Dinosaurierskelett eines Diplodocus, das Shannon schon als Vierjährige fest in ihr Herz geschlossen hatte. Stattdessen hing hier jetzt das – wie sie zugeben musste – nicht minder imposante Gerippe eines Blauwals von der Hallendecke. Sie war lange nicht hier gewesen, und bestimmt hatte sich vieles verändert. Aber Dippy? Shannon runzelte enttäuscht die Stirn und erwischte sich dabei, wie sie halb im Ernst, halb im Spaß einen Schmollmund zog.

Auf der Konferenz kannte sie viele, und noch mehr kannten sie oder – schlimmer – wollten sie kennenlernen. Sie verbrachte den Morgen unter dem Blauwalskelett und führte unzählige Gespräche. Mit Partnerinnen und Partnern anderer Investment-Gesellschaften, mit CEOs von etablierten Green-Tech-Firmen und mit Newcomern von Start-ups, die die Gelegenheit suchten, sich und ihre Geschäftsideen vorzustellen. Dazu kam der übliche Haufen von Beratern, die ihr Geld damit verdienten, die verschiedensten Deals einzufädeln und zu strukturieren. Networking eben.

Und genau deshalb gehen mir Konferenzen so auf die Nerven, dachte Shannon, wobei sie auf die Avancen mit professioneller Höflichkeit reagierte. Wie eine Traube hingen die Leute um sie herum. Oder wie es ein befreundeter Investor aus dem Silicon Valley noch passender ausdrückte, als er Shannon augenzwinkernd begrüßte: »Na, da ist sie ja, unsere Königin, wie immer umringt vom Bienenschwarm!«

Shannon verdrehte nur die Augen und winkte ab. Auf Networking war sie schon lange nicht mehr angewiesen. Wenn sie jemanden sprechen wollte, egal wann und wo, standen ihr alle Türen offen.

Am Vormittag hatte sie einen Auftritt auf dem Podium. Wie sie dem Briefing ihres Büros entnommen hatte, handelte es sich um eine Diskussionsrunde zu der Frage, wie effektiver Klimaschutz erreicht werden konnte. Shannon hatte sich nicht vorbereitet. Nicht aus Lustlosigkeit oder Überdruss, sondern schlicht, weil sie das nicht musste. Sie wusste, was sie sagen würde, und es war ihr egal, wer aus Politik, Wirtschaft oder Wissenschaft neben ihr saß.

Als sie zehn Minuten vor dem offiziellen Beginn zum Vorgespräch erschien, wunderte sie sich jedoch. Neben ihr war offenbar nur eine weitere Person vorgesehen: eine junge, vielleicht zwanzigjährige Klimaaktivistin aus Deutschland, die ihr als Tessa Hansen vorgestellt wurde.

»Ich freue mich schon seit Wochen darauf, euch zwei Mädels aufeinanderzuhetzen«, sagte der Moderator mit einem breiten Grinsen im Gesicht.

Wie bitte?, dachte Shannon, was erlaubte sich dieser Schnösel, sie als Mädel zu bezeichnen? Und auf irgendjemanden hetzen ließ sie sich schon gar nicht. Reflexartig wollte sie etwas erwidern, verkniff es sich aber. Er war es nicht wert.

»Na, hoffentlich kriegst du Bübchen das auch hin!«, sagte stattdessen die junge Deutsche.

Shannon war beeindruckt und lächelte überrascht. Vor allem die Art und Weise, wie die junge Frau den Satz dahingesagt hatte, gefiel ihr. Nicht schnippisch oder aggressiv, sondern sehr selbstsicher, regelrecht süffisant. Und das, obwohl sie mit Abstand die Jüngste von ihnen war.

Der Treffer saß. Der Moderator lief rot an und murmelte irgendetwas von »nicht so gemeint« und »Kompliment«.

Shannon hatte keine Lust auf den anstehenden Schlagabtausch. Sie fand das Ganze abgedroschen. Obwohl sie ihre Gesprächspartnerin nicht kannte, ahnte sie, was kommen würde. Dass sie ihr Geld nur investiere, um es zu mehren, und nicht, um die Welt zu verbessern. Und dass sie damit nur den desaströsen Kapitalismus und das ewige Wirtschaftswachstum fördere, die zusammen die Wurzel allen Übels seien. Außerdem würde ihr vermutlich vorgeworfen werden, dass sie ständig um die Welt jette und damit einen persönlichen CO_2-Fußabdruck hinterlasse, der alles noch schlimmer mache. Sie verkniff sich ein Seufzen und nahm auf dem Podium Platz.

Nachdem der Moderator die beiden kurz dem Publikum vorgestellt hatte, eröffnete er mit einer Frage an Tessa Hansen: »Na, mit dem Fahrrad aus Deutschland angereist?«

Shannon verdrehte innerlich die Augen. Als Klimaaktivistin hatte man offenbar genauso mit Klischees zu kämpfen wie als Investorin. Zu ihrer Verblüffung ignorierte ihr Gegenüber die Frage jedoch vollständig.

Die junge Frau wandte sich stattdessen direkt dem Publikum zu: »Zunächst einmal freue ich mich, heute hier zu sein, weil ich endlich mal wieder ein Heimspiel habe! Shannon stutzte, hat sie das? Normalerweise, fuhr die junge Deutsche fort, führe ich ermüdende Diskussionen mit Menschen, die versuchen, die verheerenden Folgen des Klimawandels infrage zu stellen oder zumindest zu relativieren. Dafür gibt es natürlich viele Gründe, am häufigsten aber geschieht das aus Besitzstandswahrung. Weil fast alle Maßnahmen, die wir dringend einleiten müssen, gegen ihre persönlichen Interessen laufen. Ihr hingegen stellt euch den Herausforderungen. Ihr wollt nicht problematisieren, sondern arbeitet an Lösungen. Das finde ich großartig!«

Das Publikum klatschte.

Mit einem Lächeln wandte Tessa sich an Shannon und ergänzte forsch: »Dich kennenzulernen, ist natürlich eine ganz besondere Ehre für mich. Wenn ich richtig recherchiert habe, gibt es weltweit kaum jemanden mit mehr Einfluss, wenn es um Klimaschutzinvestitionen geht. Ich würde die Gelegenheit heute deshalb gerne nutzen, um mit dir über die Abkehr vom Wachstumsparadigma zu diskutieren.«

Ganz schön tough, dachte Shannon. Amüsiert erwiderte sie: »Hallo, Tessa, freut mich auch, dich kennenzulernen. Wow, du gibst ja ganz schön Gas!«

Damit hatte sie die Lacher auf ihrer Seite. Dem Publikum gefiel offenbar, was sich hier abspielte.

»Wenn ich dich richtig verstehe, schlägst du vor, dass wir uns über die Vereinbarkeit von Klimaschutz und Wirtschaftswachstum unterhalten. Das finde ich super, und ich bin ehrlich gesagt erleichtert, bei einem Panel mal auf jemanden zu treffen, der raus aus den langweiligen Stereotypen will!« Shannon erlaubte sich ein süffisantes Lächeln und fuhr fort: »Bei dem Thema gehen die Expertenmeinungen ja weit auseinander. Was mich betrifft, ist die Sache klar: Ohne Wachstum werden wir den Klimawandel niemals in den Griff bekommen. Wo soll sonst die Wirtschaftskraft herkommen, die wir dringend brauchen, um die notwendigen Investitionen und Innovationen voranzutreiben?«

Wieder ertönte Beifall, ein Kopfnicken ging durch den Raum.

Aus den Augenwinkeln sah sie, wie der Moderator resigniert seinen Spickzettel zusammenfaltete. Sein Gesprächskonzept war komplett über den Haufen geworfen worden. Er wurde nicht mehr gebraucht.

»Danke für die Steilvorlage!« Tessa schien ebenfalls Spaß an der Auseinandersetzung zu haben. »Die Idee vom Kapitalismus stammt aus dem 18. Jahrhundert, damit kann man nicht die Zukunft gestalten. Es ist doch offensichtlich, dass die Wachstumstheorien alle nicht aufgegangen sind. Ökologisch nicht, weil wir längst an unsere planetaren Grenzen gestoßen sind, und sozial genauso wenig, weil immer nur wenige profitieren.«

»Da bin ich total bei dir. Wir müssen *nachhaltiges* Wachstum generieren und darauf achten, dass alle etwas davon haben. Und das ist doch genau das, was gerade passiert! Die Solarenergie ist ein tolles Beispiel dafür: Überall sprießen die Anlagen auf den Privatdächern, und das nützt unmittelbar den Verbrauchern!«

Nun zog Tessa die Augenbrauen zusammen, doch sie wirkte dabei nicht verärgert, sondern hoch konzentriert. Mit klarer Stimme entgegnete sie: »Nein, Mieter fallen auch dabei unter den Tisch. Grundsätzlich gilt, unser marktwirtschaftliches System ist nicht die Lösung, sondern das Problem. Wachstum führt zu mehr Energiebedarf und damit zu mehr CO_2, solange wir unsere Energie nicht zu hundert Prozent regenerativ erzeugen können. Und beim CO_2-Ausstoß liegt ja sogar ein regelrechtes Marktversagen vor! Die Emittent*innen zahlen nicht in angemessener Weise für das, was sie anrichten. Die Allgemeinheit zahlt. Damit gibt es nicht genügend individuellen Anreiz, CO_2 einzusparen. Derartige Kardinalfehler im System lassen sich nicht mit neuen Wortschöpfungen wie ›Nachhaltiges Wachstum‹ entschärfen. Das Einzige, was hilft, sind mehr Regulierung und weniger Markt.«

Shannon war erstaunt, mit welcher Eloquenz die junge Aktivistin ihr die Stirn bot. Zumal ihr doch klar sein dürfte, dass kaum jemand im Saal ihrer Meinung war.

»Das stimmt!« Sie nickte zustimmend. »Der CO_2-Preis muss durch weitere staatliche Eingriffe massiv erhöht werden. Darauf können wir uns sofort einigen.«

Tessa lachte auf. »Du schlägst eine stärkere Regulierung vor? Ich dachte, das ist verpönt in eurer Welt!«

Sie hatte das in einer Art und Weise gesagt, die Shannon faszinierte. Während sie in der Sache hart und fordernd war, wirkte sie gleichzeitig enorm wertschätzend, in ihren Augen schimmerte eine große Wärme.

»Aber, Tessa, die Zeiten sind doch lange vorbei«, entgegnete sie respektvoll. »Ich würde vorschlagen, da agnostisch heranzugehen. CO_2-Preise hoch – und dann sehen, was passiert. Wenn du mich fragst, wird dadurch das Wachstum noch gefördert, und zwar in die richtige Richtung.«

»Das kann aber nur die halbe Wahrheit sein.« Tessa ließ nicht locker. »Wir müssen gleichzeitig darüber nachdenken, wie wir die Welt in eine Postwachstumsgesellschaft transformieren können. In Zukunft darf nicht mehr die Steigerung der materiellen Güter für wenige im Mittelpunkt stehen, sondern ein gutes Leben für alle.«

Shannon wog ihren Kopf hin und her und überlegte kurz, wie sie darauf reagieren sollte. Natürlich war sie nicht Tessas Meinung, konnte ihrem Standpunkt aber durchaus etwas abgewinnen.

»Den letzten Satz unterschreibe ich sofort. Aber diese Transformation, die wir ohne Frage brauchen, kostet sehr viel Geld. Wo soll das herkommen, wenn wir die Weltwirtschaft abwürgen?«

Das Publikum war begeistert. Die Anwesenden waren sich schnell einig, dass es nicht viele gab, die trotz so unterschiedlicher Auffassungen zu einer derart respektvollen Diskussionsführung in der Lage gewesen wären. Tessa und Shannon selbst – beide durchaus angriffslustig, wenn es um ihre Sache ging –

waren nicht minder überrascht. Irgendetwas war passiert, gleich als sie sich die Hand zur Begrüßung gegeben hatten. Es war, als wäre ein Funke übergesprungen, der trotz der völlig unterschiedlichen Weltauffassungen und Lebensführungen der beiden Frauen eine irgendwie geartete Verbundenheit initiierte. Beide hatten das gespürt und sehr unterschiedlich darauf reagiert. Während es Shannon belustigte, war Tessa zunächst irritiert.

Als sie im Anschluss an ihren Auftritt aufeinander zugingen, um sich die Hand zu geben, sah Shannon ihre Gesprächspartnerin zum ersten Mal frontal von vorne. Während ihres Schlagabtauschs hatte Tessa ihr die rechte Seite zugewandt. Und auch beim Vorgespräch hatte sie links von ihr gestanden und überwiegend in Richtung des Moderators geschaut. So war Shannon die große Narbe links an Tessas Hals bisher verborgen geblieben. Als ihr Blick nun unweigerlich darauf fiel, blieb ihr fast die Luft weg. Natürlich! Deshalb war ihr der Name vorhin so bekannt vorgekommen.

Mein Gott, dachte sie beschämt, wie ignorant von mir. Tessa war nicht irgendeine, sondern *die* deutsche Klimaaktivistin, die vor zwei Jahren als einzige Überlebende des schrecklichen Messerattentats auf die Hungerstreikenden weltweit in aller Munde gewesen war. Verzweifelt versuchte sie in ihrem Kopf zu sortieren, ob sie in Unkenntnis von Tessas Vergangenheit irgendetwas Unpassendes gesagt hatte, kam aber zu dem Schluss, dass das vermutlich nicht der Fall gewesen war. Sie versuchte, sich ihre Überraschung nicht anmerken zu lassen.

»Respekt«, sagte sie betont gelassen und bemüht, ihren Blick nicht erneut auf Tessas Hals fallen zu lassen. »Du hast mich sehr beeindruckt. Ich glaube nicht, dass ich in deinem Alter in der Lage gewesen wäre, hier so zu performen. Weder inhaltlich noch mental.«

»Danke«, erwiderte Tessa strahlend. »Du hast es mir aber auch leicht gemacht. Normalerweise werde ich von Leuten wie dir nicht so ernst genommen.«

Shannon war erleichtert. Entweder hatte Tessa wirklich nicht gemerkt, wie sehr sie für einen Moment aus der Bahn geworfen worden war, oder sie überspielte es souverän. Letzteres hielt sie für wahrscheinlicher und konnte gut damit leben.

»Das kann ich mir bei dir ehrlich gesagt gar nicht vorstellen. Du bist wirklich gut.« Es entstand eine kleine Pause, die Shannon unangenehm war. »Was steht bei dir denn jetzt an?«, schob sie deshalb direkt nach.

»Ich fahre morgen früh mit dem Zug zurück.«

Oh Gott, die Arme, das würde ja ewig dauern. »Und bis dahin?«

»Weiß nicht, ich habe viel zu lernen dabei, fürs Studium.«

»Was studierst du denn?«

»Applied Economics and Finance, an der Copenhagen Business School.«

»Verstehe.« Shannon schluckte. Irgendwie fühlte es sich nicht richtig an, jetzt gleich wieder auseinanderzugehen, fand sie.

Tessa schien ähnlich zu fühlen. »Hast du vielleicht Zeit, was essen zu gehen? Dann könnten wir noch ein bisschen quatschen.«

Auf Shannons Gesicht zeichnete sich ein Grinsen ab, doch sie schüttelte den Kopf. »Leider nein, ich bin schon zum Lunch verabredet. Aber danach könnten wir uns treffen. Ich hätte auch Lust, mich in Ruhe mit dir zu unterhalten. Kommst du mit ans Meer?«

Tessa wirkte verblüfft. Sprachlos blickte sie Shannon an.

»An die Südküste, in zwei Stunden sind wir da. Es ist wunderschön dort. Ich bringe dich morgen früh zurück, du bekommst deinen Zug. Ich muss einen frühen Flug nach San Francisco nehmen.«

Tessa wirkte so überrumpelt, dass Shannon sich kurz fragte, ob ihr Angebot vielleicht anmaßend war. Immerhin hatten sie sich ja erst vor einer Stunde kennengelernt.

»Und keine Sorge, wir fahren Elektroauto«, schob sie augenzwinkernd nach, weil ihr nichts Besseres einfiel.

Ein Grinsen ging über Tessas Gesicht. Dann begann sie zu lachen, und aus ihrem ungläubigen Kopfschütteln wurde ein sehr bestimmtes Nicken. »Das ist total verrückt, aber o. k., ja, ich komme mit!«

»Cool!« Auch Shannon musste lachen. »Dann treffen wir uns um 14:00 Uhr vor dem Haupteingang. Man kann da nicht parken und bei dem Verkehr auch schlecht anhalten. Am besten stehst du direkt an der Straße.«

5. Kapitel

Montag, 10. August 2026
Bologna, Italien

Zur selben Zeit, als Shannon das Natural History Museum betrat und enttäuscht feststellte, dass Dippy verschwunden war, näherte sich ein schwerer Sattelzug quälend langsam seinem Ziel, der alten Tabakfabrik in Bologna. Die Tangenziale Nord war wie immer um diese Uhrzeit verstopft. Die beiden Fahrer waren am frühen Morgen im 180 Kilometer entfernten Hafen von Livorno gestartet und hatten den knallroten Vierzig-Fuß-Container in knapp vier Stunden über Florenz hierhergezogen. Begleitet wurden sie von einem Alfa Romeo, der vorwegfuhr, um ihnen den Weg zu weisen. Offiziell zumindest. Tatsächlich handelte es sich um ein Zivilfahrzeug der Carabinieri mit vier Beamten der GIS, der *Gruppo di Intervento Speciale*. Die GIS war die Anti-Terror-Einheit der italienischen Staatspolizei. Ihr heutiger Auftrag lautete, den Container verdeckt zu überwachen und sicher an sein Ziel zu bringen.

Die beiden Chinesen in der Zugmaschine hatten dieselbe Aufgabe, gehörten aber nicht zur Anti-Terror-Einheit. Zumindest nicht zur europäischen. Der Umstand nämlich, dass die Männer auffallend wachsam agierten, ungewöhnlich durchtrainiert waren und fließend Englisch sprachen, ließ keinen Zweifel daran, dass es sich nicht um gewöhnliche Lkw-Fahrer handeln konnte. Tatsächlich hatten sie ihre wertvolle Fracht seit nunmehr drei Wochen auf Schritt und Tritt begleitet. Gestartet waren sie in Xi'an, der Zehn-Millionen-Einwohner-Metropole der zentralchinesischen Provinz Shaanxi. Mit einem Zug, der nur aus einer Diesellokomotive, einem Personenwagen und einem mit dem Container beladenen Güterwagen bestand, waren sie von dort über Kasachstan, Aserbaidschan und Georgien an der türkischen Mittelmeerküste angelangt. Von Mersin aus hatte sie schließlich ein chinesisches Containerschiff um den Peloponnes herum und durch die Straße von Messina nach Livorno gebracht.

Die gesamte Reise war ohne Zwischenfälle verlaufen. Die intensive Observation durch die Geheimdienste – die beiden Fahrer der Zugmaschine und die Insassen des Alfa Romeo waren nur der sichtbare und deutlich kleinere Teil der jeweiligen Einheiten – war trotzdem gerechtfertigt gewesen. Bei dem Container handelte es sich nämlich um die kostbarste Fracht, die derzeit auf der Erde unterwegs war: den ersten kommerziell einsetzbaren Quantencomputer und damit gleichzeitig den leistungsstärksten Großrechner der Welt. Dabei galten die zwei Milliarden Euro, die die EU dafür gezahlt hatte, als echtes Schnäppchen. Das einzige weitere Angebot, das im Rahmen der Ausschreibung von einem Konsortium aus den USA eingegangen war, hätte mehr als das Doppelte gekostet – und das bei deutlich geringerer Performance.

Natürlich hatte es Vorbehalte innerhalb der EU gegeben, auf ein chinesisches Produkt zu setzen. Keine technologischen allerdings, Zweifel an der Produktqualität waren schon lange nicht mehr berechtigt. Hier hatten die Chinesen den Westen längst überholt. Aber politisch war der Auftrag hoch umstritten. Streng genommen verstieß er sogar gegen gleich mehrere Handelssanktionen, die die EU aufgrund von Menschenrechtsverletzungen gegen China verhängt hatte. Am Ende war man sich – trotz massiver Intervention aus den USA – jedoch einig gewesen: Die globale Bedeutung dieses Forschungsvorhabens war einfach zu groß, um technologische Kompromisse aufgrund politischer Animositäten einzugehen.

Der Quantencomputer bildete das Herzstück von Minerva, dem nach der römischen Göttin der Weisheit benannten Klimaforschungsvorhaben der Europäischen Union. Das Projekt war auf Drängen Deutschlands, genauer gesagt Carsten Pahls, initiiert worden, nachdem der Green New Deal, das geplante EU-Investitionsprogramm zur ökologischen Transformation Europas, gescheitert war. Mit Minerva sollte die EU wenigstens auf wissenschaftlicher Ebene einen zählbaren Beitrag zur Bekämpfung des Klimawandels leisten.

Bis zum heutigen Zeitpunkt hatten alle Klimasimulationen weltweit eine entscheidende Schwäche: Ihre Ergebnisse waren mit großen Unsicherheiten behaftet. Und das, obwohl durch die unzähligen verfügbaren Wetteraufzeichnungen und Gletschereisbohrkernanalysen hinreichend Daten verfügbar wären, um ein zukünftiges Bild der Erde mit hoher Genauigkeit prognostizieren zu können. Was bisher fehlte, war ein Rechner, der leistungsstark genug war, um die Datenflut hinreichend zu verarbeiten und die richtigen Schlüsse daraus zu ziehen. Diese Lücke wollte die EU schließen.

Die mit dem Vorhaben betrauten Wissenschaftler hatten in Aussicht gestellt, dass Minerva mithilfe des Quantencomputers und unter Einsatz von künstlicher Intelligenz in der Lage sein könnte, Muster und Zusammenhänge aus den Vergangenheitsdaten zu erkennen, die der Menschheit bisher verschlossen geblieben waren – zumindest nach allem, was der Welt offiziell bekannt war.

Als der Sattelzug auf das Gelände der alten Tabakfabrik einbog, hatte er sein endgültiges Ziel erreicht. Das Areal war in den vergangenen drei Jahren zu dem führenden europäischen Zentrum für Meteorologie und Klimafolgenforschung ausgebaut worden. Bologna hatte diesbezüglich Tradition. Im alten, nur etwa zwei Kilometer entfernten Tecnopolo Research Center war über Jahrzehnte ein Großrechner betrieben worden, der täglich Wetterprognosen für ganz Europa und darüber hinaus erstellt hatte. An dem Standort war aber kein Platz für eine Expansion, deshalb war man hierher ausgewichen.

Die vier italienischen Anti-Terror-Spezialisten hatten damit ihre Arbeit getan und kehrten ohne Aufsehen in ihre Heimatkaserne zurück. Sie hatten ihren Auftrag ohne jegliche Komplikationen erfüllt.

Die beiden Chinesen hingegen blieben. Nachdem sie über 12 000 Kilometer drei Wochen lang strikt ihre von langer Hand vorbereiteten Pläne akribisch umgesetzt hatten, waren nun kurzfristig neue Befehle gekommen. Es gab noch etwas zu erledigen.

Sie bezogen Zimmer in dem zum Forschungszentrum gehörenden Tagungshotel, in dem auch ein Großteil des wissenschaftlichen Personals von Minerva wohnte, und machten sich sofort an die Arbeit. Nachdem sie geduscht und sich umgezogen hatten, machten sie sich jeder ausführlich mit den örtlichen Gegebenheiten vertraut und trafen sich anschließend an der Bar des Pool-Cafés im obersten Stock des Hotels. Wortlos suchten sie einen Platz mit Blick auf den Fitnessraum, der hinter einer großen Glaswand gelegen war und damit jedem Entspannung suchenden Café-Besucher ein schlechtes Gewissen machte. Sie bestellten sich Tee mit sizilianischem Mandelgebäck und machten es sich gemütlich.

João Fidalgo hatte heute seinen freien Tag. Der Quantencomputerspezialist war Teil des knapp 155-köpfigen internationalen Teams, das die EU im Rahmen des Minerva-Projekts vor Ort zusammengezogen hatte. Er selbst hatte einen portugiesischen Pass, war aber in Macau aufgewachsen und sprach deshalb fließend Mandarin. Neben ihm gehörten dem Team außer Computerspezialisten auch Physikerinnen, Mathematiker, Softwareentwicklerinnen und Datenanalysten sowie Meteorologinnen, Ozeanologen, Geologen und diverse interdisziplinäre Expertinnen und Experten an.

Wie immer an seinen freien Tagen hatte er sich das Frühstück aufs Zimmer bestellt. Er hatte die Angewohnheit, den ganzen Vormittag im Bett zu liegen und zu lesen, bis ihn um Punkt 13:00 Uhr sein Telefon daran erinnerte, seinen Körper zu trainieren. João Fidalgo war ein sportbegeisterter Mann, der aber trotzdem gewisse Routinen pflegen musste, um seinen inneren Schweinehund zu überwinden.

Auch heute war er bis zu dem piepsenden Hinweis, dass es nun Zeit für seine Sportsession war, im Bett liegen geblieben. Gelesen hatte er allerdings keine Zeile. Dazu war er viel zu aufgewühlt gewesen. Wie alle im Minerva-Kernteam wusste er von der Ankunft des Quantencomputers. Doch das war es nicht, was ihn durcheinandergebracht hatte. Kurz nach dem Aufwachen war ihm schlagartig klar geworden, was es war, das hier nicht stimmte. Dass es Ungereimtheiten rund um das chinesische Minerva-Narrativ gab, war ihm schon länger aufgefallen. Aber er hatte sie nie greifen können. Deshalb hatte er auch bis heute mit niemandem darüber gesprochen. Doch je mehr er nachgebohrt hatte, desto klarer war ihm geworden, dass die Erläuterungen der chinesischen Experten unplausibel waren. Oder zumindest unvollständig. China hatte etwas zu verbergen. Die Chinesen wusste mehr, als sie zugaben. Ein weiteres Indiz hatte ihm der sicher gut gemeinte Hinweis seines Freundes Zhōu Han – ebenfalls Quantencomputer-Experte, aber auf chinesischer Seite – geliefert, der kürzlich dringend, fast flehend, an ihn appelliert hatte, seine diesbezügliche Neugier zu drosseln. Jetzt, da ihm schlagartig und wie aus dem Nichts das entscheidende fehlende Puzzleteil ins Auge gefallen war, nach dem er in den vergangenen Wochen so unermüdlich gesucht hatte, sah er vollkommen klar. Es war nur ein Halbsatz eines der Chinesen gewesen, der ihn hatte aufhören lassen. Und die Art und Weise, wie der Kollege dabei geschaut hatte. Alles war plötzlich logisch und ergab unzweifelhaft Sinn.

Was João Fidalgo allerdings noch nicht beantworten konnte, war die Frage, was aus seinen Erkenntnissen folgte. Sollte er melden, was er herausgefunden hatte, und damit das ganze Vorhaben aufs Spiel setzen? Oder war es richtig, im Sinne der Wissenschaft zu schweigen? Für den Klimaschutz?

Das waren die Gedanken, die ihn heute Vormittag so beunruhigt hatten, dass er nicht zum Lesen gekommen war. Vielleicht war die Trainingseinheit eine Gelegenheit, einen klaren Kopf zu bekommen, hoffte er. Es wäre nicht das erste Mal, dass ihm körperliche Anstrengung nicht nur Schweiß auf die Stirn, sondern auch gute Gedanken dahinter trieb. Er sprang auf, zog sich Sportklamotten an, schnappte sich seine Badehose und machte sich auf zum Fitnessbereich.

Kaum merklich tauschten die beiden Chinesen einen kurzen Blick aus, als sie João Fidalgo zu Gesicht bekamen. Sie kannten seine Gewohnheiten und nahmen beruhigt zur Kenntnis, dass darauf Verlass war. Gleich würde der Macauer auf eines der Laufbänder gehen und fünfzehn Kilometer joggen. Er war ein guter Läufer und würde dafür nur etwas mehr als eine Stunde brauchen. Danach würde er sich umziehen, zwanzig Minuten schwimmen und dann im Bademantel wieder verschwinden. Er duschte nie hier oben, sondern immer auf seinem Zimmer, das im vierzehnten Stock nur eine Etage unter dem Fitnessbereich lag, und dessen Fenster in dieselbe Richtung zeigten wie die der Poolbar.

Nachdem João Fidalgo seine Laufstrecke hinter sich gebracht hatte und bereits einige Bahnen im Pool geschwommen war, stand einer der beiden Chinesen gemächlich auf, ging zum Barkeeper und fragte nach den Toiletten. Er verließ das Café in die ihm gezeigte Richtung, ging aber an den Toiletten vorbei und verschwand im nur wenige Meter dahinter gelegenen Treppenhaus. Er lief eine Etage hinunter, betrat den Hotelflur des vierzehnten Stocks und steuerte zielstrebig Zimmer 1416 an. Dort angekommen schaute er sich kurz um, streifte sich Gummihandschuhe über, öffnete mithilfe seines Mobiltelefons den Bluetooth-Schließmechanismus der Tür, trat ein und schloss geräuschlos hinter sich wieder ab. Die dafür erforderliche Steuerung war ihm heute Morgen in Form einer App zugespielt worden. Sie ermöglichte ihm nicht nur den Zugang zu allen Räumen des Hotels, sondern stellte auch sicher, dass die Öffnungsbefehle weder von der Hard- noch von der Software des Systems registriert wurden. Man würde also niemals herausfinden können, dass er hier gewesen war.

Er machte sich kurz ein Bild von den Räumlichkeiten, blieb dann in dem kleinen Flur stehen und schien in Gedanken etwas durchzuspielen. Mit wenigen Schritten durchquerte er dann entschlossen das Zimmer, trat an das bodentiefe Fenster neben dem Bett und öffnete es einen Spaltbreit. Er fand alles exakt so vor, wie es ihm beschrieben worden war. Ein zwischen Rahmen und Fenster arretierter Öffnungsbegrenzer verhinderte ein Aufschwingen des Fensterflügels – aus Sicherheitsgründen. Er war mit Spezialschrauben befestigt, die keines der handelsüblichen Kopfprofile hatten, sondern lediglich zwei kleine, gegenüberliegende Löcher aufwiesen. Es handelte sich um sogenannte Snake-Eye-Profile. Er griff in seine Westentasche und holte einen Miniatur-Akkuschrauber hervor. Der Werkzeugeinsatz im Bohrfutter passte exakt auf die Schraubenköpfe. Auf seine Leute war Verlass.

Innerhalb von Sekunden hatte er den Öffnungsbegrenzer auf einer Seite gelöst. Kurz überlegte er, was er mit den beiden Schrauben machen sollte, dann ließ er sie einfach auf den Boden fallen. Da würden sie schließlich auch liegen, wenn sie sich von selbst gelöst hätten. Nachdem er sich vergewissert hatte, dass das Fenster nun problemlos weit zu öffnen war, schloss er es wieder und verschwand hinter dem Duschvorhang im Badezimmer.

Als João Fidalgo kurz darauf in sein Zimmer kam, setzte er sich erschöpft auf sein Bett und ließ seinen Oberkörper nach hinten fallen. Er war zufrieden. Nicht nur, weil er sich sportlich betätigt hatte, sondern auch, weil die monotone körperliche Belastung während des Laufens tatsächlich wieder einmal eine Denkblockade bei ihm gelöst hatte. Er sah jetzt klarer, vollkommen klar sogar. Natürlich würde er melden müssen, was er entdeckt zu haben glaubte. Andernfalls konnten die Konsequenzen unabsehbar sein. Die Verantwortung dafür zu tragen, war unmöglich. Jetzt gleich würde er das tun, beschloss er, direkt nach dem Duschen.

Er sprang auf und ging ins Bad. Vor dem Waschtischspiegel zog er sich aus, strich sich über das Kinn und überlegte kurz, ob er sich rasieren sollte. Dann verwarf er den Gedanken und zog den Duschvorhang zurück.

Für einen kurzen Moment verharrte er wie versteinert. Direkt vor ihm stand ein ungewöhnlich kräftig gebauter Chinese, der – und das irritierte ihn noch mehr als die Tatsache, dass überhaupt ein Fremder in sein Zimmer eingedrungen war und sich hier versteckt hatte – ihn fast provozierend gelassen anlächelte. Noch bevor João Fidalgo zu einem Gedanken, geschweige denn einer Bewegung fähig war, spürte er, wie er herumgewirbelt wurde. Unvermittelt fand er sich in einem Würgegriff wieder, der es ihm unmöglich machte, ein Geräusch von sich zu geben oder auch nur zu atmen. Bewegen konnte er sich auch nicht mehr, weil der nun hinter ihm stehende Angreifer seine beiden Arme fixiert hatte und gleichzeitig einen unbeschreiblich schmerzvollen Druck auf seine Lendenwirbel ausübte, der unmittelbar zu akuten Lähmungserscheinungen in seinen Beinen führte.

Dann ging alles ganz schnell. Unfähig, sich zu wehren, wurde er aus dem Bad am Bett vorbei ans Fenster geschleift. Erst als der Chinese mit einem kurzen Handgriff die manipulierte Flügeltür weit öffnete, begriff João Fidalgo, was sich hier abspielte. Im nächsten Augenblick wurde ihm klar, dass ihn der Stoß, den er gerade erhielt, unweigerlich aus dem Fenster katapultieren würde. Während des Sturzes begriff er, wie naiv es gewesen war, sich mit China anzulegen und dabei nur die wissenschaftlichen und politischen, nicht aber die persönlichen Konsequenzen zu bedenken.

Dann schlug er mit einem dumpfen Schlag auf den Pflastersteinen auf.

6. Kapitel

Montag, 10. August 2026
Shanghai, China

Am Nachmittag hatte es heftig gestürmt und wie aus Kübeln geschüttet. Ein weiterer tropischer Wirbelsturm, nach der offiziellen Klassifizierung kein Taifun, aber kurz davor. Jetzt, in den Abendstunden, war das Wetter zur Ruhe gekommen. Der Himmel war sternenklar, es tropfte nur noch vereinzelt von den Dächern, und ein leichter Luftzug vertrieb allmählich die Schwüle aus den Gassen.

Er war soeben in der Nähe von Tianzifang, dem Künstlerviertel von Shanghai, aus dem Taxi gestiegen und in eine dunkle Seitenstraße abgebogen. Zielstrebig bahnte er sich seinen Weg durch das Labyrinth der engen Gassen, durch ein Heer von Mopeds und Fahrrädern, vorbei an stinkenden Mülltonnen und in Pfützen spielenden Kindern. Vor einem heruntergekommenen Industriebau blieb er stehen. Aus dem Inneren schimmerte abgedunkeltes Licht, und eine Klaviermelodie drang auf die Straße.

Zhāng Li war 35 Jahre alt, durch seine zarten, fast femininen Gesichtszüge wirkte er aber deutlich jünger. Wie immer trug er eine graue Jeans mit weißem T-Shirt. Beides eng geschnitten, was seine selbst für asiatische Verhältnisse zierliche Figur zusätzlich betonte. Dazu schwarze, im Vergleich zu seinem sonstigen Erscheinungsbild klobige Turnschuhe. Sein äußeres Erscheinungsbild verblüffte regelmäßig, weil es überhaupt nicht zu seiner hohen Stellung in der Partei zu passen schien.

Nach wie vor nämlich galt China als Land, das von Herren in dunklen Anzügen regiert wurde, die im Wesentlichen durch fortschreitendes Alter befördert wurden. Tatsächlich hatte sich das aber im Verlauf der vergangenen Jahre geändert. Das Politbüro wurde zwar immer noch von den inzwischen im Rentenalter befindlichen Vertretern der sogenannten fünften und sechsten Führungsgeneration dominiert. Direkt unterhalb des zentralen Machtorgans des Landes hatten aber zum Teil sehr junge Parteimitglieder viele einflussreiche Positionen eingenommen. Dabei handelte es sich um die Generation der in den späten 1980er- und frühen 1990er-Jahren Geborenen, die nach der traditionellen innerparteilichen Fluktuation eigentlich erst in zehn bis fünfzehn Jahren an der Reihe waren, Verantwortung zu übernehmen.

Legitimiert wurde diese für viele überraschende Verjüngungskur durch die enorme Bedeutung, die der IT und anderen Zukunftsbranchen bei der Durchsetzung der globalen Landesinteressen Chinas zukam. Die Gruppe der Jungen Wilden, wie sie weniger herablassend als vielmehr bewundernd genannt wurden, war exzellent ausgebildet. Viele von ihnen hatten ihre Schulzeit auf englischen Internaten verbracht und anschließend an einer Eliteuniversität in den USA studiert. Danach hatten die meisten noch etliche Jahre dort gelebt und Karriere in den großen Tech-Unternehmen gemacht. Fraglos gehörten sie zu den tragenden Säulen der globalen IT-Megatrends wie Quantencomputing, Big Data und künstliche Intelligenz. Denjenigen, die nach China zurückkehrten, bot sich die Aussicht auf eine Mischung aus Macht und Gestaltungsspielraum, die ihnen in demokratischen Systemen nicht in derselben Weise zur Verfügung gestanden hätte. Um zu den Auserwählten zu gehören, musste man in harten Tests neben seinen Fähigkeiten stets auch seine Linientreue unter Beweis stellen.

Zhāng Li war einer der führenden Jungen Wilden im Land, hatte aber nur am Rande mit IT zu tun. Seine Aufgabe war es, China in einem anderen Gebiet an die Weltspitze zu bringen. Er war Wirtschaftskoordinator für Klimaschutz. Hinter dem harmlos klingenden Begriff verbarg sich die derzeit wohl einflussreichste Position der chinesischen Staatswirtschaft: Er verfügte über einen jährlichen Etat von umgerechnet 300 Milliarden US-Dollar, was in etwa den chinesischen Militärausgaben entsprach. Sein Fokus lag auf der Energie- und der Ernährungswirtschaft, den beiden Hauptverursachern des Klimawandels. Über Beteiligungen, Zuschüsse, Darlehen und Bürgschaften investierte er in erneuerbare Energien, Elektromobilität, Wasserstofftechnologien, Energiespeicherlösungen, ammoniakarme Düngemittel, Fleischersatzprodukte und vieles mehr. Dabei spielte es keine Rolle, ob die Firmen chinesische Staatsunternehmen, börsennotierte Konzerne oder Start-ups in Privatbesitz waren. Bedingung für seine Engagements war nur, dass er Einfluss bekam. Gemäß diverser internationaler Wirtschaftsabkommen waren diese Zuwendungen natürlich größtenteils unerlaubte Beihilfen. Dies war jedoch ein Detail, um das sich die chinesische Regierung nicht kümmerte.

Jetzt lehnte Zhāng Li draußen an der Backsteinwand des *Shayú Gang* und steckte sich eine Zigarette an. Das *Shayú Gang* – zu Deutsch Haifischbecken – war sein Lieblingsrestaurant. Der Eigentümer Chen Chang hatte viele Jahre in Spitzenrestaurants gekocht. Inzwischen bekam er keine Michelin-Sterne mehr, weil er es leid geworden war, sich den strengen Kriterien der Restaurant-Tester zu unterwerfen. Dass damit auch das affektierte Publikum fernblieb, das durch derartige Auszeichnungen immer angezogen wurde, empfand er als angenehmen Nebeneffekt, wie er Zhāng Li eines Abends anvertraut hatte. Das Essen im *Shayú Gang* war ungeachtet dessen exzellent, auch wenn das Restaurant nicht nur von außen, sondern auch von innen schäbig war. Die Tapeten hingen teilweise von den Wänden, die Tische waren zerkratzt und wackelig, die Stühle rostig und die Toiletten eine Zumutung – und das nicht nur, weil sie außerhalb des Hauses lagen und mit der Nachbarschaft geteilt werden mussten.

Zhāng Li liebte den Kontrast, erstklassige Küche in abgefucktem Milieu. Das ungewöhnliche Ambiente hatte ihm schon oft dabei geholfen, seine Gesprächspartner besser kennenzulernen. Die meisten verunsicherte die Restaurantwahl derart, dass ihre Fassade schnell zu bröckeln begann. Sollte dies einmal nicht der Fall sein, gab es hier ein weiteres Mittel, seine Gäste aus der Reserve zu locken: Im *Shayú Gang* gab es Hetun, außerhalb Chinas besser bekannt unter dem japanischen Namen Fugu. Chen Chang servierte die Delikatesse in allen denkbaren Variationen, als Sashimi, als Suppe, frittiert oder gebraten. Dabei beherrschte er die Kunst, das überwiegend in den Organen des Kugelfischs enthaltene tödliche Gift so zu dosieren, dass niemand zu Schaden kam, sondern genau die gewünschten Taubheitseffekte an der Zunge und den Lippen seiner Gäste spürbar wurden. Er war ein Meister seines Faches.

Heute brauchte Zhāng Li nicht auf solche Tricks zurückzugreifen. Er war mit einem guten Freund verabredet. Gerade als er seine Zigarette ausdrückte, bog Gao Sheng um die Ecke.

»Li, du alter Schlot. Hast du immer noch nicht aufgehört zu rauchen? Ich dachte, du willst die Welt CO_2-frei machen!«

»Da bist du ja endlich«, sagte Li grinsend. »Komm, wir gehen gleich rein, ich bin neugierig und habe Hunger.«

Aufgrund ihres langen gemeinsamen Aufenthalts in den USA sprachen sie sich aus Gewohnheit mit Vornamen an, obwohl das unter Chinesen, auch unter jüngeren gleichaltrigen, nach wie vor unüblich war. Gao Sheng war ein paar Jahre älter als Zhāng Li und hatte ebenfalls eine beeindruckende Parteikarriere hinter sich. Dass er nicht ganz so weit gekommen war wie sein Freund, lag nicht an mangelnder Eignung, sondern an seinem Fachgebiet. Er war auf Quantencomputer spezialisiert. Bereits Anfang der 2000er-Jahre hatte er in Boston begonnen, sich am berühmten MIT, dem Massachusetts Institute of Technology, mit der neuartigen Computertechnologie zu beschäftigen. Schnell avancierte er zu einem der führenden Köpfe auf dem Forschungsgebiet. 2010 war er mit dem Versprechen nach China zurückgeholt worden, unbegrenzte finanzielle und personelle Ressourcen zur Verfügung gestellt zu bekommen, um ein streng geheimes Entwicklungslabor für Quantencomputer aufzubauen.

Kaum hatten die beiden das *Shayú Gang* betreten, wurden sie freudig vom Personal begrüßt. Als langjähriger und gern gesehener Gast hatte Zhāng Li einen Stammplatz, einen kleinen runden Tisch in einer dunklen Nische. Er liebte den Ort, weil man hier ungestört reden konnte. Sie bestellten das Überraschungsmenü, weil sie wussten, dass man dabei nichts falsch machen konnte.

Kaum war die Vorspeise serviert, marinierte Meeräsche mit Fenchel auf Venusmuschel, kam Zhāng Li zur Sache. Er war generell ein ungeduldiger Typ und heute ganz besonders.

»Yao Wáng hat mich informiert. Aber du kennst ihn ja, viel gesagt hat er nicht. Ich weiß nur, dass alles schneller geht als geplant.«

»Im besten Fall, habe ich gesagt, im besten Fall. Hat er das schon wieder unterschlagen?«

»Ja, weil er dich kennt. Deine Prognosen waren bisher doch immer zu pessimistisch. Erzähl, wie kommt's?«

»Na ja«, begann Gao Sheng in einem Tonfall, als würde er von etwas vollkommen Belanglosem reden, »zunächst einmal haben wir pünktlich geliefert. Das war ja bis vor Kurzem noch alles andere als ausgemacht. Außerdem hat das gute Stück die Reise anscheinend unversehrt überstanden. In unserer bisherigen Prognose hatten wir sicherheitshalber angesetzt, dass wir drei Monate brauchen würden, um Transportschäden zu reparieren. Damit verschiebt sich jetzt alles entsprechend nach vorne, und wir gehen davon aus, dass unsere Systeme im kommenden Februar funktionsfähig sein werden. Vorausgesetzt, deine Energieversorgung steht bis dahin, die brauchen wir nämlich schon für das erste Hochfahren.«

»Mach dir da mal keine Sorgen. Gegen das, was wir gerade in der Sahara planen, sind die Anlagen in Bologna ein Witz.«

»Ja.« Gao Sheng guckte seinen Freund ehrfürchtig an. »Da hast du fraglos recht.«

»In sechs Monaten fängt Minerva an zu rechnen?«

Gao Sheng schüttelte den Kopf. »*Unsere* Systeme sind in sechs Monaten funktionsfähig. Der weitere Verlauf hängt dann von der Qualität der Schnittstellen und der Programmiergeschwindigkeit der europäischen Kollegen ab. Minerva besteht ja nicht nur aus unserem Quantencomputer.«

»Aha«, erwiderte Zhāng Li ungeduldig, »das hilft mir jetzt sehr weiter, wie du dir denken kannst.«

»Meinst du das ironisch?«

Er erntete einen vielsagenden Blick.

»O. k., dann mal untechnisch: Die Europäer haben gute Leute

am Start, und wir unterstützen sie nach Kräften. Geheimhaltung ist ja ausnahmsweise mal kein Thema – also in Bezug auf Knowhow und Technologietransfer, meine ich.«

»Schon klar.«

»Das macht vieles einfacher. Wir können im Prinzip alles offenlegen, was wir wissen.«

»Das heißt?«

»Dass Minerva vermutlich im Sommer nächsten Jahres *ready to go* ist.«

»Und dann?« Zhāng Li drängelte, die Zwischenschritte interessierten ihn nicht, und die Angewohnheit seines Freundes, um den heißen Brei herumzureden, machte ihn unwirsch.

»Weitere Testläufe. Die sind zeitintensiv, ich schätze drei Monate. Dann die Datenfütterung. Wenn die Datenqualität gut ist, dauert das inklusive aller Plausibilitäts-Checks weitere acht Wochen. Danach kommen noch einmal Probeläufe. Alles in allem wird Minerva voraussichtlich im Frühling 2028 kommerziell startklar sein. In diese Prognose habe ich jetzt zwei Monate Puffer für die üblichen Bugs eingebaut, mit denen du immer zu kämpfen hast. Das ist optimistisch.« Er fixierte Zhāng Li und schloss: »Deshalb: im besten Falle.«

»Verstehe. Und dann rechnet die Möhre wie lange, bis sie Ergebnisse ausspuckt?«

Gao Sheng schaute sein Gegenüber irritiert an. »Drei Monate«, antwortete er und setzte an, um noch etwas hinzuzufügen, doch Zhāng Li unterbrach ihn.

»Kann das auch schneller gehen, oder wird es eher länger dauern?«

»Also ›Möhre‹ hat nun wirklich noch niemand zu Minerva gesagt. Ist dir eigentlich klar, was wir da liefern?«

Bevor Zhāng Li antworten konnte, kam roter Knurrhahn auf

Reis mit Lauch-Wasabi-Püree. Dazu eine große Flasche Baijiu, der hochprozentige Getreideschnaps, der in China zum Essen gehörte wie in Frankreich der Wein.

»Einen extrem leistungsstarken Computer, der auf einer für den Normalsterblichen nicht verständlichen Technologie basiert.«

»Ja, so kann man das beschreiben, wenn man ignorant sein möchte.« Gao Sheng verzog das Gesicht. »Mein Doktorvater hat immer gesagt, dass wir mit Quantencomputern nichts Geringeres tun, als das Universum nachzubauen. Alle natürlichen Phänomene unseres Kosmos basieren nämlich auf quantenphysikalischen Prozessen.«

»Sag ich doch«, erwiderte Zhāng Li betont gelassen, obwohl er innerlich zugeben musste, dass Sheng ihn gerade tief beeindruckt hatte. »Wir bauen das Universum nach« war jedenfalls ein selbstbewusstes Statement.

»Die Antwort auf deine Frage ist Ja«, kam Gao Sheng zum Thema zurück. »Natürlich kann das auch länger dauern. Die Rechenvorgänge an sich gehen schnell. Stunden, maximal einzelne Tage. Determiniert wird die Dauer, bis Ergebnisse vorliegen, nicht vom Quantencomputer, sondern von den angeschlossenen Peripherie-Geräten. Eine entscheidende Frage ist, was die EU in welcher Reihenfolge rechnen lässt. Und welche Schlüsse sie aus den ersten Teilergebnissen zieht. Du weißt ja, bei uns hat es damals sechs Monate gedauert, bis wir davon überzeugt waren, dass die Resultate mit an Sicherheit grenzender Wahrscheinlichkeit auch in der Realität eintreten werden.«

»Ja. Aber wenn ich das richtig verstanden habe, glaubt ihr, dass es bei Minerva schneller gehen wird.«

Gao Sheng grinste. »Ja, es wird schneller gehen. Weil wir den Europäern auf die Sprünge helfen. Juli 2028 ist realistisch.«

Zhāng Li spürte, wie es in seinem Magen zu kribbeln begann.

Aus Freude über die Bestätigung, dass sie kurz vorm Ziel waren, aber auch vor Aufregung. Keine zwei Jahre mehr, dachte er, und noch so viel zu tun!

In diesem Moment kam Chen Chang um die Ecke, setzte ein verschmitztes Grinsen auf und verkündete, dass er für sie ein besonders gutes Stück Hetun zurückgelegt habe, lokaler Wildfang aus dem Jangtsekiang-Delta.

Zhāng Li sah Gao Sheng auffordernd an. Er fand, das war ein Angebot, das sie nicht ablehnen konnten. Schon gar nicht in Anbetracht der Neuigkeiten.

»Zur Feier des Tages bitte besonders scharf«, sagte Zhāng Li, nachdem er den Gesichtsausdruck seines Freundes entsprechend interpretiert hatte. Der Baijiu hatte ihn mutig gemacht.

Chen Chang schaute ihn überrascht an.

»Du hast richtig gehört.« Zhāng Li lachte. »Wir wollen die volle Dröhnung!«

Sichtlich aufgeregt verschwand der Koch in seiner Küche und machte sich an die Arbeit. »Besonders scharf« hieß, dass seinen beiden Gästen das übliche, durch eine homöopathische Menge an Kugelfischgift hervorgerufene Taubheitsgefühl auf der Zunge nicht ausreichte. Sie wollten eine Zubereitung, die, gerade noch ohne ernsthafte Vergiftungserscheinungen hervorzurufen, den gesamten Mund- und Rachenbereich betäuben und vor allem eine lang anhaltende, rauschhafte Euphorie auslösen würde. Für Chen Chang war eine derartige Bestellung etwas ganz Besonderes, der größtmögliche Vertrauensbeweis.

Zhāng Li und Gao Sheng waren die letzten Gäste, die das *Shayú Gang* an diesem Abend verließen. In einer Mischung aus Rausch und Ekstase taumelten sie einander stützend voller Tatendrang die dunkle Gasse hinunter in Richtung Hauptstraße. Chen Chang stand auf der Schwelle seines Restaurants und schaute den Jungen

Wilden erleichtert hinterher, offensichtlich hatte er die richtige Dosis gewählt.

Die beiden Freunde ließen sich in ein Taxi fallen und wechselten einen kurzen Blick. Sie waren sich sofort einig: Nach Hause zu fahren, war keine Option, die Nacht hatte ja gerade erst begonnen.

Ihre erste Station war eine Rooftop-Bar am Huangpu-Ufer. Kaum hatten sie einen Platz auf der Außenterrasse gefunden, begann Zhāng Li, sich suchend umzusehen. Der bisherige Verlauf des Abends hatte ihn in Hochstimmung versetzt. An den beiden Schönheiten, die nach kurzer Zeit neben ihnen am Stehtisch auftauchten, prallten seine Annäherungsversuche allerdings ab, sie schienen sich nicht für ein Abenteuer zu interessieren. Als Gao Sheng merkte, worauf sein Freud aus war, legte er eine Hand auf Lis Schulter und sagte: »Ich hab wirklich große Lust zu feiern, aber …«

Zhāng Li lächelte großmütig. »Weiß ich doch, Sheng.« Er erschrak, als er seine eigene Stimme hörte, und fragte sich, ob sein Lallen vom Kugelfischgift oder vom Baijiu herrührte. Er räusperte sich. »Wie geht es Tailin?«

»Gut, danke. Und soll ich dir was verraten?« Der Stolz in Gao Shengs Gesicht war nicht zu übersehen. »Wir denken mittlerweile über Kinder nach.«

Zhāng Li stieß ihm einen Ellenbogen in die Seite. »Entspann dich, ich wollte keine Braut für dich aufreißen. Die waren beide für mich gedacht.«

Nach ein paar Drinks und der für Zhāng Li ernüchternden Erkenntnis, dass die Stimmung in der Bar nicht die richtige für seine Pläne war, zogen sie weiter in einen der großen Clubs. Dort war es bis zum Bersten voll. Nicht nur auf den Tanzflächen, sondern auch an den über mehrere Etagen verteilten Bars. Obwohl die zur Musik zuckenden Laserstrahlen die einzige Lichtquelle waren, gelang es ihnen mühelos, die großzügigen Räumlichkeiten in wechselnden Farben bis in den letzten Winkel hinein auszuleuchten. Auffallend viele leicht bekleidete Frauen tanzten ekstatisch zu den dröhnenden Technobeats.

Zhāng Li fand, man sah einigen von ihnen an, dass sie für den Abend engagiert worden waren. Bei anderen hingegen wurde deutlich, das das nicht der Fall war. Dazu tanzten sie zu schlecht oder hatten nicht die Figur für einen solchen Job, meistens beides. Jedenfalls würde er hier auf seine Kosten kommen, stellte er zufrieden fest. Er versuchte, seine Beobachtungen mit Gao Sheng zu teilen. Obwohl er ihm aus unmittelbarer Nähe direkt ins Ohr brüllte, bekam er nur ein Schulterzucken und verständnisloses Kopfschütteln als Antwort. Es war zu laut, Reden war als Kommunikationsmittel hier offenbar nicht vorgesehen. Also drängten sie auf eine der Tanzflächen und legten enthemmt von der Kombination aus Baijiu und Hetun los.

Als sie später an einer Bar Getränke bestellten, blieb Zhāng Lis umherschweifender Blick an zwei Frauen hängen, die in einigen Metern Entfernung standen und ihm keine Beachtung zu schenken schienen. Die eine war eine gertenschlanke, ungewöhnlich große Chinesin, die andere – Philippinin, wie er vermutete – deutlich kleiner und draller, aber nicht weniger attraktiv. Er erkannte sie sofort wieder. Es waren die beiden, die ihm vorhin in der Rooftop-Bar die kalte Schulter gezeigt hatten. Plötzlich, als hätte sie seine Blicke gespürt, drehte sich die Chinesin in seine Richtung. Aufreizend lächelnd zwinkerte sie ihm zu. Diesmal war er jedoch derjenige, der sich scheinbar gelangweilt abwandte. So billig war er schließlich nicht zu haben.

7. Kapitel

Montag, 10. August 2026
London, Großbritannien

Pünktlich um 14:00 Uhr sprang Tessa zu Shannon in den Wagen. Schwer war das nicht, es herrschte wie so häufig Stop-and-go vor dem Natural History Museum. Quälend langsam schoben sie sich anschließend durch das Londoner Verkehrschaos in Richtung Westen.

»Verrätst du mir, wohin wir fahren?«

»Nach Poole«, erklärte Shannon. »Wenn wir hier einigermaßen gut rauskommen, sind wir in zwei Stunden am Strand.«

»Und warum gerade dahin?«

»Ich bin da aufgewachsen, aber direkt nach der Schule weggezogen. Ist trotzdem immer noch mein Lieblingsort, obwohl ich viel gesehen habe und in Palo Alto lebe, wo es bekanntlich auch nicht so schlecht ist. Ich versuche immer zurückzukommen, wenn ich in London zu tun habe.«

»Wie schön für deine Eltern.«

Shannon schwieg. Sie nutzte eine Lücke auf der Überholspur und trat kurz aufs Gas. Aus dem Augenwinkel nahm sie wahr, wie Tessa versuchte, sich festzuhalten, als sie durch die starke Beschleunigung in ihre Sitze gedrückt wurden. Nachdem sie wieder zum Stehen gekommen waren, sagte Shannon ruhig: »Meine Eltern sind vor zwanzig Jahren gestorben.«

Tessa starrte sie sprachlos an.

»Mein Vater hatte einen Hirnschlag. Aus dem Nichts. Nach dem Joggen. Er war gerade fünfzig und kerngesund.«

Sie musste schlucken, es fiel ihr immer noch schwer, über den Tod ihrer Eltern zu sprechen. »Und meine Mutter hat sich sechs Monate später das Leben genommen. Sie hat es ohne ihn nicht geschafft. Die beiden brauchten sich gegenseitig zum Atmen.«

»Oh Gott! Das tut mir wahnsinnig leid. Du musst damals ungefähr so alt gewesen sein wie ich heute, oder?«

Shannon antwortete nicht. Sie presste ihre Lippen zusammen und nickte. Tessa hatte recht, sie war damals genau in ihrem Alter gewesen. Wieder beschleunigte sie den Wagen, diesmal aber nachhaltig, sie hatten den Motorway erreicht.

»Und deine Eltern?«, fragte sie nach einer Weile, weil sie das Gefühl hatte, dass Tessa darauf wartete, dass sie das Gespräch fortsetzte.

Tessa schaute sie verwirrt an.

»Geht's deinen Eltern gut?«

»Ich weiß es nicht.« Fast entschuldigend fügte Tessa hinzu: »Vor dem Hintergrund dessen, was du mir gerade erzählt hast, hört sich das wahrscheinlich total bescheuert an.«

»Überhaupt nicht«, sagte Shannon rasch und schüttelte den Kopf. »Das eine hat doch mit dem anderen gar nichts zu tun. Wie kommt es, habt ihr keinen Kontakt mehr?«

»Ich bin vor fünf Jahren ausgezogen. Meine Eltern führen ein Leben, mit dem ich nichts anfangen kann. Und umgekehrt genauso.«

Sie streifte ihre Schuhe ab und stemmte ihre Füße gegen das

Handschuhfach. Shannon hatte das Gefühl, dass Tessa das Thema unangenehm war.

Sie blieb aber dran. »Ich höre.«

»Meine Familie ist ziemlich wohlhabend. Also, nicht im Vergleich zu dir natürlich. Aber trotzdem, wir haben viel mehr, als wir brauchen. Mein Vater führt einen Familienbetrieb in sechster Generation. Handel mit Afrika. Früher Maschinen und Branntwein gegen Kautschuk und Elfenbein, heute Spezialchemie gegen Bares. Alles ganz sauber und unter Einhaltung der strengsten Umwelt- und Sozialauflagen natürlich.« Der Sarkasmus in ihrer Stimme war nicht zu überhören. »Meine Mutter ist Anwältin, bei Sanchez Martin Diaz, die machen viel im M&A-Bereich, Fusionen und Firmenübernahmen. Ich nehme an, du kennst die Sozietät?«

Shannon nickte.

»Meine Eltern arbeiten sich kaputt und leben ein Leben auf Kosten anderer. Also, nicht direkt, sie bezahlen ihre Angestellten vernünftig und spenden und so was. Aber im Grunde machen sie nichts, um die Lage in der Welt wirklich zu verbessern. Mein Vater ist schon stolz, wenn er einen Hybridwagen fährt, und meine Mutter brüstet sich damit, dass sie viele Mandanten hat, die Umwelt gut finden. Das sagt sie wirklich so, *die Umwelt gut finden!* Kannst du dir das vorstellen? Und außerdem kaufen sie sich ständig irgendwelchen neuen Scheiß, den sie nicht brauchen, wohnen in zwei viel zu großen Häusern – eins in Hamburg und eins in Spanien, wo meine Mutter herkommt –, fahren zu zweit fünf Autos und fliegen ständig in der Weltgeschichte rum.«

Während Shannon nach ihrem Telefon griff, um eine ihrer Playlists zu starten – sie hatte genug von dem Radiogedudel –, antwortete sie mit einer Gegenfrage: »Hm, ist das denn normal in Deutschland, so früh zu Hause auszuziehen?«

»Nein. Geht aber, wenn die Eltern einverstanden sind.«

»Wie alt warst du denn damals?«

»Fünfzehn. Der Auslöser war, dass ich mehr oder weniger zufällig herausgefunden hatte, worauf unser Familienwohlstand basiert: Sklavenhandel in der Kolonialzeit. Mein Vater tat so, als ginge uns das alles nichts mehr an, weil es schon so lange her war. Da reichte es mir. Und ihm auch.«

»Verstehe.«

Tessa runzelte die Stirn und wandte sich Shannon zu. Als sich ihre Blicke kurz trafen, erwiderte sie: »Ich glaube, ehrlich gesagt, nicht, dass du das verstehst.«

»Danke.«

»Wie, danke?«

»Na ja, ich nehme schon für mich in Anspruch, dass ich mich in dich und deine Lage hineinversetzen kann. Findest du nicht, wir sollten unsere Rollen, die wir eben auf dem Podium innehatten, mal hinter uns lassen.«

»Wie meinst du das?«

»Ich fand die Diskussion mit dir vorhin wirklich spannend. Ehrlich gesagt hatte ich das nicht erwartet. Wäre doch toll, wenn wir das vertiefen könnten.«

»Ich habe vorhin keine Rolle gespielt, sondern einfach gesagt, was ich denke.«

»So meine ich das nicht.« Shannon seufzte. »Natürlich haben wir nicht geschauspielert. Aber wir beide repräsentieren doch sehr unterschiedliche Positionen und versuchen, das überzeugend in der Öffentlichkeit zu vertreten. Zweifeln gehört da nicht zum Repertoire. Aber in Wahrheit ist die Welt doch gar nicht so schwarz und weiß, wie sie gerne diskutiert wird. Wäre es da nicht spannend, sich mal offen und ohne Vorurteile auszutauschen? Gerade wo wir beide einen so unterschiedlichen Hintergrund haben!«

»Ich habe keine Vorurteile«, erwiderte Tessa bockig.

»Da bin ich mir nicht so sicher. Zumindest hast du mich ja schon mal als abgehoben oder geldfixiert oder …« Sie dachte kurz nach, fand aber die passende Formulierung nicht. »… als irgendwie anders unfähig abgestempelt, wenn du per se annimmst, dass ich deine Familiensituation nicht beurteilen kann.«

Tessa schwieg. Sie hatte sich zur Seite gewandt und schaute aus dem Fenster.

Shannon ließ sie in Ruhe, offenbar war ihr Punkt angekommen.

Nach einer ganzen Weile drehte sich Tessa unvermittelt um. »Entschuldige, du hast recht. Ich habe dich in eine Schublade gesteckt.« Ihr Ton war jetzt deutlich versöhnlicher.

Shannon musste grinsen. »Schon gut.«

»Nein, es tut mir wirklich leid. Ich bin …« Sie stockte kurz. »Ich glaube, dass mich die Situation hier ein bisschen überfordert. Mit dir einen Ausflug ans Meer zu machen, hallo?« Sie lachte schrill auf und wirkte zum ersten Mal, seit Shannon sie vor wenigen Stunden kennengelernt hatte, einfach wie eine junge Frau und nicht wie das Gesicht der deutschen Klimabewegung. Tessa fuhrt fort: »Aber versteh mich nicht falsch, ich freue mich total darauf und finde, dass es eine Riesenchance ist, gedanklich weiterzukommen. Und natürlich sind mir Zweifel nicht fremd, ganz im Gegenteil sogar.«

Shannon antwortete nicht, sie war plötzlich abgelenkt. Durch den Rückspiegel fixierte sie einen Wagen, der aufgrund des zähflüssigen Verkehrs dicht aufgefahren war. Es war derselbe, der ihr schon aufgefallen war, kurz nachdem sie Tessa am Museum eingesammelt hatte. Das war jetzt über eine Stunde her. Genauer gesagt war es gar nicht das Auto, das ihre Aufmerksamkeit geweckt hatte, sondern die beiden Personen, die darin saßen. Sie hatten

Baseballmützen so tief in ihre Gesichter gezogen, dass man nichts davon erkennen konnte.

»Was ist?«, fragte Tessa, als sie bemerkte, dass Shannon mit ihren Gedanken woanders war.

»Ich weiß nicht. Der Wagen hinter uns ... Siehst du die Typen da drin?«

Tessa drehte sich um und guckte zwischen den Sitzen hindurch. »Nein ... also, ich meine, ich erkenne sie nicht. Man sieht ja praktisch nichts wegen der blöden Kappen. Warum fragst du?«

Shannon antwortete zögerlich. »Weil der Wagen uns schon länger folgt. Und weil die Typen da drin irgendwie ...«

Sie brach ihren Satz mittendrin ab, weil sie spürte, wie sich Tessas Körper schlagartig verkrampfte. Als sie sie verwundert anschaute, blickte sie in Augen voller Angst.

»Hey, keine Panik! Das ist vermutlich vollkommen harmlos«, versuchte Shannon sie zu beruhigen, obwohl Tessas Reaktion sie verunsicherte.

»Seit wann verfolgen die uns?«, stammelte Tessa mit zittriger Stimme. Sie war leichenblass geworden und klammerte sich mit beiden Händen am Autositz fest.

»Ich glaube, dass ich den Wagen schon in London gesehen habe, kurz nachdem du zugestiegen bist, aber sicher bin ich mir nicht.«

Shannon war sich sicher, hielt es aber in Anbetracht von Tessas überraschend starker Reaktion für angebracht, vage zu bleiben. »Was ist denn los? Du bist ja vollkommen von der Rolle!«

»Ich ... Shannon, jetzt nicht. Ich erkläre es dir später. Glaub mir bitte nur«, flehte sie, »wenn die uns wirklich seit London verfolgen, ist es möglicherweise ernst. Sehr ernst sogar! Ich meine lebensgefährlich, verstehst du?«

Shannon spürte, wie ihr Herzschlag sich beschleunigte. Aus

irgendeinem Grund hatte sie nicht den geringsten Zweifel daran, dass Tessa die Wahrheit sagte.

»Verstanden, was sollen wir tun?«

Tessa überlegte kurz. Dann schaute sie sich noch einmal um. Shannon sah im Rückspiegel, dass der Abstand zu dem Auto etwas größer geworden war, der Verkehr lief wieder flüssiger. Aber die beiden Männer waren noch immer hinter ihnen. Dann wandte sich Tessa wieder nach vorne.

Mit einem Finger zeigte sie auf das an ihnen vorbeigleitende Exit-Schild und sagte in einer Tonlage, die keinen Widerspruch duldete: »Nach einer Meile kommt eine Ausfahrt, da fahren wir raus.«

Shannon nickte und spürte, dass sie richtig hibbelig wurde, was selten vorkam. Kurz vor Beginn des Verzögerungsstreifens setzte sie den Blinker und beobachtete den anderen Wagen im Rückspiegel.

»Die blinken auch!« Sie schrie jetzt fast.

»Alles gut, Shannon, wir kriegen das hin, ich habe einen Plan.« Die beiden Frauen schienen ihre Rollen getauscht zu haben.

»Unser Wagen ist schneller, richtig?«

»Deutlich sogar, besonders beim Beschleunigen.«

»Gut. Also hör zu: Wir fahren jetzt ganz normal von der Autobahn ab. Oben auf der Brücke fahren wir einfach direkt wieder drauf. Wenn die beiden hinterherkommen, geben wir Vollgas und hängen sie ab. O. k.?«

Shannon schaute Tessa unentschlossen an. Ein wirklich überzeugender Plan war das nicht, fand sie. Da ihr aber auch nichts Besseres einfiel, bremste sie langsam ab und steuerte zögerlich auf den Kreisverkehr zu, in den die Abfahrt mündete. Sie umrundeten den Kreisel zur Hälfte und fuhren direkt wieder zurück auf die Autobahn. Gebannt starrten sie beide nach hinten, Tessa zwischen den Vordersitzen hindurch, Shannon durch den Rückspiegel. Gerade bogen ihre Verfolger in den Kreisverkehr ein. Shannon begann bereits zu beschleunigen. Worauf sollte sie warten? Je mehr Vorsprung sie bekamen, desto besser. Die Elektromotoren erzeugten ein immenses Drehmoment und drückten die beiden Frauen in ihre Sitze.

Dann passierte das, was sie gehofft, aber nicht erwartet hatten. Der Wagen mit den beiden Baseballkappenträgern folgte ihnen nicht zurück auf die Autobahn, sondern verblieb mit gleichmäßiger Geschwindigkeit im Kreisverkehr und verschwand aus ihrem Blick. Völlig verdattert schauten sie sich an. In einer Mischung aus Scham und Erleichterung fingen sie beide gleichzeitig an zu lachen.

»Mein Gott, hast du mir einen Schrecken eingejagt! Was war denn bloß los mit dir, Tessa? Hast du Grund, Angst vor Verfolgern zu haben?«

»Ja.« Wieder dieser Tonfall, der keinen Widerspruch zuließ. »Aber ich möchte nicht drüber sprechen.«

Shannon stutzte. »Natürlich, entschuldige«, antwortete sie kleinlaut.

Dann fiel es ihr wie Schuppen von den Augen. Was war sie doch für eine Idiotin! Es war doch sonnenklar, warum Tessa so panisch reagiert hatte. Wie taktlos von ihr, das nicht zu begreifen. Und dann auch noch danach zu fragen.

Meine Güte, dachte sie, Empathie ist nun wirklich nicht deine Stärke.

Dankbar beobachtete sie, wie Tessa jetzt die Musik aufdrehte und ihren Kopf im Takt hin und her zu bewegen begann. Sie öffnete die Fensterscheiben und hatte das Gefühl, dass die Befangenheit, die sie beide ergriffen hatte, im Nu hinausgeweht wurde.

In ihrer Erleichterung bemerkte keine der beiden Frauen, dass der Wagen, der sie verfolgt hatte, nach zwei Runden im Kreisverkehr gerade wieder im Begriff war, auf die Autobahn aufzufahren und ihre Verfolgung fortzusetzen.

8. Kapitel

Montag, 10. August 2026
Über dem Atlantik

Carsten Pahl befand sich in 10 000 Meter Höhe auf dem Rückweg aus den USA, als ihn der Klingelton seines Telefons aus dem Halbschlaf riss.

Er war miserabel gelaunt. Bis spät in die Nacht hatte er gestern mit James Nightingale im Weißen Haus zusammengesessen. Sein Verhältnis zu dem seit eineinhalb Jahren regierenden demokratischen US-Präsidenten galt allgemein als gut, und das war es auch. Trotzdem war es ihnen bisher nicht gelungen, bei den beiden großen außenpolitischen Themen dieser Zeit, dem Umgang mit China und der Klimapolitik, einen wegweisenden Schulterschluss hinzubekommen. Die Gründe dafür waren maßgeblich auf innenpolitische Zwänge zurückzuführen. Auch gestern waren sie wieder kein Stück weitergekommen, und das war der Grund für seine schlechte Laune. Zu telefonieren war das Letzte, was er jetzt wollte. Doch er änderte seine Meinung, als er auf dem Display sah, dass es Pieter de Vries war, der ihn sprechen wollte. Der Holländer war Minerva-Chef in Bologna und in den vergangenen zwei Jahren zu einem Vertrauten Pahls geworden. »Pieter, was für Katastrophen hast du heute zu bieten?«

»Was ist denn mit dir los? Mit so einer Einstellung kann man doch kein Land regieren! Guten Tag erst mal. Gar keine, im Gegenteil: Der Quantencomputer ist hier, und zwar unversehrt!«

Pahl spürte, wie sein Herz einen Sprung machte. »Endlich mal eine gute Nachricht!«

»Das kannst du laut sagen. Und das ist noch nicht alles. Es ist noch nicht offiziell, aber so wie es aussieht, wird es einen aktualisierten Zeitplan geben. Die Chinesen rechnen jetzt damit, dass wir schon im übernächsten Sommer belastbare Ergebnisse haben werden.«

»Was? Ein halbes Jahr eher? Das wäre ja großartig!«

»Finde ich auch.«

»Sag mal«, fragte Pahl, dessen Laune sich schlagartig verbessert hatte, »machst du eigentlich regelmäßig Rückenübungen?«

»Wie bitte?«

»Ob du regelmäßig Rückenübungen machst.«

Am anderen Ende blieb es still. Dann sagte de Vries hörbar verwirrt: »Natürlich nicht, aber ...«

»Siehst du«, unterbrach ihn Pahl, »so ist der Mensch.«

»Entschuldige, Carsten, aber muss ich das jetzt verstehen? Was hat das mit Minerva zu tun?«

Pahl lachte auf. »Eine ganze Menge! Du machst nämlich keine Rückenübungen, weil du keine klare Diagnose hast, die dir die Konsequenzen deines Nichtstuns vor Augen führt.«

Nach einer kurzen Pause fing auch de Vries an zu lachen. »Ah, verstehe!« Erleichtert vom Stimmungsumschwung des deutschen Bundeskanzlers fügte er hinzu: »Ich bin im Übrigen immer zuversichtlicher, dass es uns gelingen wird, diesbezüglich mit Minerva neue Maßstäbe zu setzen. Weißt du, was meine Wissenschaftler mir gestern vorgerechnet haben?«

»Wie, ist das Ding schon angeschlossen?«

De Vries ignorierte die alberne Frage und fuhr stattdessen fort: »Die Rechenleistung von Minerva wird über 300-mal größer sein als die von allen Supercomputern zusammen, die es auf der Welt gibt.«

»Du meinst, Minerva ist über 300-mal leistungsstärker als die Summe alle Klimarechner, die es auf der Welt gibt?«

»Nein, dann hätte ich das ja gesagt. Ich meine, dass Minerva über 300-mal so performant ist wie die Summe aller Supercomputer auf der Welt, egal, wofür sie eingesetzt werden.«

Einen Moment lang war Carsten Pahl sprachlos. Dann sagte er berührt: »Das ist wirklich unfassbar, Pieter. Danke, das kann ich gerade gut brauchen. Wie schön, dass bei euch in Bologna jedenfalls alles in Ordnung zu sein scheint.«

»Leider nicht ganz, ich habe auch eine traurige Nachricht. Einer unserer Wissenschaftler hatte vorhin einen tödlichen Unfall. Er ist aus seinem Hotelzimmer im vierzehnten Stock gefallen. Die Sicherheitsvorrichtung an seinem Fenster hatte sich gelöst.«

»Wie bitte?« Carsten Pahl schluckte.

»João Fidalgo, ein Portugiese aus Macau. Einer unserer Quantencomputer-Experten.«

»Mein Gott, wie schrecklich! Wird der Vorfall untersucht?«

»Ja, natürlich. Es ist ja schon erstaunlich, dass die Absturzsicherung von so einem modernen Fenster versagt.«

Nachdem sie aufgelegt hatten, verharrten Pahls Gedanken zunächst bei dem verunglückten Wissenschaftler. Zumindest hatte er keine Kinder zurückgelassen, hatte de Vries gesagt. Schnell schweiften die Gedanken des deutschen Bundeskanzlers jedoch wieder zu dem, was er eben erfahren hatte. Mit einer derart gigantischen Rechenleistung musste Minerva doch einfach einen Unterschied machen. Endlich die Folgen des Klimawandels konkret benennen zu können, ohne schwammige Spannbreiten und ohne Konjunktive. Eine klare Diagnose, die verlässlich die Zukunft prognostizieren würde. Er bekam ein Kribbeln im Bauch. Das war die Hoffnung, die er von Beginn an mit dem Vorhaben verbunden hatte. Dass es endlich gelänge, die Unsicherheiten aus den Klimasimulationen zu eliminieren, damit klar würde, woran man war. Minerva sollte Planungssicherheit vermitteln, damit die Menschheit endlich verstand, woran sie war, und entsprechend handeln konnte.

In dem Moment kam Hartmut Willemann aus dem hinteren Teil des Fliegers und setzte sich neben ihn.

»Na, deine Laune scheint sich ja gebessert zu haben«, kommentierte er, hörbar noch verschlafen.

»Allerdings. Ich habe gerade mit Pieter de Vries gesprochen«, berichtete Pahl. »Der Quantencomputer ist unbeschädigt in Bologna angekommen, und es gibt einen neuen Zeitplan. Minerva wird voraussichtlich ein halbes Jahr eher einsatzfähig sein als geplant.«

Willemann runzelte die Stirn. »Heißt das, wir müssen auch eher bezahlen?«

Carsten Pahl war fassungslos. »Ist das wirklich alles, was dir dazu einfällt, Hartmut?«

Willemann zuckte mit den Schultern. »Na ja, du warst es ja, der damals zugesagt hat, dass Deutschland – ich konkretisiere: mein Wirtschaftsministerium – den wesentlichen Teil der Kosten übernehmen würde.« Als er Pahls Stirnrunzeln wahrnahm, hob er beschwichtigend beide Hände. »Wir brauchen jetzt nicht wieder damit anzufangen! Ich habe ja verstanden, wie wichtig dir das Projekt ist und dass es sonst gescheitert wäre. Und dass du mit deiner Richtlinienkompetenz die Entscheidung treffen durftest. Alles gut, Schnee von gestern. Aber ich muss mich in meinem Ressort leider auch um so profane Dinge wie Budgets kümmern. Wo soll ich die Milliarde denn ein halbes Jahr eher herzaubern?«

Carsten Pahl seufzte. Während er sich zum Fenster drehte, fragte er resigniert, ohne eine Antwort zu erwarten: »Machst du eigentlich regelmäßig Rückenübungen?«

»Natürlich«, erwiderte Willemann stolz, »immer morgens im Bett, schließlich weiß man ja, was einen sonst erwartet.«

9. Kapitel

Montag, 10. August 2026
Poole, Südengland

In Bournemouth angekommen, fuhren Shannon und Tessa von der Autobahn ab.

Auf einer fast tropisch anmutenden Allee ging es plötzlich steil bergab. Unvermittelt lag der Atlantik direkt vor ihnen. Bevor Tessa das für sich einsortieren konnte, bogen sie schon scharf nach rechts ab und fuhren die Steilküste wieder hinauf. Das Meer war nicht mehr zu sehen. Verdattert drehte sie sich um.

Shannon lachte auf: »Wart mal ab, das war nur der Teaser. Gleich wird es noch viel besser.«

Nachdem sie durch ein kleines Pinienwäldchen und eine bunte, dörflich anmutende Ladenstraße mit Coffee Shops, Restaurants und – etwas unpassend – einem Mazda-Händler gefahren waren, bogen sie an einem Kreisverkehr nach links ab und fuhren in einem Bogen erneut den Hang hinunter. Plötzlich öffnete sich der Horizont, und eine riesige Lagune lag vor ihnen.

»Wow!«, rief Tessa und richtete sich auf, um besser sehen zu können. »Was ist das denn?«

»Poole Harbour, nach Sydney angeblich der zweitgrößte Naturhafen der Welt. Was aber gar nicht stimmt, der vor Cork in Irland zum Beispiel ist deutlich größer. Aber egal, hier sind alle sehr stolz darauf.«

Die Autofahrt und insbesondere das aufregende Verfolger-Intermezzo vorhin hatten Tessa so schläfrig gemacht, dass sie kurz weggedöst war. Jetzt war sie auf einmal wieder hellwach.

Vor ihnen lagen unzählige kleine Boote im Wasser. Dazwischen tummelten sich Stand-up-Paddler, Kajaks und ein paar Windsurfer, die trotz des lauen Lüftchens ihr Glück versuchten.

»Hier vor uns ist alles Stehrevier«, erklärte Shannon, »maximal einen Meter tief. Bei Wind ist alles voller Kitesurfer, das sieht dann noch mal toller aus.«

Tessa strahlte. So etwas hatte sie hier nicht erwartet. Sie spürte sofort Urlaubsstimmung in sich aufsteigen. Trotz des Gewusels auf dem Wasser und darum herum – die Uferstraße war gesäumt mit parkenden Autos, aus denen Wassersportler ihre Utensilien kramten – strahlte die Szenerie eine erholsame Ruhe aus. Wenn man Wasser mochte, musste man diesen Ort hier lieben. Tessa verstand sofort, warum Shannon so gerne hier war.

»Das Beste kommt noch!« Shannon klang wie ein kleines Kind, so viel Begeisterung war in ihrer Stimme.

Ein paar Hundert Meter weiter erreichten sie ihr Hotel und schlossen den Wagen an eine Ladestation an. Shannon hatte auf dem Weg hierher vergeblich versucht, ein weiteres Zimmer zu reservieren, alles war restlos ausgebucht. Also meldete sie Tessa einfach mit bei ihr an und bekam eine weitere Schlüsselkarte.

Auf dem Zimmer angekommen, ließ Tessa ihre Tasche fallen, lief zum Fenster und rief: »Wow, auf der Seite hier ist es ja noch schöner!«

»Sag ich doch. Das Hotel steht auf der schmalsten Stelle der Halbinsel, die Poole Harbour vom offenen Meer abtrennt. Es gibt hier ausschließlich Zimmer mit Meerblick, weil zu beiden Seiten

Wasser ist. Tagsüber finde ich den Blick aufs offene Meer auch schöner, abends ist aber Poole Harbour interessanter. Da ist dann alles voller Lichter aus der Stadt. In dieser Richtung hier sieht man dann nur noch ein paar blinkende Leuchtbojen.«

Tessa nickte. Sie hatte nicht gewusst, dass die englische Südküste hier so schön war. Weiter im Westen, im ländlichen Cornwall, gab es bekanntlich traumhafte Abschnitte. Aber hier, so dicht an London und im Grunde mitten in einer Stadt?

Tessas Blick folgte dem in beide Richtungen nicht enden wollenden Strand, und sie sog das Urlaubsfeeling in sich auf. Ihr kam es vor, als seien sie gar nicht mehr in England, sondern irgendwo viel weiter südlich. Zu allem Überfluss wuchsen hier auch noch überall Palmen.

»Komm, lass uns was anderes anziehen und an den Strand gehen«, schlug Shannon vor. »Man kann hier stundenlang am Wasser entlanglaufen.«

Tessa war begeistert. Sie kramte ein paar Sommerklamotten aus ihrer Tasche und ging damit ins Badezimmer. Nachdem sie abgeschlossen hatte, setzte sie sich auf den Badewannenrand und atmete erst einmal tief durch. War sie jetzt tatsächlich mit Shannon zusammen auf einem Hotelzimmer? Mit *der* Shannon O'Reilly? Das war doch nicht zu fassen. Total surreal, wie vertraut wir miteinander umgehen, dachte sie. Dabei kannten sie sich doch überhaupt nicht und waren dazu noch so völlig unterschiedlich. Wie konnte das sein? Plötzlich spürte Tessa Schmetterlinge im Bauch. Etwas aus der Fassung gebracht, zog sie sich um, kramte ein Haarband heraus und band ihre Haare zu einem Pferdeschwanz zusammen.

Als sie zurück ins Zimmer trat, saß Shannon mit ausgestreckten Beinen auf der Fensterbank und telefonierte.

»Ja, natürlich meine ich das ernst. Zwei Millionen sofort und dieselbe Summe noch einmal in sechs Monaten, ihr könnt das fest einplanen«, hörte Tessa unweigerlich mit. Als sie sich gerade wieder ins Bad zurückziehen wollte, weil sie das Gefühl hatte, dass sie das Gespräch nichts anging und ihr zudem die großen Zahlen unangenehm waren, blickte Shannon auf und bedeutete ihr zu bleiben.

»Sorry, Dan, ich muss Schluss machen.« Dann lachte sie gelöst auf. »Gar nichts schuldet ihr mir! Mensch, wie oft soll ich dir das denn noch sagen? Ich finde es einfach toll, was ihr macht, und möchte es unterstützen.«

Dann verabschiedete sie sich und legte auf. Tessa staunte nicht schlecht, fand es aber unangebracht nachzufragen, zumal Shannon keinerlei Anstalten machte, sich zu erklären. Da trafen sich ihre Blicke, und bevor Tessa etwas sagen konnte, sprang Shannon auf und fing wieder an zu lachen. Diesmal stimmte Tessa mit ein: Beide waren barfuß, trugen eine ausgewaschene hellblaue Jeans und ein Trägertop – immerhin in unterschiedlichen Farben. Die langen blonden Haare beider Frauen waren fast identisch zu einem Pferdeschwanz gebunden. Tessa war die frappierende Ähnlichkeit irgendwie unangenehm. Umso froher war sie, dass die Stimmung so gelöst war.

Shannon wirkte so viel jünger jetzt als in ihren Businessklamotten. Unglaublich, dass sie doppelt so alt wie ich ist, schoss es Tessa durch den Kopf.

Sie nahmen die Treppe nach unten, liefen über die Hotelterrasse nach draußen und standen unvermittelt mit den Füßen im warmen Sand.

»Wahnsinn! Was für ein Strand! Man kann das Ende ja gar nicht sehen!«, rief Tessa und blickte abwechselnd in beide Richtungen die Küste entlang.

»Darf ich vorstellen?« Shannon breitete die Arme aus. »Mit fünfzehn Kilometern der längste Sandstrand Großbritanniens!«

»Dein Ernst?«

»Ja!« Shannons Begeisterung hatte etwas Ansteckendes. »Etwas weiter westlich von hier gibt es zwar einen noch längeren, aber der besteht aus Kieselsteinen. Da musst du aber auch unbedingt einmal hin. Die Steine da wurden im Verlauf der Jahrtausende durch die Meeresströmung fein säuberlich der Größe nach sortiert. Auf der einen Seite sind sie erbsengroß und wachsen bis zum anderen Ende auf die Größe von Apfelsinen an. Ich konnte lange nicht glauben, dass Wellen zu so etwas in der Lage sind, und war mir sicher, dass das die Dinosaurier gemacht haben mussten. Von denen gibt es da nämlich lauter Versteinerungen.«

Tessa schüttelte ungläubig ihren Kopf, aber nicht so sehr wegen der Geschichte mit den sortierten Kieselsteinen. Es war Shannon, die sie verblüffte. Wie konnte eine der erfolgreichsten Investmentmanagerinnen der Welt nur ein derart kindliches Gemüt haben?

Sie liefen nicht in die Richtung, in die Shannon immer joggte, sondern entgegengesetzt. Hier gab es keine Strandpromenade und auch keine Steilküste mehr. Wie ihr Name Sandbanks vermuten ließ, war die zwei Kilometer lange Landzunge eine Sandbank, die sich mithilfe der Meeresströmungen über Jahrhunderte langsam vor die Öffnung von Poole Harbour geschoben hatte. Die einzige Straße lief unmittelbar an der inneren Wasserkante entlang und war dementsprechend nur einseitig Richtung Atlantik bebaut. Wie an einer Perlenschnur reihten sich hier rund zwanzig Häuser aneinander, die durch ihre besondere Lage genau wie das Hotel auf beiden Seiten Meerblick hatten.

Tessa pfiff durch die Zähne, als sie die Häuser erblickte. »Coole Lage. Aber ich hoffe, denen ist klar, dass sie als einer der Ersten verschwinden, wenn wir den Klimawandel nicht endlich ernst nehmen.«

»Du meinst, wenn der Meeresspiegel steigt?«

Tessa nickte.

»Die neueren Häuser haben alle Flutschutz-Barrieren für ihre Eingänge und Garagentore«, erklärte Shannon.

»Na super«, spottete Tessa, »dann ist das Problem ja gelöst. War ja einfacher, als ich dachte. Dann können die Besitzer sich ja alle wieder hinlegen.«

Sie krempelten ihre Hosen hoch und schlenderten mit den Füßen im Wasser einen rappelvollen, mit historischen Badehäuschen gesäumten Strandabschnitt entlang an einer Life-Guard-Station vorbei. Danach wurde es schlagartig wieder überraschend leer und idyllisch. Am Ende von Sandbanks nahmen sie die kleine, im Zwanzig-Minuten-Takt operierende Kettenfähre hinüber auf die andere Seite. Die enormen Wassermassen, die hier fortlaufend im Gezeitenrhythmus in die Lagune gedrückt und wieder herausgesaugt wurden, sorgten für eine derart starke Strömung, dass Baden hier weiträumig verboten war. In Studland Bay angekommen, setzten sie ihren Strandspaziergang fort.

Tessa hatte das Gefühl, dass sie noch stundenlang mit Shannon über Belanglosigkeiten hätte reden können. Aber das konnte ja nicht Sinn der Sache sein. Shannon verwirrte sie, weil sie so gar nicht in ihr bisheriges Weltbild zu passen schien. Wie konnte eine der mächtigsten Finanzmanagerinnen im Silicon Valley, die ja vermutlich Milliardärin war, so authentisch und unprätentiös sein? Und warum verstanden sie sich so gut? Sie hatten doch vollkommen unterschiedliche Ansichten und Lebenseinstellungen. Schlauer würde sie jedenfalls nicht, wenn sie hier weiter Small Talk machten, stellte sie fest. Also entschloss sie sich, in die Offensive zu gehen.

»Sag mal, Shannon, was hältst du eigentlich von Leuten wie mir?« Kaum hatte der Satz ihre Lippen verlassen, merkte sie, wie blöd die Frage war. Um ihre Nervosität zu überspielen, hob sie eine Muschel auf und warf sie vermeintlich beiläufig ins Meer. Dabei sah sie aus den Augenwinkeln, dass Shannon grinste.

»Was meinst du? Als Frau? Äußerlich sind wir uns ja irgendwie nicht unähnlich, also finde ich dich natürlich supercool!«

Das war nett, dachte Tessa, Humor hilft doch wirklich immer. Aber sie wollte dranbleiben. »Du weißt genau, was ich meine.«

Shannon wurde ernst. Dann blieb sie stehen und suchte Tessas Blick. »Ehrlich gesagt bin ich mir nicht sicher, was ich von Leuten wie dir halte. Deshalb hatte ich ja die Idee, dass wir zusammen hier runterfahren. Ich möchte dich gerne besser kennenlernen. Ich möchte verstehen, was dich antreibt und wo du hinwillst.«

»Und warum hast du mich das dann nicht längst gefragt? Warum quatschen wir die ganze Zeit über unwichtiges Zeug?«

»Weil es keinen Sinn hat, wenn ich versuche, dich da reinzudrängen. Komm, wir setzten uns da oben in die Dünen und reden in Ruhe!«

Tessa stutzte. Dann verstand sie. Insbesondere nach ihrer abweisenden Reaktion vorhin im Auto war nachvollziehbar, dass Shannon sie nicht pushen wollte. Sofort spürte sie Ärger in sich aufsteigen, dass sie sich nicht eher aus der Deckung gewagt hatte.

Sie gingen den Strand hinauf und kletterten auf den ersten Dünenkamm. Von hier oben hatte man einen malerischen Rundumblick. Im Landesinneren schloss sich eine ebene Heidelandschaft an, die weiter hinten an saftige grüne Hügelketten grenzte. Der breite Sandstrand von Studland Bay wechselte in westlicher Richtung in eine zerklüftete Kalkstein-Steilküste über, die wie das Spiegelbild der Felsen der Isle of Wight wirkte, die gut sichtbar weit draußen aus dem Meer ragte.

»Erst mal möchte ich gerne etwas klarstellen«, begann Shannon, nachdem sie sich in eine geschützte Sandkuhle gesetzt hatten. »Auch wenn ich mir etwas blöd dabei vorkomme. Aber nach dem Verlauf unserer Diskussion heute Vormittag in London ist das nötig, glaube ich.«

Tessa hatte ihre Knie angezogen und die Arme um ihre Beine geschlungen. Sie schaute aufs Meer.

»Wir beide, Tessa, wollen ein und dasselbe. Wir möchten erreichen, dass der Mensch schnellstmöglich damit aufhört, klimaschädliche Gase in die Atmosphäre zu blasen. Und wir beide wissen, dass das absolut alternativlos ist. ›Weiter wie bisher‹ ist keine Lösung.«

»Das musst du *mir* nicht erklären«, erwiderte Tessa. »Aber ist *dir* das wirklich klar? Ich will jetzt nicht gleich wieder konfrontativ werden, aber bist du nicht mit alldem, was du machst, eine große Advokatin des ›Weiter wie bisher‹?«

»Der Meeresspiegel steigt derzeit klimawandelbedingt um vier Millimeter pro Jahr.«

»Das ist mir bekannt.«

»Genau. Aber weißt du auch, wie viel Wasser man dem Meer entnehmen müsste, um das zu kompensieren?«

Tessa schaute Shannon verständnislos an.

»Ich sage es dir. Vier Kubikkilometer am Tag. Und um es greifbarer zu machen, das sind zwanzig Olympia-Schwimmbecken pro Sekunde!«

»Woher weißt du das?«, erwiderte Tessa, merkte aber sofort, wie blöd die Frage war. Erwartungsgemäß ließ die Quittung nicht lange auf sich warten.

»Ausgerechnet, ist ja nicht so schwer.«

Tessa nickte. »Und was willst du mir damit sagen?«

»Dass ich mich nicht weniger mit all diesen Themen auseinandersetze als du. Nur anders.«

»Das glaube ich dir ja, Shannon. Aber mit dem gemeinsamen Ziel bin ich mir trotzdem nicht so sicher.«

»Das, was uns beide so sehr voneinander unterscheidet«, fuhr Shannon fort, »ist der Weg, den wir gehen, um unser Ziel zu erreichen. Wir haben so unterschiedliche Richtungen eingeschlagen, dass es so aussieht, als könnten wir uns nicht einmal mehr gegenseitig helfen. Und nicht, dass du mich falsch verstehst. Ich habe Hochachtung vor dem, was ihr auf die Beine gestellt habt. Im Grunde ist es sogar unglaublich, wie es euch gelungen ist, über einen so langen Zeitraum die Agenda in Politik und Wirtschaft gleichermaßen zu setzen. Noch dazu in unserer schnelllebigen Zeit. Ihr habt die Leute sehr effektiv wachgerüttelt, und das ist eine Riesenleistung.«

»Aber ...?«

»Na ja, irgendwie ist die Mehrheit ja inzwischen wach.«

»Wie bitte?« Tessa riss die Augen auf. »Es passiert doch viel zu wenig!«

»Genau. Weil wach sein eben nicht reicht, um etwas auf die Kette zu kriegen. Dazu muss man aufstehen und handeln. Und das machen die Menschen nur, wenn sie dazu gezwungen werden. Darum geht es. Handlungsdruck erzeugen. Das ist jetzt die entscheidende Aufgabe. Wir sind in einer zweiten Phase des Kampfes angelangt, Tessa. In der ersten Phase ging es darum, *awareness*, Sichtbarkeit zu schaffen. Das habt ihr bravourös hinbekommen.« Sie suchte Tessas Blick und sprach mit höchster Intensität weiter: »Jetzt aber müssen konkrete, umsetzbare Konzepte auf den Tisch, wie wir die Klimakrise bewältigen können.«

»Verstehe, daher weht der Wind.« Tessa lachte auf. Es klang herablassend. »Die Klimabewegung macht es sich zu einfach, weil sie nur anprangert und keine schlüssigen Lösungskonzepte vorlegt, ja? Das ist ja ein ganz neuer Vorwurf!«

»Du brauchst gar nicht sarkastisch zu werden. Sag mir lieber, wie du dazu stehst?«

»Das ist totaler Quatsch. Ehrlich gesagt finde ich es sogar eine Unverschämtheit! Wir rennen von Veranstaltung zu Veranstaltung, haben Millionen von Follower*innen in den sozialen Medien, schreiben Bücher und machen sonst was. Weißt du eigentlich, wie viele Stunden in der Woche ich für das Klima unterwegs bin?« Tessa wurde jetzt richtig böse. »Deutlich mehr, als die meisten Leute fulltime arbeiten! Und das machen wir auf allen Kanälen, 24/7 und rund um den Globus. Dabei sprechen wir mit Politiker*innen und Manager*innen über strukturelle Veränderungen genauso wie mit der Öffentlichkeit über wichtige kleine Schritte. Und wir leben jedem Einzelnen persönlich vor, wie man ganz einfach seinen individuellen Konsum klimafreundlich ausrichten kann – ohne großen Verzicht. Wenn das mal keine schlüssigen Lösungskonzepte sind, weiß ich auch nicht mehr.«

»Greifen die denn?«, fragte Shannon ruhig.

»Was greift?«

»Eure Lösungskonzepte?«

»Was soll die Frage?«, erwiderte Tessa bockig.

»Komm schon! Wie gesagt, was unsere Ziele anbetrifft, liegen wir doch auf einer Linie. Die entscheidende Frage ist, wie können wir sie erreichen? Das ganze Gerede über Klimaneutralität irgendwann in zwanzig Jahren hat doch nur den Zweck, konkrete Maßnahmen auf die lange Bank zu schieben. Wir brauchen radikale Veränderungen heute, nicht morgen.«

Tessa schwieg. Schräg über ihnen schwebte eine Möwe, die eine Muschel aus ihrem Schnabel auf den Strand fallen ließ. Dann flog sie hinunter, nahm die Muschel wieder auf und wiederholte das Spiel. Tessa musste an früher denken. Schon als kleines Mädchen hatte sie das Spiel in den Sommerferien manchmal beobachtet.

Die Möwen machten das so lange, bis die Muschel irgendwann geknackt war und sie den Inhalt herunterwürgen konnten. Sie spürte, wie sie ruhiger wurde.

»Du hast ja recht, unsere Konzepte greifen nicht«, nahm sie den Faden wieder auf. »Sie greifen weder in der Politik noch bei den Menschen. Regulatorische Maßnahmen werden viel zu langsam umgesetzt, und kaum jemand ist bereit, sein Verhalten zu ändern. Die theoretisch so wahnsinnig starke Macht der Verbraucher verpufft in der Praxis, weil nicht genügend Menschen mitmachen. Dabei wäre es so einfach und würde fast nichts kosten, weder Geld noch Aufwand. Die Ignoranz der Leute ist zum Heulen.«

»Ich glaube auch nicht an individuelle Verhaltensänderungen«, pflichtete Shannon ihr bei. »Hier bei uns ist das vielleicht noch vorstellbar, aber im großen Rest der Welt? Persönlicher Wohlstand kommt bei uns Menschen vor Allgemeininteresse, so sind wir einfach programmiert. Das ist eine sehr bittere Erkenntnis, weil sie der Menschheit als Ganzes grenzenlose Dummheit attestiert. Jeder Einzelne von uns acht Milliarden hat ein Gehirn, das leistungsfähiger ist als das jeder anderen Spezies auf der Erde. Gemeinsam aber taugen wir zu gar nichts, verhalten uns dümmer als jedes Tier und versenken den Karren mit Vollgas im Dreck. Eine spannende Gegenthese zur so gehypten Schwarmintelligenz übrigens, aber das ist ein anderes Thema.«

Tessa starrte aufs Meer, lange. Dann wandte sie sich Shannon zu und guckte ihr direkt in die Augen. »Damit triffst du genau ins Schwarze. Mich beschäftigt dieses Dilemma schon seit Jahren. Ich habe darüber aber so offen noch mit niemandem gesprochen, und ich weiß überhaupt nicht, warum ich das jetzt tue. Wenn meine Zweifel publik werden, ist das eine Katastrophe für die Klimabewegung.«

»Das bleibt unter uns, Ehrenwort«, beruhigte sie Shannon.

»Was machen wir denn falsch? Es kann doch nicht sein, dass es keinen Ausweg mehr gibt?«

Jetzt ließ sich Shannon Zeit mit der Antwort. Dann sagte sie vorsichtig: »Ich habe tatsächlich eine Idee dazu.«

Tessa horchte auf.

»Ich glaube, dass ihr ein grundsätzliches Problem habt. Ihr habt auf die vollkommen falschen Bündnispartner gesetzt und arbeitet euch jetzt sinnlos an ihnen ab. All die Politiker, Konzernlenker und sogar die meisten Bürger sind doch in dem bestehenden System groß und erfolgreich geworden – oder finden sich zumindest darin zurecht. Mit ihrer Partei, ihrem Posten, ihrer Firma oder einfach persönlich in ihrem Privatleben. Das bedeutet, dass sie alle etwas zu verlieren haben. Und deshalb schalten sie automatisch in den Verteidigungsmodus. So ist der Mensch: bloß keine Veränderung, erst recht keinen Verlust von Status oder anderen Annehmlichkeiten. Ihr in der Klimabewegung seid anders. Ihr seid jung und habt nicht viel zu verteidigen. Ihr habt das große Privileg, weitgehend frei von eigenen Konflikten agieren und ganz sachlich auf die Lage schauen zu können. Das Richtige für die Zukunft unserer Erde ist auch das Richtige für euch. Das ist großartig, das macht euch wahnsinnig stark! Eure Bündnispartner haben aber alle einen intrinsischen Zielkonflikt mit euren Forderungen. Das führt zu unüberbrückbaren Reibungen und Widerständen, die ganz zwangsläufig mit sich bringen, dass es nur gähnend langsame Fortschritte gibt.«

»Scharfe Analyse. Also wirklich, ich meine das ganz ohne Sarkasmus. Aber was schlussfolgerst du daraus?«

»Ihr braucht neue Bündnispartner.«

Tessa schaute sie fragend an.

»Wir brauchen grundlegende strukturelle Veränderungen in unserer Welt. Die schafft man nicht mit den Platzhirschen, sondern nur mit Leuten, die ein Interesse an der Zerstörung des Alten haben, um Neues zuzulassen ...«

»Schumpeter?«, unterbrach Tessa sie ungläubig. »Der ist gerade ein Thema in meinem Studium.«

»Na prima! Den hätte ich jetzt namentlich wahrscheinlich gar nicht bemüht, aber wenn du dich sowieso gerade mit ihm auseinandersetzt, umso besser. Im *Economist* stand neulich mal, dass Schumpeter einer der wenigen Intellektuellen war, die das Wesen des unternehmerischen Handelns wirklich verstanden hatten. Verstehst du?«

Tessa verstand überhaupt nicht.

»Kreative Zerstörung – den Begriff hat er ja quasi erfunden – ist genau das, was wir jetzt brauchen. Ausgetretene Pfade verlassen, auch auf die Gefahr hin, dass man Althergebrachtes dabei kaputtmacht. Vielleicht sogar explizit mit diesem Ziel! Disruptives Vorgehen ist Unternehmertum, und zwar im ganz großen Stil. Das findest du aber weder in der Politik noch in der etablierten Industrie.«

Tessa runzelte die Stirn, ihr schwante Übles.

»Aber weißt du, wo du das findest? Bei vielen von den Leuten, die du heute auf der Konferenz gesehen hast. Unsere Geschäftsmodelle basieren auf Veränderung und Innovation, um neue Wachstumsfelder zu generieren. Wir haben als Erste auf Amazon, Google und Facebook gesetzt und so die Digitalisierung in einer Weise beschleunigt, wie es durch die etablierten Marktkräfte niemals möglich gewesen wäre. Und auch damals hat die Politik viel zu lange geschlafen. Wir haben sie links liegen gelassen und einfach mal eben die Welt verändert! Wenn irgendjemand in der Lage ist, jetzt der Dekarbonisierung zum Durchbruch zu verhelfen, dann sind wir das. Insbesondere, da unsere finanziellen Möglichkeiten heute noch viel größer sind als vor 25 Jahren.«

Tessa fühlte sich total überrumpelt. Shannons Ausführungen waren messerscharf. Die Diagnose, woran die Klimabewegung und mit ihr die ganze Welt im Moment scheiterte, war ein Volltreffer. Und die Macht des Geldes war ja leider unbestritten. Aber die Allianz, die sie da offenbar als Heilmittel vorschlug, war für Tessa ein Pakt mit dem Teufel. Unregulierter Wettbewerb, übertriebenes Wachstumsstreben und unanständige Gewinnerwartungen – dafür stand Shannons Branche. Ganz zu schweigen von der systematischen Missachtung von Datenschutz und Privatsphäre. Das alles war unvereinbar mit Tessas Werten und Überzeugungen. Und das galt nicht nur für sie, sondern für die ganze Klimaschutzbewegung. Für die erst recht. Viele ihrer Mitstreiterinnen und Mitstreiter hatten sogar von ihr gefordert, die Einladung zu der heutigen Konferenz in London abzulehnen, weil sie befürchteten, dass Tessa nur instrumentalisiert werden würde. Das sah sie zwar anders, den Dialog musste man immer suchen. Aber eine partnerschaftliche Zusammenarbeit? Undenkbar! Sie schüttelet den Kopf.

»Das ist total abwegig, Shannon.«

»Warum? Erklär es mir!«

»Weil ... weil es einfach nicht passt!« Tessa sprang auf, fuchtelte mit ihren Armen in der Luft herum und rang nach Worten. Dann fing sie plötzlich an zu lachen. »Shannon, das geht nicht! Die Welt ist nicht so rational. Hier sind Emotionen im Spiel! Und Ideologien! Du bist viel zu kopfgesteuert und zu pragmatisch. Stell dir das doch nur mal vor: Deine Investmentbanker*innen mit meinen Aktivist*innen!« Wieder lachte sie auf. »Vergiss es einfach, wir haben unsere Grundsätze. Wenn wir die jetzt auch noch infrage stellen, spalten wir unsere Bewegung endgültig und schwächen sie damit nur noch weiter. Komm, lass uns das beenden. Das führt zu nichts.«

Shannon wollte gerade etwas erwidern, da schob Tessa nach:

»Wirklich, ich meine es ernst. Lass uns lieber was essen gehen, ich habe einen Riesenhunger!«

»Verstehe.« Shannon zuckte mit den Achseln. »Aber das trifft sich gut, ich nämlich auch. An der Fähre gibt es ein superschön gelegenes Restaurant direkt am Wasser. Wir versuchen, da einen Platz zu bekommen.«

Tessa war erleichtert. Das Gespräch hatte sie aufgerieben. Sie sprangen die Dünen hinunter und machten sich auf den Rückweg.

Der Strand war noch breiter geworden, es ebbte. Wo der Sund von Poole Harbour in Studland Bay einschnitt, hatte die Strömung eine kleine Sandbank gebildet. Irgendetwas war dort angespült worden, das die Aufmerksamkeit von ein paar Möwen auf sich zog, die unschlüssig darum herumstanden. Als sich Tessa und Shannon näherten, flogen sie kreischend davon. Zurück blieb ein merkwürdig aussehender, etwa unterarmlanger toter Fisch. An seiner Unterseite wuchs eine geschwulstartige pralle Blase, die das Tier anomal verformt erscheinen ließ.

Als Tessa sich bückte und ihre Hand ausstreckte, um die Blase zu berühren, griff Shannon nach ihrem Arm.

»Nicht anfassen! Ich glaube, das ist ein Kugelfisch.«

Tessa zuckte zurück. »Na und?«

»Die sind giftig, extrem giftig sogar. Die Möwen wissen schon, warum sie den in Ruhe gelassen haben.« Shannon schüttelte ihren Kopf. »Dass es die hier gibt, hätte ich nicht gedacht.« Sie griff nach ihrem Telefon und schaute nach. Ein paar Sekunden später nickte sie bestätigend. »Ja, kein Zweifel, es ist ein Kugelfisch. Lass uns den vergraben, dann kann er kein Unheil mehr anrichten. Hier springen so viele Kinder rum, stell dir vor, die fangen an, mit ihm zu spielen.«

Shannon kniete sich hin und grub mit ihren Händen ein Loch in den Sand. Dann stand sie auf, griff nach einem Stock und brach ihn in der Mitte durch. Mit beiden Enden hob sie das tote Tier vorsichtig hoch und legte es in die Kuhle. Anschließend schmiss sie die Stöcke zur Seite, schob Sand über den Kugelfisch, trat das Ganze fest und guckte Tessa triumphierend an. Die nickte zustimmend, und sie wandten sich zum Weitergehen.

Nach ein paar Metern blieb Shannon jedoch stehen, drehte sich noch einmal um und ging zurück. Sie nahm den oberen der beiden quer übereinander gelandeten Stöcke hoch und legte ihn ordentlich parallel neben den anderen. Tessa schaute sie fragend an.

»Über Kreuz abgelegte Essstäbchen bringen Unglück, wusstest du das nicht?«

Das mitten in der Dünenlandschaft gelegene *Shell Bay* war ein anerkannt gutes Restaurant, das eine legere Strandatmosphäre pflegte. Dementsprechend war es kein Problem, dass Shannon und Tessa barfuß und mit hochgekrempelten Jeans auftauchten. Erwartungsgemäß war es rappelvoll, da Shannon aber hier nicht unbekannt war, bekamen sie nach kurzer Wartezeit einen Zweiertisch auf der Terrasse mit freiem Blick über Poole Harbour. Die Sonne senkte sich bereits langsam Richtung Horizont und verwandelte die Wasseroberfläche vor ihnen in ein glitzerndes Lichtermeer.

Nachdem sie etwas zu essen, Wasser und eine Flasche Wein bestellt hatten, kam Tessa auf den Kugelfisch zurück.

»Interessant, dass die Möwen wussten, dass der giftig war«, sagte sie mit schief gelegtem Kopf.

»Allerdings.« Shannon nickte. »Es gibt die hier eigentlich viel zu selten, als dass sie das gelernt haben könnten. Das muss Instinkt gewesen sein.«

»Woher wusstest du denn, dass es ein Kugelfisch war und dass der so giftig ist? Auch Instinkt?«

»Nein, ich hab das mal gelesen. Die Zubereitung ist so riskant, dass es dafür eine extra Ausbildung gibt, die mehrere Jahre dauert. Trotzdem kommt es in Asien immer wieder zu tödlichen Zwischenfällen, weil die richtige Dosierung offenbar nicht so einfach ist. Hier bei uns ist der Verzehr von Kugelfisch deshalb auch verboten.«

»Danke noch mal, dass du mich davon abgehalten hast, das Viech anzufassen.« Tessa schüttelte angewidert den Kopf, lächelte dann aber, als sie Shannons Blick traf.

Als sie das *Shell Bay* später verließen, strahlten der Himmel und die Wasserfläche von Poole Harbour in Orange um die Wette. Sie nahmen die kleine Holztreppe, die von der Terrasse direkt zum Ufer führte, und kürzten so den Weg zur Fähre ab.

Als sie wieder vor ihrem Hotel standen, kam Tessa plötzlich eine Idee. »Du hast nicht zufällig zwei Badeanzüge dabei? Ich hätte superviel Lust zu schwimmen.«

»Nein, habe ich nicht.« Shannon schaute sie auffordernd an. »Aber brauchen wir Badeanzüge?«

Noch während sie das sagte, streifte sie ihre Jeans ab und stand jetzt nur noch in Top und Unterhose am Strand.

Tessa grinste und tat es ihr nach. Jauchzend rannten sie zusammen ins Wasser. Das Meer war spiegelglatt, der Wind hatte sich vollkommen gelegt. Die mittlerweile vollständig untergegangene Sonne weigerte sich, ihren Dienst komplett einzustellen, und tauchte die Szenerie in ein unglaublich warmes, indirektes Licht. Es war die schönste Stunde des ganzen Tages, und trotzdem war es fast menschenleer. Nur ein paar Stand-up-Paddler durchkreuzten gemächlich das Wasser, weiter draußen zogen zwei Fischerboote ihre Kreise.

Tessa und Shannon schwammen bis zu den gelben Bojen hinaus. Als sie zurück ein kleines Wettschwimmen machten, stellten sie fest, dass sie gleich schnell kraulen konnten.

Wieder am Strand, griffen sie nach ihren Sachen und rannten nass, wie sie waren, hoch zum Hotel. Kichernd durchquerten sie die Lobby. Personal und Gäste schauten ihnen gleichermaßen belustigt hinterher.

Zurück auf ihrem Zimmer warf Shannon die Tür hinter sich zu, und plötzlich standen sie dicht voreinander und schauten einander in die Augen. Ihre Haare trieften und klebten an ihren Wangen. Sie waren tatsächlich gleich groß. Der wechselseitige Blick ging tief und dauerte einen Moment zu lang, um beiläufig zu sein. Ein Zucken lief durch Tessas Körper, fast so, als würde sich die Spannung entladen, die plötzlich in der Luft lag. Ihr war vollkommen klar, was jetzt passieren würde. Rational war es falsch, spürte sie, aber sie hatte keinerlei Ambitionen, es zu verhindern. Im Gegenteil, leidenschaftliches Verlangen stieg in ihr auf. Ohne den Blick von Shannon abzuwenden, zog sie ihr Top über den Kopf und ließ es fallen, einen BH trug sie nicht. Shannon stand wie versteinert da und rührte sich nicht. Ihr Blick wechselte zwischen Tessas Augen und ihren Brüsten hin und her. Sie bebte leicht, und ihre Halsschlagader pochte so heftig, dass Tessa es sehen konnte.

Sie biss sich auf die Unterlippe. Einen Moment lang wirkte Shannon so überfordert, dass Tessa sich fragte, ob sie zu weit gegangen war. Dann aber zog auch Shannon in einer fließenden Bewegung ihr Top über den Kopf und schmiss ihren BH in die Ecke. Als sie sich langsam näherten, waren es die Spitzen ihrer Brüste, die sich zuerst berührten. Tessa zuckte kurz zurück, nur um sofort wieder die Berührung zu suchen. Als ihre Lippen sich trafen, stieß sie ein leises Stöhnen aus, das in Shannons Mund verhallte.

Sie begannen sich vorsichtig zu liebkosen. Zärtlich fuhr Shannon ihr durch die Haare, und sie streichelten sich gegenseitig, langsam vom Hals über die Schultern, den Rücken hinunter. Es war ein Erkunden, eine bewundernde Liebkosung des jeweilig anderen Körpers. Als Tessa der damit verbundenen Nähe und Vertrautheit gewahr wurde, fragte sie sich kurz, was das zu bedeuten hatte. Doch die Intensität von Shannons Fingern auf ihrem Schlüsselbein, an ihren Rippen, ihren Hüftknochen verdrängte alle Fragen, und so ließ sie es einfach geschehen.

Dann plötzlich hielten sie wieder inne und sahen sich prüfend an. Shannon öffnete ihren Mund einen Spaltbreit und strich mit der Zunge auffordernd zunächst über ihre Ober- und dann über die Unterlippe. Tessa sprühte nur so vor Verlangen. Sie nahm Shannons Hand in ihre und führte sie zum Bett.

Als sie nebeneinanderlagen, fanden sich ihre Lippen erneut. Sie begannen sich zu küssen, heftiger als eben im Stehen, hemmungslos. Ihre Zungen drangen wechselseitig tief in den Mund der anderen ein, und Tessa keuchte vor Lust. Dann richtete sie sich auf und setzte sich auf Shannons Schoß. Sie beugte sich hinunter und küsste Shannons Brüste. Die stöhnte laut auf, packte Tessa an den Hüften und drückte sie in rhythmischen Bewegungen zu sich herunter. Tessa richtete sich auf, warf den Kopf zurück und streckte ihre Arme nach oben. Doch dann löste sie sich aus Shannons Griff und rutschte langsam tiefer. Während sie mit ihrer Zunge an Shannons Bauchnabel spielte, zog sie ihr den String aus und kroch noch tiefer. Shannon spreizte ihre Beine, griff mit den Händen oben an die Bettpfosten und machte ein Hohlkreuz.

10. Kapitel

Dienstag, 11. August 2026
Schanghai, China

Als Zhāng Li aufwachte, hatte er keine Ahnung, wo er sich befand, und auch nicht, wie er dort hingekommen war. Sofort klar wurde ihm hingegen, dass er die Kontrolle verloren haben musste. Er hatte wahnsinnige Kopfschmerzen, und auch sein Magen revoltierte. Blinzelnd versuchte er, sich zu orientieren. Die beiden nackten Frauen, die rechts und links neben ihm schliefen, kamen ihm vage bekannt vor, aber er konnte sie nicht zuordnen. Vorsichtig, um sie nicht zu wecken, stand er auf und schlich zum Fenster. Erleichtert stellte er fest, dass er zumindest noch in Shanghai war, mitten in Shanghai sogar. Von weit oben blickte er über den Huangpu River direkt auf Pudong.

Ziemlich exklusives Appartement, dachte er. Als er im Spiegelbild der Fensterscheibe seinen nackten Körper betrachtete, registrierte er, dass seine ganze Brust mit parallel verlaufenden Striemen überzogen war. Fingernägel. Sein Blick wanderte hinunter zu seinem Penis. Der schien unversehrt, lediglich die wundgerötete Vorhaut verriet, dass er offenbar eine anstrengende Nacht hinter sich hatte. Kopfschüttelnd kramte er sein Telefon aus der Hose, die er zwischen den Klamotten der beiden Frauen herauszog. Er sog scharf Luft ein, als sein Blick auf die Uhrzeit fiel: gleich 15:00 Uhr. Er ging zurück zum Fenster und versuchte, seine Gedanken zu sortieren, während er den Oriental Pearl Tower betrachtete, den er aus dieser Perspektive noch nie gesehen hatte.

Er war gestern mit Sheng im *Shayú Gang* gewesen. Danach waren sie noch um die Häuser gezogen. An die Rooftop-Bar konnte er sich noch erinnern, danach war alles weg. Wie ein Filmriss. Seine Gedanken begannen wieder um das zu kreisen, was Sheng ihm gestern erläutert hatte. Eigentlich gab er ja nicht viel auf derartige zeitliche Prognosen. Zu oft schon war er von falschen Terminplänen für Hard- und Softwareprojekte enttäuscht worden. In aller Regel waren die Einschätzungen zu optimistisch, die Projekte brauchten fast immer länger, als erhofft. Und hier war sogar ein Quantencomputer im Spiel. Deshalb hatte er bis gestern fest damit gerechnet, dass auch das Minerva-Projekt länger brauchen würde als geplant. Die aktuelle Einschätzung seines Freundes aber war eine andere. Und Sheng vertraute er zu hundert Prozent. Die Welt würde also nur noch knapp zwei Jahre lang weiterschlafen. Beunruhigend fand er das aber nicht – im Gegenteil, er konnte es kaum erwarten.

Kopfschüttelnd drehte er sich um und betrachtete die friedlich schlafenden Körper. Sie waren wunderschön. Die eine Frau war Chinesin, die andere kam nicht von hier, sondern irgendwo aus Südostasien, Philippinen, vermutete er. Wieder schoss ihm die Rooftop-Bar durch den Kopf, er konnte aber nicht greifen, warum. Sie hatten eine sehr unterschiedliche Figur, die Chinesin hochaufgeschossen und schlank, die andere eher drall, wirkten aber beide ausgesprochen fit, regelrecht durchtrainiert. Er bedauerte, dass er sich an nichts erinnerte.

Für einen kurzen Moment überlegte er, sie zu wecken, entschied sich dann aber aufgrund der Tatsache, dass er sich in mehrfacher Hinsicht nicht wohl in seiner Haut fühlte, dagegen.

Nachdem er seine Sachen zusammengesucht hatte, zog er sich schnell an und schlüpfte vorsichtig aus der Wohnung. Erst unten auf der Straße hatte er wieder Empfang und wählte sofort Shengs Nummer.

»Li, du alter Casanova, wieder unter den Lebenden?«

»Ja. Nur dass ich mich an nicht viel erinnern kann.«

»Das ist aber schade«, lachte Gao Sheng, »die beiden Frauen, die dich unbedingt mit nach Hause nehmen wollten, sahen aus, als würde *ich* mich daran erinnern wollen, wenn ich die Nacht mit ihnen verbracht hätte. Wenn ich nicht so glücklich verheiratet wäre, hätte ich ganz neidisch werden können.«

»Ich habe keine Ahnung, was die mit mir gemacht haben, Sheng. Aber bist du gut nach Hause gekommen?«

»Ja, spät war es, aber alles o. k. Tailin hat sich Sorgen gemacht, du kennst sie ja.«

»Du hast wahnsinniges Glück mit ihr, weißt du das eigentlich?«

»Tailin, stell dir vor, Li hat gerade einen Dreier mit den beiden Knallermädels hinter sich, von denen ich dir erzählt habe, und das Einzige, was ihm einfällt, ist, mich daran zu erinnern, was für ein Glück ich mit dir habe!«

Im Hintergrund war ein verklemmtes Kichern zu hören.

Zhāng Li wurde ernst. Mit gedämpfter Stimme fragte er: »Sag mal, Sheng, wir haben aber nicht irgendwelche Dummheiten gemacht, oder?«

»Na ja, mal abgesehen von viel zu viel Baijiu, einer fast tödlichen Portion Hetun, zu teuren Clubs und deinem Dreier vermutlich nicht. Und deine beiden Freundinnen haben auf mich auch nicht den Eindruck gemacht, als hätten sie ein gesteigertes Interesse an unserem Berufsleben.«

Zhāng Li atmete erleichtert durch. Er hasste es, wenn er die Kontrolle verlor. Aber Sheng hatte vermutlich recht.

Nachdem Zhāng Li das fremde Appartement verlassen hatte, verharrten die beiden Frauen noch einen Moment lang in Schlafstellung. Dann sprangen sie auf und klatschten sich lachend ab.

»Was haben wir dem denn gegeben, Viagra?«, prustete die Chinesin los.

»Das habe ich mich auch gefragt! Jedenfalls hat er uns wirklich alles abverlangt. Das war mit Abstand der längste Fick, den ich je hatte«, kommentierte die Philippinin mit einem Grinsen.

Dann wurden sie ernst. Die Chinesin nahm ihr Telefon, öffnete WeChat, suchte den Kontakt, den sie unter Wang Lu abgespeichert hatte, und schrieb: *Habe Sehnsucht, muss dich treffen.*

Die Antwort kam prompt: *Gern. Uhrzeit und Ort wie immer.*

Nickend wandte sie sich ihrer Kollegin zu. »Alles klar. Lass uns verschwinden.«

Sie zogen sich an, räumten auf und schrieben ihrem Host einen exzellenten Review. Das Gebäude verließen sie einzeln, in einem Abstand von etwa fünfzehn Minuten.

11. Kapitel

Mittwoch, 12. August 2026
Peking, China

Es war kurz nach 04:00 Uhr morgens, als schwer bewaffnete Militärs auf die flutlichtbeleuchtete Straße traten, um die Umgebung abzusichern. Kurz darauf begann das hohe, am oberen Ende mit Stacheldraht umwickelte Sichtschutztor langsam zur Seite zu gleiten, um den Blick auf zwei massive Panzersperren freizulegen. Auch diese setzten sich mithilfe eines Hydrauliksystems in Bewegung, bis sie schlüssig in der Straße verschwanden. Das dahinter sichtbar werdende Nagelfeld blieb als letztes Bollwerk aktiv. Es versenkte sich erst in dem Moment wie von Geisterhand im Boden, als die Schranken sich öffneten. Nachdem die aus drei zivilen Regierungsfahrzeugen und einer Motorradeskorte bestehende Kolonne das Gelände von Zhongnanhai verlassen hatte, fuhren die Sicherungssysteme wieder in ihre Ursprungspositionen zurück, diesmal in umgekehrter Reihenfolge.

Zhongnanhai war das größte politische Machtzentrum der Erde. Das knapp zwei Quadratkilometer große, von hohen Mauern umgebene Gelände im Zentrum Pekings war Regierungssitz der Volksrepublik China und Hauptquartier der Kommunistischen Partei. Rund um die beiden namensgebenden Seen Zhonghai und Nanhai standen zahlreiche Bauten aus den unterschiedlichen Dynastien der Kaiserzeit, die unter anderem Sitz des Zentralkomitees und des Staatsrats waren. Seit den vor 37 Jahren gewaltsam niedergeschlagenen Demonstrationen auf dem nahe gelegenen Tian'anmen-Platz war der Distrikt – wie einst die unmittelbar angrenzende Verbotene Stadt – für die Öffentlichkeit gesperrt.

Etliche hohe Politiker arbeiteten nicht nur in Zhongnanhai, sondern wohnten auch dort, teils aus Sicherheitsgründen, teils aus Bequemlichkeit. Der 78 Jahre alte Yao Wáng gehörte zur ersten Kategorie. Während er in der mittleren der drei Limousinen unter Polizeischutz zum Flughafen raste, betrachtete er mit sorgenvoller Miene die Kulisse der nächtlichen Stadt. Er war tief beunruhigt. Dabei lief doch eigentlich alles nach Plan. Technologisch hatten sie sich längst einen uneinholbaren Vorsprung gegenüber dem Rest der Welt erarbeitet. Sein Schlüsselvorhaben in Afrika nahm ebenfalls konkrete Konturen an, auch wenn es noch offene Flanken gab. Und Minerva wurde nun sogar schneller fertig als bisher geplant. Im Grunde war alles Erfolg versprechend.

Erfolg, da war es wieder, das Stichwort, das ihn zunehmend durcheinanderbrachte. Wie war Erfolg bei dem, was sie hier vorhatten, eigentlich zu definieren? Natürlich war der Klimaschutz Mittel zum Zweck, das war nicht sein Problem. Im Gegenteil, er war ja Vater dieses Plans. Aber wie weit durfte man gehen, um seine Ziele zu erreichen? Das Einzelschicksal des portugiesischen Ingenieurs war dabei nicht sein Problem, seine Exekution hatte er persönlich angeordnet. Auch das Schicksal des Ingenieurs aus ihren eigenen Reihen ließ ihn nicht an der Richtigkeit des Vorhabens zweifeln. Natürlich mussten Opfer gebracht werden. Aber in welcher Dimension? War es verhältnismäßig, was sie taten, was er tat? Besonders langfristig betrachtet, fiel es ihm zunehmend schwerer, diese Frage zu beantworten. Was würde sein Land perspektivisch mit der Macht anstellen, die es bekam? Würde die Welt unter dem Strich wirklich eine bessere? Er musste sich eingestehen, dass er diese Fragen, über die er schon so lange Gewissheit hatte, nicht mehr eindeutig beantworten konnte.

Aber wer, wenn nicht er? Yao Wáng schüttelte den Kopf. Wer hätte es damals für möglich gehalten, dass seine Doktorarbeit mit dem Titel *Analyse der volkswirtschaftlichen und machtpolitischen Potenziale aus den globalen Folgen einer denkbaren menschengemachten Erderwärmung* eine derart herausragende Bedeutung in der Praxis erlangen würde? Niemals würde er den Moment vergessen, als er 1976 – vor fünfzig Jahren! – den Anruf vom Zentralkomitee der Volkspartei bekommen hatte. Die Mitteilung, dass seine Dissertation von großem nationalen Interesse sei und deshalb nie veröffentlicht werden würde, hatte sein Leben grundlegend geändert. Motiviert durch Gespräche mit hochrangigen Politikern und Wirtschaftsfunktionären war er mit 28 Jahren in die Kommunistische Partei eingetreten. Voller Tatendrang hatte er sich fortan auf die Weiterentwicklung der in seiner Promotion aufgestellten Thesen konzentriert. Die ausgesprochen hohe Relevanz seiner Arbeit für die zukünftige Rolle Chinas im globalen Machtgefüge hatte ihm eine steile Karriere beschert, die ihren Höhepunkt im Jahr 2000 fand, als er zum Vizeministerpräsidenten und Leiter des Finanz- und Wirtschaftswesens der Volksrepublik ernannt wurde. Offiziell zumindest. Tatsächlich wurde er im Zuge seiner Beförderung von allen Tätigkeiten, die dieses Amt normalerweise mit sich brachte, freigestellt, um sich mit all seiner Kraft auf eine einzige Aufgabe zu konzentrieren: die Umsetzung des Vorhabens, für das er mit seiner Promotion den Grundstein gelegt hatte. Seit unglaublichen fünf Jahrzehnten arbeitete er nun also an der Realisierung seines Lebenswerkes – bis vor Kurzem ohne jegliche Vorbehalte und aus der tiefen Überzeugung, dass er, dass sein Land das einzig Richtige taten.

Seine Bedenken waren neu. Er hatte sie erstmals vor ungefähr einem Jahr gespürt, als sich abzuzeichnen begann, dass ihr Plan tatsächlich aufgehen könnte. Hatte er das den unterbewusst immer in Frage gestellt? War er denn die lange Zeit davor naiv gewesen?

Yao Wáng räusperte sich. Ihm war klar, dass ihm nichts anderes übrig blieb, als seine trüben Gedanken abzuschütteln. Zweifeln war keine Option, dafür waren sie schon viel zu weit gekommen. Außerdem erforderten die heutigen Termine seine volle Konzentration und Aufmerksamkeit. Seine Reise ging in den Sudan und anschließend nach Mauretanien.

Die Zeit lief ihm langsam davon.

12. Kapitel

Dienstag, 11. August 2026
Berlin, Deutschland

Zur selben Zeit, als sich Yao Wáng frühmorgens in Peking auf seine Reise in die Sahara-Staaten machte, saß Carsten Pahl an seinem Schreibtisch im Kanzleramt und versuchte sich zu konzentrieren. Es war Abend in Berlin. Er hatte einen zermürbenden Tag im Bundestag hinter sich. Wie er die Sitzungswochen doch hasste: viel Gerede ohne neue Erkenntnisse, wenn man es nett formulieren wollte. Selbstdarstellung bis hin zum egomanen Schaulaufen, wenn man ehrlich war. Mit jeder Woche kostete es Pahl mehr Beherrschung, dem eitlen Treiben äußerlich ruhig zuzuschauen. Dagegen verblasste sogar die Herausforderung, den direkt neben seinem rechten Ohr irritierend laut atmenden Willemann stundenlang zu ertragen. Aber natürlich gehörten die öffentlichen Debatten zur Demokratie, auch wenn sie ihm maximal ineffizient erschienen.

Eine SMS von Pieter de Vries riss ihn aus seinen Grübeleien:

Wir haben einen weiteren Todesfall zu vermelden. Zhōu Han, Quantencomputerexperte aus dem chinesischen Team.

Pahls Herz machte einen Sprung. Wie bitte? Gebannt schaute er auf sein Display. Er sah, dass de Vries schrieb.

Dann erschien der Text: *Und es ist nicht zu fassen, wieder hat die Absturzsicherung des Hotelfensters versagt.*

Carsten Pahl begann, eine Antwort zu formulieren, besann sich dann aber und rief de Vries an. »Pieter, hi, das ist doch nichts für SMS. Verdammt noch mal, was ist da los?«

»Ich weiß es auch nicht. Der Fensterhersteller kommt aus der Schweiz. Top-Qualität. Die sagen, dass jemand die Fenster manipuliert haben soll. Klar, die stehen total unter Druck jetzt, haben ein weltweites Öffnungsverbot für diesen Fenstertyp verhängt. Die Carabinieri ermitteln, Ergebnisse gibt es noch nicht.«

»Gab es eine Verbindung zwischen Fidalgo und ... dem Chinesen?«

»Zhōu Han? Ja, allerdings. Sie arbeiteten beide an denselben Themen.« De Vries zögerte, bevor er hinzufügte: »Und waren eng befreundet.«

»Scheiße! Das kann doch gar kein Zufall sein. Aber wer sollte ...?«

»Ich habe mich das auch schon gefragt. Keine Ahnung. Du weißt ja, dass ich den Chinesen fast alles zutrauen würde. Aber die sind hier wohl außen vor, warum sollten sie ihre eigenen Leute um die Ecke bringen? Vielleicht hat es gar nichts mit Minerva zu tun.«

»Wann erwartest du Ergebnisse von der Kripo?«

»Die äußern sich nicht. Aber in Bern laufen schon Simulationen auf den Prüfständen im Werk. Ende der Woche, würde ich sagen. Spätestens.«

»Ist das Thema in der Presse?«

»Was denkst du denn? Klar ist es das. Aber bisher eher mit Fokus auf dem Hersteller.«

»Und das Team?«

»Total verunsichert natürlich.«

»Ja.« Carsten schloss für einen Moment die Augen. Zwei Todesfälle in so kurzer Zeit. Er sammelte sich. »Ich wünsche dir Kraft und ein glückliches Händchen bei der Kommunikation. Wir lassen die Politik bitte bis auf Weiteres außen vor. Das ist klar, oder?«

Als sie aufgelegt hatten, vergrub Carsten Pahl sein Gesicht in den Händen. Ein nagendes Gefühl der Unruhe hatte von ihm Besitz ergriffen. Was war da los in Bologna? Aber es half nichts, sie mussten die Ergebnisse der Polizei abwarten.

Er blickte sich um und fragte sich wieder einmal, warum sein Büro größer war als die Wohnungen der allermeisten Wähler. 140 Quadratmeter waren doch eine Unverschämtheit und der Inbegriff der Maßlosigkeit. Was für ein armseliges Signal nach außen, dachte er.

Er holte sich ein Bier aus dem Kühlschrank, öffnete die Balkontür und trat hinaus. Es war noch immer sehr warm. Grübelnd lauschte er den nächtlichen Geräuschen der Stadt und betrachtete das funkelnde Lichtermeer, das sich vor ihm erstreckte.

Seine Gedanken wanderten weit zurück in die Vergangenheit. Als er jung gewesen war, hatte er zahllose Beispiele vor Augen, wie gut Demokratie funktionierte: Egal ob es um die Jugendorganisation des Umweltverbandes, die Beschlüsse der Studentenvertretung, das Organisieren von Demonstrationen oder auch nur die Reinigungspläne seiner Wohngemeinschaft ging. Eigentlich hatten sie immer sinnvolle Kompromisse gefunden, die selbst bei knappen Mehrheiten anschließend mit breiter Unterstützung umgesetzt wurden. War früher alles besser gewesen? Wohl kaum. Er war davon überzeugt, dass Mehrheitsbeschlüsse immer noch gut funktionierten, wenn die richtigen Leute zusammen waren. Lag es also an den Menschen? Er zögerte. Ausschließen konnte er das nicht. Auch wenn er viele Kolleginnen und Kollegen kannte, die Politik mit Passion und Herzblut betrieben, hatte er in den vergangenen Jahren doch auch viele Gegenbeispiele kennengelernt, die ihren Job im Wesentlichen aus Selbstsucht machten. Dabei ging es dann nicht mehr ums Gestalten, sondern in erster Linie um das eigene Ego und um Macht. Diese Fraktion hatte sich zu einer zähen Betonschicht entwickelt, die nach seinem Eindruck im Verlauf der Zeit immer dicker geworden war. Unweigerlich musste er an seinen Wirtschaftsminister denken. Willemann gehörte für ihn zweifelsfrei zu denjenigen, die von Anfang an nur deshalb in die Politik gegangen waren, um sich selbst zu verwirklichen. Tragischer fand Pahl allerdings die Kollegen, die ursprünglich mit hehren Zielen gestartet, inzwischen aber durch die Realität desillusioniert worden waren. Obwohl es diese Leute zur Genüge auch in der Kommunal- und Landespolitik gab, hatte er das Gefühl, dass die demokratischen Mechanismen schlechter wirkten, je größer die Themen und Verantwortungsbereiche wurden. War das der Punkt, lag es an der Dimension der Aufgaben? Stieß die Demokratie irgendwo an ihre Grenzen?

Pahl kam ein Werber in den Sinn, den er neulich bei einer privaten Feier kennengelernt hatte. Der Mann hatte ihm von seiner Agentur erzählt, die er vor vielen Jahren gegründet hatte. Ohne Hierarchien. Jeder sollte eine Stimme haben, »egal ob Geschäftsführer, Texterin oder Assistent«, wie er es formuliert hatte. Entscheidungen sollten nicht nach oben eskaliert, sondern auf Fachebene mit entsprechender inhaltlicher Kompetenz getroffen werden. Um maximale Transparenz zu schaffen, wurden alle Zahlen bis hin zu Kontoauszügen und Gehältern offengelegt. Außerdem partizipierte jeder in der Firma durch eine sogenannte virtuelle Beteiligung unmittelbar am Unternehmenserfolg. Der Gründer war der Überzeugung, so die bestmöglichen Ergebnisse für alle zu erzielen. Für seine Mitarbeiterinnen, seine Kundinnen und Kunden sowie seine Geldgeber beziehungsweise ihn selbst. Dadurch, dass alle im Team quasi zu Unternehmern gemacht worden waren, stieg das Maß an Eigenverantwortung. Die Tatsache, dass alle gleichermaßen mitgestalten konnten und jede Stimme zählte, motivierte ungeheuer, hatte er ihm erzählt. In den ersten Jahren hatte das auch großartig funktioniert. Als das Unternehmen aber größer geworden war, die Zahl der Mitarbeiter stieg und die Geschäftsprozesse komplexer wurden, begannen die Schwierigkeiten.

»Ich habe die Fehler erst mal bei mir gesucht«, hatte der Werber Pahl erzählt, »hab mich selbst hinterfragt und überlegt, wann ich angefangen hatte, die falschen Leute einzustellen.« Bald aber habe er festgestellt, dass auch die langjährigen Mitarbeiterinnen und Mitarbeiter nicht mehr in der Lage waren, die richtigen Entscheidungen zu treffen. Oder zumindest nicht schnell genug. Der große Vorteil seiner Unternehmensorganisation, die Agilität, kehrte sich ins Gegenteil um: Sie wurden quälend langsam und unflexibel, alles wurde zerredet. Der zunehmende Koordinationsaufwand durch die Größe der Organisation in Verbindung mit den steigenden inhaltlichen Anforderungen hatte die basisdemokratischen Strukturen der Werbeagentur an ihre Grenzen gebracht.

Natürlich war das nicht eins zu eins mit der Politik vergleichbar, dachte Pahl, aber haderte er hier nicht trotzdem mit demselben Phänomen? Je größer das Spielfeld wurde, auf dem man sich bewegte, je komplexer die Aufgaben und je unterschiedlicher die Standpunkte, desto stumpfer wurden die Kompromisse, die noch eine Mehrheit fanden. Die Vielfalt der Partikularinteressen machte es ab einer gewissen Größe kaum noch möglich, Entscheidungen im Sinne des Gemeinwohls zu treffen. Das Ergebnis dieser Misere war dann oftmals Stillstand.

Pahl nahm einen Schluck von seinem Bier und starrte in den Himmel. War da etwas dran? Führte der Pluralismus, dem die Demokratie gerecht werden wollte, letztendlich zur Entscheidungsunfähigkeit? War die Demokratie für die großen Aufgaben der Gegenwart die falsche Staatsform?

Ratlos ging er zurück in sein Büro. Morgen früh musste er nach Brüssel. Die Spitzen der EU trafen sich, um ein langwierig verhandeltes Abkommen zur Finanzierung von Klimaschutzmaßnahmen endlich unter Dach und Fach zu bringen. Zwei Jahre lang hatten sie verhandelt. Das Ergebnis, das morgen erzielt werden würde, blieb weit hinter Pahls Erwartungen zurück. Aber es war wenigstens ein Schritt in die richtige Richtung.

Er schaute auf sein Telefon. Eine Nachricht der EU-Präsidentin: *Schlechte Nachrichten, P. schert aus. Die alten Argumente. Morgen kein Konsens. Bitte komm trotzdem, ich brauche dich. Wir müssen es weiter versuchen!*

Er ließ sich aufs Sofa fallen und seufzte. Ja, für Demokratie mit Einstimmigkeit als Conditio sine qua non galt natürlich alles, was ihm eben durch den Kopf gegangen war, erst recht. Er nahm sein Telefon und schrieb: *Komme nur, wenn wir P. jetzt endlich rausschmeißen!*

Dann besann er sich und löschte die Nachricht wieder.

13. Kapitel

Mittwoch, 12. August 2026
Port Sudan, Sudan

Behutsam setzte die chinesische Regierungsmaschine auf die staubige, direkt am Roten Meer gelegene Piste auf. Es war vermutlich das erste Mal, dass ein hochrangiger internationaler Politiker bei einem Staatsbesuch in Port Sudan und nicht in der knapp 700 Kilometer entfernten Hauptstadt Khartum landete. Für die sudanesische Flugsicherung war dieser Umstand jedoch weniger relevant als die Tatsache, dass der Airbus A330 der erste Großraumjet war, den es je hierher verschlagen hatte. Der Regionalflughafen, der täglich nur eine Handvoll von Flugbewegungen aus Khartum und den Nachbarländern des Sudans abfertigte, war mit einer Landebahnlänge von zweieinhalb Kilometern eigentlich nur für kleinere Jets konzipiert. Der chinesische Geheimdienst hatte jedoch nach Rücksprache mit den erfahrenen Piloten keine Einwände gegen den Wunsch des Vizepremiers gehabt, auf einen zeitraubenden Zwischenstopp mit Flugzeugwechsel zu verzichten und stattdessen direkt an seinem Zielort zu landen.

Als Yao Wáng mit seinem Verhandlungsteam im Schlepptau die Gangway betrat, schlug ihnen ein trockener Hitzeschwall entgegen. Obwohl es erst 08:00 Uhr morgens war, zeigte das Thermometer bereits über 30 Grad Celsius an. Sein Blick schweifte über das flache Flughafengebäude auf das dahinterliegende, in der Sonne glitzernde Rote Meer und dann zurück ins Landesinnere hinein.

Wüste, so weit das Auge reichte. Sie befanden sich am östlichen Rand der Sahara, die sich von hier aus quer durch den afrikanischen Kontinent bis an die Atlantikküste zog. Mit einer Ausdehnung von zehn Millionen Quadratkilometern war sie die größte Trockenwüste der Welt und in etwa so groß wie die USA. Südlich markierte die Sahelzone den Übergang zwischen Wüste und Feuchtsavanne. Auch in diesem immerhin drei Millionen Quadratkilometer umfassenden Areal gab es nur spärliche Vegetation.

Der notorische Wassermangel in diesem Teil der Welt wurde durch den fortschreitenden Klimawandel verstärkt, sodass sich die Wüste immer weiter ausdehnte und in die Sahelzone hineinwuchs.

Auf dem Rollfeld wartete ein imposantes Empfangskomitee auf sie, wobei dem chinesischen Vizepremier nicht ganz klar war, ob er oder sein Gastgeber damit beeindruckt werden sollte. Vom Fuß der Gangway an erstreckte sich ein langer roter Teppich, der von dicht aneinandergereihten, salutierenden Soldaten gesäumt war. Beidseitig dahinter war ein dichter Wald von Topf-Palmen hergeschafft worden, fast so, als wollte man die Wüste aus der Szenerie verbannen.

Wie unpassend, dachte Yao Wáng, nur deswegen bin ich doch hier.

Vor dem Terminal hatte sich eine Militärkapelle postiert, die in diesem Augenblick zu spielen begann. Am Ende des Spaliers wartete General Tariq Abd al-Ativ, Oberbefehlshaber der sudanesischen Streitkräfte und mächtigster Mann im Land. Das Militär war seit dem Putsch, der 2019 die über dreißigjährige Diktatur von Umar Al-Baschir beendet hatte, die einzige verlässliche Konstante in dem Wüstenstaat.

Die Grundlage für die guten Beziehungen zwischen den beiden Ländern war durch umfangreiche chinesische Waffenlieferungen in den 1980er-Jahren gelegt worden. Inzwischen war China aber auch der mit Abstand größte Investor im Sudan: Das jüngste von China finanzierte Großprojekt war der Ausbau des einzigen Seehafens des Landes, der der Stadt Port Sudan ihren Namen gab. Über Yao Wángs Gesicht zog ein Lächeln, als er am Horizont die gewaltigen Baukräne entdeckte. Erst kürzlich war an die Öffentlichkeit gelangt, dass hier riesige Hafenbecken mit mächtigen Terminals entstanden, die Platz für die größten Schiffe der Welt boten. Seitdem rätselte die internationale Staatengemeinschaft darüber, was dahintersteckte, weil ein entsprechender Bedarf an Umschlagskapazitäten in dieser Region auch nicht annähernd zu erwarten war.

Tariq Abd al-Ativ führte seine Gäste zu zwei riesigen, schmuckvoll verzierten Nomadenzelten. Das eine war für die chinesische Delegation sowie für das Gefolge des Generals bereitgestellt worden; in das andere bat Abd al-Ativ allein Yao Wáng.

Von innen war ihr Rundzelt noch prunkvoller als von außen. Von der Decke hingen unzählige Lampions, dazwischen waren bunte Girlanden gespannt, der Fußboden und die Wände waren fast lückenlos mit dicken, farbenfrohen Teppichen bedeckt. In der Mitte standen zwei pompöse, hochbeinige Sessel, die Yao Wáng unweigerlich an Throne erinnerten. Alles wirkte grell. Kitschig. Doch Yao Wángs Miene blieb ausdruckslos.

Während sie Platz nahmen und mit Getränken und Datteln versorgt wurden, spürte er eine gewisse Nervosität in sich aufsteigen.

Obwohl ihm das lange nicht mehr passiert war, wunderte es ihn heute nicht. Der Druck auf seinen Schultern war enorm hoch, fast physisch zu spüren.

Dreimal hatten sie sich zuvor persönlich getroffen. Das erste Mal direkt nach der Machtübernahme des Militärs vor sieben Jahren, um das chinesische Ansinnen im Grundsatz vorzutragen und die zuvor mit Al-Baschir geführten Verhandlungen auf die neuen Machthaber zu übertragen. Dann noch zweimal, weil die Verhandlungen ins Stocken geraten waren und es unterhalb ihrer Ebene nicht weiterzugehen drohte. Zusätzlich hatten sie mehrfach telefoniert. Ihr Verhältnis war intakt, wenn auch nicht von gegenseitigem Vertrauen geprägt. Yao Wáng hielt Tariq Abd al-Ativ für einen skrupellosen, auf den eigenen Vorteil bedachten Warlord. Was der General von ihm hielt, konnte er nur ahnen. Er spürte aber deutlich, dass es auch ihm nicht gelungen war, viele Sympathiepunkte zu sammeln.

Tariq Abd al-Ativ trug wie immer einen tarnfarbenen Kampfanzug. Seine Brust war beidseitig mit heroisch anmutenden, funkelnden Orden besetzt, die eigentlich an eine Dienstuniform gehörten. Aber das schien ihn nicht zu stören. Er nahm seine Schirmmütze ab, schaute Yao Wáng mit zusammengekniffenen Augen an und kam gewohnt schnell zur Sache.

»Ich glaube nicht mehr an das, was Sie uns erzählen. Ein 1 200 Quadratkilometer großer Industriepark hier bei uns mitten in der Wüste, das ist doch absurd.«

»1 500«, warf Yao Wáng ein. »Unsere jüngsten Kalkulationen haben ergeben, dass wir 1 500 Quadratkilometer benötigen.« Yao Wáng nutzte die sich ihm bietende Gelegenheit sofort, um das erste der zwei Verhandlungsziele zu formulieren, die er sich für heute vorgenommen hatte. Das für ihr Vorhaben erforderliche Terrain war im Verlauf der Jahre immer größer geworden. Verhandlungstaktisch war das natürlich ungeschickt, aber nicht zu ändern. Mit zunehmendem Wissen waren die Anforderungen gestiegen.

Faktisch sollte das keine Rolle spielen, weil es ausschließlich um nutzlose Wüste ging. Yao Wáng war aber klar, dass der kontinuierliche Zuwachs des Flächenbedarfs Skepsis bei den Sudanesen hervorgerufen hatte. Das wohlüberlegte Narrativ für ihr Interesse an den Flächen begann zu bröckeln. Und natürlich musste das alles inzwischen größenwahnsinnig klingen.

Weil der General schwieg, ergänzte Yao Wáng: »Absurd ist das aber nicht, was wir hier vorhaben! Zunächst einmal zahlen wir viel Geld für eine Fläche, mit der Sie nichts anfangen können. Was ist Ihre Alternative dazu, uns das Land zur Verfügung zu stellen? Und außerdem ist unser Plan ja nicht, irgendeinen Industriepark zu bauen. Wir bauen die größte Wasserstoffproduktion der Welt. Warum wir genau diesen Flecken Erde für am besten geeignet halten, haben wir Ihnen von Anfang an erklärt. Die massive Sonneneinstrahlung garantiert eine besonders hohe Effizienz unserer Technologie. Außerdem ist die geografische Lage optimal: im Zentrum unserer zukünftigen Hauptabsatzmärkte. Auf afrikanischem Boden, Asien bequem über den Indischen Ozean zu erreichen und Europa dank des Suezkanals direkt vor der Haustür. Einzig für Lieferungen in die USA ist der Weg weit, aber das ist uns zunehmend egal.«

Der General nickte. Ihre Abneigung gegenüber den Vereinigten Staaten von Amerika hatte sie von Beginn an geeint. Dann erwiderte er: »Wenn das alles so logisch ist, dann lassen Sie uns das endlich als bindendes Nutzungskonzept in die Verträge aufnehmen. Was spricht dagegen?«

»Aus heutiger Sicht gar nichts.« Yao Wáng zuckte betont gleichgültig mit den Schultern. »Wir machen so etwas aber prinzipiell nicht, schon gar nicht bei so langfristigen Verträgen. Sie wissen, wie schnell sich die Welt verändert. Wenn Sie darauf bestehen, ist das ein Deal Killer, das habe ich neulich schon am Telefon erklärt. Dann suchen wir uns eine Alternative in einem Ihrer Nachbarländer.«

Tariq Abd al-Ativ sprang auf. »Das wird nicht nötig sein. Ich glaube, es gibt auch eine andere Lösung. Lassen Sie uns einen Rundflug machen. Ich erkläre Ihnen in der Luft, was ich mir vorstelle.«

Konsterniert folgte Yao Wáng seinem Gastgeber nach draußen. Ein Rundflug war nicht Teil des abgestimmten Programms gewesen. Er wurde zum hinteren Teil des Flugfeldes geführt und schaute irritiert auf, als er plötzlich ein tiefes, bedrohliches Dröhnen wahrnahm. Staunend riss er die Augenbrauen hoch. Vor ihnen standen zwei riesige russische Kampfhubschrauber vom Typ Mi-24. Der General hatte doch tatsächlich zwei dieser aus den *Rambo*-Filmen bekannten Ungeheuer organisiert. Ungläubig schüttelte Yao Wáng den Kopf.

Für einen Rundflug sind diese Riesenhornissen in etwa so passend wie ein Panzer für eine Stadtrundfahrt, dachte er. Zu allem Überfluss waren die beiden vor Kraft strotzenden Fluggeräte auch noch schwer bewaffnet. Die Stummelflügel waren auf der einen Seite mit Granatwerfern, auf der anderen mit Raketen in Trommelabschussrampen bestückt, und aus dem Bug ragten großkalibrige vierläufige Maschinengewehre, die ihn offenbar auch noch ins Visier genommen hatten. Jedenfalls hatte Yao Wáng den Eindruck, dass sie seinen Bewegungen folgten, und er nahm an, dass das kein Zufall war. Ein kurzer Blick zu seinen Leuten genügte Yao Wáng, um sich zu vergewissern, dass sie alle darin einig waren, dass Tariq Abd al-Ativ schlicht und einfach durchgeknallt war.

»Großartig«, rief er in gespielt freudiger Erwartung. »In einem solchen Spielzeug wollte ich schon immer mal fliegen.«

Seine Reaktion auf die martialische Machtdemonstration der Sudanesen erzielte die gewünschte Wirkung: Tariq Abd al-Ativ war sichtlich enttäuscht. Es war offensichtlich, dass er damit gerechnet hatte, bei seinem chinesischen Verhandlungspartner Ehrfurcht zu erzeugen.

Erneut sah es das Protokoll vor, dass der General und Yao Wáng eine Maschine für sich allein hatten, während die beiden Delegationen sich zusammen in die andere drängten. Kaum hatten sie Platz genommen, setzten sich die fünfblättrigen Rotoren mithilfe der 4 000 PS starken Gasturbinen in Bewegung. Mit heftigen Vibrationen und ohrenbetäubendem Getöse beschleunigten die beiden Kraftprotze und schossen mit einer Leichtigkeit in die Höhe, die Yao Wáng unwillentlich verblüffte und ihm ein heftiges Kribbeln im Bauch bescherte.

Von oben war die Trostlosigkeit der Gegend noch eindrucksvoller als vom Boden aus – nichts als Sand und Felsen. Am westlichen Horizont ragte eine Gebirgskette empor, die aber ebenfalls kein bisschen Grün erkennen ließ. Das Areal, das Gegenstand ihrer Verhandlungen war, hatten die Sudanesen mit rauchenden Leuchtfeuern abgesteckt. Yao Wáng musste zugeben, dass es sich um eine imposante Fläche handelte. Während er sich vorzustellen versuchte, dass das alles bald mit Solarzellen und Industrieanlagen bedeckt sein würde, hörte er ein Knacken in seinen Ohren.

Dann ertönte Tariq Abd al-Ativs Stimme. »Wir sind per Sprechfunk miteinander verbunden. Ohne die Helme würden wir unser eigenes Wort nicht verstehen.«

Yao Wáng sah zu ihm hinüber und nickte.

Der General erwiderte seinen Blick und nahm ihr Gespräch

wieder auf: »Wie gesagt, es ist aus meiner Sicht völlig abwegig, die ganze Fläche da unten zu bebauen.« Mit langen Vorreden hielt er sich nicht auf.

Yao Wáng sagte nichts. Er wollte erst verstehen, worauf Tariq Abd al-Ativ hinauswollte.

»Ich regiere vielleicht einen rückständigen Wüstenstaat, aber blöd bin ich nicht. Ich weiß, dass Ihre Satelliten inzwischen in der Lage sind, unterirdische Strahlung zu erfassen – elektromagnetische genauso wie radioaktive. Damit können Sie aus dem All Bodenschätze orten, von denen wir keine Ahnung haben.«

Yao Wáng war für einen Moment lang vollkommen verdattert, schaltete dann aber blitzschnell und erwiderte: »Wenn das wirklich unsere Pläne wären, warum sollten wir das verheimlichen?«

Natürlich kannte er die Antwort. Er fragte, um Zeit zum Nachdenken zu gewinnen.

»Ich beantworte Ihre Frage mal mit einer Gegenfrage. Warum haben Sie in den Verhandlungen immer so viel Wert darauf gelegt, keinerlei Nutzungseinschränkungen einzugehen? Und warum brauchen Sie Wegerechte über die Straße hinweg bis an die Küste und im Westen bis an die Grenze zum Tschad? Ich sage nicht, dass ich dagegen bin, und mir ist auch egal, was Sie da unten gefunden haben, aber ich will etwas davon abhaben.« Tariq Abd al-Ativs Ausdruck bekam etwas Gieriges.

»Ich fordere zusätzlich zu den vereinbarten Pachtraten eine laufende Partizipation an allem, was Sie aus dem Boden holen. Und zwar 25 Prozent des Weltmarktpreises!«

Yao Wángs Bauch begann wieder zu kribbeln, diesmal aber deutlich stärker als eben während des Starts der Maschine. Der General hatte seine Forderung kaum ausgesprochen, da wusste er schon, was er antworten würde. Um seiner Gegenforderung aber mehr Gewicht zu verleihen, tat er so, als müsste er nachdenken.

Dann sagte er kopfschüttelnd: »25 Prozent sind vollkommen überzogen.«

»Sie geben also zu, dass ich recht habe? Sie haben es auf Bodenschätze abgesehen?«

Ohne auf die Frage einzugehen, erwiderte Yao Wáng: »Ich biete zehn Prozent, aber nicht für die bisher vereinbarten 99, sondern für 299 Jahre.«

Das war der zweite Punkt, den er sich für heute vorgenommen hatte. Ursprünglich hatte China die fraglichen Grundstücke kaufen wollen, doch das hatten die Sudanesen kategorisch abgelehnt. Inzwischen waren sie bei einem 99-jährigen Nutzungsrecht angekommen. Yao Wáng reichte das nicht. Im Falle von Hongkong hatte man ja schließlich gesehen, wie schnell das vorbeiging. Ohne eine Antwort abzuwarten, reichte er Tariq Abd al-Ativ die Hand.

»Die zehn Prozent sind nicht mehr verhandelbar?«, fragte der General.

»Nein, das ist mein letztes Wort. Wenn Sie damit nicht zufrieden sind, sind wir weg. Und zwar für immer.«

Tariq Abd al-Ativ überlegte nur kurz und schlug dann hastig ein.

»Zehn Prozent von allem, was wir aus dem Boden holen«, wiederholte Yao Wáng, um sicherzugehen, dass ihr Übereinkommen an diesem Punkt auch definitiv unmissverständlich war.

Am nächsten Morgen reiste er schon vor Sonnenaufgang nach Nuakschott, der Hauptstadt von Mauretanien. Hier, an der atlantischen Westküste Afrikas, verliefen seine Verhandlungen unkomplizierter. Unter Nutzung der am Vortag gemachten Zugeständnisse gelang ihm während eines Arbeitsfrühstücks dasselbe Kunststück wie im Sudan: Er sicherte seinem Land ein noch größeres, mehr als 2 000 Quadratkilometer umfassendes Küstengrundstück über einen Zeitraum von 299 Jahren, ohne jegliche Nutzungseinschränkungen und mit Wegerechten bis an die östlichen Landesgrenzen.

Hochzufrieden betrat er schon am Vormittag wieder sein Flugzeug und machte sich auf den Weg zurück nach Peking. Nach dem Start drehte die Maschine nach Osten ab und überflog eineinhalb Stunden lang mauretanisches Staatsgebiet. Danach folgten mit Mali, Niger und dem Tschad die drei Staaten der Zentralsahara. Yao Wáng saß am Fenster und schaute immer wieder tief in Gedanken verloren auf die leblose Wüste. Als sie auch den Sudan überflogen hatten und die Ostküste Afrikas erreichten, war er fast enttäuscht, drehte sich um und blickte zurück, bis die Konturen des Kontinents im Dunst verschwunden waren.

14. Kapitel

Donnerstag, 5. November 2026
Poole, Südengland

Kaum hatte Tessa das Hotelrestaurant betreten, erblickte sie Shannon, die ihr strahlend entgegenlief. Als sie voreinander standen, hielten sie kurz inne und musterten sich – als wollten sie wechselseitig ihren Beziehungsstatus abfragen. Dann fielen sie sich in die Arme und hielten sich einen Moment lang fest umschlungen. Bei dem anschließenden Begrüßungskuss berührten sich ihre Zungenspitzen nur schüchtern und ganz kurz, fast wie aus Zufall. Ihre Blicke sprachen allerdings eine andere Sprache.

Nur zweimal hatten sie sich seit ihrem Kennenlernen vor knapp drei Monaten wiedergesehen. Im September für eine Nacht in Brüssel und vor vierzehn Tagen in München, da allerdings nur für drei Stunden im Flughafenhotel. Mehr war nicht möglich gewesen. Dazwischen hatten sie viel über E-Mail, Text- und Videonachrichten miteinander kommuniziert. Telefonieren war meist schwierig, wegen der Zeitumstellung und der vollen Terminkalender.

Ob ihr Verhältnis damit als Liebesbeziehung bezeichnet werden konnte, war Tessa nicht ganz klar. Ihre Gefühle sagten Ja, ihr Kopf eher Nein. Sicher, Gegensätze zogen sich an. Aber bei Shannon und ihr war dieses Klischee derart auf die Spitze getrieben, dass Tessa selbst nicht so recht daran glauben konnte. Außerdem war Shannon doppelt so alt wie sie und in einer völlig anderen Lebensphase.

Aber waren das Ausschlusskriterien? Shannon verwirrte sie, und das brachte Tessa durcheinander, weil sie es nicht gewohnt war, nicht zu wissen, woran sie war. Gerne würde sie das Thema einmal offen ansprechen, war aber unsicher, ob es klug war. Irgendwie befürchtete sie, dass Shannon mit ihrer gnadenlosen Rationalität überhaupt nichts mit solchen Gefühlsduseleien anfangen konnte.

Tessa war direkt vom Bahnhof gekommen und nahm ihre Tasche mit an den Tisch. »Es tut mir leid, ich habe schon gegessen, aber bitte, bestell dir was!«, sagte Shannon, als sie sich setzten.

Tessa strich ihre Haare nach hinten und schaute Shannon erwartungsvoll an. »Ich möchte nichts essen. Ich möchte mit dir schlafen. Jetzt sofort.«

»O. k. Wow!« Shannon wirkte überrumpelt. »Danke! Weißt du was? Mir gefällt der Gedanke sehr.« Sie beugte sich ganz dicht zu Tessa hinüber und hauchte: »Dummerweise habe ich aber gerade eine Flasche Wein bestellt. Und zwar den gleichen, den wir im *Shell Bay* hatten, als wir uns kennengelernt haben. Wollen wir den nicht erst in Ruhe trinken?«

Tessa schüttelte mit gespielt verzweifeltem Gesichtsausdruck den Kopf und flüsterte quengelnd zurück: »Ich kann jetzt keine Flasche Wein mit dir trinken, Shannon. Ich habe mir die ganze Reise über vorgestellt, was ich gleich mit dir machen will, und das hat mich so geil gemacht, dass ich jetzt nicht mehr warten kann.« Mit dem ganzen Körper auf und ab wippend ergänzte sie: »Sorry, aber das ist ein Notfall!«

In dem Moment erschien der Kellner und stellte die Flasche mit zwei Gläsern auf den Tisch. »Wer möchte gerne probieren?«, fragte er.

»Danke«, sagte Tessa, ohne ihren Blick von Shannon zu lösen. »Wir nehmen den Wein mit nach oben. Bitte schreiben Sie alles aufs Zimmer.«

Als der Kellner wieder verschwunden war, nahm sie Shannons Hand und biss sich frivol auf die Unterlippe.

»Wie kannst du in deinem Alter nur so abgebrüht sein?«, hauchte Shannon, als sie nach den beiden Gläsern griff.

Als sie später erschöpft und verschwitzt nebeneinander im Bett lagen und aßen – sie hatten für Tessa Fish & Chips beim Room Service bestellt und Shannon pickte ein bisschen mit –, fragte Tessa: »Erinnerst du dich noch, was du nach unserem ersten Mal gesagt hast?«

»Klar erinnere ich mich. Ich habe gesagt, dass ich niemals in meinem Leben besseren Sex beim ersten Mal hatte. Und dass es erfahrungsgemäß eigentlich immer besser wird, je öfter man miteinander schläft. Und wo das mit uns bloß enden sollte, habe ich mich gefragt.«

»Genau! Und, wie ist die Bilanz?«

»Eben war das vierte Mal – oder eigentlich war es ja das siebte Mal, weil wir beim Kennenlernen hier dreimal und in Brüssel zweimal miteinander geschlafen haben –, und ich finde, ich hatte recht. Die Kurve geht steil nach oben, obwohl das unglaublich ist, wenn man bedenkt, auf welchem Niveau wir angefangen haben.«

Tessa verdrehte die Augen. Konnte Shannon diese ständige Zahlenspielerei nicht wenigstens beim Thema Sex mal außen vor lassen? Sie stieß ihr den Ellbogen in die Seite, sprang auf und ging ins Bad, um zu pinkeln. Als sie zurückkam, ließ sie sich erneut neben Shannon ins Bett fallen und sagte, jetzt in deutlich sachlicherem Tonfall: »Weißt du was? Ich glaube inzwischen, dass du auch in einem anderen Punkt recht hattest.« Sie pikste Pommes auf ihre Gabel und tunkte sie in Mayonnaise. »Mich beschäftigt das schon lange, nicht erst, seit du im August den Finger in die Wunde gelegt hast.« Sie schaute kurz auf. »Wofür ich dir übrigens dankbar bin, weil es mich gezwungen hat, den Fragen nicht weiter auszuweichen.«

»Welchen Fragen?«

»Na ja.« Tessa zögerte. »Im Grunde wirfst du mir – oder besser uns, der Klimabewegung – ja vor, dass wir keinen konstruktiven Beitrag zur Beendigung der Klimakrise mehr leisten.«

Shannon griff nach ihrem T-Shirt, streifte es über und setzte sich mit angezogenen Beinen auf die Bettdecke. »Das ist jetzt vielleicht ein bisschen hart formuliert. Ich habe gesagt, dass eure Konzepte nicht greifen.«

»Ja, genau.« Tessa drehte sich zu Shannon und schaute ihr tief in die Augen. »Und ich finde, du hast recht damit.«

»O. k. … Aber?«

»Nichts aber. Es stimmt. Wir treten auf der Stelle und erreichen nichts. Unser eingeschlagener Weg des Aufklärens und Mahnens funktioniert nicht. Zumindest nicht mehr, er hat sich abgenutzt. Punkt!«

»Und nun?«, fragte Shannon konsterniert.

»Keine Ahnung.«

Während sie das aussprach, wurde ihr klar, dass das die Wahrheit war: Sie hatte wirklich keine Ahnung, was das zu bedeuten hatte. Seit sie sich selbst gegenüber eingestanden hatte, dass Shannon den Nagel auf den Kopf getroffen hatte, fühlte sie sich noch ohnmächtiger als ohnehin schon in den Monaten zuvor. Sie robbte sich dichter an Shannon heran und legte ihr den Kopf in den Schoß. »Uns mit euch zu verbünden, ist jedenfalls auch keine

Lösung. Ganz bestimmt nicht. Ihr verursacht Kollateralschäden, die völlig inakzeptabel sind. Durch eure Wertesysteme geht die Schere zwischen Arm und Reich nur noch weiter auf.« Eine Träne rann über ihre Wange. »Ich bin nicht bereit, soziale Gerechtigkeit zu opfern.«

»Na ja«, sagte Shannon zögerlich, »von ›opfern‹ zu sprechen, ist vielleicht auch ein bisschen hart.« Sie strich Tessa zärtlich durch die Haare. »›Priorisieren‹ ist vielleicht der bessere Begriff. Was nützt uns ein System, das vordergründig sozial gerecht ist, wenn es am Ende die Klimakatastrophe nicht verhindern kann? Du weißt ganz genau, dass der Klimawandel zur größten sozialen Ungerechtigkeit überhaupt führt.«

Tessa schaute sie verzweifelt an. »Aber wir können doch nicht alles andere dem Klimaschutz unterordnen?«

»Nein, beziehungsweise, das ist die falsche Frage. Welchen Preis bezahlen wir denn, wenn wir das Klima nicht in den Griff bekommen? Wenn durch Wetterextreme und steigende Meeresspiegel immer größere Landstriche unbewohnbar werden? Wenn dadurch Hunderte von Millionen Menschen heimatlos werden und wir realisieren, dass alle bisherigen Flüchtlingsprobleme ein Witz gewesen sind im Vergleich zu dem, was dann auf uns zukommt? Das ist doch der Maßstab, den wir anlegen müssen. Solange der Preis, den wir für den Erfolg zahlen, niedriger ist als der Schaden, den der Misserfolg anrichtet, haben wir doch alles richtig gemacht, finde ich.«

»Nein!«, rief Tessa aufgebracht. »Das ist mir zu einfach. Wir haben erst dann alles richtig gemacht, wenn wir den Klimawandel gestoppt und dabei möglichst geringe Kollateralschäden verursacht haben. Das muss das Ziel sein.«

»Einverstanden, du hast recht«, sagte Shannon beschwichtigend. »So hatte ich das auch gemeint. Aber du tust dich ja schwer, jegliche potenziellen negativen Auswirkungen unseres Handelns zu tolerieren. Weil dir das Klimaproblem offenbar nicht groß genug ist, willst du nebenbei auch noch die soziale Ungerechtigkeit auf der Welt beseitigen, Menschenrechte verbessern, Diskriminierung bekämpfen, die Rechte von Frauen und Kindern stärken und gleichzeitig auch noch für die Erhaltung der Artenvielfalt und einen wirksamen Tierschutz kämpfen!«

»Ja, verdammte Scheiße, genau!«, brach es aus Tessa hervor. »Das will ich.« Wieder schossen ihr Tränen in die Augen. Trotzig wischte sie sie ab. »Beziehungsweise das müssen wir, weil das nämlich alles miteinander zusammenhängt. Das weißt du doch genauso gut wie ich. Und das muss doch auch möglich sein in einer zivilisierten demokratischen Welt!«

»Ja, Tessa, aber nicht alles auf einmal. Wir müssen unsere Kräfte bündeln und das Dringendste zuerst angehen. Und überschätze bitte nicht die Demokratie. Wir hatten doch letztes Mal hier über Schumpeter gesprochen. Von ihm stammt der Satz, dass ein Hund eher einen Wurstvorrat anlegt als eine demokratische Regierung eine Haushaltsreserve. Du verstehst? Demokratien funktionieren nicht langfristig. Der Planungshorizont unserer Regierungen reicht bis zur nächsten Wahl. Maximal. Und das gilt natürlich erst recht, wenn es um Maßnahmen geht, die heute wehtun, also Geld kosten, und erst längerfristig eine positive Wirkung entfalten. So wie Klimaschutz. Unsere demokratischen Systeme sind strukturell nicht in der Lage, einen substanziellen Beitrag zur Lösung des Klimaproblems zu leisten.«

Tessa starrte sie entsetzt an. »Ist dir klar, was du da gerade gesagt hast?«

»Ich fürchte, ja. So ist es halt, wir müssen das schon selber in die Hand nehmen.«

Tessa schüttelte den Kopf. Immer wieder. Sie wollte es einfach nicht wahrhaben, dass sie so viele von ihren Idealen würde opfern müssen, um beim Klimaschutz voranzukommen. Zumal der Erfolg ja auch dann nicht garantiert war. Verzweifelt begann sie zu weinen. Erst schluchzte sie leise, dann hielt sie sich die Hände vors Gesicht und heulte hemmungslos drauflos.

Shannon beobachtete sie einen Moment lang und war unsicher, wie sie auf den Gefühlsausbruch ihrer Freundin reagieren sollte. Dann aber ließ sie sich zu ihr hinuntergleiten, zog sie dicht an sich heran und drückte sie fest an sich. Tessa ließ sich das gefallen. Shannon begann, sie rhythmisch zu streicheln. Erst in der Lendengegend und dann langsam immer weiter nach oben wandernd. Als sie am Hals angekommen war, hielt sie plötzlich inne. Ihre Hand lag auf der Narbe.

Tessa öffnete ihre Augen. »Wir haben noch nie darüber gesprochen«, sagte sie leise.

»Nein, das haben wir nicht«, antwortete Shannon sanft. »Du hast mir damals gesagt, dass ich nicht nachfragen soll.«

»Am Ende hat er mir das Leben gerettet. Auch wenn es sicher das Letzte war, was er wollte.«

Shannon brauchte einen Moment, um zu verstehen, wie Tessa das gemeint hatte. Aber natürlich, ohne das Attentat wäre der Hungerstreik weitergegangen, und Tessa hätte nicht aufgegeben. Shannon wusste nicht, was sie dazu sagen sollte. Also schwieg sie.

Nach einer Weile setzte Tessa wieder an, diesmal mit spürbar brüchiger Stimme: »Als wir zusammen aus London hierher gefahren sind …«

»Ich weiß«, unterbrach sie Shannon und legte ihr liebevoll die Finger auf den Mund. »Er wurde noch immer nicht gefasst?«

»Nein. Die Polizei tappt nach wie vor im Dunkeln. Aber sie raten mir, achtsam zu sein. Es wäre nicht das erste Mal, dass ein Täter versucht, seine misslungene Tat zu vollenden, sagten sie. Wie findest du das Wort ›misslungen‹ in diesem Zusammenhang?«

Shannon fühlte sich nicht wohl in ihrer Haut. Natürlich freute es sie, dass Tessa sich öffnete. Aber sie kannte ihre eigenen Defizite und hatte Angst, gefühlskalt zu wirken. Auf keinen Fall wollte sie Tessa vor den Kopf stoßen mit ihrer Rationalität. War ein »Bekommst du denn Morddrohungen?« zu direkt? Sie wusste es nicht, sprach die Frage aber trotzdem aus, weil sie das Gefühl hatte, irgendetwas sagen zu müssen. Außerdem interessierte es sie.

»Ach, Shannon ...« Ein fast mitleidiges Lächeln zog sich über Tessas Gesicht. »Ich bekomme ständig Morddrohungen. Und Vergewaltigungsfantasien und Beschimpfungen, die so verletzend sind, dass mir Morddrohungen manchmal sogar lieber sind. Du glaubst gar nicht, wie viele Leute es da draußen gibt, die mir das Schlimmste wünschen. Aber daran gewöhnt man sich mit der Zeit, ein bisschen zumindest.«

Was Shannon hörte, erschütterte sie. Selbstverständlich wusste sie, dass Menschen, die so exponiert in der Öffentlichkeit standen, auch in die Schusslinie von Radikalen kommen konnten. Und natürlich war ihr auch klar, dass Tessa genau im Kreuzfeuer solcher Idioten stand. Aber wirklich an sich herangelassen hatte sie das Thema bisher nicht.

»Und er?«, fragte sie vorsichtig weiter.

Tessa schloss die Augen und schüttelte ihren Kopf. »Nein, er hat sich nie gemeldet. Aber er ist der Einzige, vor dem ich wirklich Angst habe.«

Dann drehte sie sich zur Seite und vergrub ihr Gesicht in Shannons Magengegend. Wortlos streichelte Shannon weiter Tessas Haar. Das war alles, was sie tun konnte.

Später, als sie glaubte, dass Tessa eingeschlafen war, stand sie noch mal auf und ging ins Badezimmer. Sie kramte eine Tablettendose aus ihrem Kulturbeutel und schluckte eine kleine ovale rosafarbene Pille. Dann legte sie sich behutsam neben ihre Freundin und schlief bald ein.

Am nächsten Morgen wachte sie früh auf. Sie stand vorsichtig auf, zog sich Joggingsachen an und verließ leise das Zimmer.

Die Lobby war leer, bis auf einen Mann, der in einem der hinteren Sessel zusammengesunken saß. Offenbar war er eingeschlafen. Draußen war es noch stockdunkel, aber zum Glück trocken. Sie nahm die Abkürzung durch das kleine Tor auf dem Parkplatz, das zu einer Stichstraße führte, die keine zwanzig Meter weiter am Strand endete. Die Promenade lag, lückenlos von Straßenlaternen erleuchtet, menschenleer da. Shannon gab sich einen Ruck und rannte los, bis zum Pier in Bournemouth und wieder zurück. Zufrieden lief sie die letzten Meter auf dem Hotelparkplatz aus.

Während sie nach ihrem Fußspann griff, um sich zu dehnen, fing sie plötzlich den Blick eines Mannes ein, der in einem der geparkten Wagen auf dem Fahrersitz saß. Ein Asiate. Als ihre Blicke sich trafen, zog der Mann blitzschnell eine Baseballkappe auf, als wollte er sein Gesicht verbergen. Shannon blieb verstört stehen.

Nein, dachte sie, das konnte nicht sein. Außerdem war der Mann allein. Dann blieb ihr fast die Luft weg. Der Mann in der Lobby, hatte der nicht auch eine Baseballmütze getragen? Kurz war sie unschlüssig, was sie tun sollte, dann aber rannte sie die Hoteltreppe hinauf. Ohne über die möglichen Konsequenzen nachzudenken, schwang sie sich durch die Drehtür und stürmte in die Richtung, wo vorhin der Mann scheinbar schlafend gesessen hatte. Der Sessel war leer. Ohne die Rezeptionistin zu beachten, die aufgeschreckt hinter dem Tresen stand und sie konsterniert anstarrte, lief Shannon zurück nach draußen. Noch auf der

Treppe hörte sie den Motor eines Autos aufheulen. Es war der Wagen, in dem eben der Asiate gesessen hatte. Sie sah nur noch, wie er vom Parkplatz auf die Straße einbog und davonraste. Erschüttert blieb sie stehen und versuchte, sich einen Reim auf das zu machen, was sie gerade erlebt hatte. Sie hatte keine Ahnung, was das zu bedeuten hatte. Nur eines, das wusste sie ganz genau: Tessa würde sie nichts davon erzählen.

Als Tessa aufwachte, war Shannon nicht da. Es war kurz nach 07:00 Uhr. Was machte diese Verrückte bloß um diese Zeit? Sie stand auf, zog die Gardinen zurück, um einen freien Blick aufs Meer zu haben, und legte sich wieder hin.

Es begann gerade zu dämmern. Tessa beobachtete das Spiel des Windes auf der Wasseroberfläche und kuschelte sich noch mal tiefer in die Kissen.

In dem Moment sprang die Tür auf, und Shannon stürzte herein.

»Zehn Kilometer!«, verkündete sie mit hörbarem Stolz und lächelte Tessa an. »Und jetzt raus aus den Federn, wir müssen los. Ich habe den ganzen Tag Termine in London.«

Dann verschwand sie direkt im Badezimmer. Kurz darauf hörte Tessa die Dusche.

Meine Güte, dachte sie, woher nimmt die Frau nur ihre ganze Energie.

Nachdem Shannon in ein Handtuch gewickelt das Bad verlassen hatte, ging Tessa unter die Dusche. Während sie sich anschließend abtrocknete, fiel ihr Blick auf Shannons Lippenstift, der halb aus ihrer Kulturtasche herausschaute. Als sie danach griff, um ihn auszuprobieren, fiel ihr eine Pillendose ins Auge, die aus der Seitentasche lugte. Sofort musste sie an den Vorabend denken. Kurz bevor sie eingeschlafen war, hatte sie beobachtet, wie Shannon eine davon genommen hatte. Neugierig nahm sie sie heraus. »Prosom« stand auf der Verpackung. Das sagte ihr nichts. Schlaftabletten, vermutete sie.

»Brauchst du noch lange, Tessa? Wir müssen los«, hörte sie Shannon von draußen rufen.

Aufgeschreckt steckte sie die Tabletten schnell wieder zurück. Ein schlechtes Gewissen beschlich sie. Was wühlte sie auch in Shannons Sachen rum? Sie entschied sich, die Flucht nach vorne anzutreten.

»Bin fertig! Hab mir deinen Lippenstift geliehen!«

Eine Viertelstunde später saßen sie im Auto und fuhren Richtung London. Tessa war froh, dass sie hergekommen war, auch wenn das Intermezzo nur zwölf Stunden gedauert hatte. Es hatte sich gelohnt, für den Sex und für das Gespräch, das sie gehabt hatten. Dass Shannon beklemmende Gedanken plagten, bemerkte sie ebenso wenig wie, dass sie ständig in den Rückspiegel blickte.

Teil 2

Neun Monate später

15. Kapitel

Dienstag, 17. August 2027
Bologna, Italien

Gao Sheng hatte mit seiner Prognose richtiggelegen. Ein Jahr nachdem China das Herzstück für das neue Klimafolgenforschungsvorhaben der EU geliefert hatte, war Minerva betriebsbereit.

Obwohl man es Zhāng Li nicht ansah – wie immer trug er Jeans und T-Shirt mit Turnschuhen –, war er der Kopf der Delegation, die China für die Feierlichkeiten dieses Zwischenschritts nach Bologna geschickt hatte. Neben den offiziellen Verpflichtungen, die seine Rolle mit sich brachte und die ihm aufgrund ihrer Ineffizienz zuwider waren, hatte er mehrere bilaterale Gesprächstermine vereinbaren lassen. Er hatte sich vorgenommen, die wesentlichen treibenden Kräfte im Zusammenhang mit der Bekämpfung des Klimawandels im Westen persönlich kennenzulernen, um sich ein eigenes Bild davon zu machen, wen er als Verbündeten betrachten konnte und von wem Widerstände zu erwarten waren. Auf zwei heute anstehende Treffen war er besonders gespannt: das mit dem deutschen Bundeskanzler und das mit einem auf Nachhaltigkeit spezialisierten US-amerikanischen Investmentfonds.

Anders als die meisten hochrangigen Gäste des Events, die im einzigen Fünf-Sterne-Haus in der Altstadt von Bologna wohnten, hatte Zhāng Li im Hotel auf dem neuen Tecnopolo-Gelände einchecken lassen. Dafür gab es einen Grund. Seit seiner Kindheit interessierte er sich für Architektur. Genauer gesagt war es ein ganz spezifisches Projekt, das ihn damals in seinen Bann gezogen hatte: Nanhui New City, die im Jahr 2020 fertiggestellte Satellitenstadt, die aus dem Nichts Platz für rund eine Million Menschen geschaffen hatte. Zhāng Li war südlich von Shanghai in unmittelbarer Nähe des gigantischen Bauprojekts aufgewachsen und oft mit seinem Vater dort hingefahren. Deshalb hatte es ihn förmlich elektrisiert, als er erfuhr, dass dieselben Architekten, die Nanhui New City geplant hatten, auch für das neue Tecnopolo in der alten Tabakfabrik von Bologna verantwortlich waren. Obwohl seine Rationalität es ihm eigentlich verbot, glaubte er nicht an Zufälle. Deshalb sah er es als ein Zeichen, dass die Väter seiner Kindheitsfaszination auch die Heimat des Triggers für die Realisierung seines Lebenswerks gestaltet hatten. Denn das war Minerva für Zhāng Li, der Auslöser für das, wofür es sich damals für ihn gelohnt hatte, aus den USA zurück nach China zu kommen.

Bei der Eröffnungsveranstaltung saß er zusammen mit den anderen Spitzenpolitikern in der ersten Reihe des Tagungsraums und versuchte, interessiert zu wirken. Der italienische Ministerpräsident hatte die Feierlichkeiten eröffnet und genau wie die EU-Präsidentin, die nach ihm sprach, nichts von Relevanz zu sagen gehabt. Die anschließende Rede des deutschen Bundeskanzlers war interessanter, auch wenn Zhāng Li es unangebracht fand, den heutigen Tag mit Menschenrechtsfragen zu belasten. Der diesbezügliche an sein Land gerichtete Appell prallte an ihm ab, wie immer. Woher nahmen die westlichen Vertreter nur die Arroganz, China als menschenrechtsverachtend abzustempeln? Kein anderes Land auf der Welt hatte doch in den letzten vierzig

Jahren so viele Menschen aus der Armut geholt wie seines. Hatte das etwa nichts mit der Achtung von Menschenrechten zu tun?

Direkt nach Carsten Pahl war er selbst an der Reihe. Allzu gerne hätte er die Chance genutzt, dem versammelten Publikum zu erklären, dass wirksamer Klimaschutz ein gutes Beispiel für ein kollektives Menschenrecht und deshalb vor individueller Freiheit einzuordnen sei. Aber er verkniff sich diesen Seitenhieb. Stattdessen verteilte er Komplimente und betonte die Weitsicht, die Europa mit dem Minerva-Projekt beweise. Er schloss mit der Bemerkung, dass man heute an dem Ort zusammengekommen sei, von dem entscheidende Impulse für die Zukunft des Planeten zu erwarten seien.

Aus den Gesichtern, die er im Publikum erkennen konnte, schloss er, dass das viele der Gäste für übertrieben hielten.

»Wartet mal ab«, murmelte er leise zu sich selbst, als er das Podium verließ, »ihr werdet euch alle noch wundern.«

Unmittelbar nach der Hauptveranstaltung war er bilateral mit Carsten Pahl verabredet. Das Treffen fand in kleiner Runde statt. Auf deutscher Seite nahm nur Wirtschaftsminister Willemann und ein Staatssekretär aus dem Bundeskanzleramt teil, Zhāng Li brachte zwei deutlich ältere Herren aus seiner Delegation mit dazu.

Er hätte lieber allein mit Pahl gesprochen, war aber mit diesem Ansinnen in Peking gescheitert. Offenbar wollte das Politbüro es sich nicht nehmen lassen, bei dem Gespräch mitzuhören.

»Deutschland war Anfang der 1990er-Jahre das erste Land, das konsequent den Ausbau der erneuerbaren Energien gefördert hat«, eröffnete Zhāng Li den inhaltlichen Teil des Gesprächs, nachdem sie sich begrüßt hatten. »Das war sehr weitsichtig von Ihren Vorgängern, weil sie damit der Solar- und der Windkraft weltweit zum Durchbruch verholfen haben.« Er zögerte eine Sekunde und fügte hinzu: »Auch wenn das Ihren Bürgern hohe Stromrechnungen bescherte. Aber wenn es sich jemand leisten konnte, dann Deutschland. Außerdem kann man sich eine bessere Investition zum Wohle der Allgemeinheit ja gar nicht vorstellen. Meinen herzlichsten Glückwunsch deshalb dazu!«

Er hatte seine Gesprächspartner genau im Auge, während er sprach. Pahl schien aufmerksam zuzuhören. Nur als sein Wirtschaftsminister einen Keks nahm, schien er kurzzeitig abgelenkt, fast irritiert. Willemann wirkte verärgert. Aber nicht über den Blick seines Kanzlers, den nahm er gar nicht wahr, sondern über das, was er hörte. Natürlich, dachte Zhāng Li. Schließlich war er immer gegen die Subvention der erneuerbaren Energien gewesen. Zumal die deutsche Industric ja kaum davon profitiert hatte. Die meisten einheimischen Hersteller waren sogar pleitegegangen, nachdem China den Markt mit Billigprodukten überschwemmt hatte.

»Leider ist Ihr Land dann später ins Hintertreffen geraten«, fuhr er fort, »und hat die Vorreiterrolle im Klimaschutz verloren. Ich habe bis heute nicht verstanden, warum Deutschland plötzlich andere Prioritäten hatte. Umso mehr freue ich mich aber natürlich, dass sich das jetzt wieder geändert hat.« Explizit an Pahl gerichtet ergänzte er: »Ich habe verstanden, dass Minerva im Wesentlichen Ihnen zu verdanken ist? Eine kluge Entscheidung.«

»Vielen Dank«, antworte Carsten Pahl, »aber ehrlich gesagt war Minerva nur ein Minimalkompromiss. Wir sind mit größeren Zielen angetreten. Sie wissen ja, warum vom Green New Deal nicht viel übrig geblieben ist.«

Zhāng Li musste innerlich grinsen, ließ sich aber nichts davon anmerken. Es war wirklich eine Ironie des Schicksals, dass gerade das zunächst in China ausgebrochene Corona-Virus ihm am Ende zugutegekommen war. Der 2019 vorgestellte Green New Deal wäre zu früh gekommen, sein Land war damals noch nicht weit genug gewesen. Viele Industriezweige hätten nicht liefern können. Da passte es gut, dass die Pandemie die Volkswirtschaften in die Knie gezwungen hatte und sich niemand mehr einen Green New Deal leisten konnte.

»Ja«, antwortete er, »als wäre die Pandemie eine größere Bedrohung für unsere Welt gewesen als der Klimawandel. Ich frage mich oft, was passieren muss, damit Europa endlich aufwacht?«

Er hatte den Eindruck, dass der deutsche Bundeskanzler überrascht wirkte. War es wirklich so einfach, ihn aus der Reserve zu locken?

»Was muss denn passieren, damit China endlich aufwacht?«, antwortete Pahl unumwunden mit einer Gegenfrage.

Jetzt war es Zhāng Li, der etwas verwundert war. Er hatte ein diplomatischeres Vorgehen seines Gegenübers erwartet. Aber so war es ihm natürlich viel lieber.

»Wenn ich es richtig sehe, sind wir das einzige Land auf der Welt, das seine CO_2-Einsparziele bisher immer erreicht oder sogar übertroffen hat. Und das lag nicht daran, dass wir unambitioniert bei der Zielsetzung waren. Auch wenn wir zweifelsfrei immer noch zu viele Kohlekraftwerke betreiben, haben wir verstanden, dass unser Land stark vom Klimawandel betroffen sein wird. Deshalb tun wir alles, was möglich ist, soweit es mit unseren Wachstumszielen vereinbar ist. Diese eine Einschränkung hat dabei nichts mit Profitstreben zu tun, sondern mit innerem Frieden. Würden wir den Rückhalt unseres Volkes verlieren, weil der Lebensstandard nicht kontinuierlich weitersteigt, wäre der Klimawandel unser geringstes Problem.«

Pahl nickte. »Wenn Sie so offen sind, will ich es auch sein.« Er lehnte sich nach vorne und stützte seine Ellenbogen auf den Tisch.

Zhāng Li war gespannt, was jetzt kommen würde.

»Hier kommt meine Antwort auf Ihre Frage, was Europa braucht, um endlich aufzuwachen. In drei Teilen. Erstens ist Europa ein heterogenes Gebilde parlamentarischer Demokratien. Wir sind aber nicht nur horizontal demokratisch organisiert, sondern auch vertikal. Ich zum Beispiel habe eine Koalition aus verschiedenen Parteien und dazu verschiedenste Ressorts, mit denen ich mich jeweils abzustimmen habe. Einer meiner Minister, der der Partei unseres Koalitionspartners angehört, sitzt neben mir.« Er warf einen Blick auf Willemann und fuhr fort: »Ich will es nicht unnötig kompliziert machen, aber wir haben sogar noch einen dritten Partner. Naturgemäß haben wir zum Teil unterschiedliche Auffassungen. Meistens einigen wir uns auf einen mehr oder weniger guten Kompromiss. Das ist dann die Position der deutschen Regierung. Aber nur für den Moment, nach den nächsten Wahlen kann alles ruckzuck wieder anders aussehen. Zusätzlich habe ich sechzehn Bundesländer unter und die EU über mir, mit denen ich mich jeweils abstimmen muss.« Er unterbrach sich kurz und ergänzte dann: »Wobei ›unter‹ und ›über‹ natürlich nicht korrekt ist, weil es in unseren Demokratien eben nicht so funktioniert. Zumal wir auf EU-Ebene vieles einstimmig entscheiden müssen. Wie Sie vielleicht schon vermuten, ist dies hier kein Plädoyer für die Demokratie als beste Staatsform aller, sondern die Erkenntnis ihrer Grenzen. In Bezug auf langfristige Planung haben Sie jedenfalls Vorteile, so viel ist sicher.«

Die Freimütigkeit, mit der Carsten Pahl die Schwächen des eigenen Systems ansprach, beeindruckte Zhāng Li. Bisher war das immer seine Masche gewesen, mit der er punkten konnte.

»Zweitens«, fuhr der deutsche Bundeskanzler fort, »sind wir uns innerhalb Europas uneinig darüber, wie prioritär der Klimawandel behandelt werden sollte. Es gibt Länder, denen die eigene wirtschaftliche Entwicklung zumindest kurzfristig wichtiger ist. Der Königsweg wäre natürlich, Wirtschaftswachstum auf Basis von Klimaschutz zu initiieren, aber das fällt denjenigen schwer, die es versäumt haben, frühzeitig entsprechende Weichenstellungen vorzunehmen. Das ist im Übrigen kein europäisches Phänomen. Mit den USA, Russland, Brasilien und Australien gibt es ja namhafte Vertreter, die in dieselbe Falle getappt sind.« Er trank einen Schluck Wasser und räusperte sich.

Wie wahr, dachte Zhāng Li unterdessen. Pahl schien ein heller Kopf zu sein. Und frei von den üblichen Denkmustern. Aber worauf wollte er hinaus? War er tatsächlich dabei, die Hilflosigkeit der Demokratien bei der Lösung der großen Fragen der Zeit anzuerkennen? Und würde er bereit sein, diesen Gedanken konsequent weiterzuführen?

Pahl fuhrt fort: »Drittens, und das ist die konkrete Antwort auf Ihre Frage, kann uns in der beschriebenen Gemengelage nur noch ein extrem starker Trigger helfen, aus der Lethargie herauszukommen.«

Zhāng Li hob eine Augenbraue. »Was meinen Sie mit Trigger?«

»Etwas, was die Dringlichkeit der Klimakrise greifbarer macht, als es bisher war. Im Grunde gibt es natürlich genügend klare Hinweise, wohin die Reise geht, wenn wir weitermachen wie bisher. Aber der Mensch handelt offenbar nicht anders als der berühmte Frosch im Wasserglas, das man langsam erhitzt. Er bleibt sitzen, bis er stirbt.«

Zhāng Li war baff, ließ sich wie üblich aber nichts anmerken. Vollkommen unerwartet sah er sich nicht nur einem potenziellen Partner gegenüber, sondern einem expliziten Befürworter ihrer eigenen Strategie. Er fragte sich, wie weit Pahl bereit war zu gehen, um seine Ziele zu erreichen.

»Tatsächlich habe ich mal gelesen, dass die Geschichte gar

nicht stimmt«, erwiderte er, um ein bisschen Zeit zum Nachdenken zu gewinnen. »Frösche merken, dass es heißer wird, und versuchen zu entkommen.«

»Das macht es ja nicht besser, dann sind wir sogar dümmer als Frösche.«

»Ihr«, dachte Zhāng Li, »ihr« seid dümmer, nicht »wir«. Was er offen aussprach, war: »Ich finde Ihre Analyse sehr eindrücklich. Und ich teile Ihre Ansichten. Die Frage ist, was daraus folgt. So ein Trigger müsste ja bald kommen. Bevor es zu spät ist.«

»Ja«, erwiderte Pahl. »Meine Hoffnungen ruhen auf Minerva, und Ihre Aussagen vorhin am Ende Ihrer Rede haben mich diesbezüglich ermutigt.«

Zhāng Li wog seinen Kopf hin und her. »Allein darauf zu setzen, wäre aber eine riskante Strategie. Niemand weiß, was für Erkenntnisse uns Minerva liefern wird.«

»Ich weiß das, deshalb kämpfe ich ja auch an allen Fronten weiter. Was bleibt mir sonst übrig?«

Jetzt hatte er ihn da, wo er ihn haben wollte. Er ging in die Offensive. »Was würden Sie davon halten, wenn wir das gemeinsam täten?«

Pahl schaute ihn verständnislos an.

»Stellen Sie sich vor, China und Deutschland täten sich zusammen beim Klimaschutz, breit aufgestellt in Wissenschaft, Forschung und Wirtschaft. Wäre das nicht ein enorm starkes Signal? Ich habe das Gefühl, dass wir beide ähnlich ticken und auch dieselben Werte teilen. Daraus könnte eine fruchtbare Partnerschaft entstehen.«

Zhāng Li spürte sofort, wie Willemann aufmerksam wurde. Natürlich, dachte er, die Sprache versteht er. Pahl hingegen schien zurückhaltend zu bleiben.

»Wenn wir im Klimaschutz tatsächlich ähnliche Werte teilen,

wäre das großartig«, antwortete der Bundeskanzler. »Partnerschaften sollten aber immer auf einer gemeinsamen Wertebasis beruhen, die mehrere Standbeine hat. Allein der Wille, den Klimawandel zu bekämpfen, reicht für eine vertrauensvolle Zusammenarbeit nicht aus.«

Er schien für einen Moment zu zögern. Dann fuhr er fort. »Ich erwarte von Partnern grundsätzlich, dass sie die Menschenrechte achten und verteidigen. Im eigenen Land und im Rest der Welt.«

Willemann riss vor Schreck die Augen auf und schnaubte hörbar.

Zhāng Li musste innerlich auflachen. Natürlich musste jetzt das Thema kommen, es kam ja immer. Mit interessiertem Gesichtsausdruck, aber innerlich gelangweilt lauschte er den üblichen Mahnungen seines Gesprächspartners. Amüsiert verfolgte er dabei, wie sensibel Pahl auf jegliche Geräusche seines Wirtschaftsministers reagierte. Es wirkte wie eine regelrechte Aversion, fast krankhaft. Erst beim Stichwort Datenschutz wurde er hellhörig, weil ihm klar war, dass dies ein Knackpunkt in der Zusammenarbeit werden konnte. Er richtete sich leicht auf und suchte Augenkontakt. »Wollen Sie auf unser Social Scoring hinaus?« Carsten Pahl hielt dem Blick stand und fixierte Zhāng Li eindringlich. Als Antwort wählte er eine bewusst offene Formulierung, um sein Gegenüber kommen zu lassen: »Nicht nur, aber auch.«

Erstmals während ihres Gesprächs glaubte er zu spüren, dass Zhāng Li sich nicht ganz wohl in seiner Haut fühlte.

Als der Chinese allerdings zu seiner Antwort ansetzte, verflüchtigte sich dieser Eindruck sofort. »Wir sprechen ja ganz offen miteinander. Deshalb werde ich meine ungeschminkte Meinung mit Ihnen teilen. Ich glaube, dass wir in China lange naiv mit dem Thema Datenschutz umgegangen sind. Das hat dazu geführt, dass wir vieles falsch gemacht haben. Unser Social Scoring System gehörte anfangs auch dazu. Inzwischen haben wir das deutlich angepasst, Restriktionen werden nur noch streng verursachergerecht erlassen. Damit unterscheidet sich das System nicht mehr grundlegend von dem, was es auch bei Ihnen schon immer gegeben hat: Wer über eine rote Ampel fährt, muss Strafe zahlen. Und wer seine Rechnungen nicht bezahlt, bekommt schwerer einen Kredit. Im Unterschied zu Ihrer noch überwiegend analogen Welt geschieht bei uns inzwischen alles digital und in Echtzeit. Damit wird mehr erfasst, weil Millionen von Kameras eben mehr sehen als Tausende von Polizisten. Außerdem helfen uns Big Data Analysen auf Basis von künstlicher Intelligenz dabei, effizient individuelle Auffälligkeiten zu identifizieren. Wenn man wie Sie alle verfügbaren Daten separat abspeichert, geht das natürlich nicht.«

Der Seitenhieb saß. Pahl wusste, dass der Westen hier einen enormen Nachholbedarf hatte.

»Aber, glauben Sie mir, beim Thema Datenschutz denken junge Chinesen auch nicht anders als junge Europäer. Wir führen hier eine Diskussion zwischen den Generationen, die gerade erst begonnen hat. Wer sich am Ende durchsetzt, dürfte klar sein. Uns ist zwar im Gegensatz zu den Älteren tendenziell egal, wenn jemand erfährt, wo wir sind oder wann wir was einkaufen. Aber wirklich sensible Daten müssen anonymisiert und geschützt werden. Wir legen das in die Verantwortung des Staates. Ob das die richtige oder die falsche Wahl ist, ist eine philosophische Frage. Ich weiß nicht, ob Ihnen klar ist, dass ich lange im Silicon Valley gearbeitet habe.«

Carsten Pahl schüttelte den Kopf, wobei er sich bemühte, seinen neutralen Gesichtsausdruck zu wahren. Ärger überkam ihn, weil er sich nicht ausführlicher über sein Gegenüber informiert hatte. Er fühlte sich im Nachteil, und obwohl Zhāng Li noch gar nicht fertig war mit seinem Statement, war dem deutschen Bundeskanzler schon jetzt sonnenklar, dass er ihn nicht würde greifen können. Er ist gut, dachte er.

»In den USA und auch bei euch in Europa sammeln überwiegend Privatfirmen die Daten. In den USA passieren dabei abenteuerliche Dinge. Im Valley gibt es massenhaft Firmen, die mit der Regierung, den Geheimdiensten oder dem Pentagon zusammenarbeiten. Firmen, die auch Daten von Ihren und unseren Bürgern haben. Und damit Geld verdienen.«

»Damit erzählen Sie mir nichts Neues.« Pahl seufzte. »Aber das macht es natürlich nicht besser.«

»Nein, das macht es nicht besser. Und ich will damit auch weder ablenken noch irgendetwas rechtfertigen«, schloss Zhāng Li seine Ausführungen. »Datenschutz ist im digitalen Zeitalter ein sensibles Thema, bei dem wir alle noch dazulernen müssen. Und welche Daten schützenswert sind, wird je nach Alter, Digitalaffinität und Kultur unterschiedlich definiert. Ich jedenfalls setze mich energisch dafür ein, dass persönliche Daten so weit wie möglich dem Individuum zustehen. Jeder Einzelne sollte entscheiden können, was mit seinen Daten passiert.«

Pahl antwortete nicht. Er war unschlüssig, wie er mit der Situation umgehen sollte. Als er seinem Wirtschaftsminister einen Blick zuwarf, bekam er ein aufmunterndes Kopfnicken als Antwort zurückgeworfen.

Dann schüttelte er den Kopf und sagte: »Vielleicht ändert sich tatsächlich viel in Ihrem Land, wenn die nächste Generation das Heft in die Hand nimmt. Aber noch ist es nicht so weit. Ihre Ausführungen klingen schlüssig, aber sie nehmen mir leider nicht meine Sorgen. Ich habe deshalb das Gefühl, dass wir heute nicht weiterkommen. Aber ich werde nachdenken über das, was Sie angeboten haben.«

Nachdem sie sich voneinander verabschiedet und die Chinesen den Raum verlassen hatten, begrub Willemann entgeistert sein Gesicht in beiden Händen.

»Mensch, Carsten!«, sagte er grimmig. »Was sollte das denn am Ende? Du hattest ihn doch praktisch eingefangen. Hast ihm allen Wind aus den Segeln genommen, indem du ausnahmsweise mal nicht sein System kritisiert hast, sondern unser eigenes. Das war genial, bist halt einfach ein Menschenfänger. Ich glaube, einem westlichen Politiker ist es noch nie gelungen, so schnell einen so guten Draht zu einem Chinesen aufzubauen. Und dann? Machst du alles wieder kaputt!«

»Ich habe überhaupt nichts kaputt gemacht«, antwortete Pahl sehr bestimmt. »Ich bin nur nicht bereit, die Augen vor der Wahrheit zu verschließen. Das solltest du eigentlich wissen, Hartmut.«

»Aber was ist denn die Wahrheit, Carsten? Du hast doch selbst gesagt, dass seine Aussagen schlüssig sind. Gibt es hier denn überhaupt richtig und falsch? Er hat doch recht, wenn er sagt, dass eine Allianz gegen den Klimawandel die Welt vor viel Unrecht bewahren würde. Wie willst du das denn gegeneinander abwägen? Wer glaubst du eigentlich, wer du bist?«

Pahl schaute Willemann empört an.

Der legte nach: »Du bist in deinem Amt zuallererst Deutschland verpflichtet. So eine Partnerschaft, wie uns gerade vorgeschlagen wurde, würde uns auf Jahre hinaus glänzen lassen. Und dazu noch dem Klimaschutz dienen.«

Pahl war sprachlos. Zum einen, weil er sich maßlos über seinen Wirtschaftsminister ärgerte. Zum anderen aber auch, weil er spürte, dass er selbst nicht ganz sicher war, ob er eben richtig gehandelt hatte oder nicht. Mit verschränkten Armen ging er zum Fenster und starrte in den mehrere Stockwerke tiefer liegenden Innenhof. Dort sah er Zhāng Li, wie er heftig gestikulierend mit seinen beiden Begleitern diskutierte. Offenbar gab es da auch Differenzen.

»Was ich mich aber frage«, murmelte Carsten Pahl leise und mehr zu sich selbst als zu seinem Wirtschaftsminister. »Wo nimmt der Mann, wo nimmt China nur dieses unfassbare Selbstbewusstsein her? Und wenn es begründet ist, wenn sie unseren Demokratien wirklich so haushoch überlegen sind, wozu brauchen sie uns dann überhaupt noch?«

16. Kapitel

Dienstag, 17. August 2027
Camp David, USA

James Nightingale frühstückte allein, wie immer an den wenigen Urlaubstagen, die ihm zur Verfügung standen. Es war 05:30 Uhr, und seine Familie schlief. Neben dem Kaffee und der Granola-Schale mit Naturjoghurt und frischen Beeren lag ein Tablet mit den wichtigsten Dokumenten zur aktuellen Weltlage. Wie jeden Morgen öffnete er zuerst das PDB, das President's Daily Briefing. Das nach der höchsten Geheimhaltungsstufe klassifizierte Dokument beinhaltete eine täglich aktualisierte Erkenntnisanalyse der US-Geheimdienste.

Mit dem Löffel in der einen Hand, scrollte er mit der anderen die Nachrichten durch. Eine Meldung erregte Nightingales besondere Aufmerksamkeit. Es ging um China. Das an sich war nichts Ungewöhnliches, im internationalen Teil des PDB ging es überwiegend um den asiatischen Rivalen Nummer eins. Eigenartig fand der US-Präsident, dass ihn die Meldung ohne besondere Kennzeichnung als eine unter vielen erreichte. Fast hätte er sie überlesen. Dabei war sie seiner Einschätzung nach von allerhöchster Brisanz: Offensichtlich war es der CIA bereits im August des letzten Jahres gelungen, einem hochrangigen chinesischen Parteimitglied Informationen zu entlocken, die den Stein ins Rollen gebracht hatten. Aus der Tatsache, dass er heute erstmals davon erfuhr, leitete er ab, dass die Verifizierung der nun dargelegten Schlussfolgerungen ein ganzes Jahr lang gedauert haben musste. Das war auffallend lang. Jetzt aber waren seine Geheimdienste augenscheinlich zu der überraschenden Erkenntnis gelangt, dass Chinas Führungsriege bereits Mitte der 1980er-Jahre – also vor über vierzig Jahren – anerkannt hatte, dass der Klimawandel real und menschengemacht war. Daher hatte das Land schon damals ein Forschungsvorhaben unter strengster Geheimhaltung initiiert, um sowohl die Treiber wie auch die Auswirkungen der Erderwärmung besser zu verstehen. Die daraus um die Jahrtausendwende erlangten Erkenntnisse hatten den seinerzeit regierenden Staatspräsidenten Jiang Zemin dazu veranlasst, die Forschung zu den Folgen des Klimawandels massiv voranzutreiben.

Sind die Chinesen uns also davongezogen, als wir unsere Kräfte nach den Anschlägen von 9/11 auf die Terrorbekämpfung konzentriert haben, dachte Nightingale. Interessant. Wie sehr China die USA offenbar abgehängt hatte, verriet ihm der nächste Satz: China betrieb mutmaßlich seit 2017 einen Hochleistungs-Quantencomputer zur Simulation von Klimamodellen.

Seit zehn Jahren? Nightingale kratzte sich am Kopf. Nach allem, was er wusste, gab es Quantencomputer doch bisher nur im Labormaßstab. Die EU nahm gerade die weltweit erste kommerzielle Anlage in Betrieb – die allerdings in China gefertigt worden war –, das hatte er doch eben erst weiter vorne gelesen. Er sprang in dem Dokument zurück. Ja, so stand es da.

Mit der Information im Hinterkopf las er weiter, dass China in den vergangenen Jahren in bisher ungeahnter Größenordnung in Produktionsanlagen für Klimaschutztechnologien investiert hatte. Nach Einschätzung seiner Geheimdienste überschritten dabei schon die bisher aufgebauten Fertigungskapazitäten in China jegliches sinnvolle Niveau. Und das galt nicht nur, wenn man allein den gigantischen Umbaubedarf der chinesischen Volkswirtschaft zugrunde legte, sondern auch, wenn damit die für das nächste Jahrzehnt prognostizierte globale Nachfrage nach Klimaschutztechnologien bedient werden sollte.

Als Beispiel wurde ein Projekt in der Sahara beschrieben. In der Sahara?, dachte Nightingale und nippte an seinem Kaffee, während er weiterlas. China hatte sich sowohl am Atlantik als auch am Roten Meer gigantische Küstengrundstücke gesichert, um dort günstigen solaren Wasserstoff herzustellen. Der klimafreundliche Treibstoff galt als Schmierstoff der zukünftigen Weltwirtschaft, als Ersatz für Öl, Benzin und Gas. Offenbar wollte China den Wasserstoff in den sonnenreichsten Gegenden der Welt produzieren und dann mithilfe von Pipelines und Flüssiggastankern über den ganzen Globus verteilen. Dazu waren im Sudan riesige Hafenanlagen geplant. Der von US-Experten geschätzte Output der Sahara-Anlagen überstieg den von der internationalen Energieagentur prognostizierten globalen Bedarf für Wasserstoff bis zum Jahr 2040 um das Zwanzigfache.

Nightingale legte das Tablet zur Seite und fixierte nachdenklich seine leere Müslischale. Wissend, wie langfristig und strategisch China vorging, dämmerte ihm, dass sein Land hoffnungslos ins Hintertreffen geraten war. Und auch wenn er es noch nicht greifen konnte, schwante ihm, dass die aktuellen Erkenntnisse seiner Geheimdienste vermutlich nur die Spitze des Eisberges waren. Was er eben erfahren hatte, war groß, größer als die wenig prominente Platzierung innerhalb des Dossiers vermuten ließ. Ihn beschlich das Gefühl, dass sie es hier mit etwas zu tun hatten, das das Potenzial hatte, die zukünftige Weltordnung durcheinanderzubringen.

Just in diesem Moment kamen seine Kinder lauthals plappernd ins Zimmer gestürmt, beide noch in Schlafanzügen und sichtlich aufgeregt. Meg folgte, allerdings schon in halber Anglermontur. Sie küsste ihren Mann auf die Stirn.

»Na, mein Liebling, bereit für den großen Tag?«

Der Präsident schüttelte seine Gedanken ab und klatschte in die Hände: »Aber hallo, natürlich. Judy, Tim, habt ihr schon nach draußen geguckt? Wir haben uns einen wunderschönen Tag zum Fliegenfischen ausgesucht!«

Dass James Nightingale dieses Hobby pflegte, war für einen US-Präsidenten nicht ungewöhnlich. Auch Eisenhower und Carter waren begeisterte Fliegenfischer gewesen. Eine fliegenfischende First Lady hatte es hingegen noch nie gegeben. Für Meg war das typisch, sie war neugierig und begeisterungsfähig wie ein kleines Kind. Der Präsident hatte eigentlich geplant, nur Tim mit auf den Ausflug zu nehmen. Ohne nachzudenken, war er der Meinung gewesen, dass Fliegenfischen nichts für Frauen sei. Als Meg davon Wind bekam, hatte sie sanft, aber bestimmt widersprochen: Natürlich wolle sie es ausprobieren, und Judy komme auch mit.

Nordwestlich von Camp David, wo die Nightingales wie viele Präsidentenfamilien vor ihnen auch oft ihre Kurzurlaube verbrachten, gab es einen kleinen Fluss, der sich gut zum Fliegenfischen eignete. Nachdem seine Frau und die Kinder gefrühstückt hatten, machten sie sich auf den Weg dorthin. Der zum Schutz der Präsidentenfamilie abgestellte Secret Service mochte derartige Ausflüge nicht besonders, weil sie immer mit viel Aufwand und einem nicht zu vermeidenden zusätzlichen Risiko verbunden waren. Eine Ausnahme bildete allerdings Special Agent Henry Blunt, weil er selbst passionierter Fliegenfischer war. Er fuhr mit den beiden Kindern in der ersten gepanzerten Limousine. James Nightingale saß mit Meg im Fond des zweiten Wagens und betrachtete nachdenklich die an ihnen vorbeiziehende hügelige Landschaft. Die Meldung aus dem PDB ging ihm nicht aus dem Kopf. Was trieben die Chinesen? Wussten sie etwa mehr als der Rest der Welt über das, was dem Planeten drohte? Wie konnte es sein, dass der Ausbau der chinesischen Industrie – und erst recht solche Megavorhaben wie die in der Sahara – unbemerkt vorangetrieben werden konnten? Dazu noch von dem Land, das sich schon seit Langem der größtmöglichen Aufmerksamkeit der US-Spionagedienste sicher sein konnte.

»Liebling? Was ist los?«

Nightingale hätte in Anbetracht des anstehenden Angelabenteuers gerne geschauspielert, wusste aber, dass er bei Meg damit nicht durchkam.

»Keine von den Horrornachrichten, die mich zuweilen erreichen«, sagte er kopfschüttelnd und versuchte dabei, ein aufmunterndes Gesicht zu machen. »Wir haben diesmal eigentlich auch gar nichts Schlimmes gemacht«, fügte er grinsend hinzu. »Und großen Schaden gibt es auch nicht ... zumindest noch nicht.«

Meg hob die Augenbrauen und schaute ihn auffordernd an.

»Ach, Meg, ich weiß auch nicht. Unsere Geheimdienste haben etwas herausgefunden, das mir Sorgen macht. Ich habe es erst heute Morgen erfahren. China nimmt den Klimawandel offenbar viel ernster, als wir bisher gedacht haben. Und das schon seit über vierzig Jahren.«

»Und wo ist das Problem?«

»Mein Verdacht ist, dass die Chinesen vermutlich auch besser als wir einschätzen können, was der Klimawandel auf unserer Erde anrichten wird. Und vor allem ist das Problem, dass sie daraus Schlüsse gezogen haben und nun konsequent und langfristig orientiert handeln.« Er rieb sich müde über die Augen. »Wie man es von ihnen gewohnt ist«.

Meg zuckte mit den Schultern. Ihr Gesichtsausdruck verriet, dass sie nicht nachvollziehen konnte, warum das ein Grund zur Sorge war.

»Du weißt, dass wir auch schon in den Achtzigerjahren herausgefunden haben, welche fatalen Auswirkungen eine steigende CO_2-Konzentration in der Atmosphäre hat. Vermutlich ziemlich zeitgleich mit den Chinesen, wie wir jetzt wissen. Und was haben wir daraus gemacht?« James Nightingale schnaubte verächtlich. »Was war unser Optimierungskriterium? Kurzfristiger Profit! Wir haben es der Welt verschwiegen, um unsere Vormachtstellung mithilfe von Kohle, Öl und Gas weiter ausbauen zu können. Wir haben damals zehn, vielleicht fünfzehn Jahre nach vorne geschaut und darauf unsere Strategie begründet. Und die Chinesen? Die hielten ihre Erkenntnisse auch geheim, aber nicht, um fröhlich weiter CO_2 emittieren zu können. Oder zumindest nicht nur. Gleichzeitig haben sie einen Plan für den nächsten Schritt entwickelt, der einen viel weiteren Zeithorizont, nämlich die Post-CO_2-Ära umspannt. Ein Riesenvorhaben von unglaublichen Ausmaßen, aber so professionell und diskret, dass unsere Geheimdienste jedenfalls bis vor Kurzem völlig im Dunkeln tappten.«

Meg starrte ihren Mann zunehmend verständnislos an.

»China hat in den Angriffsmodus geschaltet, Meg. Aber nicht militärisch, sondern wirtschaftlich. Frei nach der alten chinesischen Weisheit ›Die größte Kunst besteht darin, den Widerstand des Feindes ohne einen Kampf zu brechen.‹«

»Es tut mir leid, James, aber ich kann dir nicht folgen.«

»China war schlauer als wir und hat die Zeit genutzt, um sich auf die Zukunft vorzubereiten. Sie investieren seit Langem massiv in Klimaschutztechnologien, viel stärker, als wir es bisher wussten. In Afrika planen sie zwei solare Wasserstoffproduktionen, die nach unseren Abschätzungen das Zwanzigfache des zukünftigen

Weltbedarfs decken. Kannst du dir das vorstellen? Das Zwanzigfache! Offenbar rechnen die mit einer extrem stark steigenden Nachfrage, die bisher in keinerlei Prognosen abgebildet wird.«

»Das hört sich ja fast so an, als wäre das neue Seidenstraßenprojekt dagegen ein Witz.«

»Allerdings!« Nightingale nickte. Dann ergänzte er sarkastisch: »Vielleicht ist die neue Seidenstraße allerdings auch nur ein kleines logistisches Teilprojekt, das man problemlos schon der Öffentlichkeit verkaufen konnte, ohne zu viel davon zu verraten, um was es hier wirklich geht.«

»Dir macht Sorgen, dass China seine wirtschaftliche Vormachtstellung noch weiter ausbaut und uns endgültig ins zweite Glied drängt. Das verstehe ich. Aber für das Klima ist das doch wenigstens eine gute Nachricht!«

»Vielleicht«, lachte James Nightingale auf und legte liebevoll seinen Arm um Megs Schulter. »Aber was ist, wenn es den Chinesen primär gar nicht um das Klima geht?«

Beide schwiegen. Die Kolonne war von der Hauptstraße in eine Seitenstraße und von dort in einen Feldweg abgebogen. Sie waren am Ziel. Durch tiefe Pfützen ging es schaukelnd in ein kleines Wäldchen hinein. Die Sonne funkelte durch die dichte Laubdecke.

»Sag mal«, wandte sich Meg plötzlich stirnrunzelnd an ihren Mann, »erinnerst du dich an diesen Professor, mit dem ich neulich auf dem Bildungsgipfel beim Dinner zusammensaß? Der, der mich so fasziniert hatte?«

»Ja«, lachte Nightingale liebevoll, »dieser Professor ist übrigens Nobelpreisträger für Physik.«

»Umso besser. Jedenfalls hat er mir dargelegt, dass die Chinesen die solare Wasserstoffproduktion inzwischen so weit entwickelt hätten, dass sie überall, wo die Sonne regelmäßig scheint, effizient eingesetzt werden kann. Also auch in der gemäßigten

Zone wie hier bei uns. Er hat mir erklärt, dass das ein Meilenstein für die dezentrale Erzeugung von Wasserstoff sei. Die Transportkosten über weite Strecken stünden in keinem Verhältnis zur Ertragssteigerung bei mehr Sonnenintensität, hat er gesagt. Damit sei der Zentralismus in der Energiewirtschaft endgültig vorbei, alles werde dezentral.«

Jetzt war es James Nightingale, der verständnislos guckte. »Ja und?«

»Wenn das stimmt, ist es unplausibel, eine derart gigantische Wasserstoffproduktion in der Sahara zu bauen. Es sei denn, sie verbrauchen den Treibstoff direkt vor Ort.«

»Solche Mengen? Wofür denn?«

Meg zuckte mit den Schultern. »Keine Ahnung beziehungsweise vermutlich gibt es gar keinen sinnvollen lokalen Bedarf für solche Mengen – aber dann machen die Anlagen keinen Sinn.«

Nightingale starrte seine Frau an. Mit was für einer Selbstverständlichkeit sie gerade die Schlüsse der US-Geheimdienste infrage gestellt hatte, war doch einfach nicht zu fassen.

»Jetzt ist aber Schluss mit Weltpolitik!« Meg stieß ihrem Mann liebevoll in die Seite. »Wir sind zum Durchatmen hier, und um es den Kindern schön zu machen, verstanden?«

»Unbedingt!« Der Präsident meinte das so, wie er es sagte. Jetzt war Familienzeit, und er wusste, dass mit Meg nicht zu spaßen war, wenn es darum ging.

Sie ließen die Bäume hinter sich und fuhren direkt an Spruce Creek heran. Der kleine Fluss führte aufgrund des Regens der vergangenen Wochen viel Wasser und schlängelte sich gurgelnd durch die ihn zu beiden Seiten einrahmende Wildwiese. Trotz des hohen Wasserstands war es so klar, dass man den sandigen Grund sehen konnte. Weil es seit gestern trocken geblieben war, hatten sich die für das Fliegenfischen so hinderlichen Schwebeteilchen, die sich durch den Sickerzufluss und die erhöhte Fließgeschwindigkeit nach Regenfällen bildeten, wieder gelegt.

Nightingale hatte Henry Blunt gebeten, seiner Familie einen Grundkurs im Fliegenfischen zu geben. Ihm würden die Kinder sowieso nicht zuhören, und bei Meg war das nicht wirklich anders, wenn er ehrlich mit sich war. Der Secret-Service-Mann erklärte zunächst die Funktionsweise der Polbrillen. Er nannte sie Zauberbrillen und zog damit Judy und Tim sofort in seinen Bann. Durch die polarisierenden Gläser wurden Spiegelungen auf der Wasseroberfläche eliminiert, sodass man ungehindert ins Wasser hinein bis auf den Grund sehen konnte. Jetzt ging es darum, mithilfe der Zauberbrillen einen Fisch auszumachen, der unter der Wasseroberfläche schwamm und auf Insekten an der Oberfläche lauerte. Um einen besseren Überblick zu haben, stiegen sie dazu gemeinsam auf eine Art Hochsitz, der extra zu diesem Zweck direkt am Ufer aufgebaut worden war. Das war ungewöhnlich, Fliegenfischer liebten eigentlich die unberührte Natur, aber hier war man auf die Bequemlichkeit von US-Präsidenten eingestellt.

»Also los!«, forderte Henry Blunt Meg, Judy und Tim heraus.

Die drei zogen ihre Brillen auf und starrten erwartungsvoll ins Wasser. Tatsächlich wimmelte es dort von Regenbogenforellen, vor allem am gegenüberliegenden Ufer, wo das Wasser seichter und ruhiger war.

»Die wesentliche Schwierigkeit beim Trockenfliegenfischen ist«, setzte Blunt seine Lehrstunde fort, während sie die Leiter des Ausgucks wieder hinunterstiegen, »dass man die Fliegenrute nicht wie eine übliche Angel mithilfe des Ködergewichts auswerfen kann. Die Fliege am Ende der Schnur muss nämlich so leicht sein, dass sie auf der Wasseroberfläche schwimmt.«

Er zeigte den dreien ein aus Schaumstoff und eingefetteten Vogelfedern gefertigtes Fliegenmuster, dass einer echten Fliege tatsächlich ziemlich ähnlich sah – mit dem Unterschied, dass unterhalb des Körpers ein gebogener Haken hervorragte, an dem sich die Forelle festbeißen sollte.

»Deshalb müssen wir jetzt eine spezielle Wurftechnik lernen, die das Gewicht der Schnur nutzt, um die Fliege nach vorne zu schleudern. Ich mache euch das einmal vor.«

Henry Blunt rollte ein paar Meter Schnur ab, ließ sie vor sich ins Wasser fallen und machte eine elegante Ausholbewegung. Dadurch zog er die lose Schnur samt Fliege an ihrem Ende nach hinten und brachte sie für einen kurzen Moment in einer großen Schleife in der Luft zum Stehen. Mit perfektem Timing beschleunigte er seine Sage – den Rolls-Royce unter den Fliegenruten – in einer fließenden Bewegung wieder nach vorne und beförderte so die Fliege dicht an das gegenüberliegende Ufer, einige Meter oberhalb der Stelle, wo sie eben die vielen Forellen gesehen hatten. Sanft wie ein echtes Insekt landete die Schaumstofffliege auf der Oberfläche und trieb mit der Strömung flussabwärts.

Meg und die Kinder schauten ihn mit großen Augen an.

James Nightingale nickte anerkennend und wunderte sich insgeheim über die vielfältigen Fähigkeiten seines Leibwächters.

Er entfernte sich von dem familiären Fliegenfischkurs, um selbst sein Glück zu versuchen. Es herrschten ideale Bedingungen. In der Luft tanzten die Insekten, und immer wieder durchbrachen Fische die Wasseroberfläche, um nach Beute zu schnappen. Hinter der nächsten Flussbiegung fand Nightingale eine geeignete Stelle, warf seine 5er-Fliegenrute in regelmäßigen Abständen aus und versuchte, auf andere Gedanken zu kommen. Es gelang ihm nicht. Wie konnte es sein, fragte er sich, dass er die Meldung im PDB heute Morgen unter »ferner liefen« gefunden hatte?

Hatte denn niemand bei seinen Geheimdiensten verstanden,

was das bedeuten konnte? Und was folgte aus dem, was Meg eben über die Wasserstoffproduktion gesagt hatte? Er musste sich eingestehen, dass er keine Antworten auf diese Fragen wusste. Eines hatte er jedoch schon heute Morgen befürchtet, und es wurde ihm immer klarer, je länger er darüber nachdachte: Das Ganze konnte nicht warten, bis er planmäßig zurück in Washington war.

Er zog sein Telefon aus der Jackentasche und rief Remy Cutter an. Cutter war sein DNI, Director of National Intelligence, Chef aller US-Geheimdienste. Der DNI wurde traditionell vom Präsidenten persönlich berufen, berichtete unmittelbar an diesen und war Verfasser des PDB. Er bat Cutter, noch heute Nachmittag nach Camp David zu kommen und die CIA-Chefin und den Leiter der NSA gleich mitzubringen.

Als er zurück zu seiner Familie kam, hörte er schon von Weitem, dass die Stimmung gut war. Am lautesten war das Quieken von Meg zu vernehmen, aber auch Judy und Tim schienen viel Spaß zu haben. Unglaublicherweise zogen die drei eine Forelle nach der anderen aus dem Wasser. Nightingale fand die Wurftechniken – gelinde gesagt – unkonventionell, aber sie funktionierten offenbar einwandfrei. Sein Secret-Service-Mann stand dazwischen und schüttelte immer wieder ungläubig den Kopf.

Als Meg ihren Mann kommen sah, rief sie ihm aufgeregt zu: »Paradiesische Zustände hier, wir haben schon acht Stück! Judy hat den größten erwischt! Wie läuft es bei dir?«

Der Präsident schüttelte den Kopf. Er hatte nichts gefangen.

17. Kapitel

Dienstag, 17. August 2027
Berlin, Deutschland

Tessa saß auf einer Treppenstufe hinter der Bühne und bereitete sich auf ihren Auftritt vor. Sie hatten den Tag der Minerva-Feierlichkeiten für eine Sonderkundgebung auf dem Platz der Republik in Berlin gewählt. Obwohl die Demo mitten unter der Woche stattfand, waren über 20 000 Leute gekommen.

Sie fühlte sich nicht wohl in ihrer Haut. Wieder einmal wurde von ihr erwartet, dass sie eine Menschenmenge begeisterte, die zu ihr aufschaute und nach Führung suchte. Dabei war doch eigentlich sie diejenige, die eine Guideline brauchte und motiviert werden musste. Ihr fortwährendes Hadern mit der Frage, ob die Klimabewegung überhaupt noch einen maßgeblichen Beitrag leistete, hatte sie nachhaltig verunsichert und orientierungslos gemacht. Nach außen hin war es ihr bisher gelungen, das zu verbergen. Sich selbst gegenüber musste sie aber eingestehen, dass sie nur noch ein Schatten ihrer selbst war.

Wie so oft in diesen Momenten des Selbstzweifels musste sie an die Anfangsphase ihres Engagements zurückdenken. 2020, sieben Jahre war das jetzt her, und sie war gerade vierzehn geworden. Wie einfach hatte sie damals doch die Welt gefunden.

Unumstößlich sicher war sie sich gewesen, dass sie Erfolg haben würden. Alles schien so logisch und nur eine Frage der Zeit zu sein, bis sich die wissenschaftlich untermauerten Argumente der jungen Generation durchsetzen würden. Aber je stärker sie sich in das Thema hineingedreht hatte und je höherrangiger und gewiefter die Leute geworden waren, mit denen sie sich auseinandersetzte, desto mehr Zweifel waren ihr gekommen. Nach vier Jahren unermüdlichem Abarbeiten war sie an einen Punkt gekommen, an dem sie das Gefühl hatte, dass reden nicht mehr ausreichte. Dass lose Appelle an die Vernunft und den Intellekt des Menschen keinen Fortschritt mehr brachten. Das war 2024 gewesen, das Jahr, in dem sie mit fünf anderen in den Hungerstreik getreten war. Keine 500 Meter von hier entfernt. Das Jahr des Attentats, das alles veränderte. Wie immer, wenn sie ihre Gedanken dorthin zurücktrugen, durchfuhr sie ein tiefer, unerträglicher Schmerz, der ihr die Kehle zuschnürte. Obwohl es jetzt drei Jahre zurücklag. Mein Gott, wie sie Mila vermisste. Wie würde das Leben aussehen, wenn sie noch bei ihr wäre? Hätten sie gemeinsam mehr erreicht? Sie wusste, dass diese Gedanken sinnlos waren. Zu oft hatte sie sich damit gequält. Mila war für immer weg und Leander auch.

Durch die Geschehnisse rund um das Attentat hatte sie eine schwere posttraumatische Belastungsstörung erlitten. Über mehrere Monate war sie in eine tiefe Depression gefallen, begleitet von immer wiederkehrenden Flashbacks, die ihr die schrecklichen Szenen des Überfalls unlöschbar in ihr Gedächtnis eingebrannt hatten. Zwei Monaten stationärem Klinikaufenthalt, einer Zeit, in der sie zumindest anfangs keinerlei Lebenswillen mehr hatte und akute Selbstmordgedanken hegte, folgte eine intensive Phase der tagesklinischen und psychologischen Behandlung, die bis heute nicht abgeschlossen war. Nach wie vor kämpfte sie mit Angstzuständen und litt unter paranoiden Schüben, die sich unter anderem darin äußerten, dass sie sich verfolgt fühlte. Wobei sie ja tatsächlich keinen Grund hatte, nicht anzunehmen, dass der Attentäter immer noch hinter ihr her war.

In dem Versuch, in ein halbwegs normales Leben zurückzukehren, hatte sie irgendwann wieder begonnen, sich aktiv um den Klimaschutz zu kümmern. Sie brauchte eine Aufgabe. Ihren alten Enthusiasmus sollte sie aber nie zurückerlangen. Die durchlebten Grenzerfahrungen hatten sie abgeklärter werden lassen. Oder abgestumpft, dachte sie und rieb sich die kalten Hände. Sie setzte ihren Kampf fort, aber bei Weitem nicht mehr so euphorisch und siegessicher wie früher. Immer stärker spürte sie, dass sich die Klimabewegung abnutzte, dass ihre Argumente im Sand verliefen. Und dass sie einfach nicht ankamen gegen die dicke Betonschicht der Besitzstandswahrer. Wobei die Ignoranten ja noch viel schlimmer waren.

Diese Zweifel hatten sie seitdem nie mehr losgelassen. Wie auch, es war ja schließlich offensichtlich, dass die Ergebnisse ihrer ganzen Bemühungen unzulänglich waren. An allen Enden fehlte es an funktionierenden Lösungen.

Und dann war Shannon gekommen. Bei dem Gedanken zog ein Lächeln über Tessas Gesicht. Wie einen Kometeneinschlag hatte sie den Moment empfunden, als Shannon vor einem Jahr in ihr Leben getreten war. Sie liebte diese Frau, obwohl ihre Thesen und Herangehensweisen zur Rettung der Welt im diametralen Widerspruch zu ihren eigenen standen. Oder gerade deshalb? Jedenfalls verstärkten die Auseinandersetzungen mit Shannon Tessas Zweifel noch mehr. Gleichzeitig aber wehrte sie sich dagegen, Shannons zuweilen fast unmenschlich anmutender Rationalität mehr Raum in ihrem Kopf zu geben. Fast drei Monate war es jetzt her, dass sie sich zum letzten Mal getroffen hatten. Es war einfach zu viel los gewesen. Aber morgen würden sie sich endlich wiedersehen. Shannon würde zu ihr nach Hamburg kommen, zum ersten Mal.

In diesem Moment spürte sie, dass ihr jemand auf die Schulter klopfte.

»Tessa, hopp, es geht los!«

Als sie die Bühne betrat, hatte sie wie immer Lampenfieber, aber auch genug Erfahrung, um zu wissen, dass sich ihre Aufregung nach den ersten Sätzen legen würde. Sie wurde mit großem Gejohle empfangen. Aus Verlegenheit lachend stand sie da und wartete. Meine Güte, so viele Menschen. Dann hob sie ihre Arme.

»Liebe Leute«, rief sie, als sie das Gefühl hatte, Gehör zu finden. »Wie toll, dass wir wieder so viele sind! Das ist genau das, was die dahinten brauchen!«

Sie zeigte in Richtung des Reichstagsgebäudes, das schräg hinter der Bühne lag und Sitz des Deutschen Bundestages war.

»Wir zeigen unseren Politiker*innen heute wieder einmal, was ihre Wähler*innen von ihnen erwarten! Und schaut euch um, wir sind nicht mehr nur die junge Generation. Viele Ältere gehören inzwischen zu uns, und das ist gut so. Die Klimabewegung hat inzwischen den uneingeschränkten Rückhalt aller Altersgruppen!«

Durch Anheben ihrer Stimme am Ende der letzten Aussage löste Tessa gekonnt einen Zwischenjubel aus. Sie wusste inzwischen ganz genau, wie man eine Menge orchestrierte.

»Der Anlass, warum wir heute zusammenkommen, ist die Fertigstellung von Minerva, dem Klimaforschungsvorhaben der EU in Bologna. Ist Minerva eigentlich ein Grund zum Feiern? Ich würde sagen, Ja und Nein. Nein, weil es ein Armutszeugnis ist, dass die EU nicht bereit war, mehr zu tun, als ein Forschungsvorhaben umzusetzen. Wie kann es sein, dass man in Brüssel immer noch glaubt, dass man durch eingesparte Investitionen in den Klimaschutz Geld sparen kann? Das Gegenteil ist der Fall: Je weniger jetzt investiert wird, desto mehr müssen wir später bezahlen!«

Die Menge applaudierte und brachte ihre Zustimmung zusätzlich mit Pfiffen zum Ausdruck.

»Wie kann es sein, dass bei Corona alle Schleusen geöffnet wurden und niemand nach den Kosten gefragt hat – beim Klimaschutz aber immer noch geknausert wird? War Corona etwa eine größere Bedrohung für die Menschheit als die Erderwärmung?«

Sofort merkte Tessa, dass sie sich unglücklich ausgedrückt hatte. Das Letzte, was sie gewollt hatte, war die Corona-Pandemie zu verharmlosen. Hastig ergänzte sie: »Ich meine damit natürlich nicht, dass es falsch war, Corona mit allen verfügbaren Mitteln zu bekämpfen. Im Gegenteil. Aber genauso wichtig wäre es, endlich auch den Klimaschutz ernst zu nehmen und mit aller Kraft zu bekämpfen. Die Tatsache, dass die Folgen – und ja, auch die Toten – der Erderwärmung nicht ganz so unmittelbar täglich in den Nachrichten vermeldet werden, ist jedenfalls kein Grund, die Hände in den Schoß zu legen. Der Klimawandel hat dieselbe Dimension wie eine Pandemie – mindestens! Und deshalb muss ihm auch mit derselben Intensität begegnet werden – mindestens!«

Die Menschenmasse vor dem Podium quittierte die Aussagen mit frenetischem Beifall.

»Das ist der Grund, warum wir heute Nein sagen zum Feiern«, fuhr Tessa fort, als es wieder ruhiger geworden war. »Minerva reicht nicht aus. Wir fordern die Politik und die Wirtschaft auf, sich nicht auf Alibis auszuruhen, sondern endlich konsequent zu handeln. Es ist inzwischen eine Minute vor zwölf!«

Dann begannen die Menschen unten plötzlich wie aus einem

Mund, den berühmten Fridays for Future-Sprechgesang zu skandieren:

»Wir sind hier, wir sind laut,
weil ihr uns die Zukunft klaut!«

Tessa stand oben auf der Bühne, im Fokus von 20 000 Demonstrierenden, die ihr zujubelten, und fühlte sich wie der einsamste Mensch der Welt. Bin ich wirklich die Einzige, die spürt, dass das alles nichts mehr bringt?, fragte sie sich. Dass man so das Ruder nicht mehr herumgerissen bekommt? Als sie merkte, dass die Gesänge leiser wurden und die Menge weiteren Input von ihr erwartete, riss sie sich zusammen und nahm den Faden wieder auf.

»Aber trotzdem gibt es Hoffnung! Minerva ist der mit Abstand leistungsstärkste Klimarechner aller Zeiten. Und das ist eine gute Nachricht! Leider gibt es aber auch hier einen Wermutstropfen: Wir als Klimabewegung prangern an, dass wesentliche Teile der Technologie aus China beschafft wurden. Wir sind der Meinung, dass kein Handel mit China betrieben werden sollte, solange das Land die Menschenrechte nicht umfassend anerkennt und achtet!«

Wieder brandete Applaus auf.

»Minerva wird, da ist sich die Wissenschaft einig, neue Maßstäbe in der Klimafolgenforschung setzen. Und unsere Hoffnung ist: Wenn es Minerva schafft, konkreter als es bisher möglich war, vorherzusagen, was genau mit unserer Erde geschieht, wenn es immer wärmer wird, wird die Gefahr des Klimawandels vielleicht endlich so real für die Menschen, wie sie es bei Corona war. Minerva hat das Potenzial, die Menschheit aufzuwecken und sie endlich zu einem Umdenken zu bewegen. Wenn das gelingt, hat die EU doch noch einen wichtigen Beitrag geleistet, damit wir die

Erde so erhalten können, wie wir sie kennen. In einem Jahr werden wir es wissen. Bis dahin aber legen wir nicht die Hände in den Schoß, sondern kämpfen weiter! Lasst uns der Politik zeigen, was Demokratie bedeutet. Wenn nur genügend Menschen die richtigen Maßnahmen einfordern, müssen die Regierungen handeln, dann haben sie gar keine Wahl!«

Tessa winkte mit beiden Händen in die Menge.

»Ich danke euch!«

Unter tosendem Beifall übergab sie das Mikrofon an einen Tontechniker, lachte noch mal in die Menge und verschwand hinter der Bühne.

Wie immer hatte sie begeistert. Wie immer war es ihr gelungen, die entscheidenden Argumentationsketten schlüssig und verständlich durchzudeklinieren. So wie sie es seit Jahren tat. Abgewandelt in der Akzentuierung, mit variierenden, tagesaktuellen Beispielen, aber im Grunde immer gleich.

Entzückt sprang eine Mitstreiterin auf sie zu und nahm sie in die Arme. »Wahnsinn, Tessa, wie du das wieder gemacht hast. Hör dir doch nur das Getöse da draußen an! Was würden wir nur ohne dich tun?«

»Dann würdest du das eben machen«, antwortete Tessa müde. »Oder jemand anders.«

»Ja, ja, schon klar. Aber du bist einfach am glaubwürdigsten von uns allen, die Leute lieben dich.«

Tessa nickte, ernst und nachdenklich. Dann holte sie ihren Rucksack aus einer Ecke, verabschiedete sich von den anderen hinter der Bühne und verließ die laufende Veranstaltung Richtung Bahnhof. Sie wollte versuchen, einen Zug früher als geplant nach Hamburg zu nehmen.

18. Kapitel

Dienstag, 17. August 2027
Bologna, Italien

Im Anschluss an das Treffen mit Carsten Pahl hatte Zhāng Li eine Reihe von weiteren Terminen. Obwohl sie alle positiv verliefen, konnten sie nicht dazu beitragen, seine Stimmung aufzuhellen. Das Gespräch mit dem deutschen Bundeskanzler hatte ihn frustriert. Er hatte Deutschland fest als wichtigen strategischen Partner für seine Pläne einkalkuliert: Gerade weil das Land von den Grünen regiert wurde, sollte die Aussicht auf reale Verbesserungen im Klimaschutz doch verlockend genug sein, um sich auf einen Deal verständigen zu können, hatte er gedacht. Jetzt musste er sich aber offenbar mit dem Gedanken anfreunden, umzudisponieren und sich andere Verbündete zu suchen. Dabei hatte es doch so gut angefangen, als Pahl von sich aus auf die Schwächen der westlichen Demokratien hingewiesen und den so treffenden Schluss gezogen hatte, dass es eines starken Triggers bedurfte, um endlich aufzuwachen. Aber offenbar stand er sich mit seinen kleinkarierten Positionen zu Menschenrechtsfragen selbst im Weg. Jammerschade, dass sogar so einer wie Pahl anscheinend nicht in der Lage war, das große Ganze zu sehen und entsprechende Prioritäten zu setzen.

Umso mehr freute sich Zhāng Li jetzt auf seinen nächsten Termin, der eher privat war und seiner Zerstreuung diente. Er hatte darum gebeten, das Tecnopolo-Areal besichtigen zu dürfen. Nachdem bekannt geworden war, woher das spezifische Interesse Zhāng Lis an dem Bauprojekt rührte, hatte das verantwortliche Architekturbüro alle Hebel in Bewegung gesetzt und extra den Projektleiter für Nanhui New City eingeflogen.

Der Rundgang bereitete Zhāng Li großes Vergnügen, er stellte etliche Fragen und ließ sich die Besonderheiten des Vorhabens erläutern. Am Ende wollte er wissen, was Projekte in China grundsätzlich von denen in Europa unterschied.

»Nun«, begann der für das Tecnopolo verantwortliche Architekt, »das sind sehr unterschiedliche Welten. Aber vielleicht eignen sich die beiden Projekte, über die wir in der letzten halben Stunde gesprochen haben, gut für einen Vergleich.«

Er warf seinem Kollegen einen kurzen Blick zu, als wollte er sich rückversichern. Als dieser bekräftigend nickte, fuhr er fort.

»Nanhui ist eine komplette Stadt für eine Million Einwohner. Mit allem, was dazugehört, erstreckt sich das Areal über 130 Quadratkilometer. Für das neue Tecnopolo hatten wir eine Grundfläche von 130 000 Quadratmetern zur Verfügung, das ist ein Tausendstel von Nanhui. Auch finanziell ist der Unterschied beträchtlich: Das Tecnopolo hat umgerechnet rund 200 Millionen US-Dollar gekostet, Nanhui ungefähr sechs Milliarden, also dreißigmal so viel. Der Zeitraum beider Projekte von der ersten Idee bis zur Fertigstellung war aber trotzdem gleichlang, zwanzig Jahre.«

»Wie bitte?« Zhāng Li konnte es kaum glauben. »Die Realisierung des Tecnopolo hat genauso lange gedauert wie der Bau von Nanhui New City?«

Der Architekt zuckte als Antwort nur spöttisch mit den Schultern, sein Kollege ließ ein zynisches Lachen hören.

»Stand denn die Regierung nicht hinter dem Tecnopolo-Projekt?«, fasste Zhāng Li nach.

»Doch, doch, zu hundert Prozent. Aber es gab Anwohner, die etwas dagegen hatten. Und die hatten viele Möglichkeiten, die Realisierung zumindest zu verzögern.«

»Genehmigungsverfahren sind hier manchmal schwierig«, ergänzte der andere. »Also ... nicht, dass ich gegen Bürgerbeteiligung wäre, ähm, es dauert eben nur länger«, schob er eilig hinterher.

Sein Abendtermin fand in einem chinesischen Restaurant außerhalb von Bologna statt. Zhāng Li hatte es auswählen lassen. Er hatte sich trotz der vielen Jahre im Silicon Valley nie wirklich für westliches Essen erwärmen können.

Auf dem Weg dorthin war er in Gedanken bei den Informationen, die er von den Architekten erhalten hatte. Es passte zu dem, was Pahl gesagt hatte. Natürlich wusste Zhāng Li, dass Genehmigungsverfahren für Infrastrukturprojekte im Westen oft sehr lange dauerten. Das lag an den gewissenhaft durchgeführten Öffentlichkeitsbeteiligungen mit individuellen Klagerechten, die zu Verzögerungen und sogar Baustopps führen konnten. Aber Dimensionen wie hier in Bologna waren ihm neu. Könnte das ihre Pläne behindern? Schließlich wollten sie liefern, wenn es so weit war, und nicht jahrelang auf Baugenehmigungen warten. Er beschloss prüfen zu lassen, welchen Einfluss sie auf Brüssel ausüben konnten, um dem entgegenzuwirken. Vielleicht durch eine Sonderregelung für Klimaschutzinvestitionen, die individuelle Beteiligungsrechte für Bürgerinnen und Bürger sowie für Umweltschutzorganisationen weitgehend außer Kraft setzte? Das musste doch machbar sein, wenn der Ernst der Lage endlich erkannt würde. Oder war in Europa schon alles zu spät? War die EU aufgrund ihrer strukturellen Trägheit gar nicht mehr in der Lage, einen maßgeblichen Beitrag zur Bekämpfung des Klimawandels zu leisten? Zhāng Li hoffte inständig, dass das nicht der Fall war. Zumal sie die USA als Verbündeten ja bereits verloren hatten, wenn auch aus ganz anderen Gründen.

Ungeachtet dessen traf er sich heute Abend mit einer US-amerikanischen Private-Equity-Gesellschaft. Ihr massives Investment in die Energieversorgung von Minerva hatte ihn aufmerksam werden lassen. Nachdem er weitere Informationen über die Firma eingeholt hatte, stand für ihn fest: Für die Erreichung seiner Ziele war eine Kooperation mit ihnen mindestens so erstrebenswert wie eine Partnerschaft mit Deutschland. Hoffentlich hatte er diesmal mehr Glück.

Sie trafen sich zufällig schon auf dem Restaurantparkplatz. Shannon O'Reilly hatte offenbar ihre Hausaufgaben gemacht, denn sie hob bereits aus einigen Metern Entfernung den Arm zu einem Winken. Und auch Zhāng Li wusste genau, wie sie aussah.

Überhaupt wusste er, wenn er ehrlich war, so ziemlich alles über sie. Seine Leute hatten – wie sie das immer in solchen Fällen taten – alle öffentlichen und alle nicht öffentlich zugänglichen Daten von Shannon gescannt. Zu letzteren zählten der Inhalt ihres Mobiltelefons sowie ihres Laptops, insbesondere sämtliche Informationen aus ihren E-Mail-, Chat- und Social-Media-Accounts. Außerdem hatten sie ein nahezu lückenloses Bewegungsprofil von Shannon erstellt, digital und analog. Analog hieß, dass sie sie über einen längeren Zeitraum hinweg beschattet hatten. Schließlich war ihr privater Konsum durch Zugriff auf ihre Kreditkartenkonten durchleuchtet und ihr Surfverhalten im Internet auf individuelle Vorlieben untersucht worden. Ihre Vermögensverhältnisse – privat und von Shamrock Capital – waren Zhāng Li und seinem Team ebenfalls im Detail bekannt. Das so erstellte Persönlichkeitsprofil von Shannon hatte Zhāng Li tief beindruckt. Offenbar lebte diese Frau für den Klimaschutz und fokussierte sich dabei ganz auf den Erfolg ihres Unternehmens Shamrock Capital. Dabei investierte sie erkennbar aus tiefer innerer Überzeugung und nicht aus Renditegründen. Wirtschaftlich erfolgreich war sie dessen ungeachtet trotzdem. Darüber hinaus schien Shannon ein Mensch zu sein, der nahezu lasterfrei war und nichts zu verbergen hatte. Keine Leichen im Keller, keinerlei dunkle Vorlieben, gar nichts. Den starken Konsum von Schlaftabletten und gelegentlichen Stimulanzien zählte er nicht dazu, das war in ihren Kreisen schließlich nichts Ungewöhnliches. Einzig ihre Beziehung zu einer deutlich jüngeren deutschen Umweltaktivistin, die mit Ausnahme ihrer Klimaschutzambitionen so gar nichts mit Shannon gemein zu haben schien, passte nicht so recht ins Bild, fand Zhāng Li, aber das war ihm letztendlich egal.

So beeindruckend und vorbildlich ihr Leben war, aus chinesischer Sicht war das eher ärgerlich. Shannon war damit praktisch nicht erpressbar. Allerdings hoffte er ohnehin, dass derartige Methoden nicht nötig sein würden, zumal er generell der Meinung war, dass Zuckerbrot in aller Regel besser funktionierte als Peitsche.

Shannon war vom ersten Augenblick an von Zhāng Li fasziniert. Obwohl er einige Zentimeter kleiner und – wie sie vermutete – auch leichter war als sie, strahlte er eine raumeinnehmende Präsenz aus, die ihr imponierte. Voller Selbstsicherheit, gleichzeitig aber ohne Arroganz, begrüßte er sie in perfektem Englisch und nahezu akzentfrei.

»*Nihao!*«, erwiderte sie lächelnd, während sie sich die Hände schüttelten.

Zhāng Li wirkte verblüfft. »Sie sprechen Mandarin?«

»Nein«, sie lachte auf, »nicht wirklich, nur ein paar Schlagworte. Die hat mir mal ein chinesischer Coach beigebracht, den ich eine Zeit lang hatte, um Ihr Land besser kennenzulernen. Aber woher sprechen Sie so wahnsinnig gut Englisch?«

»Ich habe versucht, mich umfassend über Sie zu informieren«, erwiderte Zhāng Li kopfschüttelnd, »aber dieses Detail ist uns offenbar durchgerutscht. Ich nehme an, es ist lange her?«

»Ja, fast zwanzig Jahre. Ihr gutes Englisch?«

»Ach so, ich habe in Stanford studiert und danach auch noch länger in der Nähe gelebt. Wir haben also nicht nur beruflich, sondern auch privat cinc Gcmcinsamkeit.«

Jetzt war es Shannon, die überrascht war. Damit hatten sie ihr erstes Thema, im weiteren Verlauf stellte sich sogar heraus, dass sie einige gemeinsame Bekannte hatten.

Die Energieversorgung von Minerva war die berufliche Gemeinsamkeit, auf die Zhāng Li sich bei der Begrüßung bezogen hatte: Er hatte geliefert, sie finanziert. Der Energieaufwand für den Betrieb und insbesondere für die Kühlung des Quantencomputers war beträchtlich. Fünfzehn Milliarden Kilowattstunden wurden im Jahr benötigt, was in etwa dem Strombedarf einer Stadt wie Berlin entsprach. Für die entsprechende Energieerzeugung wurde in Bologna auf eine vollkommen neuartige Technologie gesetzt. Erstmals wurden sogenannte Mehrfachsolarzellen verwendet, die gar keinen Strom mehr erzeugten, sondern Wasser direkt in seine Bestandteile Wasserstoff und Sauerstoff zerlegten. Mithilfe von Brennstoffzellen konnte so eine effiziente und vor allem kontinuierliche Energieversorgung des Vorhabens sichergestellt werden.

Die Investitionskosten für diese Innovation beliefen sich auf vier Milliarden Euro und lagen damit doppelt so hoch wie die für den Quantencomputer selbst. Aber teuer war das nicht. Eine konventionelle Solaranlage inklusive geeigneter Stromspeichertechnologie wäre deutlich teurer geworden, ein Atomkraftwerk erst recht.

Shannon nutzte die erste Stunde ihres Gesprächs, um von Zhāng Li zu erfahren, was China im Bereich des Klimaschutzes weltweit bereits unternahm und in Zukunft plante. Sie hörte aufmerksam zu und war von den Plänen nicht weniger beeindruckt als von ihrem Gegenüber. Noch nie hatte sie jemanden getroffen, der derart überzeugende Lösungswege aus der Klimakatastrophe aufzeigen und gleichzeitig über so umfangreiche Mittel verfügen konnte wie Zhāng Li. Dagegen war sie fast ein kleines Licht, fand sie.

»Wenn ich das richtig sehe, verwalten Sie über Ihre Fonds knapp sechzig Milliarden Dollar Eigenkapital«, kam er dann plötzlich sehr unvermittelt auf sie zu sprechen.

Shannon war perplex. Er hatte recht. Shamrock Capital managte derzeit exakt 58 Milliarden Dollar. Allerdings erst seit letzter Woche, nachdem sie weitere acht Milliarden von einem Pensionsfonds amerikanischer Universitäten und einem der globalen Rückversicherer hatte einwerben können. Die Deals waren bisher nicht publiziert worden. Konnte es Zufall sein, dass Zhāng Li die richtige Zahl genannt hatte?

»Shamrock Capital ist damit weltweit die mit Abstand größte Private-Equity-Gesellschaft im Nachhaltigkeitsbereich, aber das wissen Sie natürlich.« Er lächelte Shannon an. »Ich nehme an, dass es Ihnen leichtfällt, die Gelder einzuwerben – die Anlageseite ist vermutlich der größere Engpass.«

Immer noch konsterniert über den guten Kenntnisstand ihres Gegenübers erwiderte sie verhalten: »Ja, Geld gibt es genug. Projekte zu finden, ist schwieriger. Vor allem in der Größenordnung, wie wir sie suchen. Für uns macht es ja keinen Sinn, Einzeltickets unterhalb von hundert Millionen Dollar zu zeichnen.«

Er nickte. »Ich würde Ihnen gerne einen Vorschlag machen.«

»Das denke ich mir«, sagte sie und erlaubte sich ein Grinsen, »sonst säßen wir ja nicht zusammen.« Obwohl sie es sich nicht anmerken ließ, war Shannon bass erstaunt über die Direktheit des Mannes. Für einen Chinesen war das absolut untypisch, hatte sie damals von ihrem Coach gelernt. Sie war gespannt, was jetzt kommen würde.

»Wie ich Ihnen eben erläutert habe, wird China in den kommenden Jahren unzählige Klimaschutzinvestitionen auf der ganzen Welt tätigen. Da sind natürlich einige dabei, die keine laufenden Erträge abwerfen und deshalb für private Finanzierungen ungeeignet sind. Ein Schwerpunkt wird aber auf Solar- und Windkraftanlagen liegen. Wir werden zu Preisen liefern, die wettbewerbsfähig sind. Ich meine nicht gegenüber der Konkurrenz, das sowieso, sondern im Markt, also im Vergleich zu allen denkbaren Alternativtechnologien. Die laufenden Erträge werden hinreichend hohe Chashflows liefern, um die Investition über Laufzeiten von fünfzehn Jahren zu refinanzieren, teilweise auch erheblich kürzer.«

Er machte eine Pause und trank einen Schluck von dem Rotwein aus dem Napa Valley, den sie erstaunlicherweise auf der Karte gefunden und in Hinblick auf ihre gemeinsame Vergangenheit in Kalifornien ausgewählt hatten. Shannon sagte nichts, sie wollte erst verstehen, worauf er hinauswollte. Warten musste sie nicht lange, er fiel direkt mit der Tür ins Haus.

»Wir würden Sie gerne als Finanzierungspartnerin für diese Art von Projekten gewinnen. Wir präsentieren Ihnen die Vorhaben, und Sie entscheiden jeweils im Einzelfall. Bis zu fünfzig Prozent Ihres Eigenkapitals finanzieren wir hintenherum, indem wir in Shamrock Capital investieren. ›Bis zu‹ heißt, Sie können auch hier wählen. Wenn Sie die Finanzierung ohne uns über andere Investoren abdecken können, umso besser. Als Gegenleistung wollen wir einen Sitz im Verwaltungsrat, mehr nicht.«

Shannon war platt. Was war das denn für ein Angebot? Sie musste Zeit gewinnen, um ihre Gedanken zu ordnen.

»Darf ich fragen, wer genau ›wir‹ ist?«

»Ist das alles, was Ihnen dazu einfällt?« Zhāng Li wirkte enttäuscht.

»Nein, aber ich möchte erst verstehen, mit wem ich es zu tun habe.«

»›Wir‹ bin im Grunde genommen ich.«

Das reichte Shannon nicht, fragend hob sie die Augenbrauen.

»Ich koordiniere alle chinesischen Auslandsengagements im Klimaschutzbereich, bei mir läuft alles zusammen. Geliefert wird die Technologie überwiegend von chinesischen Unternehmen. Da ist alles dabei, von Start-ups bis zu großen börsennotierten Konzernen. Aber ich bin Ihr Ansprechpartner für alle Angelegenheiten.«

»Und wem sind Sie Rechenschaft schuldig, wenn ich fragen darf?«

»Ich berichte an unseren Vizepremier Yao Wáng. Dass ich ihm Rechenschaft schuldig bin, würde ich aber nicht sagen. Unsere Gesamtstrategie ist langfristig vom Politbüro abgesegnet. Sie dient dem Interesse Chinas und ist fest im aktuellen Fünfjahresplan integriert. Im nächsten übrigens auch schon. Sie haben also maximale Planungssicherheit.«

Shannon lehnte sich zurück, verschränkte ihre Arme und

schmunzelte. Die damit zum Ausdruck gebrachte Überlegenheit war allerdings nur gespielt. Zum ersten Mal seit Jahren spürte sie während einer Verhandlung so etwas wie Verunsicherung. Sie fühlte sich überrumpelt und brauchte mehr Informationen, um sich eine Meinung bilden zu können.

»Über was für ein Volumen sprechen wir?«

»Das hängt davon ab, wie viele Projekte Shamrock Capital stemmen kann. Wir könnten Ihnen sicherlich ...« Er dachte kurz nach. »... zehn pro Woche anbieten, sagen wir 500 im Jahr. Wenn wir die durchschnittliche Investition pro Vorhaben mit, keine Ahnung, 500 Millionen Dollar annehmen, sprechen wir über ein Projektvolumen von 250 Milliarden. Ihr Unternehmen finanziert im globalen Durchschnitt mit dreißig Prozent Eigenkapital?«

Sie nickte vage. Woher wusste er das alles nur?

»Macht also bis zu 75 Milliarden Eigenkapitalinvestment für Shamrock, wenn Sie alle Projekte annehmen. Pro Jahr.«

Shannon hatte das längst schon selbst im Kopf überschlagen, trotzdem blieb ihr die Luft weg. Normalerweise ließ sie sich von großen Zahlen nicht beeindrucken, das war eine ihrer Stärken. Aber die Dimensionen, mit denen Zhāng Li hier jonglierte, fand sie buchstäblich atemberaubend.

»Und das würde Ihr Land uns zu fünfzig Prozent refinanzieren? Sie bieten mir allen Ernstes an, uns fast vierzig Milliarden US-Dollar jährlich zur Verfügung zu stellen?«, fragte sie ungläubig.

Zhāng Li nickte. »Ja, aber vor allem biete ich Ihnen 500 Großprojekte im Jahr an. Sie sagten doch eben, das sei der Engpass und nicht das Geld.«

»Ja, das ist auch so. Trotzdem, ich wollte nur sichergehen, dass ich Sie richtig verstanden habe.«

Sie griff nach ihrem Rotweinglas und trank es in einem Zug

aus, obwohl es noch zu fast einem Drittel gefüllt gewesen war. Zhāng Li quittierte das mit einem Lächeln und schenkte ihr nach.

»Woher nehmen Sie denn die Gewissheit, dass es so viele Projekte geben wird?«, fragte sie dann.

»Ich habe keine Gewissheit. Das ist nur eine Prognose auf Basis unserer Potenzialanalysen. Wir glauben, dass die Nachfrage nach Klimaschutzinvestitionen in absehbarer Zeit stark ansteigen wird.«

»Warum?«

»Weil die Welt verstehen wird, dass es Zeit ist zu handeln.«

Shannon wog ihren Kopf zweifelnd hin und her. »Das wäre ja wünschenswert, aber ... Was für Renditeerwartungen haben Sie denn?«

»Die Ihrer anderen Investoren, nicht mehr und nicht weniger, da bin ich ganz pflegeleicht.«

»Wäre das Ausmaß unserer Partnerschaft geheim?«

»Das dürfen Sie entscheiden. Wir haben nichts zu verbergen, insofern gerne öffentlich. Aber wie gesagt, *up to you!*«

Wow, dachte sie, was für ein Statement! Damit hatte sie nicht gerechnet.

»Warum ich?«

»Wir haben uns umgeschaut. Wir glauben, dass Sie die Beste sind.«

Shannon wusste nicht, was sie sagen sollte. Das ganze Gespräch kam ihr vollkommen surreal vor. Mein Gott, dachte sie, was hat dieser Mann, was hat China bloß vor? Shannon schaute Zhāng Li lange an und beobachtete, wie er mit seinen Essstäbchen spielte. Dann schaute sie ihm in die Augen.

Er hielt ihrem Blick stand und schwieg.

»Ich muss mir das durch den Kopf gehen lassen«, sagte sie. »Ich weiß Ihr Angebot sehr zu schätzen, also ... ich meine, es ist unglaublich. Aber Sie verstehen sicher, dass ich nicht einfach Ja sagen kann.«

»Natürlich verstehe ich das, damit habe ich auch nicht gerechnet.«

»Ich bin in sechs Wochen in Shanghai. Wir könnten einen Folgetermin vereinbaren?«

»Das hört sich gut an. Wann genau?«

Shannon nahm ihr Telefon, um auf den Kalender zu schauen. Nachdem sie den Termin vereinbart hatten, bestand sie darauf, zahlen zu dürfen.

Auf dem Parkplatz verabschiedeten sie sich voneinander und stiegen in ihre jeweiligen Wagen. Als Shannon den Rückwärtsgang einlegte und nach hinten schaute, trafen sich ihre Blicke noch einmal. Zhāng Li saß hinter seinem Fahrer und hatte seine Scheibe geöffnet. Shannon fuhr ebenfalls ihre Fensterscheibe herunter und rief zu ihm hinüber: »Würden wir persönlich viel miteinander zu tun haben? Würdest du den Sitz in unserem Verwaltungsrat übernehmen?« Sie waren inzwischen zum Du übergegangen.

Zhāng Lis Gesicht überzog ein Lächeln. Er nickte.

19. Kapitel

Dienstag, 17. August 2027
Camp David, USA

Nachdem die Präsidentenfamilie von ihrem Angeltrip nach Camp David zurückgekehrt war, hatte sich James Nightingale in das vom Haupthaus abgetrennte Tagungszentrum zurückgezogen, in dem er seine Geheimdienstspitzen empfangen wollte.

Jetzt stand er mit einer Tasse Kaffee in der Hand am Fenster des ebenerdigen Meetingraums und bereitete sich gedanklich auf das anstehende Treffen vor. Zu Remy Cutter hatte er eine langjährige vertrauensvolle Beziehung, sie kannten sich schon aus gemeinsamen Universitätszeiten. Aber auch sein Verhältnis zu Gina Naples und Tom Bulder galt als gut, obwohl sie aus der Ära seines Vorgängers stammten. Sie machten beide einen exzellenten Job und verhielten sich loyal, sodass Nightingale keinen Anlass sah, sie auszuwechseln. Sein DNI war offiziell der Vorgesetzte der beiden anderen. Allerdings würden wohl weder die CIA-Chefin noch der NSA-Direktor das so formulieren, obwohl sie Cutter durchaus schätzten. Nach ihrem Selbstverständnis berichteten sie beide nur an einen, nämlich den Präsidenten der Vereinigten Staaten von Amerika. Tatsächlich führten Naples und Bulder jeweils operative Einheiten mit über 30 000 Mitarbeiterinnen und Mitarbeitern, wohingegen Remy Cutter lediglich eine Stabsfunktion innehatte.

Nightingale hatte ausdrücklich nicht erzählt, worum es ging. Der Überraschungseffekt erschien ihm heute wichtiger als eine gute Vorbereitung. Er hoffte, aus den spontanen Reaktionen seiner Gesprächspartner Schlüsse ziehen zu können, wem von den dreien es zu verdanken war, dass China mal wieder kleingeredet wurde. Allerdings hatte er schon eine Vermutung.

Zum Bedauern von James Nightingale gab es in den USA immer noch keinen Konsens zum Klimawandel: Nach wie vor war das Land gespalten und rieb sich in einer emotional und zuweilen dogmatisch geführten Debatte auf. Kurzfristige Gewinnmaximierung und Besitzstandswahrung waren in großen Teilen der US-amerikanischen Bevölkerung nach wie vor ausgeprägte Reflexe. Was Nightingale immer wieder verblüffte, war die Tatsache, dass so viele seiner Landsleute die mit der Herausforderung des Klimawandels einhergehenden Chancen nicht sahen. Das war so unamerikanisch. Er wusste, dass Remy Cutter seine Meinung zu diesem Thema teilte. Bei Gina und Tom war er sich nicht sicher.

Ein Turbinengeräusch riss ihn aus seinen Gedanken. Über der Rasenfläche schwebte einer der neuen Hubschrauber, die in Kürze auch in der Marine-One-Flotte eingesetzt werden sollten. Deshalb hatte er seine Gäste nicht schon von Weitem durch das ansonsten so typische, dumpfe Klopfgeräusch gehört. Einer seiner Piloten hatte ihm kürzlich erklärt, dass man das durch Luftwirbel an den Enden der Rotorblätter verursachte Phänomen bei den neueren Modellen weitgehend hatte eliminieren können. Das führte nicht nur dazu, dass die Hubschrauber leiser wurden und weniger Kraftstoff verbrauchten. Auch die Vibrationen im Inneren wurden reduziert, was das Reisen deutlich angenehmer machte.

Nightingale öffnete die Terrassentür und ging seinem Besuch mit entschlossenem Schritt entgegen.

»James, hast du gesehen, womit wir gekommen sind?«

Remy Cutter war einer der wenigen, die das Privileg genossen, den Präsidenten der Vereinigten Staaten mit seinem Vornamen ansprechen zu dürfen.

»Ja, vor allem gehört habe ich es, beziehungsweise nicht gehört, muss man ja sagen. Toll, ich hatte noch nicht das Vergnügen, bin ganz neidisch.«

Nachdem er Remy Cutter umarmt hatte, begrüßte er auch Gina Naples und Tom Bulder, die ihn protokollgerecht mit Mr President und Sir ansprachen, und führte sie über die Wiese zu ihrem Meetingraum.

»Vielen Dank, dass ihr so kurzfristig zur Verfügung steht«, kam er gleich zur Sache. »Mir geht es um Chinas Klimaschutzmaßnahmen und das, was gestern dazu im PDB stand.« Bei diesen Worten behielt Nightingale seine Gäste genau im Auge. Alle drei wirkten überrascht, dass er sie deswegen in seinem Urlaub zu sich bestellt hatte. Während er in den Gesichtszügen von Remy Cutter und Tom Bulder aber so etwas wie Unverständnis oder Enttäuschung zu lesen glaubte – als hätten sie etwas Dramatischeres erwartet –, brachte Gina Naples' Körpersprache das Gegenteil zum Ausdruck. Sie drückte spürbar ihren Rücken durch, hob den Kopf und zog eine Augenbraue nach oben. Das ist doch schon mal interessant, dachte Nightingale.

»Mir scheinen die Aktivitäten der Chinesen deutlich größer und drängender, als es im PDB dargestellt wurde – darüber möchte ich mit euch sprechen.«

Er schaute dabei zu Remy Cutter, um sich zu vergewissern, dass dieser die Kritik verstand. Das war erkennbar der Fall. Nightingale ärgerte sich massiv darüber, dass er das Thema selbst beschleunigen musste. Genau dafür hatte er eigentlich seinen DNI, dessen Kernaufgabe es war, die Vielzahl der Geheimdienstinformationen zu filtern, gegeneinander abzuwägen und zu priorisieren.

»Ich erwarte heute Morgen nicht von euch, dass ihr top vorbereitet seid, schließlich wusstet ihr nicht, um was es geht. Aber ich möchte, dass ihr eure Gedanken zu dem Thema ungeschminkt mit mir teilt, damit ich mir ein eigenes Bild machen kann.«

Die CIA-Chefin und der Leiter der NSA begannen, ihre Laptops auszupacken, um sich alle verfügbaren Informationen zu dem Thema auf den Schirm zu holen.

Remy Cutter räusperte sich und massierte etwas verlegen seinen Nacken. »Dann lasst uns mal versuchen, die Dinge zu sortieren. Wenn ich hier etwas übersehen habe, tut es mir leid, aber ich glaube eigentlich, dass die Sache tatsächlich nicht so dramatisch ist, wie du sie offenbar einschätzt.«

Nightingale lehnte sich zurück. Erfahrungsgemäß würde es jetzt etwas länger dauern. So war das bei Remy, aber langatmig würde es sicher nicht werden, seine Ausführungen waren in aller Regel mit erstaunlich vielen Detailfakten gespickt. Er hatte ein unglaubliches Gedächtnis.

»Klar ist, dass China den Klimawandel schon länger als reale Bedrohung betrachtet«, begann er zögerlich. In für ihn verblüffend knappen Worten verwies Remy Cutter auf den vor mehr als 25 Jahren veröffentlichten dritten Sachstandsbericht des IPCC, dem Intergovernmental Panel on Climate Change, und markierte ihn als Wendepunkt für die chinesische Position zum Klimaschutz. Nach einem prüfenden Blick in die Gesichter der drei anderen fuhr er fort: »Die Weltöffentlichkeit hatte aufgrund der vielen chinesischen Umweltsünden lange einen anderen Eindruck, aber in Expertenkreisen gilt das als gesichert. Ernst genommen haben wir das nur phasenweise, zwischendurch hatten wir ja bekanntlich sogar einen Präsidenten, der über den Klimawandel nur gelacht hat. Ähm, ... ja. Ebenfalls kein Geheimdienstwissen, sondern öffentlich bekannt ist, dass der Klimawandel China vermutlich so hart wie kaum ein anderes Land der Erde treffen wird. Die Wasserknappheit, vor Ort schon heute ein massives Problem, wird durch das Abschmelzen der Himalaya-Gletscher dramatisch verschärft werden. Viele der großen Städte Chinas liegen zudem unmittelbar an der Küste und sind vom zu erwartenden Anstieg des Meeresspiegels in ihrer Existenz bedroht.«

Letzteres ist bei uns ja nicht anders, dachte James Nightingale, verkniff sich aber eine entsprechende Bemerkung. Schließlich hatte er seinen Freund gerade schon einmal kurz aus dem Konzept gebracht, als er ihm einen missbilligenden Blick wegen des wenig sachdienlichen Kommentars über seinen Vorvorgänger zugeworfen hatte.

»Wie aber sollte China bei seinem enormen Wirtschaftswachstum und dem damit einhergehenden steigenden Energiebedarf gleichzeitig die CO_2-Emissionen senken? Über diesen Zielkonflikt gibt es unzählige Ausarbeitungen. Wie wir wissen, ging China die Herausforderung pragmatisch an: Das Land setzte auf beide Pferde zugleich. Der gewaltige Energiehunger der heimischen Volkswirtschaft wurde kompromisslos mit den aktuell verfügbaren Technologien gestillt. Zeitweise nahm China ein Kohlekraftwerk pro Woche neu in Betrieb. Dadurch wurde das Land innerhalb kürzester Zeit zum größten CO_2-Emittenten der Welt und bekam ein entsprechend dreckiges Image, das es bis heute nicht losgeworden ist. Das war aber nur die halbe Wahrheit.« Er räusperte sich kurz, sammelte sich und führte dann aus: »Gleichzeitig begann China damit, sich für den Kampf gegen den Klimawandel zu rüsten. Öffentlich wurde dies bereits bei der Vorstellung des elften Fünfjahresplans der Volksrepublik, auch wenn der Rest der Welt nicht wirklich Notiz davon nahm. Für den Zyklus von 2006 bis 2010 stellte die chinesische Regierung den Ausbau regenerativer Energien in den Fokus ihrer Energie- und Umweltpolitik. Was folgte, war ein beispielloser Ausbau der erneuerbaren Energien. Die Entwicklung war atemberaubend, wie das Beispiel Photovoltaik zeigt. China hat weniger als zehn Jahre gebraucht, um ab Mitte der 2010er-Jahre das globale Zentrum für die Produktion von Solaranlagen mit dominierenden Marktanteilen in allen Bereichen der Wertschöpfungskette – von der Siliziumproduktion bis hin zu den fertigen Solarmodulen – zu werden.«

Mit ausdrucksloser Miene nahm James Nightingale zur Kenntnis, dass Remy Fahrt aufgenommen hatte. Innerlich wappnete er sich, in den nächsten Minuten mit Zahlen befeuert zu werden.

Remy Cutter fuhr fort: »Parallel dazu wurde die Solarenergienutzung im eigenen Land massiv angekurbelt. China hatte im Jahr 2010 mit knapp einem Gigawatt weniger als fünf Prozent der in Deutschland installierten Kapazität in Betrieb. Nur fünf Jahre später waren schon fast fünfzig Gigawatt in China installiert. Damit hatte man Deutschland als Land mit der bis dahin weltweit größten installierten Solaranlagenkapazität abgelöst. Und so ging es weiter. Nur drei Jahre später hatte China seine Photovoltaikleistung erneut vervierfacht und konnte bereits fast 200 Gigawatt vermelden, Deutschland hingegen dümpelte weiter bei rund fünfzig Gigawatt herum.«

»Wieso hast du diese Zahlen alle so genau im Kopf?«, fragte Gina Naples erstaunt, fast wirkte sie ein bisschen irritiert.

»Interesse. Ihr wisst doch, dass mich China schon lange umtreibt. Und erneuerbare Energien sind ja in den letzten Jahren immer mehr mein Steckenpferd geworden.« Er warf einen Seitenblick auf den Präsidenten. »Soll ich mich kürzerfassen?«

James Nightingale nickte. »Vielleicht ein bisschen, aber ohne die Fakten wegzulassen.«

»Gut. Entschuldige! Also, weil China vergleichbare Entwicklungen auch in anderen Bereichen wie Windkraft, Elektromobilität und Wasserstofftechnologie vorweisen konnte, hatte sich das Land schon ab 2020 zu dem mit Abstand größten Innovator, Hersteller und Betreiber von Klimaschutztechnologien entwickelt – trotz der vielen Kohlekraftwerke, die immer weiterliefen und sogar neu gebaut wurden. Im aktuellen Fünfjahresplan, der sich über den Zeitraum von 2026 bis 2030 erstreckt, wird nun übrigens auch mit der Beseitigung dieses Relikts begonnen. China plant, bis 2040 komplett aus der Kohle auszusteigen und seinen Energiebedarf zu hundert Prozent CO_2-frei zu erzeugen.« Remy Cutter hob seinen Zeigefinger. »Und bis hierher habe ich nichts Neues erzählt. Alles öffentlich zugängliche Fakten!«

»Na ja, das mag ja sein«, erwiderte der Präsident, »aber in Verbindung mit unseren neuen Erkenntnissen über den Quantencomputer, den sie seit zehn Jahren betreiben, und der fast aberwitzigen Wucht, mit der sie neuerdings in Klimaschutzprojekte investieren, ergibt sich ein anderes Bild, finde ich.«

»Da bin ich nicht so sicher. Lasst uns das gleich erörtern. Als Zwischenergebnis möchte ich jedenfalls festhalten, dass durchaus bekannt ist, dass sich China schon länger dem Klimaschutz verschrieben hat und die chinesische Wirtschaft davon global profitiert, weil das Land sowohl technologisch wie auch in Bezug auf seine Produktionskapazitäten weltweit den Ton angibt.«

Damit wandte sich Cutter an die ihm gegenübersitzende CIA-Chefin: »Gina, würdest du uns bitte mal die jüngsten Erkenntnisse deiner Organisation zusammenfassen? Ich habe ja lange genug geredet.«

»Gerne, Remy. Und ja, einige interessante Details habe ich hier tatsächlich noch gefunden.« Damit hob sie den Blick von ihrem Laptop und wandte sich Nightingale zu. »Mr President, wir haben vor ungefähr einem Jahr Zhāng Li, den chinesischen Wirtschaftskoordinator für Klimaschutz und einen der prominentesten Jungen Wilden, zum Reden gebracht. Wir kennen ihn schon lange, weil er quasi zu Ausbildungszwecken – so muss man das wohl leider sagen – vor seiner Karriere im Politbüro einige Jahre im Silicon Valley studiert und gearbeitet hat. Wir haben Grund zu der Annahme, dass er uns noch viel Ärger bereiten wird in Zukunft.«

»Normalerweise«, unterbrach sie Nightingale, »frage ich hier ja nicht nach, aber was heißt denn ›zum Reden gebracht‹? Wenn ich Ihren Hinweis mit dem Ärger richtig verstehe, ist der Mann weder zu uns übergelaufen noch von den Chinesen aus dem Verkehr gezogen worden?«

»Das ist richtig, Mr President. Zhāng Li arbeitet nach wie vor für den ständigen Ausschuss des Politbüros, genauer gesagt direkt für Vizepremier Yao Wáng.«

»Also hat weder er selbst noch sonst jemand mitbekommen, dass er geredet hat, oder wie soll ich das verstehen?«

»Davon ist auszugehen. Zwei unserer Agentinnen haben Zhāng Li im Nachtleben von Shanghai aufgegabelt. Wie soll ich sagen?« Sie zögerte eine Sekunde. »Uns war bekannt, dass er eine Schwäche für attraktive Frauen hat. Ich vermute, er hat die Nacht in ausgesprochen guter Erinnerung. Möchten Sie, dass ich ins Detail gehe?« Gina Naples klang fast etwas frivol, als sie den letzten Satz aussprach.

James Nightingale fand Humor an dieser Stelle wenig angebracht, Anzüglichkeiten noch weniger. »Nein, bitte fahren Sie einfach fort«, erwiderte er kühl.

»Verzeihung!« Seine CIA-Chefin hüstelte kurz und wurde wieder ernst. »Wir haben dann weitergegraben. Und immer mehr gefunden. Zwei Knaller und viele kleine Puzzleteile, die wir langsam zusammengesetzt haben. Das Gesamtvorhaben, dem wir hier auf der Spur sind, ist offenbar nur einem kleinen Kreis in China bekannt. Das hat die Sache erschwert. Aber hier hat sich zum ersten Mal ausgezahlt, dass wir nach wie vor Zugang zu vielen China-Rückkehrern haben – und überzeugende Argumente, ihnen Informationen zu entlocken. Ich konzentriere mich mal auf die zwei großen Brocken, o. k.?«

James Nightingale nickte knapp, und sie fuhr fort: »Unseren Spionagesatelliten sind schon vor fünfzehn Jahren ungewöhnliche Bautätigkeiten in Zentralchina nahe der Stadt Xi'an aufgefallen. Wir hatten das Projekt aufgrund der aufwendigen Abschirmmaßnahmen als militärisch eingestuft. Das war falsch. Seit einigen Wochen wissen wir, dass hier ein Zentrum für Klimawandelfolgenforschung entstanden ist. Genauer gesagt, ein gigantisches Quantencomputersystem, das mit Abstand leistungsstärkste der Welt. Wir gehen davon aus, dass die Chinesen damit komplexeste Klimamodelle mit höchster Genauigkeit simulieren können. Der Rechner ist seit 2017 operativ, also seit einer Zeit, in der Quantencomputer für den Rest der Welt noch Science-Fiction waren.« Mit einem Kopfschütteln fuhr sie fort. »Es ist im Grunde nicht zu fassen, aber die Chinesen haben uns bei der Quantencomputertechnologie still und heimlich abgehängt. Wir wussten, dass sie ab 2010 führende Wissenschaftler auf diesem Gebiet in der ganzen Welt rekrutiert haben, vorzugsweise Chinesen natürlich. Der prominenteste Verlust bei uns war ...« Sie warf einen Blick in ihre Unterlagen. »... ein gewisser Gao Sheng vom MIT. Aber wir hatten nicht die leiseste Ahnung, wie schnell sie Erfolg haben würden. Jetzt können wir auch einordnen, wie es möglich war, dass wir bei dem Minerva-Projekt keine Chance als Hardwarelieferant hatten. Wir gehen dem noch weiter nach, haben aber Grund zu der Annahme, dass Minerva eine Kopie von dem Ding in Xi'an ist.«

James Nightingale blickte nachdenklich über sie hinweg in den Garten.

»Was wiederum bedeuten könnte, dass China womöglich längst weiß, zu welchen Ergebnissen die EU mit ihrem Projekt kommen wird«, schob seine CIA-Chefin nach.

»Ist klar.« Nightingale nickte.

Tatsächlich war ihm das erst gerade in diesem Moment klar geworden. In seinem Kopf setzten sich verschiedene Puzzleteile zusammen, ein Gesamtbild sah er aber noch nicht. Mit einem aufmunternden Blick in Richtung von Tom Bulder signalisierte er dem NSA-Chef, dass er nun an der Reihe war.

»Sir, die Rechenleistung des Quantencomputers in Xi'an sprengt alle bisher vorstellbaren Grenzen. Das schließen wir aus der Kapazität der Hochspannungsleitungen, die das Areal mit Strom versorgen.«

»Unfassbar«, presste Nightingale durch seine Lippen, »und ein ziemliches Armutszeugnis für uns.«

»Jawohl, Sir!«

»Wissen wir, was für Ergebnisse der Rechner in Xi'an geliefert hat?«, wollte Nightingale wissen, während er sich fragte, welcher Redestil seiner beiden männlichen Geheimdienstchefs ihn eigentlich mehr irritierte, die ausufernde Art von Remy oder das militärische Stakkato seines NSA-Chefs.

»Nein, Sir, die Chinesen betreiben exzellenten Datenschutz. Und zwar mit der einfachsten Methode von allen: Jegliche Informationen, die das Gelände verlassen, werden konsequent nicht digitalisiert.« Er hob die Schultern in einer komisch wirkenden Geste der Hilflosigkeit. »Unsere Hacker-Teams kommen hier nicht weiter.«

Der Präsident neigte fragend den Kopf.

»Wir haben nichts gefunden, was wir anzapfen könnten. Hier beginnt unsere Spekulation.«

Nightingale strich sich nachdenklich mit den Händen durchs Haar. Dann wandte er sich wieder seiner CIA-Chefin zu: »Sie sprachen eben von zwei großen neuen Erkenntnissen. Der Quantencomputer in Xi'an ist die eine. Und die andere?«

»Der zweite Brocken? Sehr gerne: Wir haben unsere Wirtschaftsspionageaktivitäten in China auf das Thema konzentriert. Das Ausmaß, mit dem die Chinesen sowohl ihre Forschungs- und Entwicklungstätigkeit wie auch ihre Produktionskapazitäten von Klimaschutztechnologien in den vergangenen Jahren hochgefahren haben, hatten wir unterschätzt. Die staatlichen Gelder, die seit Jahren in diesen Wirtschaftszweig gepumpt werden, sprengen jeglichen vernünftigen Rahmen. Aktuell gehen wir davon aus, dass China kurzfristig in der Lage wäre, mehr Klimaschutztechnologie zu produzieren als der Rest der Welt zusammen. Das ist keine normale Wirtschaftsförderung mehr, da muss mehr dahinterstecken. Und überall taucht übrigens der Name Zhāng Li auf.«

Die Runde schwieg für einen Moment.

Dann fragte Nightingale: »Und was ist das in Afrika?«

Die CIA-Chefin räusperte sich. »Wir haben ja weder zum Sudan noch zu Mauretanien eine sonderlich gute Beziehung, insofern war es nicht so einfach, etwas herauszubekommen. Im Sudan tappen wir ehrlich gesagt immer noch ziemlich im Dunkeln. Da beide Projekte aber viele Parallelen aufweisen, gehen wir davon aus, dass unsere Erkenntnisse aus Mauretanien übertragbar sind. China hat sich dort eine riesige Wüstenfläche an der Küste gesichert, über 2 000 Quadratkilometer groß. Ungewöhnlich langfristig gepachtet, für mehrere Hundert Jahre, und bestens geeignet für das, was sie da offiziell vorhaben.«

»Offiziell?«, fragte der Präsident dazwischen.

»Ein an den Verhandlungen beteiligter Vertreter Mauretaniens hat uns gesteckt, dass sie an der offiziellen Version der Chinesen, der solaren Wasserstoffproduktion, zweifeln. Tatsächlich soll es um Bodenschätze gehen. Wir haben in dem Gebiet allerdings nichts Förderwürdiges identifizieren können. Und eigentlich glauben wir, dass uns die Chinesen bei der satellitengestützten Fernerkundung bisher nichts vormachen.«

Nightingale zog seine Stirn in Falten und sagte nachdenklich: »Aber vielleicht hatte der Mauretanier trotzdem recht. Vielleicht bluffen die Chinesen.«

»Wie meinst du das?«, fragte sein DNI nachdenklich.

»Ich habe nicht die leiseste Ahnung. Ich möchte trotzdem, dass ihr alles noch mal überprüft. Fangt bei der ökonomischen Plausibilität an: Ergibt es wirklich Sinn, den Wasserstoff in so gigantisch großen Mengen zentral zu erzeugen und dann um die halbe Welt zu transportieren?«

»Gibt es denn einen Grund, das infrage zu stellen?«, fragte Remy Cutter verblüfft.

»Vielleicht. Ich habe dazu neulich etwas Interessantes gehört, ich lasse euch die Kontaktdaten der Quelle zukommen.«

Nightingale verkniff sich, zu erwähnen, dass seine Frau die These ins Spiel gebracht hatte. Nicht aus Eitelkeit oder weil es ihm unangenehm war. Im Gegenteil, er war so stolz auf Meg, dass es ihm richtig schwerfiel, das zu verschweigen. Er wusste aber, dass es klüger war. Sonst würden die drei noch stärker als ohnehin schon zu beweisen versuchen, dass er falschlag.

Nachdenklich drehte er sich zum Fenster. Der Hubschrauber stand auf der Wiese und wartete darauf, seine Gäste wieder nach Washington zurückzufliegen. Da sah er, wie sein Sohn ziemlich umständlich aus der Maschine geklettert kam. Deutlich gewandter folgte ihm eine Pilotin, offenbar bekam Tim gerade eine kleine Privatführung.

Nicht schlecht, dachte Nightingale, was man als Präsidentensohn nicht so alles geboten bekommt. Dann wandte er sich wieder an seine Geheimdienstspitzen. »Vielen Dank bis hierher. Die Fakten habe ich verstanden. Jetzt würde ich gerne eure persönliche Meinung hören. Gina, *ladies first!*«

Die CIA-Chefin schaute leicht verunsichert – was selten bei ihr vorkam – in die Runde. Dann atmete sie durch und begann.

»Mr President, wie Sie wissen, bin ich nicht gerade die große Klimaschützerin. Trotzdem glaube ich, dass wir vor einer ökologischen Transformation der Weltwirtschaft stehen. Ob das schon in den nächsten fünfzehn Jahren passiert oder länger dauert, ist unklar. Mir zumindest. Nach den jüngsten Erkenntnissen müssen wir davon ausgehen, dass die Chinesen schon seit vielen Jahren mehr dazu wissen als wir. Den zeitlichen Vorsprung haben sie genutzt, um sich bei umweltfreundlichen Technologien in die Poleposition zu bringen. China geht es aber nie nur um wirtschaftlichen Erfolg, sondern immer auch um politischen Einfluss. Deshalb glaube ich, wir können diese Entwicklungen gar nicht ernst genug nehmen. Es liegt auf der Hand, dass derjenige, der die globale Energieversorgung kontrolliert, am Ende die Welt beherrscht. Und in Zukunft ist das eben nicht mehr das Öl, sondern die erneuerbaren Energien.« Sie verwies mit der Hand auf ihren Laptop. »Und gerade eben habe ich eine Info auf den Schirm bekommen, die ganz gut dazu passt. Zhāng Li hat sich heute am Rande der Minerva-Eröffnungsfeier in Italien mit Shannon O'Reilly getroffen.«

Der Präsident horchte auf. »Die von diesem Ökofonds? Die kenne ich!«

Remy Cutter und Tom Bulder wechselten einen ratlosen Blick miteinander, offenbar konnten sie nicht folgen.

»Na ja.« Gina Naples wiegte den Kopf hin und her. »Ökofonds wird der Sache, glaube ich, nicht ganz gerecht. Shamrock Capital ist der weltweit größte Finanzinvestor im Nachhaltigkeitsbereich.«

»Ich weiß, das war nicht despektierlich gemeint. Ich habe Shannon O'Reilly mal bei einem Dinner im Silicon Valley kennengelernt. Sehr eindrucksvolle Frau.«

Gina Naples trank einen Schluck Wasser und nickte. »Ja, wenn ich China wäre, würde ich genau solche Partnerinnen als Katalysatoren für meinen Technologietransfer suchen. Vielleicht kann Shannon O'Reilly ein wertvolles Asset für uns werden. Leider ist sie Britin und keine US-Bürgerin, insofern müssen wir ein bisschen vorsichtig sein. Aber wir kommen schon an sie ran. Schließlich lebt sie hier und will ihre Greencard sicher auch behalten.«

James Nightingale überhörte den letzten Satz, er hasste solche Andeutungen. »Und was ist Ihre Meinung zu den Afrikaprojekten?«

»Ich finde es gut, wenn wir uns die noch mal genauer ansehen. Vielleicht gibt es da tatsächlich eine Hidden Agenda. Zumindest im Sudan sehe ich die Pläne rund um die Wasserstoffproduktion auch skeptisch. In Port Sudan planen die Chinesen nämlich schon seit mehreren Jahren einen gigantischen Hafen. Wir fragen uns schon lange, was das soll.«

»Aber das passt doch gerade«, fiel Remy Cutter ihr ins Wort, »der Wasserstoff muss doch abtransportiert werden.«

»Ja«, sagte die CIA-Chefin, »wenn es Flüssiggasterminals wären. Es sieht aber nicht danach aus. Da sind riesige Förderanlagen für den Umschlag von Massengütern geplant. Riecht irgendwie doch nach Bodenschätzen.«

James Nightingale seufzte. Ein Blick in die Gesichter der drei verriet ihm, dass es keiner weiteren Worte bedurfte. Seinen Geheimdienstspitzen war klar, dass sie hier grob gepatzt hatten.

»Tom, was ist Ihre Meinung? Nicht zu den Afrikaprojekten, sondern insgesamt.«

»Sir.« Der NSA-Chef richtete sich auf. »Die Chinesen haben uns in der Computertechnologie abgehängt. Bei mobilen Geräten haben wir uns schon daran gewöhnt, bei Großrechnern ist es uns in der jetzt bekannten Dimension neu. Was China aus diesem Wettbewerbsvorteil macht, halte ich allerdings für einen Fehler. Ich glaube nicht daran, dass das Klima zuverlässig prognostiziert werden kann. Die Algorithmen sind zu komplex, auch für derartige Quantencomputer. Meine Handlungsempfehlung: Gegensteuern, massiv in Quantencomputertechnologie investieren, die Lücke zu China schließen, die generierten Rechnerressourcen aber sinnvoller einsetzen. Nicht nur für Klimaforschung, sondern diverser.«

Nightingale wog den Kopf hin und her, er wirkte nicht überzeugt. »Und du, Remy?«

»Ich bleibe dabei: Ich sehe keinen dramatischen Neuigkeitswert in unseren jüngsten Informationen. Mal abgesehen von den beiden Projekten in Afrika, aber darum kümmern wir uns jetzt. Dass die Chinesen Klimaschutztechnologien als wesentlichen Wachstumstreiber ihrer Volkswirtschaft betrachten, wissen wir seit geraumer Zeit. Jetzt wurde in Peking offenbar die nächste Stufe gezündet, ohne dass wir gefragt wurden, aber ist das eine Überraschung? Wohl kaum!« Remy Cutter machte eine Pause und guckte erst den Präsidenten und dann Gina und Tom an. Weil niemand etwas erwiderte, fuhr er fort. »Ich bin der Überzeugung, dass China das alles in erster Linie aus ökonomischen Gründen macht. Sie können dabei im Übrigen nur gewinnen. Denn selbst wenn dramatische Folgen des Klimawandels länger auf sich warten lassen sollten, als inzwischen gemeinhin erwartet wird, ist das überhaupt kein Problem. Regenerative Energien sind doch schon heute überall auf der Welt wettbewerbsfähig, vollkommen ohne Subventionen. Fast egal übrigens, wo der Ölpreis liegt.«

Wieder schaute er in die Runde. Nightingale machte in seinem Gesicht eine seltsam anmutende Mischung aus Triumph und Resignation aus, die er gut nachvollziehen konnte.

»Unser Land hat das bis heute nicht verstanden«, ergänzte Cutter.

Mit einem wohlwollenden Nicken in Richtung seines Freundes fügte er an: »Du schon, James, nichts für ungut. Aber spätestens beim Kongress ist doch Feierabend. Vermutlich schon bei den Hauptfinanciers deines nächsten Wahlkampfs.«

Der Präsident blieb gelassen. Remy konnte sich so etwas erlauben, zumal es stimmte. Er klappte sein Tablet zu und signalisierte damit, dass er das Gespräch beenden wollte.

»Ich danke euch. Egal ob die jüngsten Erkenntnisse neu sind oder nicht, für mich rücken sie die Gesamtgemengelage in ein neues Licht. Das gilt für die Wettbewerbsfähigkeit unserer Computerindustrie genauso wie für den Wirtschaftsstandort USA in der Umwelttechnik. Und damit insgesamt für die Bedrohung, die China für unser Land und die restliche freie Welt darstellt. Insofern kann ich all euren Meinungen etwas abgewinnen, so unterschiedlich sie auch ausfallen. Wir bleiben an dem Thema bitte dran, und zwar mit höchster Priorität. Das Ganze bleibt topsecret, zumindest bis wir es besser einordnen können. Unseren europäischen Freunden erzählen wir bis auf Weiteres jedenfalls nichts davon. Ich möchte über alle wesentlichen Entwicklungen umgehend informiert werden, insbesondere wenn es Neuigkeiten zu den Afrikaprojekten gibt.«

Mit Blick auf seine CIA-Chefin ergänzte er: »Und seid bitte nett zu Shannon O'Reilly, sie hat uns nichts getan. Wirtschaftliche Kooperationen mit den Chinesen sind ja nicht verboten.«

Damit erhob er sich.

»Das war's für heute, viel Spaß beim Rückflug. Und seht zu, dass mein Sohn nicht noch in dem Ding spielt, wenn ihr startet.«

Nachdem die drei sich verabschiedet hatten, schloss er die Tür und setzte sich wieder an den Tisch. Ihm war im Verlauf des Gesprächs eine Idee gekommen. Auch wenn Remy recht hatte und vielen einflussreichen Leuten in seinem Land der Klimaschutz immer noch egal oder sogar ein Dorn im Auge war, in einem waren sie sich doch alle einig: China war der Staatsfeind Nummer eins. Konnte man die neuen Erkenntnisse nicht nutzen, um endlich Drive in den Klimaschutz im eigenen Land zu bringen? Die Wirtschaft stärker danach auszurichten? Dann eben nicht der Sache wegen, sondern um die Vormachtstellung Chinas zu verhindern? Eine Art Wettrüsten. Das ist doch die Sprache, die selbst von den Rückwärtsgewandten gut verstanden wird. Und mit den jüngsten Einblicken, die sie gewonnen hatten, konnte man doch ganz hervorragend Ängste schüren. Was hatte Gina Naples gesagt? Derjenige, der die globale Energieversorgung kontrolliert, beherrscht am Ende die Welt.

20. Kapitel

Mittwoch, 18. August 2027
Bologna, Italien / Berlin, Deutschland

Als Pieter de Vries aufwachte, griff er als Erstes zu seinem Telefon, öffnete den SMS-Chat mit Carsten Pahl und schrieb: *Wie war dein Treffen mit Zhāng Li?*

Sie waren gestern nicht mehr dazu gekommen, sich dazu auszutauschen, aber er war natürlich neugierig. Zufrieden sah er, dass der Bundeskanzler direkt antwortete, aber kein Wunder, sie waren beide Frühaufsteher.

Schwierig. Eloquenter Typ. Sehr unchinesisch.

Soll heißen?

Kann ihn nicht greifen.

Irgendwelche News zu Minerva?

Nein.

De Vries fand Pahl nicht besonders aussagefreudig. Er versuchte, ihn etwas aus der Reserve zu locken. *Also gar keine Erkenntnisse, Termin umsonst gewesen?*

Nein.

WAS NEIN?

Nicht umsonst. Sorry, rasiere mich gerade. Warte 5 min.

Pieter de Vries stand auf, ging aufs Klo und machte die Kaffeemaschine an. Als er hörte, dass eine Nachricht eingegangen war, griff er wieder zu seinem Telefon und las.

Will kooperieren, aber das will China ja mit jedem. Habe Menschenrechte angesprochen. Zwecklos. Aalglatt. Aber gekonnt aalglatt, irgendwie sogar überzeugend. Mir ist seit gestern klar, dass China weiter ist als wir. Nur so kann man deren Bugwelle plausibilisieren. Die fühlen sich derart überlegen, dass sie es tatsächlich sein müssen!

Demokratie vs. Autokratie? Mehr fiel de Vries dazu nicht ein.

Nein, schrieb Pahl zurück, *ich meine nicht systemisch oder zumindest nicht nur. Da muss mehr dahinterstecken. Aber frag mich nicht, ich weiß es auch nicht.*

Hm. Wir hatten übrigens schon wieder zwei kaputte Fenster im Hotel.

Aber ohne Folgen, hoffe ich.

Ja, klar, sonst hättest du es ja längst erfahren.

Also doch ein Materialfehler?

Man weiß es nicht. Der Hersteller besteht darauf, dass sich die Bolzen nur händisch lösen lassen.

21. Kapitel

Mittwoch, 18. August 2027
Hamburg, Deutschland

Tessa stand an eine Säule gelehnt im Ankunftsbereich des Hamburger Flughafens und wartete. Die Maschine aus Bologna war vor zwanzig Minuten gelandet. Sie hatten sich eigentlich in Poole treffen wollen, aber das war diesmal terminlich nicht machbar gewesen. Sie blickte dem Wiedersehen mit Shannon etwas zwiespältig entgegen. Natürlich freute sie sich. Gerade nach den letzten Wochen voller Zweifel und Unsicherheit lechzte sie nach Geborgenheit und Körperkontakt. Gleichzeitig aber hatte sie Sorge, ob sie den anstehenden intellektuellen Austausch mit Shannon, insbesondere ihre zuweilen so erbarmungslose Sachlichkeit, in ihrer aktuellen Gemütsverfassung ertragen konnte.

Ein begeistertes »Du hast einen Hund?« riss sie aus ihren Gedanken. Als sie aufblickte, sah sie, wie Shannon gerade mit ihrer Tasche im Schlepptau durch die Schiebetür schlüpfte.

»Nein, Digby gehört meinem Mitbewohner«, rief sie ihr lachend entgegen.

»Digby? Heißt der wirklich Digby?«

»Eigentlich Fifty Shades of Grey. Aber das kann man ja nicht rufen. Deshalb ist sein Spitzname Digby. Keine Ahnung, warum.«

Shannon hatte sich hingekniet und kraulte den Bobtail hingebungsvoll hinter den Ohren.

»Du weißt nicht, warum er Digby heißt?«

»Nein, weiß ich nicht.«

»Digby – der größte Hund der Welt. Das ist ein Buch. Und ein Film. Damit bin ich groß geworden. Jedes Kind in England kennt Digby!«

»Aha«, sagte Tessa schmunzelnd. Dann wurde sie ernst und breitete beide Arme aus. »Werde ich jetzt vielleicht auch mal begrüßt?«

Shannon stand auf.

»Entschuldige! Hi, wie schön, dich zu sehen! Und danke, dass ihr mich abholt.«

Sie umarmten sich. Als Tessa spürte, dass Shannon im Begriff war, sich zu lösen, zog sie sie wieder an sich heran. Sie sog Shannons Geruch ein und tankte Nähe. Mein Gott, hatte sie sie vermisst!

»Wann musst du morgen wieder weg?«, flüsterte sie ihr ins Ohr, immer noch eng an sie gekuschelt.

»Fliege um 14:00 Uhr nach London.«

»Doch nach Poole?«

»Nein, Tokio.«

Tessa seufzte und verdrehte innerlich die Augen. Shannons Flugmeilen gingen wirklich gar nicht, was nützte es da, wenn sie immer versuchte, mit dem Zug zu fahren.

Auf dem Weg in die Stadt kam Shannon wieder auf die Geschichte mit dem größten Hund der Welt zurück. Sie erzählte, dass Digby ein experimentelles Düngemittel von einem Forscher trinkt, das ihn wachsen lässt. Zwei Diebe werden darauf aufmerksam, stehlen ihn und verkaufen ihn an einen Zirkus. Der Junge, dem Digby gehört, und der Forscher suchen den Hund, um ihm ein Gegenmittel zu verabreichen. Digby wird derweil immer größer und zu einem echten Problem, weil er alles kaputt macht. Am Ende wird sogar das Militär mit Bomben und Artillerie auf den armen Riesenhund angesetzt. Kurz bevor es zur Katastrophe kommt, findet der Junge Digby aber zum Glück, das Gegenmittel wirkt, und alles wird gut.

»Und Digby war ein Bobtail?«

»Natürlich!«

Tessa fand die Szene vollkommen absurd. Da saß sie mit einer der einflussreichsten Managerinnen der Welt in der S-Bahn, und die hatte nichts Besseres zu tun, als ihr mit der Begeisterung eines fünfjährigen Mädchens eine total bekloppte Geschichte von einem durch einen Zaubertrank gewachsenen Riesenhund zu erzählen.

In Barmbek stiegen sie um und fuhren durch Eppendorf und Eimsbüttel bis zum Schlump. Nach ein paar Hundert Metern Fußweg standen sie in einer ruhigen Seitenstraße vor einem heruntergekommenen Gründerzeithaus.

Tessa zögerte.

Dann sagte sie entschuldigend lächelnd: »Christian, mein Mitbewohner, ... ich glaube, ihr passt nicht so gut zusammen.«

Shannon guckte sie fragend an.

»Vielleicht wäre es besser, wenn ihm, also ... nicht vollends klar würde, wer du wirklich bist?«

»Mach dir da mal keine Sorgen, Tessa. Erstens reibe ich fremden Leuten grundsätzlich nicht unter die Nase, was ich beruflich mache, und zweitens hatte ich mir schon gedacht, dass ich vermutlich der Inbegriff des Bösen für deine Freunde bin.«

Tessa war erleichtert. »Jetzt übertreibst du aber ein bisschen.« Entschuldigend schob sie nach. »Und Christian weiß ja auch, wo wir uns kennengelernt haben und dass du in der Finanzbranche bist. Nur eben nicht, wie, ähm, weit oben.«

Sie schloss die Haustür auf und half Shannon, ihr Gepäck in die dritte Etage zu tragen. Die Wohnung hatte den typischen, auch als »Hamburger Knochen« bezeichneten, Altbauschnitt. Langer, schmaler Flur mit zwei nebeneinanderliegenden Räumen an jedem Ende, die mit Schiebetüren verbunden waren. Sie schmissen Shannons Klamotten in Tessas Zimmer und gingen ans andere Ende des Gangs in die Wohnküche.

Christian saß mit seinem Laptop am Esstisch. »Hi«, sagte er und blickte vom Bildschirm auf. Lachend wandte er sich an Shannon: »Du siehst ja aus wie Tessas Schwester! Schön, dich kennenzulernen.«

»Ganz meinerseits. Und danke, dass ich bei euch wohnen darf.«

Tessa atmete durch.

Nachdem sie einen Kaffee getrunken hatten, schlug sie vor, an die Elbe zu fahren. Sie liehen sich Christians Fahrrad und nahmen Digby mit. Er war es gewohnt, an der Leine nebenherzulaufen. In Övelgönne schlossen sie ihre Räder vor dem Museumshafen aneinander, ließen die großen Lüftungsauslässe des unter ihnen verlaufenden Elbtunnels hinter sich und standen plötzlich am Strand.

Tessa grinste zufrieden, als sie Shannons Blick bemerkte. »Nicht Sandbanks, aber für eine Großstadt, die nicht mal am Meer liegt, trotzdem nicht schlecht, oder?« Sie machte Digby los, der sofort zum Wasser rannte.

Shannon schaute sich um. »Ja, das hat was, so mitten in der Stadt und mit dem Containerhafen gegenüber. Cool.«

Sie schlenderten am Wasser entlang, und Tessa erzählte, dass sie etwas weiter flussabwärts aufgewachsen war. Da gab es auch einen Strand, an dem sie als Kind oft gespielt hatte. Plötzlich blieb

Shannon stehen. »Du siehst nicht gut aus, wenn ich das sagen darf.«

»Klar darfst du das.« Sie rang sich ein Lächeln ab. »Mir geht es nicht besonders gut. Ich ... ich komme einfach nicht weiter.« Sie zuckte mit den Schultern und war sich für einen Moment unsicher, ob sie Shannon schon wieder mit ihren Zweifeln überfallen konnte. Doch mit wem sollte sie dieses Gespräch führen, wenn nicht mit ihrer Freundin? »Die ganze Klimabewegung kommt nicht weiter. Ich habe das Gefühl, dass wir seit Jahren auf der Stelle treten. Jeder sagt uns, toll macht ihr das und ihr habt ja so recht. Aber was passiert? Im Grunde gar nichts!«

Ach, Shannon, dachte sie, sobald die Worte ihren Mund verlassen hatten, guck mich doch bitte nicht so verständnisvoll an. Du hast doch keine Ahnung, wie es mir wirklich geht. Das, was ich dir erzähle, ist doch nur die halbe Wahrheit.

Nach kurzem Zögern fügte sie hinzu: »Und außerdem habe ich mich so auf dich gefreut, weil du so wahnsinnig positiv bist, und alles immer so einfach wirkt mit dir. Und so viel Spaß macht. Als du vorhin die Geschichte von Digby erzählt hast, hab ich gedacht, das gibt's doch gar nicht!« Ihr rann eine Träne übers Gesicht. »Aber gleichzeitig habe ich immer Angst, weil du mich so wahnsinnig aufwühlen kannst mit deinen Thesen.«

Shannon nahm sie in den Arm, legte ihren Kopf auf Tessas Schulter und streichelte sie. Tessa genoss das sehr, obwohl oder gerade weil ihr klar war, dass das vermutlich das Höchste war, was sie an Mitgefühl von ihrer Freundin erwarten konnte.

Und tatsächlich: Shannon wich mal wieder aus.

»Wir können uns auch einfach eine schöne Zeit bis morgen machen! Wir müssen ja nicht jedes Mal versuchen, die Probleme unserer Welt zu lösen. Na, was sagst du?«

»Nein«, Tessa schüttelte den Kopf, »ich brauche den Austausch mit dir ja gleichzeitig so sehr. Wir müssen reden. Ich möchte reden, unbedingt.«

Sie löste sich aus Shannons Armen, wischte sich die Tränen aus dem Gesicht und hielt Ausschau nach dem Hund. Digby war gerade ins Wasser gesprungen und apportierte einen Stock, den ein Mädchen für ihn hineingeschmissen hatte. Sie rief ihn zu sich, holte ein Taschentuch aus ihrer Tasche und putzte sich die Nase. Als sie weitergingen, versuchte sie zunächst, über Small Talk wieder ein bisschen ins Gleichgewicht zu kommen.

»Erzähl mal, was machst du eigentlich in Europa?«

»Minerva ist gestern eingeweiht worden.«

»Das weiß ich – ach, natürlich, Bologna! Du warst dabei?«

»Ja, wir finanzieren die Energieversorgung. Sehr spannend. Innovative Solarzellen, die direkt Wasserstoff herstellen können.«

»Ich weiß!«, rief Tessa. Plötzlich hatte sie wieder Begeisterung in den Augen. »Darüber habe ich gelesen. Superspannend. Das machst du? Wow!« Sie schüttelte ungläubig den Kopf. »Was hältst du denn von Minerva? Glaubst du, das Projekt kann einen Beitrag leisten im Kampf gegen die Klimaignoranz?«

»Die Erwartungen sind ja zumindest hoch. Und ich glaube, zu Recht. Das, was da gerade entsteht, toppt jedenfalls alle anderen Klimasimulationsrechner auf der Welt um ein Vielfaches. Die Chinesen sind unglaublich weit mit Quantencomputern. Aber nicht nur damit, die Solarzellen kommen ja auch von dort.«

Tessas Blick verdüsterte sich. Stirnrunzelnd fragte sie: »Hast du eigentlich viel mit China zu tun?«

»Geht so – wow, was ist das denn?« Shannon zeigte auf einen riesigen Findling, der direkt am Ufer vor ihnen im Sand lag.

Tessa stutzte. Das hatte jetzt etwas zu beiläufig geklungen, fand sie. Warum versuchte Shannon so auffällig schnell, das Thema zu wechseln? Bevor sie etwas sagen konnte, legte Shannon nach: »Komm schon, revanchier dich mal ein bisschen für meine Reiseführertätigkeit in Poole im letzten Jahr. Was ist das hier?«

O. k., dachte Tessa, aber so einfach kommst du mir nicht davon. Dann eben später.

»Das Ding wurde bei Baggerarbeiten in der Elbe gefunden. Es wird ›Alter Schwede‹ genannt, weil es erstens aus Schweden kommt und das zweitens bei uns so eine Redewendung ist. ›Alter Schwede‹ sagt man, wenn man großes Erstaunen ausdrücken will. Die Gletscher der Eiszeit haben den Stein hierherrutschen lassen.«

Shannon zeigte sich beeindruckt. Sie ging einmal um den riesigen Findling herum. Als sie wieder bei Tessa angekommen war, sagte sie: »Was hältst du davon, wenn wir umdrehen und uns in die Strandbar setzen, an der wir eben vorbeigekommen sind? Ich bin irgendwie müde von den letzten Tagen.«

Tessa war einverstanden. Sie gingen zurück zur Strandperle und stellten sich in die Schlange, die sich hier immer bei schönem Wetter bildete. Als sie an der Reihe waren, bestellten sie sich beide einen Salat und eine Rhabarberschorle und nahmen sich eine Decke von dem Stapel, der hier für Gäste bereitlag. Ein paar Meter weiter fanden sie einen freien Platz im Sand und machten es sich gemütlich.

Tessa nahm den Faden wieder auf. »Apropos China, was fällt dir ein, wenn ich AI sage?«

»Was mir da einfällt? Dass AI ein superspannendes Thema ist und dass China inzwischen alle anderen Länder abgehängt hat, insbesondere auch die USA.«

»Ich hab's befürchtet.«

Shannon guckte sie verständnislos an.

»Na ja, gerade in dem Kontext mit China denke ich zumindest nicht nur an künstliche Intelligenz, sondern auch an Amnesty International.«

»Mein Fehler, Tessa, sorry, natürlich.« Sie hob entschuldigend die Hände. »Da kann man mal sehen, vielleicht sind wir uns doch nicht so ähnlich. Ich denke bei China zuerst an technische Innovationen und du an Menschenrechte. Auf der Ethik-Skala steht es jetzt eins zu null für dich.«

Tessa ärgerte sich, wie leichtfertig Shannon mit dem Thema umging. Sie nahm eine Gabel von ihrem Salat und schaute ihr ernst, fast provokativ in die Augen. »Zwei zu null.«

»Wie bitte?«

»Auf der Ethik-Skala steht es mindestens zwei zu null für mich. Ich wehre mich gegen Auswüchse des Kapitalismus und gegen Menschrechtsverletzungen totalitärer Systeme. Und das kommt bei mir vor Profit und vor technischer Innovation.«

»Ist ja gut!« Shannon schaute sie entgeistert an. »Wobei ich gerne zu Protokoll geben würde, dass ich weder Auswüchse des Kapitalismus noch Menschenrechtsverletzungen totalitärer Systeme gutheiße.«

»Ersteres würde ich doch mindestens mal mit einem Fragezeichen versehen. Und das zweite hoffe ich doch sehr, sonst kündige ich dir umgehend meine Freundschaft.«

»Die Frage ist aber auch hier, welche Abstriche man bereit ist zu machen, um sein Ziel zu erreichen.«

»Die Kollateralschäden meinst du?«, fragte Tessa trotzköpfig.

»Nimm doch bitte mal ein bisschen die Emotionen raus. Zurück zur künstlichen Intelligenz. Und damit es nicht gleich drei zu null für dich steht, ich rede hier nicht über die künstliche Intelligenz, die sich in Konkurrenz zum Menschen stellt und das Ziel verfolgt, Maschinen zu bauen, die ein eigenes Bewusstsein entwickeln.«

»Wie beruhigend.«

»Weiß ich nicht. Ich fürchte nämlich, dass wir auch das nicht werden aufhalten können. Aber die damit verbundenen ethischen und philosophischen Fragen haben noch ein bisschen Zeit. Mir geht es um die sogenannte schwache künstliche Intelligenz. Maschinelles Lernen und Big Data, die intelligente Analyse großer Datenmengen. Ist dir klar, dass diese Art von künstlicher Intelligenz der Schlüssel dafür ist, die dynamischen Prozesse unserer Atmosphäre besser verstehen und bisher unbekannte Treiber des Klimawandels identifizieren zu können?«

»Ja, das weiß ich alles. Aber was hat das mit China zu tun?«

»Die sind mit großem Abstand führend bei dem Thema!«

»Moment! Nicht, dass die Amerikaner Musterschüler im Fach Ethik wären, aber waren sie nicht die Ersten, die mit Hilfe künstlicher Intelligenz den besten Go-Spieler der Welt geschlagen haben? Das galt doch damals als Meilenstein.«

»Ja.« Shannon nickte. »Allerdings. Wusstest du, dass es bei Go mehr Spielkonstellationen gibt als Atome im Universum? Eine Maschine ohne künstliche Intelligenz müsste die alle vor jedem Zug prüfen. Das würde ewig dauern, selbst mit einem Quantencomputer. Nur mithilfe von AI kann man einen Großteil der theoretisch denkbaren Spielzüge aufgrund logischer Zusammenhänge aussortieren.«

»Na also.«

»Nein, nicht ›Na also‹. Die Geschichte hat nämlich einen Haken: Als Google das geschafft hat, haben sie es groß herumposaunt. Amerikanisches Marketing eben. Die Chinesen waren damals schon viel weiter, behielten das aber für sich. Und haben ihren Vorsprung seitdem immer weiter ausgebaut.«

Tessa ahnte nichts Gutes.

»Die großen Dinge, die von Minerva erwartet werden«, erklärte Shannon weiter, »führen die Medien immer auf die Performance des Quantencomputers zurück, weil es so anschaulich ist. Das ist aber zu kurz gegriffen. Es ist die Kombination aus Rechengeschwindigkeit durch Quantentechnologie und Big Data Handling mithilfe von künstlicher Intelligenz, die Minerva so außergewöhnlich macht. Nur so kann ein neues Level bei den Klimaprognosen erreicht werden. Und beides kommt aus China.«

Tessa runzelte die Stirn. »Vermutlich haben die das aber gar nicht entwickelt, um das Klima zu retten, sondern um ihre Überwachungssysteme zu optimieren!«

»Ob die Kausalität so richtig ist, weiß ich gar nicht. Ich habe inzwischen das Gefühl, dass China beim Klimaschutz eine ganz zentrale Rolle spielen wird. Aber im Grundsatz hast du natürlich recht. Sie nutzen ihre Errungenschaften jedenfalls auch für Dinge, die nicht in unser demokratisch-freiheitliches Weltbild passen. Aber wollen wir deshalb versuchen, das Klima mit zweitklassigen Hilfsmitteln zu retten?«

Tessa starrte sie an. Shannons Logik war betörend. Und dennoch: Tessa musste ein Schaudern unterdrücken bei dem Gedanken daran, was ihre Freundin bereit war, an Konsequenzen mit einzukaufen. Aber das war ja nichts Neues. Wie immer hatte Shannon bei ihren Überlegungen Emotionen keinen Raum gelassen, sondern – der von ihr bewunderten AI nicht unähnlich – Fakten und deren Folgen berücksichtigt. Kein Wunder also, dass sie zu skrupellosen Schlüssen kam.

Ohne die ja sowieso rhetorisch gemeinte Frage zu beantworten, legte Tessa sich hin und vergrub ihr Gesicht in Digbys Fell. Sie fühlte sich plötzlich unendlich müde.

Irgendetwas, das hart auf ihrem Rücken landete, weckte Shannon auf. Es war eine Frisbee-Scheibe. Sie schmiss sie zurück zu dem kleinen Jungen, der mit entschuldigendem Blick in sicherem Abstand wartete, und sah dann, dass Tessa ebenfalls eingeschlafen war. Ihre hellblonden Haare waren mit Digbys Fell verschmolzen, hoben sich aber trotzdem deutlich von den Grautönen des Bobtails ab.

»Fifty Shades of Grey ist wirklich der passendere Name für dich«, murmelte sie in Richtung des Hundes und strich ihm dabei über das Fell.

»Ja, aber unpraktisch. Viel zu lang!« Tessa öffnete lachend die Augen und fing ebenfalls an, Digby zu streicheln. »Wie lange haben wir geschlafen?«

»Keine Ahnung, ich bin selbst gerade erst aufgewacht.« Shannon schaute auf ihr Telefon. »Eine Stunde ungefähr. Komm, lass uns noch ein bisschen herumfahren. Schließlich bin ich zum ersten Mal in Hamburg.«

Sie sprangen auf und machten sich auf den Weg zurück zu ihren Fahrrädern. Shannon war erleichtert, dass Tessa mit besserer Laune aufgewacht war. Ihre aufbrausende Art kannte sie, der giftige Unterton eben war aber neu für sie gewesen. Sie fragte sich, ob Tessas Gereiztheit auf das Thema China zurückzuführen war oder ihrer offenbar generell schlechten Verfassung zugerechnet werden musste. Vermutlich war es schlau, das etwas später zu ergründen, dachte sie sich.

»Kann es sein, dass die Elbe jetzt viel tiefer fließt als vorhin? Gibt es hier etwa noch Gezeiten? Wir sind doch fast hundert Kilometer von der Küste weg.«

»Ja, allerdings. Hier sind es manchmal über dreieinhalb Meter zwischen Ebbe und Flut. Frag mich aber bitte nicht, warum das so ist.«

Shannon blieb kurz stehen und dachte nach. »Das muss daran liegen, dass die Elbe flussaufwärts immer schmaler wird und die Flutwelle aus dem Meer so immer weniger Platz hat. Deshalb weicht sie quasi nach oben aus.«

»Aha«, sagte Tessa und schob in spöttischem Ton nach: »Gibt

es eigentlich irgendein physikalisch-mathematisches Phänomen auf der Erde, das du nicht erklären kannst?«

Shannon legte lachend einen Arm um Tessa und schob sie auf ihr Fahrrad zu.

Bei der anschließenden Innenstadttour fiel Shannon auf, wie sauber Hamburg war.

»Da macht ihr ja fast Singapur Konkurrenz«, sagte sie staunend.

»Wart mal ab. Wir fahren jetzt zurück, bringen Digby nach Hause und gehen dann in die Schanze. Dann lernst du eine andere Seite von Hamburg kennen.«

Und in der Tat. Als sie ihre Fahrräder im Schulterblatt an einen Baum schlossen, sah Shannon sofort, was Tessa gemeint hatte. Man fühlte sich hier wie in einer anderen Welt. Die überwiegend alte Bausubstanz war unsaniert und zum Teil verfallen. Fast jede Hauswand, vereinzelt auch Türen und Fenster, waren mit buntem Graffiti-Gekritzel übersät. Trotzdem war die Atmosphäre einladend. Ein Bistro reihte sich an das andere, alle hatten Biertischgarnituren dicht aneinandergereiht nach draußen gestellt und so ihre Gästekapazität vermutlich verdreifacht. Das Leben spielte sich hier fast südländisch anmutend auf der Straße ab, das multikulturelle Publikum wirkte entspannt und freundlich.

Tessa steuerte zielstrebig auf eines der Lokale zu und wurde freundschaftlich von der Bedienung begrüßt. Obwohl es langsam dunkel wurde, war es noch immer sehr warm.

»Na, hatte ich recht? Anders hier, oder?«

»Ja, aber sehr nett. Erinnert mich ein bisschen an das frühere Dogpatch in San Francisco, wo ich die ersten Jahre gewohnt habe, nachdem ich fertig studiert hatte. Inzwischen leider hoffnungslos gentrifiziert.«

Tessa nickte. »Das Problem haben wir hier natürlich auch. Die Neumieten sind inzwischen unverschämt hoch.«

»Was ist das da drüben?« Shannon verwies auf ein Gebäude auf der anderen Straßenseite.

»Die Rote Flora. War früher ein Theater, dann lange illegal besetzt und als autonomes Zentrum genutzt.«

»Zentrum wofür?«

»Viel Kreatives rund um Kultur, Soziales, Politik – aber leider auch Radikalisierung und unnötige Eskalation. Demos, Krawalle, Polizei, Hausdurchsuchungen, das volle Programm. Inzwischen steht das Gebäude fast leer, Nachnutzung seit vielen Jahren unklar. Vereinzelte Veranstaltungen gibt es noch. Schwieriges Thema, weil der Ort so symbolträchtig ist.«

Sie bestellten etwas zu essen und eine Flasche Rotwein.

Während Shannon überlegte, ob jetzt der richtige Zeitpunkt gekommen war, das Thema wieder aufzugreifen, kam Tessa ihr zuvor.

»Wie viel hast du wirklich mit China zu tun?«

Shannon versuchte, sich vorsichtig heranzutasten. »Bisher wenig, außer dass wir natürlich in vielen Projekten chinesische Produkte einsetzen.«

»Bisher?« Tessa zog die Augenbrauen hoch.

Also gut, dachte Shannon, dann eben rein ins Vergnügen! »Ich hatte gestern Abend ein sehr bemerkenswertes Treffen mit einem Chinesen in Bologna.«

Sie spürte, wie Tessas Aufmerksamkeit schlagartig anstieg. Sie war sich nach wie vor im Unklaren darüber, ob sie alles erzählen sollte oder nicht, beschloss aber, erst einmal loszulegen: »Also, der Mann, den ich getroffen habe, Zhāng Li, berichtet direkt an den Vizepremier. Er ist so etwas wie der Minister für Klimaschutz. Koordiniert alles in dem Bereich: Forschung, Industrie, Investitionen, Finanzierung. Unglaubliche Machtkonzentration, so etwas gibt es bei uns gar nicht.«

»Nein, natürlich nicht. Bei uns gibt es ja Gewaltenteilung.«

»Na ja«, Shannon wog den Kopf hin und her, »seine Felder betreffen ja alle die Exekutive.«

»Und? Was war das für ein Typ?«

»Der Typ, Tessa, war vollkommen anders, als ich ihn mir vorgestellt hatte. Das fing schon damit an, dass er Mitte dreißig ist und rumläuft, als wäre er eben dem Silicon Valley entlaufen – wo er im Übrigen auch viele Jahre gelebt hat. Jeans, T-Shirt, Turnschuhe, normal halt, der würde auch hier nicht groß auffallen. Und der lief nicht nur abends mit mir so rum, sondern auch auf der offiziellen Veranstaltung. Er saß so zwischen den ganzen Spitzenpolitikern in der ersten Reihe, hat so seine Rede gehalten und, soweit ich weiß, danach auch ein Treffen mit eurem Bundeskanzler gehabt.«

»Beeindruckt mich jetzt nicht so wahnsinnig, ich kenne viele, die so rumlaufen und Treffen mit unserem Bundeskanzler haben. Hatte ich auch schon. Nächste Woche wieder übrigens.«

»Echt? Erzähl!«

»Vergiss es, unwichtig, ich wollte nicht unterbrechen. Du hast schon recht, das ist untypisch für einen chinesischen Politiker. Eigentlich stellt man sich die immer noch als alte Männer in dunklen Anzügen vor.«

»Genau!«

»Und inhaltlich?«

»Total überzeugend. Wirklich, ich war baff! Extrem kundig, hochgradig ambitioniert und vor allem: Ich fand ihn glaubwürdig.«

»In Bezug auf die Einhaltung von Menschenrechten?«

Shannon warf Tessa einen missbilligenden Blick zu. Neutral sagte sie: »Nein, in Bezug auf Klimaschutz natürlich. Das war ja unser Thema, wir haben über nichts anderes gesprochen.«

»Wie bitte? Du sitzt einen ganzen Abend mit einem hochrangigen chinesischen Politiker zusammen und sprichst das Thema Menschenrechte nicht ein einziges Mal an?«

»Genau, und ich halte das auch für richtig.« Shannon brachte jetzt Nachdruck in ihre Stimme. »Ich habe den Mann doch zum ersten Mal in meinem Leben gesehen. Möglicherweise ist er in der Lage, einen enormen Beitrag zu dem zu leisten, was wir beide zu unserer Lebensaufgabe gemacht haben, Tessa. Einen Beitrag, gegen den alle europäischen und amerikanischen Bemühungen verblassen könnten. China hat unvorstellbare Möglichkeiten. Da wollte ich mich erst mal selbst sortieren und nicht alles gleich kaputt machen.«

Tessa verzog das Gesicht. »Und, hast du dich sortiert?«

»Nein, das Gespräch ist ja keine 24 Stunden her. Ich denke seitdem aber an fast nichts anderes mehr.«

Die Bedienung unterbrach sie kurz und brachte das Essen.

»Letztendlich«, fuhr Shannon fort, als sie wieder unter sich waren, »geht es doch wieder mal um unser Lieblingsthema, welche Nachteile man zur Erreichung eines übergeordneten Ziels bereit ist hinzunehmen.«

»Der Zweck heiligt die Mittel?«

»Ja, verdammt, vielleicht ist das so.«

»Das kann doch nicht dein Ernst sein, Shannon!« Tessa wurde lauter. »Manchmal frage ich mich, ob dir klar ist, was du da sagst. Ich habe mich wirklich viel mit Menschenrechten beschäftigt. Bei unserem Lieblingsthema, wie du es nennst, geht es um das Verhältnis zwischen dem Individuum und dem Kollektiv. Das ist ein Konflikt, der so alt wie die Menschheit ist. Machiavelli – von dem kommt die These ›Der Zweck heiligt die Mittel‹ – hat in der Renaissance gelebt, zum Glück sind wir heute weiter.« Pointiert setzte sie hinzu: »Also wir zumindest. Die Chinesen rechtfertigen ihre Menschenrechtsverletzungen immer noch damit, dass sie das Allgemeinwohl über die individuellen Ansprüche eines jeden Einzelnen stellen. Das ist seit Deng Xiaoping in der Kommunistischen Partei fest verankert.«

Shannon nickte sacht und war beeindruckt, wie gut Tessa sich auskannte.

»Zu den kollektiven Menschenrechten zählt alles, was das Leben der Menschen insgesamt lebenswerter macht: die Bekämpfung von Hunger, Krankheiten und Kriminalität, die Anhebung des Lebensstandards oder die Sicherstellung der inneren Ordnung im Land.« Tessa machte eine Pause, um einen Schluck Wein zu trinken, fuhr dann aber fort: »Die individuellen Menschenrechte hingegen sind das Recht auf Leben, das Verbot von Folter, die Unschuldsvermutung, die Meinungs- und Religionsfreiheit, das Diskriminierungsverbot, der Schutz der Privatsphäre und so weiter. China vertritt den Standpunkt, dass die kollektiven Menschenrechte zuerst gewährleistet werden müssen, bevor man sich um individuelle kümmern kann. Und damit machen die es sich ganz einfach. Sie sagen, wir sind halt noch nicht so weit wie ihr, wir arbeiten eben noch an den kollektiven Menschenrechten. Das geht zulasten der individuellen Rechte, was schade ist, aber nicht zu ändern. So geht das aber nicht! Das ist ethisch und moralisch einfach nicht legitim!«

Shannon musterte ihre Freundin. »So habe ich das noch nie betrachtet. Ist das Recht auf Klimaschutz dann auch ein kollektives Menschenrecht?«, fragte sie interessiert.

»Natürlich ist es das. Gehört zur sogenannten dritten Generation, das sind die kollektiven Rechte der Völker. Offiziell ist das zwar noch nicht aufgenommen von der UN, aber der Anspruch auf eine saubere Umwelt ist schon lange drin, und 2010 ist explizit der Anspruch auf sauberes Wasser dazugekommen.

Wir arbeiten daran, das Recht auf Klimakontinuität auch zu integrieren.«

»Das ist doch gut.« Shannon überlegte kurz. »Ehrlich gesagt, bin ich mir gar nicht so sicher, ob die Chinesen mit ihrer Priorisierung so falschliegen. Wir hatten ja schon mal festgestellt, dass der Mensch seine eigene Optimierung immer vor das Allgemeininteresse stellt. Und dass das ein wesentlicher Grund dafür ist, warum wir uns nicht klimagerecht verhalten. China steuert dagegen an.«

»Aber das rechtfertigt doch keine Verletzung individueller Menschenrechte. Shannon, komm schon! Das kann man doch nicht gegeneinander ausspielen!«

Shannon zog die Augenbrauen zusammen. »Da bin ich mir nicht so sicher. Was ist denn, wenn die Durchsetzung eines Kollektivrechts zu viel geringeren Verletzungen von individuellen Menschenrechten führt als seine Missachtung?«

Tessa stutzte.

»Die Bekämpfung von Krankheiten gehört auch zu den kollektiven Menschenrechten, sagtest du?«, fragte Shannon langsam.

»Ja. Warum?«

»Jetzt spring mir bitte nicht gleich ins Gesicht, ich denke ja nur laut, o. k.? Aber haben wir zu Beginn der Coronakrise nicht auch diverse individuelle Menschenrechte beschnitten, um die Ausbreitung des Virus einzudämmen? Bewegungsfreiheit, Versammlungsrecht, Privatsphäre und so weiter?«

»Doch. Haben wir. Gutes Beispiel. Sehr gutes Beispiel sogar. Zwei Punkte dazu: Erstens gab es hier einen klaren kausalen Zusammenhang. Wären keine Lockdowns beschlossen worden, hätte das Virus ungehindert grassiert und vermutlich mehrere Millionen Menschen getötet. Deshalb gab es keine andere Wahl. Die große Mehrheit der Bevölkerung sah das genauso und war einverstanden. Zweitens«, ergänzte sie, ohne Luft zu holen, »war das trotzdem ganz dünnes Eis. Besonders deutlich wurde das beim Thema Privatsphäre, finde ich. Die Kontakt-Tracking-Apps haben ja völlig zu Recht große Bedenken hervorgerufen. Ein deutscher Gesundheitspolitiker riet im Verlauf der Debatte dazu, in der Abwägung der Rechtsgüter pragmatischer zu werden. Natürlich habe Datenschutz seine Berechtigung, sagte er, aber es gehe hier um den Schutz der öffentlichen Gesundheit und um die Wahrung unseres wirtschaftlichen Wohlstandes. Da könne es für den Einzelnen nicht zu viel verlangt sein, sich bei einer Corona-App anzumelden.«

»Ich finde, er hatte recht.«

»Wie bitte? Bei mir stellen sich immer noch die Nackenhaare auf, wenn ich daran denke. Weit entfernt von China waren wir da nicht mehr.«

Shannon begann das Thema zu faszinieren. Ihr Essen hatte sie darüber völlig vergessen. Die Lasagne stand unangerührt vor ihr auf dem Tisch.

»Die inhärente Kausalität ist in der Tat ein starkes Argument«, gab sie Tessa recht. »Das Grundrecht der Bewegungsfreiheit wurde nur deshalb eingeschränkt, weil es sonst viele zusätzliche Tote gegeben hätte.«

»Genau. Und dazu waren die Maßnahmen zeitlich auf ein Minimum begrenzt.«

Shannon nickte. »Und bei der Klimakrise?«, dachte sie laut. »Da gibt es doch eine Analogie.«

»Mit dem Unterschied, dass die Welt nicht danach handelt, weil sie die Dringlichkeit nicht erkennen will.«

»Warte mal, nicht so schnell«, bremste Shannon. »Zunächst einmal ähneln sich die beiden Krisen insofern, als dass unakzeptabel viele unschuldige Menschen sterben müssen, wenn man keine drastischen Maßnahmen zur Eindämmung ergreift. Richtig?«

Tessa nickte verhalten.

»Und das ist umso bemerkenswerter«, führte Shannon ihren Gedanken fort, »weil die ›Flatten the curve‹-Maßnahmen beim Klimawandel vermutlich viel weniger einschränkend wären, als sie es bei Corona waren.«

»Haben wir tausendmal drauf hingewiesen. Ohne Erfolg. Die Welt ist zu blöd.«

»Und wenn China nicht so blöd wie der Rest der Welt ist?«

Tessa trank einen Schluck von ihrem Rotwein und überlegte.

»Dann könnten sie das auch tun, ohne Menschenrechte zu verletzen. Das ginge nämlich problemlos. Das eine hat mit dem anderen nichts zu tun.«

»Das stimmt. Und vielleicht machen sie das ja sogar. Keine Ahnung. Aber nehmen wir mal an, die Option gäbe es nicht. China rettet das Klima und verletzt gleichzeitig Menschenrechte. Auch eine Kausalität, aber keine inhärente, sondern eine implizite. Was machen wir dann?«

Tessa starrte sie mit großen Augen an und sagte gar nichts. Dann stand sie auf. »Ich muss aufs Klo.«

Als Shannon ihr nachsah, stellte sie fest, dass ihre Freundin merklich torkelte. Kein Wunder, Shannon hatte selbst gemerkt, dass sie angefangen hatte zu lallen. Vielleicht war das ein guter Moment, das Thema ruhen zu lassen, dachte sie sich. Im Grunde war ja auch alles gesagt.

Als Tessa zurückkam, lächelte sie Shannon schon von Weitem zu, ein breites, gerade zu unbeschwertes Lächeln, das ansteckend war. Mit etwas Mühe kam sie um den Tisch herum, setzte sich auf Shannons Schoß und umarmte sie. Mit hörbaren Schwierigkeiten, sich zu artikulieren, sagte sie: »So, meine Liebe, jetzt ist Schluss mit China. Auf dem Klo eben hat sich alles gedreht. Ich glaube, wir haben die Flasche Rotwein zu schnell getrunken.«

»Zwei«, murmelte Shannon und schloss ihre Arme um Tessa. »Wir haben zwei Flaschen getrunken.«

Tessa kicherte. »Komm, wir gehen noch woanders hin, ich zeig dir meine Lieblingsbar.«

Zwei Straßen weiter steuerte Tessa ähnlich zielstrebig wie vorhin das Bistro eine Kneipe an, obwohl sich hier ein Laden an den anderen reihte. Überall war es voll, die Leute standen und saßen bis auf die Straße. Sie drängelten sich zur Bar und bestellten etwas zu trinken. Als Tessa sich umsah, entdeckte sie in einer Ecke Christian mit ein paar Freunden. Bevor sie darüber nachdenken konnte, ob sie sich zu ihnen gesellen sollten oder nicht, hatte er sie schon erblickt und winkte sie heran.

»Was ist denn mit dir los?«, fragte Tessa überrascht und umarmte ihn. Ihr war sofort aufgefallen, dass Christian schlechte Laune hatte.

»Ich hab dich mal gegoogelt«, zischte er Shannon an.

Tessa verschluckte sich fast an ihrem Gin Tonic. Sofort bereute sie, hierhergekommen zu sein.

»Aha. Und? Was Interessantes gefunden?« Shannon schien völlig gelassen.

»Allerdings. Ich weiß jetzt, wer du bist.«

»Prima.« Shannon lächelte ihn freundlich an.

»Wieso hast du keine Suite im Vier-Jahreszeiten-Hotel für Tessa und dich gebucht? Und was wolltest du mit meinem Fahrrad? Nimm dir doch einen Chauffeur!«

»Ich lebe, wenn du erlaubst, lieber ganz normal.«

»Na ja, ganz normal? Du bist wahrscheinlich allein im letzten Jahr schon mehr geflogen als ich in meinem ganzen bisherigen Leben.«

»Ich fürchte«, erwiderte Shannon süffisant, »ich bin sogar in der letzten Woche mehr geflogen als du in deinem ganzen bisherigen Leben.«

Er starrte sie an. »Bist du wahrscheinlich stolz drauf, was?«

»Nein, wie könnte ich? Es ist umweltschädlich und dazu noch anstrengend und langweilig. Mein Job bringt das mit sich, es ist nicht zu ändern.«

Tessa wäre am liebsten im Boden versunken. Christians Freunde hatten alle aufgehört zu reden und lauschten gebannt dem sich entwickelnden Disput.

»Was ist denn dein Job? Aus viel Geld rücksichtslos noch viel mehr zu machen, wenn ich das richtig verstehe.«

»Nein, Christian, das verstehst du vollkommen falsch.« Shannon war die Ruhe selbst. »Ich glaube aber nicht, dass es Sinn macht zu versuchen, es dir zu erklären. Du würdest es nicht verstehen *wollen*.«

Tessa überlegte kurz, ob sie sich Shannon einfach greifen und mit ihr verschwinden sollte. Sie wollte nicht, dass das Gespräch eskalierte. Gar nicht so sehr wegen Shannon, die würde das schon verkraften. Ihr Selbstbewusstsein war ja unerschütterlich. Christian tat ihr leid, zumal sie ihn ja sogar verstand – teilweise zumindest.

»Doch, doch, ich würde das sehr gerne hören.« Christian ereiferte sich jetzt zunehmend. »Komm, Shannon, erklär doch mal. Im Netz feierst du dich als große Klimaschützerin. Aber in Wahrheit geht es dir doch ums Geld. Der Klimaschutz ist fürs gute Gewissen. Ich kenne Leute wie dich. Erst reich und dann grün werden. Aber auf dem Weg zum Reichtum mehr CO_2 in die Luft blasen, als man je wieder rausholt!«

Shannon schaute Christian mitleidig an. Fast gelangweilt sagte sie: »500 Millionen Tonnen.«

»Wie bitte?«

»Das ist der überschlägige Wert, den alle Projekte, die ich durch meine Finanzierung ermöglicht habe, bis heute an CO_2 eingespart haben.«

»Aber, Shannon«, Tessa machte große Augen, »das ist ja fast der jährliche CO_2-Ausstoß von ganz Deutschland!«

»Das weiß ich.« Sie legte den Kopf schief. »Mein Wert ist allerdings nicht pro Jahr, sondern über die bisherige Lebenszeit meiner Projekte. Insofern ist das nicht ganz vergleichbar. Aber immerhin.«

Auch Christian war sichtlich erstaunt. Fast Hilfe suchend blickte er erst zu Tessa und dann in die Runde. Niemand sagte etwas.

Nach einer kleinen Pause schob Shannon nach: »5 000 Tonnen.« Sie wartete einen Moment, bevor sie die Erklärung lieferte. »Das ist mein bisheriger Lebens-CO_2-Fußabdruck. Ich habe mir ziemlich viel Mühe gegeben, den nachzuvollziehen. Aktuell kommen jährlich ungefähr 300 Tonnen dazu. Das ist natürlich eine Katastrophe, vermutlich bin ich eine der Top-Emittentinnen auf der Welt. Aber das Preis-Leistungs-Verhältnis macht es mir ... erträglich. Ich habe in meinem Leben bisher rund 100 000-mal mehr CO_2 vermieden als emittiert. Wollen wir jetzt mal deine Rechnung machen, Christian? Lass uns gerne großzügig aufrunden und alles dazunehmen, was mittelbar durch deine Bemühungen eingespart worden sein könnte.«

Christian schaute Shannon mit einer Mischung aus Irritation und Überforderung an. Er schien nicht zu wissen, was er antworten sollte. Es war offenkundig, dass er mit sich kämpfte.

Doch dann sprang er auf und fauchte Shannon an: »Du verstehst überhaupt nichts!« An Tessa gerichtet schob er verächtlich nach: »Tolle Freundin hast du, zurück zu deinen Wurzeln, oder was?«

Ohne eine Antwort abzuwarten, drehte er sich um und verschwand in Richtung der Toiletten.

Tessa hatte genug. Sie nahm Shannon an der Hand, entschuldigte sich – obwohl ihr nicht klar war, wofür – bei Christians Freunden und zog sie nach draußen. Auf dem Weg nach Hause fühlte sie sich plötzlich völlig leer. Da waren sie schonungslos aufeinandergeprallt, die beiden Welten, in denen sie sich seit geraumer Zeit zunehmend hilflos zurechtzufinden versuchte.

Sie erzählte Shannon, dass Christian ihr Mentor gewesen war in den Jahren, nachdem sie von zu Hause ausgezogen war. Er hatte ihr so viele Zusammenhänge erklärt und ihrem Leben einen neuen Sinn gegeben. Gemeinsam hatten sie Seite an Seite für den Klimaschutz gekämpft. Vor ungefähr dreieinhalb Jahren dann hatten sie begonnen, sich schleichend voneinander zu entfernen. Auch wenn er ein cholerischer Fundamentalist war, lehnte er jegliche Art von Radikalisierung ab. Sie war ihm damals zu rigoros geworden, insbesondere ihr Weg in den Hungerstreik war ein großer Konfliktpunkt zwischen den beiden gewesen. Der schreckliche Ausgang desselben hatte vieles relativiert. Inzwischen hatten sie einen Modus Vivendi gefunden, der es möglich machte, dass sie bei Christian wohnte, wann immer sie in Hamburg war.

Sie entschuldigte sich bei Shannon. Christian hatte sich gerade unmöglich benommen. Deutlicher hätte er seine Engstirnigkeit nicht zum Ausdruck bringen können. Allerdings musste sie sich zugestehen, dass sie früher vermutlich ähnlich reagiert hätte. Das »Zurück zu deinen Wurzeln« hatte gesessen, das nahm sie Christian übel. Die ganz Klimaschutz-Szene hatte ihr anfangs immer wieder vorgeworfen, dass der Reichtum ihrer Familie sie unglaubwürdig mache. Tessa hatte das immer absurd gefunden, schließlich hatte sie sich frei gemacht von ihrem Elternhaus. Was erwarteten die Leute noch? Trotzdem hatte es dazu geführt, dass sie sich irgendwann nirgends mehr richtig heimisch fühlte.

Zu Hause angekommen, beschlossen sie, direkt ins Bett zu gehen. Als Tessa sah, dass Shannon nackt unter die Decke kroch, tat sie es ihr nach. Sie kuschelte sich dicht an sie heran und genoss die Nähe und Geborgenheit. Shannon roch wahnsinnig gut, wie immer. Endlos hätte sie so verharren können.

Genussvoll bemerkte sie, wie Shannon langsam begann, sie zu liebkosen. Was als schmetterlingszartes Streicheln ihres Lendenbereichs begonnen hatte, bahnte sich schon bald einen Weg zu ihren erogenen Zonen. Auch wenn ihr Körper sofort darauf ansprang, machte sie sich einen Spaß daraus, ihre Freundin schmoren zu lassen. Schon nach kürzester Zeit allerdings hatte sie das Gefühl, sich selbst viel mehr auf die Folter zu spannen als Shannon, und gab ihrem Verlangen nach. Langsam drehte sie sich auf den Rücken und schloss die Augen. Sie würde versuchen, gar nichts zu tun und Shannon die Initiative zu überlassen. Sie sollte entscheiden, was sie heute anstellen würden. Allein der Gedanke daran verschaffte ihr Lust. Schließlich ahnte sie, was Shannon aus der Gelegenheit machen würde.

Zuerst merkte sie, wie Shannon aufstand. Durch ihre geschlossenen Augenlider nahm sie wahr, dass das Licht eingeschaltet wurde. Dann zog Shannon die Decke weg, und Tessa lag entblößt und schnell atmend vor ihr. Obwohl Tessa damit gerechnet hatte, überlief ein Schauder ihren Körper. Jetzt ließ sich Shannon neben ihr auf die Matratze sinken und begann, ihre Fingerkuppen über Tessas Körper gleiten zu lassen. Langsam näherten sie sich erst den Brüsten, dann den Brustwarzen. Als Nächstes spürte Tessa, wie ihre Beine ein Stück auseinandergeschoben wurden und Shannon sich dazwischensetzte. Mit festem Griff umfasste sie

Tessas Oberschenkel und drückte sie langsam, ganz langsam weiter auseinander. Tessa stöhnte laut auf, als ihr klar wurde, wie intim sie sich damit ihrer Freundin offenbarte. Sie bebte vor Erwartung, doch Shannon ließ sie warten, sprach nicht, bewegte sich kaum. Tessas Lust hatte sich ins kaum Erträgliche gesteigert, und da spürte sie plötzlich Shannons Finger in sich eindringen. Als dann auch noch ihre Zunge dazukam, konnte sie nicht mehr anders und schrie laut auf.

Als Tessa am nächsten Morgen aufwachte, war Shannon weg. Wie an ihrem ersten Morgen in Poole. Und tatsächlich, sie hatte sich auch heute wieder zum Laufen hinausgeschlichen. Kurze Zeit später nämlich erschien eine Nachricht auf Tessas Telefon: *Bin unten und habe keinen Schlüssel. Kannst du öffnen?*

Sie stand auf, ging zum Türdrücker und ließ Shannon herein.

»Zwölfeinhalb Kilometer hast du gesagt, oder?«, rief Shannon noch aus dem Treppenhaus.

»Bist du einmal um die Alster, wow!«

»Ja. Super Strecke. Kommst du mit duschen?« Shannon schaute Tessa erwartungsvoll an.

Tessa verzog entschuldigend das Gesicht und zeigte dann mit dem Finger auf Christians Zimmertür.

Shannon zog sie fordernd zu sich heran und flüsterte: »Ich kann auch ganz leise.«

»Echt?«, hauchte Tessa, während sie ihre Freundin ins Badezimmer zog. »Ich glaube, ich nicht.«

22. Kapitel

Donnerstag, 19. August 2027
London, Großbritannien

Als Shannon am selben Nachmittag in einer der 1st-Class-Lounges in London Heathrow auf ihren Anschlussflug nach Tokio wartete, ging ihr der Sex mit Tessa nicht aus dem Kopf.

Sie nahm ihr Telefon und schrieb: *Gestern Nr. 18, heute Nr. 19. Und es wird immer noch besser!*

Tessa antwortete sofort: *Ja.*

Und direkt folgte eine zweite Nachricht von ihr. *Also, dass es immer besser wird, meine ich. Zahlen sind dein Metier.*

18 und 19, definitiv. Ohne unsere Videocalls, die zähle ich nicht mit. Wobei 18 besser war als 19.

Tessas Antwort ließ wieder nicht lange auf sich warten. *Aha, vermutlich geht es ab jetzt bergab. Shannon, ich vermisse dich schon so!*

Ich dich auch, konnte Shannon noch tippen, bevor sie ein Anruf erreichte.

Während sie telefonierte, schlenderte sie durch die Lounge. Das tat sie immer, weil sie so sicher sein konnte, dass niemand eine längere Passage mithörte. Plötzlich hielt sie inne. Sie war so überrascht, dass sie ihr Gespräch für einen Moment vergaß und die Hand mit dem Telefon nach unten sinken ließ. Ihr Blick haftete an einer Frau und einem Mann, die im hinteren Teil der Lounge saßen und lasen. Sie erkannte sie sofort. Aus Hamburg. Die beiden waren gestern auch dort gewesen. Sie waren ihr abends im Restaurant aufgefallen, und zwar deshalb, weil sie sie zuvor auch schon an der Elbe gesehen hatte. Es handelte sich um Amerikaner, sie hatten kurz nach ihnen am Nachbartisch Platz genommen und sich den ganzen Abend über Belanglosigkeiten ausgetauscht. In die Kneipe waren sie ihnen nicht gefolgt, darauf hatte Shannon geachtet – und sich gleichzeitig als paranoid gescholten. Tessa hatte sie natürlich nichts davon erzählt. Seit damals in Poole fragte sie sich, ob sie überreagierte. Aber jetzt?

Als sie die rufende Stimme aus ihrem Telefon hörte, besann sie sich, nahm das Gespräch wieder auf und ging langsam weiter. Die beiden schienen sie nicht zu beachten. Wenn das hier kein Zufall war, ging es jedenfalls nicht um Tessa, überlegte sie. Es ging um sie.

23. Kapitel

Freitag, 20. August 2027
Shanghai, China

»Es ist eine Freude, dich zu sehen, Xiao Zhāng«. Yao Wáng benutzte die vertrauliche Ansprache aus alten Tagen. *Xiao* bedeutete kleiner, war nicht abfällig, sondern liebevoll gemeint. Wie immer erkannte er in Zhāng Li dessen Vater Zhāng Bo. Vor allem die intelligenten, ruhenden und gleichzeitig so viel Zuversicht ausstrahlenden Augen erinnerten ihn an seinen ehemals besten Freund und engsten Mitarbeiter. 25 Jahre war es jetzt her, dass Zhāng Bo ums Leben gekommen war. Li war damals elf Jahre alt gewesen, und Yao Wáng hatte ihn unter seine Fittiche genommen. Seitdem hatte er ihn nach Kräften protegiert. Yao Wáng war es zu verdanken gewesen, dass Zhāng Li nach Amerika geschickt und dann wieder zurückgeholt wurde, um ihn in das größte chinesische Staatsvorhaben aller Zeiten zu integrieren. Auch wenn Schuldgefühle der Ursprung ihrer engen Beziehung waren – Zhāng Bos Wagen war auf einer Dienstfahrt für Yao Wáng an einem unbeschränkten Bahnübergang von einem Güterzug zermalmt worden –, hatte sich im Verlauf der Jahre ein Vater-Sohn-ähnliches Verhältnis entwickelt, das durch gegenseitige Hochachtung geprägt war.

Ihr Altersunterschied von mehr als vierzig Jahren wurde durch den Kleidungsstil noch verstärkt: dunkler Anzug mit Hemd und Krawatte auf der einen, Jeans und T-Shirt auf der anderen Seite. Man konnte den Eindruck gewinnen, hier saßen Großvater und Enkel zusammen. »Danke, Lao Yao, dass du es einrichten konntest hierherzukommen. Aber du musst zugeben, dass es sich lohnt.«

Lao war das Pendant zu Xiao und bedeutete alter, im Sinne von ehrwürdiger.

Yao Wáng nickte. Auch wenn er das heruntergekommene Ambiente im *Shayú Gang* verabscheute, war die Qualität der Hetun-Zubereitungen aus seiner Sicht unerreicht. Und er hatte Erfahrung damit; Kugelfisch war eine regelrechte Passion des Vizepremiers. Mindestens ein Gang mit der giftigen Delikatesse gehörte für ihn zu jedem ordentlichen Geschäftsessen, so wie für andere seiner Generation aus der westlichen Welt die Zigarre und der Cognac. Umso mehr hatte er sich gefreut, als ihm vor einigen Jahren klar wurde, dass Zhāng Li diese Vorliebe teilte und er damit einen Partner für dieses Hasardspiel gewissermaßen in der Familie hatte. »Ich komme gerne hierher, zumal wir hier in Ruhe reden können«, sagte er mit einem Blick auf die Umgebung.

Wie jedes Mal, wenn sie sich hier trafen, waren auch heute Abend neben ihrem Stammplatz in der Nische die beiden angrenzenden Tische mit Leibwächtern von Yao Wáng besetzt. Ihnen war der Verzehr von Hetun genauso streng verboten wie der Genuss von Alkohol, was sie zu ungewöhnlichen Gästen im *Shayú Gang* machte. Das Personal trug jedoch Sorge dafür, die eigentliche Funktion der Männer vor dem restlichen Publikum zu verschleiern.

Yao Wáng musterte seinen Ziehsohn. »Erzähl, wie war es in Bologna?«, forderte er ihn auf.

Zhāng Li spürte sofort, dass irgendetwas nicht stimmte. Der ansonsten immer selbstsicher und resolut auftretende Vizepremier wirkte heute nachdenklich und in sich gekehrt. Seine Stimme klang monoton und unbeteiligt. Zhāng Li fragte sich, wo der Enthusiasmus von Yao Wáng geblieben war, der ihn sonst ungeachtet seines Alters auszeichnete. Etwas verunsichert trat er die Flucht nach vorne an.

»Ich melde Vollzug, auf ganzer Linie.« Dabei salutierte er spaßeshalber und knallte im Sitzen die Hacken zusammen, was aufgrund der weichen Gummisohlen seiner Turnschuhe aber kaum hörbar war.

Yao Wáng schob seinen Kopf in einer Art und Weise nach vorne, die Zhāng Li unweigerlich an eine Schildkröte erinnerte. Seine traurigen Augen verstärkten diese Anmutung noch zusätzlich. »Geht es auch etwas ausführlicher?«

Zhāng Li nahm einen Schluck Baijiu und begann zu erzählen: »Die Eröffnungsfeier erspare ich dir. Das übliche Showlaufen. Was aber wichtig ist: Die Erwartungen an Minerva sind extrem hoch. In den offiziellen Statements, aber mehr noch in den bilateralen Gesprächen wurde deutlich, dass sich alle eine deutlich klarere Skizzierung der Zukunft von dem Vorhaben erhoffen. Die Politik hat die Von-bis-Abschätzungen mit den vielen Konjunktiven satt. Selbst die ewig gestrigen Klimaskeptiker wollen endlich Fakten sehen.«

»Wie ich hörte, hast du zu Mutmaßungen beigetragen, die uns in der Rolle eines Regisseurs sehen.«

Zhāng Li stutzte. Nicht, weil Yao Wáng bereits bestens informiert war. Daran, dass er Spitzel in seinen Reihen hatte, weil die Partei selbst ihm nicht vollends vertraute, hatte er sich seit Langem gewöhnt. Auch die unverhohlene Kritik in Yao Wángs Worten erstaunte ihn nicht, sie war berechtigt, und er hatte die Rüge erwartet. Es war die offensichtliche Gleichgültigkeit, mit der Yao Wáng die Worte ausgesprochen hatte, die ihn verunsicherte.

»Aber mach dir keine Sorgen, Xiao Zhāng.« Der Vizepremier nahm die Hand seines Schützlings und drückte sie. »Es ist nicht mehr von großer Relevanz, welche Spekulationen die Runde machen. Wir scheinen es tatsächlich geschafft zu haben, auch in der Sahara greift endlich ein Rad in das andere. Die Geheimniskrämerei wird bald ein Ende haben.«

Das ist es doch gar nicht, was mich beunruhigt, dachte Zhāng Li. Du bist es, Wáng, was ist los mit dir?

Vielleicht konnte er zur Aufhellung der Stimmung beitragen, indem er das zentrale Projekt ihres Vorhabens, Yao Wángs Meisterstück, thematisierte.

»Wie weit sind wir denn in Afrika?«, fragte er interessiert.

Und tatsächlich, plötzlich schien Yao Wáng bei der Sache zu sein. Seine Augen veränderten sich, und Zuversicht kehrte zurück in seine Gesichtszüge.

»Die Grundstücksverhandlungen mit dem durchgeknallten sudanesischen General im letzten Jahr, du erinnerst dich ...?«

Zhāng Li nickte.

»... waren retrospektiv tatsächlich der wesentliche Knackpunkt. Seit wir diesbezüglich Klarheit haben, arbeiten unsere Ingenieure mit Hochdruck an den Ausführungsplanungen. Die schiere Größe des Projekts stellt sie erwartungsgemäß vor Herausforderungen.« Ein leichtes Lächeln überzog jetzt sein Gesicht. »Weißt du, was zurzeit unser größtes Problem ist?«

Zhāng Li zuckte mit den Schultern. »Keine Ahnung, die Energieversorgung jedenfalls nicht, die habe ich im Griff. Die Steigung im Tibesti-Gebirge vielleicht?«

»Nein.« Yao Wáng schüttelte den Kopf. »Das Salz!«

Zhāng Li schaute ihn verständnislos an.

»Wir wissen im Sudan nicht, wohin damit.«

»Nur im Sudan?«

»Ja, in Mauretanien ist das unproblematisch. Im Atlantik liegt der Salzgehalt nur bei zwei Prozent, und außerdem mischt sich der vor der mauretanischen Küste fließende Kanarenstrom weiter südlich mit dem kalten Wasser, das aus der Antarktis kommt. Weil die immer weiter abschmilzt und damit Unmengen von Süßwasser in den Kreislauf gibt, kann das System an dieser Stelle ein bisschen mehr Salz sogar ganz gut gebrauchen. Aber im Roten Meer ist das anders. Das ist ziemlich abgeschlossen, da ist kaum Bewegung drin. Und durch die Sonneneinstrahlung verdunstet so viel Wasser, dass der Salzgehalt ohnehin schon doppelt so hoch wie im Atlantik ist. Das Problem ist nicht neu. Wir wussten, dass sich das Rote Meer nicht für die Entsorgung des Salzes eignet. Über kurz oder lang würde das ganze Ökosystem kippen. Deshalb haben wir ja schon vor Längerem damit begonnen, den Hafen in Port Sudan auszubauen. Die Idee war immer, das Salz über Spezialfrachter abzutransportieren und im Indischen Ozean zu verklappen. Da würde es keinen Schaden anrichten.«

»Aber?«

»Na ja, du weißt ja, dass die Dimension unseres Vorhabens im Verlauf der Jahre immer größer geworden ist. Inzwischen reden wir über fünfzig Millionen Tonnen Salz, die täglich anfallen, Trockensubstanz wohlgemerkt, nass ist es noch viel schwerer!«

Zhāng Li fiel die Kinnlade herunter.

»Wie bitte? Am Tag? Und wie viele Schiffe braucht man dafür?«

»Die größten Massengutfrachter der Welt können eine halbe Million Tonnen laden. Wir bräuchten also täglich hundert dieser Mega Bulk Carrier. So viele gibt es derzeit gar nicht auf der Welt, aber neu bauen müssen wir die Flotte ohnehin. Die existierenden haben keine Vorrichtungen an Bord, mit denen sie ihre Fracht auf hoher See selbstständig wieder loswerden können.«

»Und gibt es eine Alternative?«

»Ja, doch einfach alles ins Rote Meer leiten. Dann kriegen wir eben ein zweites Totes Meer auf der Welt. Ist ja für einen guten Zweck.«

Zhāng Li warf Yao Wáng einen entsetzten Blick zu.

»Keine Sorge, das war nicht ernst gemeint. Nein, es gibt keine Alternative. Wir werden es so machen, aber gleichzeitig versuchen, mehr Massenstrom auf die Atlantikseite zu verlagern und so den Salzanfall im Sudan entsprechend zu drosseln.«

Zhāng Li war beeindruckt. Er hatte nun wirklich keine Angst vor großen Zahlen, aber das, was er gerade gehört hatte, erschreckte ihn. Natürlich war ihm auch vorher klar gewesen, dass das Vorhaben in der Sahara einen massiven Eingriff in die globalen Naturkreisläufe darstellte. Ein gigantisches Geo-Engineering, dessen Langzeitfolgen kaum absehbar waren. Aber fünfzig Millionen Tonnen Salz pro Tag quasi als Prozessabfall?

Die Erkenntnis ließ ihn schaudern.

»Aber mach du dir deshalb mal keinen Kopf, wir kriegen das schon hin. Erzähl mir lieber von deiner Front«, wiegelte Yao Wáng ab und verlor sichtlich wieder an Lebensfreude.

Zhāng Li registrierte das, versuchte aber, es zu ignorieren. Stattdessen berichtete er vom neuesten Stand seiner Aufgabe, die globalen Wirtschaftsbeziehungen Chinas mit Fokus auf Klimaschutztechnologien auszubauen. Auch wenn das Ziel überall auf der Welt dasselbe war, unterschied sich das konkrete Vorgehen je nach Entwicklungsstand und Finanzkraft eines Landes erheblich: Bei den Industriestaaten kam es im Wesentlichen darauf an, Vertrauen aufzubauen und wenn möglich günstige politische Rahmenbedingungen für Investitionen zu schaffen. Bei vielen der weniger entwickelten Länder hingegen ging es eher darum, Großprojekte überhaupt erst mal zu initiieren und deren Finanzierung sicherzustellen. Der große Vorteil war hier, dass China stets doppelt verdiente. Man ließ sich seine Technologien auskömmlich bezahlen, stellte gleichzeitig die dafür notwendige Liquidität zur Verfügung und kassierte attraktive Zinsen. Für den nicht unwahrscheinlichen Fall, dass die Kredite nicht zurückgezahlt werden konnten, sicherte Zhāng Li seinem Land ein Pfandrecht an der Investition und baute so die Machtposition in der Region nachhaltig aus. Ob die Zielländer Demokratien waren oder nicht, spielte dabei kaum eine Rolle. Nachdem er einige Erfolge der letzten Wochen insbesondere in Südamerika skizziert hatte, kam er zurück zu seinem Trip nach Bologna.

»Der deutsche Kanzler ist wirklich ein erstaunlicher Typ. Du hattest recht, menschlich hatten wir schnell einen Draht zueinander. Ich hatte den Eindruck, dass ihm sonnenklar ist, dass der Kampf gegen den Klimawandel ohne uns nicht zu gewinnen ist.«

Yao Wáng hatte seinen Blick die ganze Zeit über auf die zwischen ihnen stehende Sashimi-Platte gerichtet, während er zuhörte. Dabei ließ er die Drehscheibe mit den Delikatessen langsam rotieren und pickte mit den Essstäbchen fortlaufend einzelne Häppchen heraus. Neben dem Muskelfleisch vom Hetun, das heute wie gewünscht nicht scharf, sondern mild zubereitet war, gab es Variationen von Stachelmakrelen, Bonito, Schwertfisch und Lachs – echten natürlich, nicht die in China oft als Lachsersatz verwendete Regenbogenforelle.

In der Überzeugung, dass ein guter Moment dafür gekommen war, hob Zhāng Li sein Glas, um anzustoßen. »Ich hoffe sehr, dass Deutschland bereit sein wird, für den Klimaschutz Kompromisse einzugehen und an der ein oder anderen Stelle nicht so genau hinzusehen«, versuchte er eine Art Trinkspruch zu formulieren.

Yao Wáng stoppte die Drehscheibe abrupt und murmelte, ohne seinen Blick zu heben, wie zu sich selbst: »Kompromisse einzugehen, kann richtig sein. An der ein oder anderen Stelle nicht so genau hinzusehen, dagegen niemals.«

Dann hob er seinen Kopf. Lange starrte er sein Gegenüber an. Dabei wirkte es, als würde eine unerträgliche Last auf seinen Schultern liegen. Irritiert stellte Zhāng Li sein Glas wieder auf den Tisch zurück.

»Xiao Zhāng«, Yao Wáng war jetzt sehr ernst und begann, mit seinem rechten Zeigefinger auf und ab zu wippen. »Ich glaube ehrlich gesagt nicht, dass du in deinen jungen Jahren in der Lage bist, wirklich zu verstehen, was hier gerade passiert. Das ist kein Vorwurf, ich war auch nicht dazu in der Lage, als ich in deinem Alter meine Promotion weiterentwickelt habe. Vermutlich ist eine gewisse Unbekümmertheit – wir können es auch Naivität nennen – sogar existenziell, um derartig neu zu denken. Um Weltgeschichte zu schreiben, wie wir es tun werden.«

Sein Zeigefinger wippte immer noch, jetzt aber im Takt seiner Ausführungen. Seine Stimme hatte einen seltsamen Klang bekommen, sie bebte fast. Zhāng Li war nicht ganz klar, ob das ein Zeichen seiner Ergriffenheit war oder nur feierlich klingen sollte. Er fuhr fort: »Wir beenden den Klimawandel und lösen damit das dringendste und größte Problem, das die Menschheit je hatte. Gleichzeitig verhelfen wir unserem Land zu einem Wohlstandssprung, gegen den all das, was wir in den vergangenen Jahrzehnten erreicht haben, lächerlich wirken wird. Das beides zusammen, Xiao Zhāng, wird uns so stark machen, wie noch nie ein Land oder Volk gewesen ist. Und das ...«

Yao Wáng stockte, er schien von seinen eigenen Worten überwältigt worden zu sein. Sein Gesichtsausdruck hatte jegliche Zuversicht verloren und stand damit in krassem Gegensatz zu dem, was er gerade gesagt hatte. Verbittert, fast unheilvoll blickte er ins Leere. Aus seinen wässrig gewordenen Augen löste sich eine Träne.

Zhāng Li starrte ihn an und verstand das alles nicht. Natürlich war ihm die enorme historische Bedeutung ihres Vorhabens bewusst. Gerade mit Yao Wáng hatte er oft darüber philosophiert. Nur deshalb war er schließlich bereit gewesen, sein Leben im Silicon Valley aufzugeben und nach China zurückzukehren. Aber was war plötzlich schlecht daran? Was beunruhigte seinen Ziehvater? Wovor hatte Yao Wáng Angst?

Chen Chang, der Koch des *Shayú Gang*, befreite die beiden unbeabsichtigt aus ihrer prekären Lage: Just in diesem Moment kam er aus der Küche geeilt, um seine zwei besonderen Gäste zu begrüßen. Die Leibwächter ließen ihn bedenkenlos passieren. Chen Chang war über jeden Zweifel erhaben und schon seit seinen Sterne-Restaurant-Zeiten mit dem Vizepremier befreundet. Weil Yao Wáng ihm den Rücken zukehrte, merkte er viel zu spät, wie unpassend die Gelegenheit war. Konsterniert wechselte sein Blick zwischen dem jungen, gequält lächelnden Gesicht, das aus dem T-Shirt guckte, und dem alten Häufchen Elend im dunklen Anzug hin und her, bis ihm klar wurde, dass sein Timing miserabel war. Geistesgegenwärtig entschied er sich, die Flucht nach vorne anzutreten, um seinen Gästen Zeit zu geben, sich zu sammeln. Mehr aus Verlegenheit als aus Erfordernis wischte er sich die Hände an seiner Schürze ab, die er wie immer um seinen im Verlauf der Jahre kontinuierlich gewachsenen Bauch gebunden hatte, setzte das für ihn so typische breite Grinsen auf und legte los. Er begrüßte die beiden mit einem langen Wortschwall voller Ehrerbietungen und fasste dann nicht minder umfangreich zusammen, was er bisher zubereitet hatte. Als ihm dann nichts Sinnvolles mehr einfiel und er schwieg, sah sich Zhāng Li erneut in der Bredouille. Sollte er die Etikette brechen, um die peinliche Stille aufzulösen, indem er als Erster antwortete? Erwartete Yao Wáng das vielleicht sogar von ihm, oder würde er ihm das im Beisein des Kochs übel nehmen?

Die Entscheidung wurde ihm abgenommen. Yao Wáng, der den Kopf schamvoll gesenkt hatte, als Chen Chang an den Tisch getreten war, wischte sich die Tränen aus dem Gesicht, erhob sich, umarmte seinen Freund und klopfte ihm mehrfach auf die Schultern. Zhāng Li beobachtete, wie Selbstsicherheit und Zuversicht in Yao Wángs Gesichtszüge zurückkehrten. Er war erleichtert und stand seinerseits auf, um Chen Chang ebenfalls zu begrüßen. Der Koch war professionell genug, sich nichts anmerken zu lassen. Sie sprachen kurz über Belangloses, kamen dann aber schnell zum Wesentlichen. Das Hetun-Sashimi wurde aufs Höchste gelobt, verbunden mit einer Entschuldigung, dass es diesmal nur die milde Variante war, weil der Vizepremier am Abend noch zurück nach Peking musste.

Nachdem Chen Chang wieder in der Küche verschwunden war, fragte sich Zhāng Li, wie es jetzt weiterging. Da Yao Wáng sich offensichtlich gefangen hatte und vor ihm saß, als wäre überhaupt nichts Außergewöhnliches geschehen, beschloss er, sich genauso zu verhalten. Er nahm den Gesprächsfaden von vorhin einfach wieder auf.

»Ich habe noch etwas«, sagte er.

Yao Wáng schaute ihn dankbar an. Offenbar war er froh, dass Zhāng Li die Initiative ergriff.

»Ich glaube, ich habe einen Weg gefunden, mit dem wir unsere erfolgreiche Strategie aus den Entwicklungsländern in die Industriestaaten transferieren können.«

»Was meinst du?«

»Nachhaltiger Einfluss durch Finanzierung und Eigentum. Ich habe Kontakte geknüpft zu der Managerin des größten US-amerikanischen Investmentfonds im Nachhaltigkeitsbereich. Die finanzieren unsere Energieversorgung von Minerva. Wirklich beeindruckend – der Fonds und die Frau. Ich glaube, wir haben die Chance, uns maßgeblich an der Firma zu beteiligen, mit entsprechendem Einfluss. Das, was ich dafür brauche, ist eine konkrete Projekt-Pipeline und ein bisschen Geld. Und das Vertrauen der Gründerin.«

»Die Amerikaner kennen unsere Pläne.« Yao Wáng sprach den Satz so beiläufig aus, als wäre er vollkommen unbedeutend.

»Wie bitte?!« Zhāng Li richtete sich auf und starrte seinen Mentor ungläubig, fast panisch an.

»Du hast schon richtig verstanden. Zumindest teilweise. Vermutlich glauben sie noch an die Wasserstoffproduktion, aber wir sind uns nicht sicher. Irgendjemand muss geplappert haben. Oder sie haben es selbst herausgefunden. Wir wissen es nicht.« Yao Wáng winkte ab. »Aber es kann uns auch egal sein.«

Zhāng Li war fassungslos. Was hatte das zu bedeuten?

»Mach dir keine Sorgen. Sie sind zu spät, Xiao Zhāng, uns kann keiner mehr aufhalten.«

Wieder diese völlige Gleichgültigkeit. Wusste er mehr, als er sagte?

»Deine Idee mit Shamrock Capital finde ich übrigens gut. Verfolg das weiter. Sei aber bitte trotzdem achtsam mit den Amerikanern. Ein verletzter Löwe ist besonders gefährlich.« Dann gab er seinen Leibwächtern ein Zeichen. »Komm, wir bringen dich nach Hause. Deine Wohnung liegt ohnehin auf dem Weg zum Flughafen.«

Gerade wollte Zhāng Li erwidern, dass Shannon Engländerin

war, biss sich aber sofort auf die Zunge, als er realisierte, dass er den Namen Shamrock Capital gegenüber Yao Wáng gar nicht erwähnt hatte. Warum ließ sich der Vizepremier eigentlich alles so ausführlich erzählen, wenn er eh schon alles wusste, fragte er sich nicht zum ersten Mal.

Auf der Fahrt saßen die beiden hinten nebeneinander und schwiegen die meiste Zeit. Als der Wagen vor Zhāng Lis Wohnung hielt, legte Yao Wáng die Hand auf dessen Schulter.

»Xiao Zhāng, was vorhin passiert ist ... es tut mir leid. Und es ist mir peinlich, bitte entschuldige!« Er hatte jetzt wieder seinen gewohnt väterlichen Ton. »Ich bin von dem Gedanken übermannt worden, wie schön es gewesen wäre, wenn dein Vater noch hätte erleben können, was wir nun vollbringen werden. Er hat immer an den Erfolg unserer Idee geglaubt und hätte es wie kaum ein Zweiter verdient, heute dabei zu sein.«

Zhāng Li nickte, auch wenn er Zweifel hatte, ob Yao Wáng ihm die Wahrheit sagte.

24. Kapitel

Samstag, 21. August 2027
Tokio, Japan / Hamburg, Deutschland

Von: Shannon O'Reilly <shannon@shamrock-capital.com>
Gesendet: Samstag, 21 August 2027, 15:35
An: Tessa Hansen <th@mail.info>
Betreff: Machiavelli

Hi Tessa,

bin gut in Tokio gelandet und habe gerade etwas Luft zwischen zwei Meetings. Mich treibt Machiavelli um. Natürlich sehe ich deinen Punkt, dass man individuelle und kollektive Menschenrechte (diese Klassifizierung hatte ich so vorher übrigens noch nie vorgenommen, obwohl sie natürlich logisch ist) nicht einfach gegeneinander ausspielen kann. Trotzdem wehrt sich mein Kopf dagegen, hier nicht wenigstens abwägen zu dürfen. (Oder zu müssen?) Auch die Einhaltung von kollektiven Menschenrechten nützt ja schließlich jedem Individuum. Insofern gibt es doch eine Korrelation zwischen beiden Kategorien.
Der Umgang mit Corona ist in diesem Zusammenhang wirklich interessant. Während der Pandemie wurde uns durch die täglich aktualisierten Fallzahlen (Infizierte und Tote) ein Handlungsdruck vermittelt,

der uns alle kompromissbereit gemacht hat. Nicht dass das falsch war, aber die Klimakrise ist ja nicht minder dringend! Das will nur niemand wahrhaben!

Im Kreis drehe ich mich bei der entscheidenden Frage, wie weit man gehen kann. Oder muss.

Lieben Gruß, Shannon

PS: Hat sich Christian beruhigt?

Von: Tessa Hansen <th@mail.info>
Gesendet: Samstag, 21 August 2027, 15:55
An: Shannon O'Reilly <shannon@shamrock-capital.com>
Betreff: Re: Machiavelli

Liebe Shannon,

weißt du eigentlich, dass du die Einzige bist, mit der ich privat E-Mails schreibe? Total anstrengend, schon mal was von Sprachnachrichten gehört?;)

Du hast recht, die entscheidende Frage ist, wo ist die Grenze des Zumutbaren. Wenn Machiavelli hier überhaupt greift, kann es ja jedenfalls nicht sein, dass *jeder* Zweck *jedes* Mittel heiligt. Es muss doch immer um Verhältnismäßigkeit gehen. Natürlich gibt es Wechselwirkungen zwischen kollektiven und individuellen Menschenrechten. Aber wir müssen das kollektive Recht auf Klimaschutz doch mit der Maßgabe erkämpfen, dabei ethische und moralische Grundsätze zu wahren und möglichst wenige individuelle Rechte zu verletzen. Das ist die (einzig zulässige!) Sicht, die übrigens alle demokratischen Länder dieser Erde teilen!

Es kann doch nicht sein, dass du dich als freiheitsliebende Individualistin und (Fast-)Amerikanerin bei diesem Duell der Wertesysteme auf die Seite von Autokratien wie China stellst! Das Wohl der Gemeinschaft steht über allem? Wer sich nicht systemtauglich verhält, wird umerzogen? Wer widerspricht, wird zum Schweigen gebracht? Totale Überwachung? Zensur? Straflager? Folter? HALLO!!!!!!!

Liebe Grüße und sei bitte vorsichtig,
Deine Tessa

PS: Deine Mail klingt wahnsinnig formell, bist wohl im Work-Modus, was? Vermisse dich trotzdem!

PPS: Habe nicht mit Christian gesprochen. Aber der beruhigt sich schon wieder. Eigentlich verzeiht er mir alles.

PPPS: Freue mich auf Nr. 20!

25. Kapitel

Montag, 23. August 2027
San Francisco, USA

Gerade eben laut genug, um seinen Zweck zu erfüllen, weckte ein freundliches, fast liebevolles »*Would you like to join us for breakfast?*« Shannon so behutsam, wie es die Umstände zuließen. Sie saß in der Business Class. Wie immer, First Class flog sie aus Prinzip nicht. Es ging ihr gegen den Strich, Geld zu verschwenden und in irgendwelche blödsinnigen Vielflieger-Privilegien zu investieren. Sie reckte sich und warf einen Blick auf die Uhr. Mehr als sechs Stunden hatte sie geschlafen, bis zur Landung in San Francisco blieben noch 45 Minuten. Sie fuhr ihre Lehne zurück in die Senkrechte, schmiss ihr Kissen und ihre Decke auf den leer gebliebenen Platz jenseits des Ganges und machte sich auf den Weg zum Waschraum.

Als sie zurückkam, stand ihr Frühstück mit Obstsalat, Joghurt und warmen Croissants bereits auf dem Tisch neben ihrem Sitz. Sie machte es sich wieder gemütlich, schob die Sonnenblende am Fenster hoch, nahm einen Schluck von ihrem Cappuccino und lehnte sich gegen die Scheibe, um rauszuschauen. Wasser. Der Pazifik lag augenscheinlich still unter ihr und funkelte in der Morgensonne. Rund 8 000 Kilometer weit hatte sie ihn nun überquert.

Das war das letzte Drittel ihrer knapp sieben Tage dauernden Erdumrundung. Rekordverdächtig, selbst für Shannon.

Die Reise hatte sich gelohnt, besonders wegen Zhāng Li in Bologna. Aber auch Tessa endlich wiedergesehen zu haben, war schön gewesen, und Tokio hatte neue Erkenntnisse gebracht. Sie war dort auf einem der in der Finanzierungsbranche üblichen Closing-Dinner gewesen, die sie eigentlich hasste. Immer wenn man bei einem bedeutsamen Projekt die wesentlichen Stolpersteine aus dem Weg geräumt hatte, es damit verbindlich durchfinanziert war und umgesetzt werden konnte, wurden alle Schlüsselpersonen, die zur Realisierung des Vorhabens beigetragen hatten, zu einem Abendessen eingeladen. Im Wesentlichen feierte man sich dabei selbst. Die im Rahmen dieser Events oftmals an den Tag gelegte Maßlosigkeit in Bezug auf die Auswahl der Speisen, Weine, Rauchwaren und zum Teil auch ganz anderer Dinge der überwiegend männlichen Teilnehmer gehörte zwar aufgrund der immer weiter um sich greifenden Compliance-Regelungen inzwischen der Vergangenheit an. Shannon war aber trotzdem froh, wenn jemand anders Shamrock Capital auf diesen Veranstaltungen vertrat.

Diesmal nicht.

Bei dem Projekt, dessen Verwirklichung am Vorabend zelebriert worden war, handelte es sich um eine gigantische Offshore-Windfarm mit einem Investitionsvolumen von über zehn Milliarden US-Dollar. Realisiert werden sollte das Vorhaben nahe der Küste Chōshis, einer knapp hundert Kilometer östlich von Tokio gelegenen und eigentlich für seine Sojasoßenproduktion bekannten Hafenstadt. Der Grund, warum Shannons Teilnahme an diesem Closing-Dinner so besonders gerne gesehen wurde – und sie selbst auch keinesfalls darauf verzichten wollte –, lag aber nicht allein in der Größe und Bedeutung des Projekts begründet. Sie persönlich hatte ganz wesentlichen Anteil daran, dass Fūjin, wie das Projekt hieß, gebaut wurde. Im Jahr der Tschernobyl-Katastrophe 1986 geboren, hatte sie während der Kernschmelze von Fukushima 2011 nicht glauben können, dass die Menschheit so wenig aus der Vergangenheit gelernt hatte. Dass gerade Japan zu einer Zeit, in der sich noch viele ältere Menschen an die Atombombenabwürfe in Hiroshima und Nagasaki erinnern können mussten, auf die zivile Nutzung der Kernenergie setzen konnte, hatte sie zutiefst verstört. Damals 25 Jahre alt und Japan nur aus Filmen kennend, wuchs in ihr ein sehnliches Bedürfnis, dem Land auf dem Weg in eine atom- und gleichzeitig CO_2-freie Welt zu helfen. Als sie sich wenige Jahre später aufgrund ihrer beruflichen Möglichkeiten tatsächlich dazu in der Lage sah, setzte sie vieles daran, sich diesen Wunsch zu erfüllen. Shannon reiste regelmäßig nach Japan, knüpfte Kontakte in Politik und Wirtschaft, investierte in erste kleinere Projekte und Unternehmen der Energiewende und betrieb vor allem viel Aufklärungsarbeit. Sie hielt Vorträge und nahm an Diskussionsrunden teil, sie organisierte Studienreisen zu Shamrock-Capital-Projekten auf der ganzen Welt, und sie finanzierte unzählige Machbarkeitsstudien für erneuerbare Energien in Japan. Fūjin sollte nun gewissermaßen ihr Meisterstück werden. Vor sieben Jahren hatte sie die Idee des Megaprojekts im japanischen Wirtschaftsministerium vorgestellt und seitdem eng begleitet. Es war in mehrfacher Hinsicht ein Leuchtturmprojekt: Der aus fast 700, in vielen Reihen nebeneinander angeordneten Windkraftanlagen bestehende Park würde nach Fertigstellung eine Gesamtleistung von über 10 000 Megawatt aufweisen. Damit würde Fūjin unangefochten zur Nummer eins auf der Liste der größten Offshore-Windparks der Welt. Das war ein schönes Argument, überzeugt hatten die verantwortlichen Politiker aber letztendlich zwei andere Projektspezifika: Erstens sorgten die außerordentlich guten Windbedingungen an der Ostküste der größten japanischen Insel Honshū für eine Stromausbeute, die selbst in windschwachen Jahren höher war als die des ehemaligen Kernkraftwerks in Fukushima. Zweitens lagen die Stromerzeugungskosten aufgrund der niedrigen spezifischen Investitionskosten der neuartigen, über 250 Meter hohen und fünfzehn Megawatt leistenden Rotoren deutlich unterhalb der für Kernenergie fälligen Kosten.

Der Wind, genau wie die Sonne, schickte eben keine Rechnung, wie Shannon nicht müde wurde zu betonen. Damit wurde Fūjin schon während der Planungsphase zum Synonym der Sinnhaftigkeit der Energiewende in Japan und auf der ganzen Welt. Wer konnte noch etwas gegen erneuerbare Energien einwenden, wenn sie nicht nur sauberer und sicherer, sondern auch leistungsfähiger und kostengünstiger waren als konventionelle Alternativen? Shannon betrachtete Fūjin als ihr Baby, und zwar vollkommen zu Recht. Dass Shamrock Capital auch einen Großteil der Finanzierung gestemmt hatte, verstand sich von selbst. Sogar der Name des Projekts war Shannons Idee gewesen. Fūjin war der japanische Gott des Windes, der Einfall war ihr während eines Fluges gekommen, nachdem sie erfahren hatte, dass das europäische Klimaforschungsvorhaben in Bologna nach Minerva, der Göttin der Weisheit, benannt worden war.

Das Closing-Dinner, um dessen Organisation sie selbst sich keine Sekunde lang gekümmert hatte, fand in einem vergleichsweise einfachen Restaurant in Nagatachō, dem Tokioer Regierungsviertel, statt. Die Teilnahme der vielen Regierungs- und Behördenvertreter und die Aufmerksamkeit der Presse ließen es opportun erscheinen, selbst in der Stadt mit den meisten Michelin-Sterne-Restaurants der Welt eine bescheidene Location auszuwählen. Shannon war das recht. Eingeladen waren etwa fünfzig

Personen. Sie saß zwischen dem japanischen Wirtschaftsminister und dem Chef des chinesischen Herstellers der für Fūjin genutzten Windturbinen. Beide hatten in den USA studiert und sprachen Englisch. Obwohl sie die Herren etwas steif fand, hatte Shannon einen kurzweiligen Abend gehabt. Und einen aufschlussreichen dazu.

Zunächst wurde sie Zeugin der neuen chinesisch-japanischen Freundschaft, die sich trotz der äußerst belasteten Vergangenheit der beiden stolzen Nationen in den letzten Jahren entwickelt hatte. Japan stand seit einigen Jahren am Scheideweg, weil ein weiterer Grundpfeiler seines ab der zweiten Hälfte des 20. Jahrhunderts ausgeprägten Selbstbewusstseins spürbar zu bröckeln begann: das Protektorat durch die USA. Der kontinuierliche Niedergang der japanischen Wirtschaft seit den 1990er-Jahren hatte erstaunlich lange nur relativ geringen Einfluss auf Japans politische Stärke gehabt. Immer noch eine der größten und wohlhabendsten Volkswirtschaften der Welt, gelang es dem Land lange, die insbesondere durch die starke Überalterung der Bevölkerung fehlenden Perspektiven zu kaschieren. Nachdem jedoch das geopolitische Interesse der US-Amerikaner an Südostasien zu bröckeln begonnen hatte, und infolgedessen auch militärisch der Rückzug aus der Region vollzogen wurde, verlor Japan den letzten Trumpf. Ohne die USA an seiner Seite war es vollkommen undenkbar, China in irgendeiner Weise Paroli zu bieten. Anders als viele Expertisen es prognostiziert hatten, nutzte das Reich der Mitte das entstandene Machtvakuum jedoch nicht unmittelbar aus. Zumindest nicht offensichtlich und schon gar nicht offensiv. In dem Wissen, dass der eigene Führungsanspruch in Südostasien nach dem Rückzug der Amerikaner von niemandem mehr ernsthaft infrage gestellt werden konnte, verzichtete das Politbüro auf Säbelrasseln und reichte seinen Anrainerstaaten die Hand. Japan wurde regelrecht hofiert. Höchst diplomatisch, vermeintlich auf Augenhöhe agierend und frei von jeglicher Arroganz präsentierte sich Peking als Freund und Helfer. Shannon hatte das während des Dinners eindrucksvoll beobachten können. Der Eigentümer des chinesischen Windkraftanlagen-Konzerns hatte die Strategie seines Landes jedenfalls in Vollendung verinnerlicht. Er war ungefähr in ihrem Alter und ein typischer Vertreter der chinesischen Selfmade-Entrepreneure, die sich in ihrem Auftreten und Selbstverständnis nicht wirklich von russischen Oligarchen unterschieden. Ungeachtet dessen war er über den ganzen Abend hinweg außerordentlich bemüht, das Vertrauen des japanischen Regierungsvertreters zu gewinnen und Freundschaft zu schließen. Neben den üblichen Komplimenten über Land und Leute, die weitsichtige Politik des Ministeriums und die herausragende Rolle seines Gesprächspartners bei der Projektrealisierung wurde der Chinese auch sehr persönlich. Extrem gut informiert – Shannon hatte den Verdacht, dass es sich unmöglich um Zufall handeln konnte, dass der Jüngere bei den Themen, die er anschnitt, ständig derart ins Schwarze traf – lenkte er das Gespräch immer wieder auf die privaten Interessen des Japaners. Dabei offenbarten sich ganz erstaunliche Gemeinsamkeiten. Die beiden hatten dieselben Bücher gelesen, einen fast identischen Musikgeschmack, würden wahnsinnig gerne einmal Orang-Utans auf Borneo beobachten und joggten für ihr Leben gerne. Shannon konnte nur zum letzten Punkt etwas beitragen. Dem Japaner nahm sie zweifellos ab, dass er ein passionierter Läufer war. Bei dem Wind-Unternehmer hatte sie ihre Zweifel. Das galt auch für den bescheidenen Lebensstil, den er versuchte, an den Tag zu legen, um die Gunst des Beamten zu gewinnen. Diese stand in ihren Augen im Widerspruch zu einem Detail an seinem linken Handgelenk: Obwohl Shannon sich für kaum etwas weniger interessierte als für

Uhren, erkannte sie das Modell, das der Chinese trug, sofort. Und sie wusste, dass es schon lange nicht mehr hergestellt wurde und mehr als drei Millionen Dollar kostete – wenn es nicht gefälscht war, was sie aber ausschloss.

Viel spannender aber fand sie, dass ihre Tischnachbarn Zhāng Li kannten, was im Grunde nicht überraschend war. Die Art und Weise allerdings, wie die beiden über ihn und die chinesischen Klimaschutz-Ambitionen dachten, wurde zu einem wichtigen Puzzleteil für das Bild, das sie sich seit ihrem Treffen letzte Woche in Bologna zu machen versuchte.

Als sie dem Chinesen erzählt hatte, dass sie Zhāng Li kürzlich kennengelernt hatte, schien er im ersten Moment überrascht zu sein. Fast wirkte er überrumpelt. Dann aber begann er plötzlich in den höchsten Tönen zu schwärmen. Er bezeichnete Zhāng Li als Visionär und Baumeister des beispiellosen Aufstiegs der Klimaschutzindustrie seines Landes und schloss, dass er auf Lebzeiten in seiner Schuld stehe, weil seine Firma ohne ihn heute bei Weitem nicht da wäre, wo sie sei. Shannon fand das alles plausibel – bis auf die kühle Distanz, mit der er das sagte. Das passte nicht zum Inhalt und ließ sie vermuten, dass irgendetwas nicht stimmte im Verhältnis der beiden.

Der japanische Wirtschaftsminister hatte offenbar gelauscht. Als sie später am Abend für einen Moment allein waren, fragte er Shannon, was für Berührungspunkte sie mit seinem Kollegen aus China – so nannte er Zhāng Li – habe. Ohne ins Detail zu gehen, hatte sie nur preisgegeben, dass sie erwögen, Nachhaltigkeitsprojekte zusammen zu realisieren. Der Japaner schaute sie daraufhin länger schweigend an. Er machte den Eindruck, als würde er mit sich ringen.

Dann fragte er: »Was halten Sie denn von der Klimaschutzoffensive der Chinesen?«

Shannon überlegte kurz, wie sie antworten sollte. Sie fand die Frage für einen Japaner, erst recht einen japanischen Politiker, ungewöhnlich direkt. Sie entschied sich, in die Offensive zu gehen: »Ich freue mich darüber. Wenn China tatsächlich eine führende Rolle in der Welt einnehmen möchte, dann ist das eine gute Nachricht. Ohne sie schaffen wir es jedenfalls nicht.«

»Eine führende Rolle in was?«, fragte der Wirtschaftsminister scharf.

Bei Shannon stellten sich alle ihre Sinne auf Empfang. Jetzt wurde es ja interessant, dachte sie.

Ganz unverfänglich erwiderte sie: »Na ja, im Klimaschutz natürlich.«

»Ja, zweifellos, im Klimaschutz«, murmelte der Japaner leise.

Dann ergänzte er: »Sie wissen, dass unsere beiden Länder eine bewegte Vergangenheit haben. Eine Folgeerscheinung daraus ist«, jetzt begann er zu lächeln, »dass wir alle ein bisschen paranoid geworden sind.«

Bin ich vielleicht auch paranoid?, fragte sich Shannon jetzt, als ihre Maschine zum Landeanflug ansetzte. Das verdächtige Pärchen aus Hamburg, das sie in der Lounge in Heathrow wiedererkannt hatte, war ihr jedenfalls nicht nach Japan gefolgt. Zumindest soweit sie das beurteilen konnte.

Alles in allem musste sie sich eingestehen, dass sie China weder verstand noch traute. Wobei Letzteres vermutlich eine Folge des ersten war. Wie sollte sie sich bloß eine qualifizierte Meinung über Zhāng Li und sein Angebot bilden, wenn sie nicht wirklich greifen konnte, was hier gespielt wurde? Gedankenverloren blickte sie aus dem Fenster. Sie flogen über Nordwesten kommend in die Bucht von San Francisco ein und hatten einen atemberaubenden Blick auf die Stadt. Wie fast immer frühmorgens war die Golden Gate

Bridge in dichten Nebel gehüllt. Nur die Spitzen der beiden gigantischen orangeroten Pylone ragten oben aus den Wolken heraus. Ein Anblick, der sie jedes Mal wieder begeisterte. Die in Fūjin zum Einsatz kommenden Windkraftanlagen waren noch höher, dachte sie und bekam ein freudiges Kribbeln im Bauch.

Kurz nachdem sie die Oakland Bay Bridge überflogen hatten, zog rechter Hand ihre alte Heimat Dogpatch vorbei. Unweit dahinter erkannte sie Twin Peaks, rechts daneben den Golden Gate Park, und dann kam schon der Pazifik. Von hier oben hatte die Stadt fast etwas Provinzielles, dachte sie. Ihr Blick schweifte weiter umher, und da schoss ihr plötzlich Shěn Shìxīn durch den Kopf. Der Coach, von dem sie Li erzählt hatte. Ob er überhaupt noch lebte?

Sie drückte ihre Stirn ans Fenster und versuchte, den Alamo Square ausfindig zu machen. Dort hatte der alte Chinese gelebt. Was dachte der wohl heute über seine Heimat? Vielleicht konnte Shěn Shìxīn ihr helfen, ihre Gedanken zu sortieren! Sie griff nach ihrem Telefon, fand zu ihrer eigenen Überraschung Shěn Shìxīns alte Telefonnummer und entschloss sich, noch heute zu versuchen, ihn zu erreichen.

Am Arrival des Flughafens war es brechend voll. Alle Prognosen, dass der internationale Flugverkehr nach Corona nie wieder den Peak von 2019 erreichen würde, waren Wunschdenken gewesen: Die Welt steuerte auf einen neuen Rekord der Passagierzahlen zu, und den Fluggesellschaften ging es prächtig. Durch die pandemiebedingte Verjüngung ihrer Flotten hatten sie einen enormen Effizienzgewinn erzielt. Der geringere spezifische Kerosinverbrauch und die zunehmende Beimischung von biogenen Kraftstoffen führte zwar auch zu sinkenden CO_2-Emissionen pro Passagier, in Summe aber stieg die Umweltbelastung des Flugverkehrs immer weiter an. Shannon wartete lange bei der Immigration und noch länger auf ihr Gepäck. Immer wieder schaute sie sich um, weil sie sich erneut latent beobachtet vorkam. Eine vollkommen neue Erfahrung für sie, die sie untypisch unter Stress setzte. Genervt betrat sie die Ankunftshalle von Terminal 3 und bahnte sich einen Weg zum Ausgang, um ein Taxi nach Hause zu nehmen.

»Shannon O'Reilly?«

Verdutzt blieb sie stehen. Direkt neben ihr standen zwei Männer, die sie noch nie gesehen hatte. Einer um die fünfzig, der andere musste in etwa in ihrem Alter sein. Der jüngere war sportlich gekleidet, Jeans und Polohemd, der andere trug einen Anzug mit offenem Hemd. Fragend schaute sie die beiden an.

»Wir würden uns gerne mit Ihnen unterhalten.«

Es war der ältere, der sprach. Seine Stimme, sein ganzes Auftreten hatte etwas Forderndes. Shannon war unbehaglich zumute. Woher kannten sie ihren Namen? Die Frage wurde ihr umgehend beantwortet. Die Männer zückten ihre Dienstplaketten, hielten sie Shannon unter die Nase und stellten sich vor. Sie waren von der CIA.

»Wir schlagen vor, dass wir sie nach Hause bringen. Unser Wagen steht draußen bereit.«

Jetzt war es der jüngere, der sprach. Er deutete Richtung Ausgang, und auch sein Ton ließ keinen Widerspruch zu.

Shannon war perplex. Noch nie in ihrem Leben hatte sie etwas mit der Polizei zu tun gehabt, von ein paar Verkehrsdelikten mal abgesehen. Und jetzt standen plötzlich zwei CIA-Agenten vor ihr. Sie war buchstäblich sprachlos. Während sie den Männern schweigend folgte – sie hatte das Gefühl, dass sie abgeführt wurde, weil die beiden sie in ihre Mitte genommen hatten –, rasten die Gedanken in ihrem Kopf. Hatte ihre vermeintliche Bespitzelung etwas damit zu tun? Würde sich das Ganze jetzt auflösen?

Hatte sie irgendetwas verbrochen? Beruflich vielleicht gegen irgendwelche Finanzregularien verstoßen? Quatsch, dann würde man doch nicht um die ganze Welt verfolgt, und außerdem wäre die Börsenaufsichtsbehörde SEC zuständig und nicht die CIA. Wenn sie sich recht erinnerte, durfte der Auslandsgeheimdienst gar nicht gegen US-Bürger ermitteln. Dafür war das FBI zuständig. Aber galt das auch für eine Engländerin mit Greencard? Sie wusste es nicht. Shannon spürte, wie sie nervös wurde.

Sie atmete durch und nahm sich vor, erst einmal zuzuhören. Wenn sie wusste, um was es ging, würde sie sagen, was es zu sagen gab. Offen und ehrlich, es gab ja nichts zu verbergen. Vielleicht konnte sie sogar helfen.

Draußen blieben sie vor einem riesigen schwarzen Cadillac mit getönten Scheiben stehen.

Gott, was für ein Klischee, dachte sie. Die beiden Agenten nahmen ihr das Gepäck ab und verstauten es im Kofferraum. Der junge fuhr, der ältere nahm hinten neben Shannon Platz.

»Ich nehme an, Sie kennen meine Adresse?«, wandte sie sich mit leicht ironischem Unterton an den Mann auf dem Fahrersitz. Ihr Selbstbewusstsein kehrte langsam zurück, und sie versuchte, die Stimmung etwas aufzulockern. Erfolglos, sie bekam keine Antwort. Stattdessen fuhren sie einfach los. Natürlich in die richtige Richtung.

»Wir möchten gerne mit Ihnen über China sprechen, Miss O'Reilly, genauer gesagt über Zhāng Li«, kam der ältere direkt zur Sache.

Erleichtert atmete sie auf. Natürlich, dachte sie, darauf hätte ich auch selbst kommen können. Der durch den Aufstieg Chinas immer stärker werdende Minderwertigkeitskomplex ihrer Wahlheimat hatte jetzt also sogar die CIA auf den Plan gerufen.

»Wir wissen, dass Sie das Minerva-Projekt in Europa finanzieren und dass Sie Zhāng Li letzte Woche in Italien getroffen haben. Gerade kommen Sie aus Tokio, wo Sie den Startschuss für einen Windpark gefeiert haben, bei dem China auch seine Finger im Spiel hat.«

»Das stimmt«, sagte sie mit Nachdruck. Sie hatte sich jetzt wieder vollends im Griff. »Im Prinzip zumindest. Genau genommen finanziere ich nur die Energieversorgung des Minerva-Projekts. Und der Windpark in Japan wird zwar von einer chinesischen Firma gebaut, die befindet sich aber in Privatbesitz. Ob Zhāng Li damit etwas zu tun hat, weiß ich nicht.« Sie traf den Blick des älteren und fügte hinzu: »Wo genau ist denn das Problem?«

»Wir möchten gerne erfahren, was Sie über Zhāng Li wissen. Und zwar alles.«

»Können Sie mir sagen, um was es geht?«, fragte Shannon mit einem leicht irritierten Unterton, sie empfand die Gesprächsführung des Mannes zunehmend als anmaßend.

»Wir haben Grund zu der Annahme, dass China mit seinen Klimaschutzambitionen die Sicherheit der Vereinigten Staaten gefährden könnte. Und dass Zhāng Li dabei eine entscheidende Rolle spielt.«

Sie runzelte fragend die Stirn.

»Miss O'Reilly, es liegt uns fern, sie an der Nase herumführen zu wollen, aber glauben Sie mir, es liegt im nationalen Interesse, dass wir so ausführlich wie möglich darüber informiert werden, wie und mit welchen Vorschlägen Zhāng Li auf Sie zugekommen ist. Wir bitten sie dringend um Ihre Kooperation in dieser Sache. Mehr können wir nicht sagen.« Ungeduldig tippte er mit dem Zeigefinger auf der Mittelkonsole herum.

Shannon spürte, dass es vermutlich ratsam war zu kooperieren. Also blieb sie bei dem, was sie sich eben auf dem Weg zum Wagen vorgenommen hatte. Ausführlich berichtete sie über ihre Geschäftsbeziehungen zu China und ihren Kontakt zu Zhāng Li, der sich bisher ja auf ein einziges Treffen beschränkt hatte.

Sie gab zu, wie beeindruckt sie von Chinas Klimaschutzinitiative war, und auch, dass sie sich durchaus vorstellen konnte, weitere Projekte zukünftig mit China als Partner umzusetzen. Schließlich ließ sie die beiden Herren auch wissen, dass sie in gut einem Monat Zhāng Li erneut treffen werde.

»Ist das alles?«, fragte der Mann neben ihr, als Shannon mit ihren Ausführungen fertig war. Er schien unbeeindruckt.

»Ja«, sagte sie. »Ich fand das ziemlich ausführlich.«

Die beiden Agenten schwiegen. Shannon merkte jetzt erst, dass sie bereits bei ihr zu Hause in Palo Alto angekommen waren und vor ihrem Grundstück geparkt hatten. Sie hatte also rund zwanzig Minuten geredet.

»Sie haben mit Zhāng Li nie über Afrika gesprochen?«, fragte plötzlich der jüngere von vorne.

»Nein.«

»Großprojekte im Sudan oder Mauretanien vielleicht?«

Shannon schüttelte den Kopf. »Mit Ausnahme von Minerva haben wir überhaupt nicht über spezifische Projekte gesprochen.«

»Auch nicht im Zusammenhang mit ihrer Technologiediskussion über solare Wasserstoffproduktion?«

»Nein. Warum?«

Wieder schwiegen die beiden. Shannon begann, die Stille als unangenehm zu empfinden, vermutete aber, dass genau das damit bezweckt wurde. Sie entschied sich, dem standzuhalten. Dann reichte der ältere ihr die Hand. Erleichtert griff sie zu.

»Miss O'Reilly, bitte setzen Sie Ihre Geschäfte mit Zhāng Li wie geplant fort. Sobald Sie neue Informationen bekommen, möchten wir das wissen. Das gilt insbesondere für die beiden besagten Projekte in der Sahara. Gegenüber den Chinesen dürfen Sie sich nicht anmerken lassen, dass Sie ab sofort unser Asset sind. Machen Sie sich keine Sorgen über ihre Sicherheit, wir haben Sie im Auge. Irgendwelche Fragen?«

Jetzt erst ließ er ihre Hand wieder los. Shannon hatte den lang anhaltenden, übertrieben festen Händedruck als sehr unangenehm empfunden.

»Seit wann lassen Sie mich beschatten?«

»Wie bitte?« Der Mann schien überrascht.

»Na ja, ich habe das Gefühl, dass ich beobachtet werde. Das fing letztes Jahr an –«

»Letztes Jahr? Ausgeschlossen, dass wir das waren«, unterbrach er sie. »Aber interessant, Sie werden observiert? Warum haben Sie das eben nicht erwähnt? Können Sie die verdächtige Person beschreiben?«

Wenn es doch nur eine wäre, dachte Shannon, und entschied sich dann intuitiv, das Thema nicht zu vertiefen.

»Ich ... keine Ahnung, nein, ach, vielleicht bilde ich mir das alles nur ein.«

»Sind Sie sicher?«

Die Stimme kam jetzt vom Fahrersitz. Als Shannon aufblickte, sah sie, dass der jüngere Agent sie durch den Rückspiegel fixierte.

Sie nickte.

»Wie erreiche ich Sie denn, falls ich etwas Interessantes erfahre?«, wollte sie wissen, während sie versuchte, den Schmerz aus ihren Fingern herauszumassieren.

»Wir werden Ihnen genügend Gelegenheit geben, mit uns zu kommunizieren.«

Mit diesen Worten stieg der ältere Agent aus. Shannon folgte ihm und nahm ihre Reisetaschen entgegen, die er bereits aus dem Kofferraum geholt hatte. Dann spürte sie plötzlich, wie der Mann sie an den Oberarm griff, und zwar noch deutlich härter, als er ihr eben die Hand gedrückt hatte.

»Für den Fall, dass ich mich nicht klar genug ausgedrückt habe: Wir erwarten, dass Sie uns helfen. Sonst könnte das weitreichende Folgen für Shamrock Capital haben.«

Dann ließ er sie los und verschwand hinter den getönten Scheiben des Cadillacs, ohne sich zu verabschieden. Noch während er die Tür schloss, brausten sie davon.

Shannon blieb völlig verdattert auf dem Gehweg stehen und schaute dem Wagen hinterher. Als er aus ihrem Sichtfeld verschwunden war, öffnete sie die Gartenpforte und lief den Weg hinauf zu ihrem Haus. Vor der Tür stellte sie die Taschen ab und tastete nach ihrem Schlüssel. Dann fiel ihr ein, wo er war. Sie setzte sich in ihre Hollywoodschaukel, zog die große Reisetasche zu sich heran und kramte ihn heraus. Als sie spürte, wie angenehm warm die Sonne auf ihren Körper schien, hielt sie inne. Statt ins Haus zu gehen, lehnte sie sich zurück, streckt ihre Beine nach vorne, schloss die Augen und atmete tief durch.

Während sie dasaß und langsam hin- und herschaukelte, ließ sie Revue passieren, was sie eben erlebt hatte. Sie war jetzt also eine Informantin der CIA. Beziehungsweise ein Asset, wie der eine Agent es eben ausgedrückt hatte. Wenn ihr das vor zwei Stunden prophezeit worden wäre, hätte sie schallend gelacht. Jetzt war ihr nicht mehr zum Lachen zumute, gar nicht. In was war sie da bloß hineingeraten? Und auf welcher Seite stand sie eigentlich? Natürlich war sie inzwischen quasi Amerikanerin geworden, auch wenn sie nie die Staatsbürgerschaft beantragt hatte. Sie hatte dem Land so viel zu verdanken. Aber waren China und Zhāng Li deshalb automatisch ihre Feinde? Nur weil die USA aus purem Eigeninteresse verzweifelt versuchten, die aus Shannons Sicht schon besiegelte Wachablösung als Weltmacht Nummer eins zu verhindern? Was ging sie das überhaupt an? Und vor allem, was sollte diese plumpe Drohung mit weitreichenden Folgen für Shamrock Capital?

Sie fühlte sich wie in einem schlechten Film. Noch mal versicherte sie sich, dass sie sich nichts vorzuwerfen hatte. Außer vielleicht, dass sie verschwiegen hatte, dass von Zhāng Lis Seite Interesse an einer Beteiligung an ihrem Unternehmen geäußert worden war. Aber war das relevant? Schließlich wusste sie selbst noch gar nicht, ob sie so etwas ernsthaft in Betracht ziehen wollte.

Dann plötzlich fiel ihr Shĕn Shìxīn wieder ein. Den wollte sie jetzt unbedingt sprechen, und zwar dringender als je zuvor. Sie holte ihr Telefon heraus und wählte seine Nummer. Es war eine Festnetznummer. Dass es so etwas noch gibt, dachte sie kopfschüttelnd. Der Anschluss war jedenfalls noch existent, sie hörte ein Freizeichen. Als sie nach sechs oder sieben Klingeltönen gerade wieder auflegen wollte, knackte es in der Leitung. Unverkennbar hörte sie die Stimme ihres alten Mentors.

»Hallo?«

»Shĕn Shìxīn, hier ist Shannon. Shannon O'Reilly, weißt du noch, wer ich bin? Wie geht es dir?«

Am anderen Ende der Leitung blieb es einen Moment still. Dann vernahm sie Shĕn Shìxīns vertraute Stimme, die ganz ruhig zu ihr sprach: »Ja – natürlich. Hallo, Shannon! Ich habe deinen Anruf erwartet.«

26. Kapitel

Dienstag, 24. August 2027
Berlin, Deutschland

Der Termin war eine große Enttäuschung gewesen. Da waren sie sich alle einig. Jetzt standen sie draußen und leckten ihre Wunden. Tessa hatte sich in Richtung Schweizer Botschaft abgewandt. Den Blick auf das Bürgerforum oder den Zaun des Kanzleramts konnte sie nach wie vor nicht ertragen.

Eine knappe Stunde hatten sie mit dem Bundeskanzler zusammengesessen. Der hatte seine Kanzleramtsministerin, seinen Wirtschaftsminister und drei Staatssekretäre zu dem Termin dazugenommen. Was sicher gut gemeint war, hatte den aus Sicht der Klimadelegation gewünschten Rahmen gesprengt. Die Runde war zu groß, um effizient zu sein. Und dabei hatten sie sich so viel vorgenommen. Sie wollten den Kanzler konkret mit verschiedenen Missständen im Land konfrontieren, gleichzeitig aber praktikable Vorschläge präsentieren, wie es besser gemacht werden könnte. Nicht die großen Baustellen, sondern Dinge, die man schnell umsetzen konnte. *Quick wins*, um motivierende Erfolge vorweisen zu können. Das hatten sie schließlich dringend nötig – und zwar beide, die Bundesregierung und die Klimabewegung.

Dazu gehörte zum Beispiel eine Selbstverpflichtung des Bundes, der Länder und der Kommunen zum Bau von Solaranlagen auf allen geeigneten Dachflächen ihrer Immobilien. Oder ein Gesetz, das jeden Erwachsenen verpflichtete, mindestens drei Bäume im Jahr zu pflanzen. Wer das nicht konnte oder wollte, sollte alternativ ein Ausgleichsgeld zahlen, mit dem die Kommune in die Lage versetzt würde, die Pflanzung zu übernehmen.

Erst einmal kamen die Aktivistinnen und Aktivisten jedoch überhaupt nicht dazu, ihre Forderungen vorzutragen, weil zunächst der Bundeskanzler und anschließend sein Wirtschaftsminister ausgedehnte Monologe hielten, in denen sie sich selbst als die anpackenden Macher in Sachen Klimaschutz inszenierten. Als sie dann endlich zur Sache kommen durften, hatten sie nur noch eine knappe halbe Stunde Zeit. Verlängerung unmöglich, weil andere, wichtigere Termine warteten. Ihre Vorschläge wurden der Reihe nach zerredet. Nicht aus Böswilligkeit, so ihr Eindruck, und auch nicht aus inhaltlichen Gründen. Im Gegenteil: Carsten Pahl, zu ihrer aller Überraschung aber sogar auch Hartmut Willemann fanden die Ideen überwiegend richtig oder zumindest sympathisch. Allein realistische Erfolgsaussichten sahen sie nicht. Fatalistisch brachten sie einen Grund nach dem anderen auf den Tisch, warum man gar nicht erst zu versuchen brauchte, die Projekte zu konkretisieren oder gar umzusetzen. Nachdem ein Kollege von Tessa das von Willemann vorgebrachte Argument, die Solaranlagen könne sich die öffentliche Hand nicht leisten, mit einer ganz einfachen Wirtschaftlichkeitsabschätzung entkräftet hatte, war sich die Politikerrunde einig, dass der gut gemeinte Vorschlag aus ganz anderen Gründen nicht realisierbar war. Obwohl Casten Pahl persönlich auch noch mal eingeworfen hatte, dass Photovoltaik inzwischen die günstigere Alternative der Stromerzeugung sei, änderte sich an der Einschätzung nichts: Der Bund könne weder die Länder noch die Kommunen dazu zwingen, derartige

Investitionen zu tätigen. Das widerspreche dem Föderalismus und der bewährten Verwaltungsgliederung Deutschlands. Und damit letztendlich einem der Grundsätze der Demokratie. Und der Bund alleine habe zu wenig geeignete Dachflächen, das sei schon vor Jahren geprüft worden. Die Baumpflanzverpflichtung wurde noch viel schneller abgetan mit dem Argument, dass der Verwaltungsaufwand für Nachweis und Sanktionierung in einem so groben Missverhältnis zum Nutzen stünde, dass so etwas überhaupt keinen Sinn mache. Der Einwand, dass China ein vergleichbares Gesetz schon seit Jahren erfolgreich anwende – da hatten die Klimaaktivisten die Idee nämlich her –, tat Willemann lachend damit ab, dass man gerade gegen China in Summe ja immer noch sehr gut dastehe.

Alles in allem wieder mal eine Erfahrung, die Tessas grundsätzlichen Zweifel an den Erfolgsaussichten der Menschheit beim Kampf gegen die eigene Trägheit schürte. Ungeachtet dessen stimmte sie jetzt vor dem Kanzleramt aber tapfer in die Durchhalteparolen ihrer Gruppe ein. Was blieb ihr auch ansonsten übrig?

Carsten Pahl hatte sich schlecht gefühlt, als er die jungen Leute mit aufmunternden Sätzen verabschiedete. Ihnen stand die Enttäuschung ins Gesicht geschrieben, und er verstand das gut. Enttäuscht hatte ihn der Termin zwar nicht, das lag aber nicht an seinem Verlauf, sondern daran, dass er von vornherein nichts anderes erwartet hatte. Besser machte es das natürlich nicht, musste er sich innerlich eingestehen. Als er in seinem Wagen das Gelände des Bundeskanzleramts verließ, sah er am Straßenrand die Gruppe um Tessa Hansen stehen, die er eben – ohne es zu beabsichtigen – so frustriert hatte. Aus einer spontanen Gemütsbewegung heraus, bat er seinen Fahrer anzuhalten. Er öffnete das Fenster und rief hinüber.

»Frau Hansen? Ich fahre nach Hamburg. Haben Sie nicht eben gesagt, Sie müssen auch dorthin? Möchten Sie mitfahren?«

Als Tessa das hörte, traute sie ihren Ohren kaum. Etwas verunsichert blickte sie in ihre Runde. Vor dem Treffen hatte es ein ziemliches Hin und Her zu der Frage gegeben, wer und wie viele von ihnen den Bundeskanzler treffen sollten: Alleingänge waren in der basisdemokratisch organisierten Klimabewegung nicht gerne gesehen. Und Tessa hatte ohnehin schon den Ruf – nicht ganz zu Unrecht, wie sie selbst zugeben musste –, ziemlich weit im Vordergrund zu stehen. Da die Antwort auf ihre unausgesprochene Frage aber aus mehrfachem Nicken um sie herum bestand, überlegte sie nicht lange. Sie hob ihren Rucksack auf und lief zu der schwarzen Limousine. Der Chauffeur war bereits ausgestiegen und öffnete die Tür hinter dem Fahrersitz, sodass sie neben dem Bundeskanzler Platz nehmen konnte. Carsten Pahl lächelte sie an und wirkte plötzlich viel normaler, weniger beeindruckend irgendwie als eben noch im Kanzleramt, fand Tessa.

»Hallo, Frau Hansen, das freut mich. Ich schlage vor, dass wir für unsere gemeinsame Fahrt die Formalitäten sein lassen.« Er streckte ihr die Hand entgegen. »Ich bin Carsten, hallo, Tessa. Es ist doch affig, wenn wir uns siezen, würden wir doch sonst auch nicht tun, wenn wir uns irgendwo privat kennenlernen würden und ich nicht der Bundeskanzler wäre, oder?«

Tessa nickte nur und schüttelte seine Hand. Sie war immer noch ziemlich sprachlos.

»Der Termin eben muss frustrierend für euch gewesen sein. Aber in der Realpolitik ist nun mal alles nicht so einfach. Ich musste das auch erst lernen.«

Tessa konnte es nicht fassen. Das Schicksal meinte es gut mit ihr. Da saß sie nun alleine mit Carsten Pahl im Auto und hatte mehr als zwei Stunden Zeit, mit ihm zu reden. Und dann gab er ihr auch noch so eine Steilvorlage.

»Sorry, aber die Ausrede lass ich dir nicht durchgehen, und da spreche ich für unsere ganze Generation. Hallo? Du bist der Bundeskanzler! Wenn jemand daran etwas ändern kann, dann doch du, oder?«

Carsten Pahl schaute sie prüfend an. Dann nickte er. »Ja, ich versuche es ja auch.«

»Das klingt jetzt aber nicht gerade ambitioniert«, erwiderte Tessa keck. Sie begann, sich in ihrer Rolle wohlzufühlen.

»Weißt du, Tessa ...« Pahl schob seinen Krawattenknoten auf und öffnete mit einer routinierten Bewegung seinen obersten Hemdknopf. »... mit Ambitionen hat das nicht so viel zu tun. Ich könnte euch in der Klimabewegung ja auch vorwerfen, dass ihr im Grunde noch kaum etwas erreicht habt. Und ambitioniert seid ihr ja nun ganz bestimmt.«

»Es ist aber euer Job, die Dinge zu ändern, nicht unserer.«

»Nein.« Er schüttelte entschieden den Kopf. »Da machst du es dir zu einfach. Mit dem typischen Argument der Oppositionspolitik, die ihr ja quasi außerparlamentarisch betreibt, solltest du dich nicht zufriedengeben. Du weißt doch ganz genau, dass wir alle zusammen Verantwortung übernehmen müssen, wenn wir Erfolg haben wollen.«

»Aber ihr seid doch die, die an den entscheidenden Hebeln sitzen, nicht wir. Wir können nur auf Missstände aufmerksam machen.«

»Ich sitze an keinem entscheidenden Hebel.« Er machte eine entschuldigende Geste. »Wenn ich das täte, hätte ich ihn längst bewegt, das kannst du mir glauben.«

Sie schaute ihn ungläubig an. »Aber du bist der Bundeskanzler!«, wiederholte sie.

»Genau. Ich bin der deutsche Bundeskanzler. Aber eben nicht der chinesische Staatspräsident. Da gibt es einen entscheidenden Unterschied: Meine Macht ist begrenzt.«

Tessa nahm etwas Resigniertes in Pahls Stimme wahr, was sie empörte. Aufgebracht sagte sie: »Und wer, wenn nicht du, hat dann bei uns die Macht, etwas zu verändern? Jetzt finde ich, machst *du* es dir zu einfach. Als Bundeskanzler die Flinte ins Korn zu werfen. Das ist ja wohl nicht zu fassen!«

Durch den Rückspiegel sah sie, dass der Fahrer sich amüsierte. »Ich werfe nicht die Flinte ins Korn«, widersprach Carsten Pahl bestimmt. »Wenn ich aufgeben wollte, könnte ich das ja tun. Jeden Tag. Du kannst mir glauben, dass ich meinen Job nicht wegen der Bezahlung und erst recht nicht aus Machtgeilheit mache. Das gilt zwar für viele in unserem Politiktheater, aber nicht für mich. Aber wenn ich zurücktrete, ist der Sache damit ja auch nicht gedient. Oder glaubst du, unter einem Kanzler Willemann würden wir schneller vorankommen?«

»So habe ich das doch gar nicht gemeint.« Tessa hatte das Gefühl, etwas zu weit gegangen zu sein.

Er nickte beschwichtigend. Auch seine Stimme wurde wieder ruhiger. »Die Frage, die mich immer wieder umtreibt, ist, ob unsere Demokratie, so wie wir sie derzeit anwenden, in der Lage ist, die großen Probleme unserer Zeit zu meistern. Das betrifft ja nicht nur den Klimawandel, aber egal, machen wir es nicht unnötig kompliziert.«

Tessa musste sofort an Shannon denken. Stellte Pahl gerade etwa auch die Demokratie infrage? Ihr sträubten sich die Nackenhaare.

»Aber ich sage ja nicht, dass die Demokratie grundsätzlich gescheitert ist«, beeilte er sich zu ergänzen, »ich frage mich angesichts des lähmend langsamen Fortkommens nur immer öfter:

Haben wir so, wie wir es derzeit anstellen, eine Chance, zum Ziel zu kommen?«

Tessa schüttelte vehement den Kopf. »Jetzt komm bitte nicht mit der These, dass man weitreichende Entscheidungen nur noch treffen kann, wenn man die Macht stärker konzentriert und demokratische Grundsätze aufgibt.«

»Nein, das tue ich ja gar nicht. Beziehungsweise – ich stelle fest, dass wir so, wie wir im Moment organisiert sind, zu scheitern drohen. Da sind wir uns doch einig, oder nicht? Im Kleinen hast du das ja eben während unseres Termins miterlebt. Ich sage dir, es ist im Großen noch viel schlimmer. Ich sehe das jeden Tag, und das frustriert kolossal.«

Tessa schaute ihn zunehmend entsetzt an. Mein Gott, dachte sie, ist jetzt etwa auch unser grüner Bundeskanzler mit seinem Latein am Ende? Wer soll denn dann bitte schön den Karren noch aus dem Dreck ziehen?

»Und auf der anderen Seite«, fuhr Pahl fort, »sehen wir doch, was China dank seines Systems auf die Kette kriegt. Nicht, dass ich alles gutheiße, was von da kommt.« Er hob abwehrend seine Arme. »Aber eins muss man denen doch lassen. In puncto Zielstrebigkeit, Effizienz und langfristiger Planung sind sie uns um Längen voraus. Und den Amerikanern auch. Ich hatte neulich die Gelegenheit, das chinesische Regierungsmitglied kennenzulernen, das für Klimaschutz verantwortlich ist. Wir haben uns in Bologna getroffen. Du kennst das Minerva-Projekt?«

Tessa nickte. Pahl sprach vermutlich von demselben Mann, den Shannon kennengelernt hatte.

»Das ist schon beeindruckend, mit welcher Konsequenz die vorgehen. Am Ende werden wir es ohne die Chinesen nicht schaffen, dazu ist das Klimaproblem zu groß und vor allem zu dringend. Wir haben den Zeitpunkt verschlafen, zu dem wir das Heft des

Handelns noch selbst in der Hand hatten. Lange ist das gar nicht her, fünf Jahre vielleicht. Inzwischen aber sind wir auf verlorenem Posten.«

»Und welche Kollateralschäden sind wir dann bereit, zu akzeptieren?«

Sie benutzte das Wort absichtlich, weil sie sich noch gut daran erinnerte, wie sehr sich Shannon damals daran gestört hatte. Und tatsächlich, auch Pahl schien irritiert zu sein.

»Kollateralschaden ist ein starkes Wort. Aber vermutlich müssen wir den ein oder anderen Kompromiss eingehen.«

»Zum Beispiel?«

»Ich weiß nicht«, er zuckte mit den Schultern, »vielleicht eine weitere Machtverschiebung weg von den USA und auch weg von Europa in Richtung China. Ich habe aber das Gefühl, dass unser Bild von China sehr stark durch die Vergangenheit geprägt ist. Die junge Generation der Chinesen denkt anders als ihre Eltern.«

»Das hoffe ich doch.« Tessa war empört. »Aber der Blick auf Menschenrechte ist in China nach wie vor ein anderer als bei uns.«

»Das weiß ich, Tessa. Und glaub mir, das ist der größte Konflikt, den ich in diesem Zusammenhang habe. Leider ist das ein ganz schwieriges Thema. Und zwar nicht nur kommunikativ, sondern auch inhaltlich. Wie viele Menschenrechte verletzt denn ein ungebremster Klimawandel?«

In dem Moment klingelte sein Telefon. Pahl kramte es aus seiner Jackentasche.

»Entschuldige, das muss ich annehmen, und es dauert länger.«

Pahl nahm ab und wies als Erstes darauf hin, dass er nicht frei sprechen könne. Dann nickte er und drehte sich zum Fenster weg.

Tessa konnte nicht fassen, was sie soeben gehört hatte. Aus dem Mund eines Grünen auch noch! Und wie selbstverständlich es über seine Lippen gekommen war, dass man Menschenrechtsverletzungen quasi eintauschen musste gegen Klimaschutz. Das war jetzt schon der Zweite, der ihr das – ebenfalls mit einer aus ihrer Sicht vollkommen unangebrachten Sachlichkeit – klarzumachen versuchte. Sie drehte sich von Pahl weg und lehnte ihren Kopf gegen die Scheibe. Es war inzwischen dunkel geworden und hatte angefangen zu regnen. In was für einer beschissenen Welt lebte sie eigentlich? Dass der ganz überwiegende Teil der Menschheit keinen Beitrag leistete, war schlimm genug. Aber wo sollte das enden, wenn jetzt auch noch die führenden Köpfe der westlichen Welt den Mut verlören und begännen, elementare Grundwerte unserer Zivilisation zur Disposition zu stellen?

Was sie am meisten irritierte, nein, regelrecht verstörte, war die Erkenntnis, dass die Argumentationsketten von Carsten Pahl und Shannon so verdammt logisch waren. Sie sah sich einfach nicht in der Lage, inhaltlich stringent dagegenzuhalten.

27. Kapitel

Dienstag, 24. August 2027
San Francisco, USA

Shannon stand in einer der Seitenstraßen, die vom Alamo Square Park abgingen, und zögerte. Shěn Shìxīns gelb-rot gestrichenes Haus erinnerte an die Painted Ladies, San Franciscos weltberühmte viktorianische Wohnhäuser, gehörte streng genommen aber nicht dazu. Sie kam sich vor wie auf einer Zeitreise. Ewig war sie nicht hier gewesen. Ihr Kontakt war eingeschlafen, nachdem sie vor vielen Jahren das Coaching beendet hatte. Der fixe monatliche Termin war nahezu immer wichtigeren Verpflichtungen von Shannon zum Opfer gefallen, sodass es irgendwann keinen Sinn mehr gemacht hatte, daran festzuhalten. Sie hatten sich damals fest vorgenommen, in Kontakt zu bleiben. Wie das dann so häufig passierte, hatten ihre Leben genügend viel zu bieten, um den Vorsatz zunichtezumachen. Gestern hatten sie zum ersten Mal wieder miteinander gesprochen. Kurz nur, weil Shěn Shìxīn nicht am Telefon reden wollte.

Bevor sie die kleine Gartenpforte öffnete, sah sie sich noch einmal zu beiden Seiten um. Nein, heute war ihr niemand gefolgt. In gespannter Erwartung, was aus ihrem Coach geworden war, und vor allem, ob er ihr würde helfen können, ging sie die sieben Stufen zur Eingangstür hinauf und klingelte. Lange tat sich nichts, nicht mal ein Geräusch war von innen zu hören. Sie musste an ihren gestrigen Anruf denken, da hatte es auch so lange gedauert, bis er drangegangen war. Dann plötzlich öffnete sich die Tür, und Shěn Shìxīn stand direkt vor ihr, fast so, als hätte er die ganze Zeit hinter der Klinke gelauert.

»Shannon, Darling!« Er breitete zur Begrüßung die Arme aus. »Die Zeit ist nicht gerecht zu uns. Während sie mich mit jedem Jahr grauer und klappriger macht, bist du heute noch viel schöner, als ich dich in Erinnerung hatte.«

»So ein Quatsch, ich weiß noch genau, wie ich mit Mitte zwanzig aussah. Keinen Moment würde ich zögern, wenn ich tauschen könnte.«

Als Shannon das sagte, sah sie Tessas Körper in Gedanken vor sich und schämte sich ein bisschen dafür.

»Das würde ich mir an deiner Stelle gut überlegen, ich meine es nämlich ernst. Deine Körperspannung hat zugenommen und dein Selbstvertrauen auch, beides macht dich deutlich attraktiver als früher. Und ich bin mir sicher, dass mir viele Männer zustimmen würden.«

Hoffentlich trifft das auch auf Frauen zu, dachte Shannon. »Das hast du lieb gesagt. Ich mache viel mehr Sport als früher, das ist vermutlich das Geheimnis«, erwiderte sie und folgte Shěn Shìxīn ins Haus.

Dabei bemerkte sie, dass er mit der auf ihn bezogenen Aussage recht gehabt hatte, er war tatsächlich sehr gealtert. Aber kein Wunder, vermutlich ist er inzwischen jenseits der 85, kam es ihr in den Sinn. Sein Haus hatte sich nicht verändert. Wie früher fühlte sich Shannon sofort nach China versetzt. Dabei fragte sie sich jetzt – tatsächlich zum ersten Mal –, ob Privathäuser in China wirklich so eingerichtet waren. Shěn Shìxīns Haus jedenfalls stand voller fernöstlicher Möbel. Dazu hingen sowohl von den Wänden wie auch von den Decken etliche asiatische Streich-, Blas- und Schlaginstrumente, dazwischen Teppiche und bunte Lampions, auf dem Boden lagen Sitzkissen, und wie immer roch es nach Räucherstäbchen und Tee. Wenn jetzt der Gastgeber noch mit geflochtenem Spitzbart, langem Gewand und barfuß daherkäme, wäre das Bild perfekt, dachte sie. Zum Glück war das aber nicht der Fall, Shěn Shìxīn trug eine schwarze Anzughose und ein weißes Hemd. Einzig seine langen, inzwischen schneeweißen Haare, die er wie immer zu einem Pferdeschwanz gebunden hatte, bedienten ein Stück weit das Klischee.

Sie folgte ihm in das im hinteren Teil des Hauses gelegene Wohnzimmer, aus dessen Fenster man einen Blick in den kleinen Garten hatte. In der Mitte des Raumes stand noch immer der flache, mit Schnitzereien aufwendig verzierte Holztisch, der sie damals schon beeindruckt hatte. Daneben ein kleinerer Tisch mit allem, was für die Teezubereitung benötigt wurde: Teekannen in unterschiedlicher Form und Größe, ein Dekantiergefäß, bunt bemalte Teeschalen, Gefäße mit verschiedenen Teesorten und frische Ingwerscheiben. Shannon musste schmunzeln. Alles war so vertraut, ihre lange Abwesenheit hatte daran nichts geändert. Und immer noch brach Shěn Shìxīn mit allen chinesischen Traditionen, indem er das kochende Wasser in einem großen kupfernen Samowar aufbewahrte, der im Zentrum des Teetisches thronte. Das war seiner Bequemlichkeit geschuldet, so musste er nur einmal täglich frisches Wasser aus der Küche holen.

Er bereitete zwei Schalen Tee zu, legte – sich an Shannons Vorliebe erinnernd – eine Ingwerscheibe in die eine und setzte sich auf den Boden. Shannon nahm ihm gegenüber Platz und roch sofort, dass es der gleiche Grüne Tee war, den sie schon damals oft getrunken hatten.

»Warum wolltest du nicht am Telefon sprechen?«, fragte sie unumwunden, besann sich dann aber auf die Frage, die ihr noch drängender erschien: »Und wieso hattest du meinen Anruf erwartet – nach so langer Zeit?«

Shěn Shìxīn hielt seine Teeschale mit beiden Handflächen fest, als wollte er sich an ihr wärmen, und sah sie eine Zeit lang schweigend an.

Dann sagte er: »Wie geht es dir, Shannon? Wir haben uns lange weder gesehen noch gesprochen. Fast fünfzehn Jahre.«

Wie immer strahlte er eine unerschütterliche Ruhe aus. Als könnte nichts auf der Welt seinen Frieden stören.

Shannon schloss für einen Moment ihre Augen und schluckte. »Bitte entschuldige, Shìxīn. Ich bin durcheinander im Moment. Ich erzähle gleich warum. Aber im Prinzip geht es mir gut. Eigentlich sogar sehr gut. Ich nehme an, du hast ein bisschen mitbekommen, was ich so mache.« Sie musterte ihn und fügte hinzu: »Wie geht es dir?«

Wieder sah Shěn Shìxīn sie lange an, ohne etwas zu erwidern. Dann nickte er. »Ja, natürlich verfolge ich, was du treibst. Sehr beeindruckend. Glückwunsch dazu. Mir geht es gut, danke, dass du fragst.«

Ganz gemächlich, fast monoton begann er nun, von seinen Kindern und Enkelkindern zu erzählen, auch zwei Urenkel hatte er inzwischen. Shannon musste zugeben, dass sie das nur bedingt interessierte; ihr brannten andere Fragen unter den Nägeln. Sie wollte über China sprechen, das Land besser verstehen und einen Rat bekommen, wie sie sich verhalten sollte. Aber natürlich wusste sie, was ihr alter Coach tat. Er wollte, dass sie runterkam und sich auf das Gespräch einließ. Und es war gut, sie kannte das von früher und ließ es geschehen. Es hatte fast etwas Meditatives.

Nach einer geraumen Weile hatte er offenbar den Eindruck, dass Shannon angekommen war. Er hörte auf zu erzählen und schaute sie wieder lange an. Wissend, dass er das von ihr erwartete, hielt sie seinem Blick stand. Es fiel ihr leicht, aus seinen Augen sprach Verständnis und Gutmütigkeit.

Dann kam er unmittelbar zur Sache. »Ich weiß nicht, was du gemacht hast, Darling, aber ich hoffe, dass dir die Sache nicht über den Kopf wächst.«

Sie schaute ihn fragend an.

»Ich habe in den letzten Tagen zweimal unangekündigten Besuch bekommen. Zunächst von der CIA.«

Shannons Körper spannte sich an, ihre Augen wurden größer.

»Die beiden Herren interessierte, was ich über dich weiß. Welche Meinung du zu China hast, welche Kontakte du pflegst und so weiter. Das Übliche.«

Sie fragte sich, woher er wissen konnte, was das Übliche war.

»Ich habe ihnen alles gesagt, was ich weiß, aber das war natürlich nicht viel. Wie auch, nach so langer Zeit? Der Besuch hat mich auch nicht sonderlich beschäftigt, vermutlich hätte ich dich nicht einmal darüber in Kenntnis gesetzt. Dass du relevante berufliche Berührungspunkte zu China hast, überrascht ja nicht. Und dass unsere geliebte Wahlheimat unter einer ernst zu nehmenden China-Paranoia leidet, ist ja auch nichts Neues.« Er machte eine kleine Pause. »Aber dann kamen gestern Morgen, kurz bevor du mich angerufen hast, zwei Herren vom Guoanbu.«

»Von wem?« Shannons Gesichtsausdruck verriet, dass sie damit nichts anfangen konnte.

»Das ist das chinesische Ministerium für Staatssicherheit. Die chinesische CIA, wenn du so willst. Ich hatte das Gefühl, dass sie unabhängig von den Amerikanern kamen, also nichts voneinander wussten – in Bezug auf deinen Fall, meine ich.«

»Wie bitte? In Bezug auf meinen Fall? Was denn für ein Fall? Und was wollten die denn ausgerechnet von *dir*?«

»Informationen über dich.«

»Und da schneien die so einfach hier rein und sagen ›Guten Tag, wir sind Geheimagenten, könnten Sie uns bitte mitteilen, was sie über Shannon O'Reilly wissen?‹?« Sie lachte nervös auf.

Er hob leicht die Schultern. »Im Prinzip ja. So ähnlich zumindest. Für die CIA ist das auch nicht so ungewöhnlich. Wie sollen sie es auch sonst machen? Der Guoanbu arbeitet im Ausland in der Regel verdeckter.«

Wieder stutzte Shannon. In der Regel? Woher kannte ihr alter Coach sich denn so gut mit Geheimdiensten aus?

»Ja«, sagte Shěn Shìxīn, der ihre Gedanken erriet, »ich habe früher für den Guoanbu gearbeitet. Aber mach dir keine Sorgen, das ist lange vorbei.«

Ihr fiel die Kinnlade herunter. Sie konnte es nicht glauben. Ihr alter lieber Coach ein Geheimdienstler? Mein Gott, die gab es ja plötzlich überall um sie herum!

»Was hältst du davon, wenn du mir erst einmal in Ruhe erzählst, um was es eigentlich geht. Vielleicht kann ich dir ja helfen.«

»Ich habe keine Ahnung, um was es geht!«, rief sie aufgebracht.

In dem Moment klingelte es. Shěn Shìxīn stand auf und ging zur Haustür. Shannon hörte, wie er mit irgendjemandem Chinesisch sprach. Dann kam er zurück. Allein, wie Shannon erleichtert feststellte. In den Händen trug er mehrere Tüten.

»Von einem Freund, Stärkung aus Chinatown. Ich hatte das Gefühl, dass unser Gespräch länger dauern könnte.«

Er stellte die Tüten auf den Boden. Dann verschwand er wieder, diesmal in die Küche, wie sie an dem Klappern erkannte. Kurz darauf kam er mit einem vollgepackten Tablett in den Händen zurück.

»Räumst du mal bitte den Tisch frei?«

Shannon zuckte zusammen. »Oh, entschuldige. Natürlich.«

Sie kniete sich hin und räumte die beiden Teeschalen zur Seite, sodass Shěn Shìxīn das Tablett abstellen konnte. Sie stellten Schalen unterschiedlichster Größe auf den Tisch und füllten sie mit den kulinarischen Kleinigkeiten, die gerade geliefert worden waren. Shannon bereute fast, dass ihr im Moment überhaupt nicht nach Essen zumute war, so gut roch alles. Nachdem sie sich wieder gesetzt hatten, griff Shěn Shìxīn zu, er schien Appetit zu haben. Während er verschiedene Soßen aus Einwegverpackungen in kleine Porzellanschälchen goss, kam er wieder auf ihr eigentliches Thema zurück: »Du bist in irgendetwas hineingerutscht, das sowohl den Amerikanern als auch den Chinesen von großer Wichtigkeit zu sein scheint.«

Shannon machte ein hilfloses Gesicht.

»Was für Interaktionen hattest du denn in den letzten zwölf Monaten mit meinen Landsleuten? Oder mit Projekten, an denen chinesische Firmen beteiligt sind?«

Shannon zögerte. Konnte sie Shěn Shìxīn vertrauen? Schließlich hatte er selbst für den chinesischen Geheimdienst gearbeitet. Auf der anderen Seite: Was hatte sie zu verlieren? Sie hatte dem Land nichts getan. Im Gegenteil, Zhāng Li war schließlich auf sie zugekommen, und zwar mit durchaus hehren Absichten, soweit sie das bisher beurteilen konnte.

Wenn sie jetzt aufstünde und ginge, würde sie definitiv nicht schlauer werden. Also begann sie zu erzählen. Sie gab Shěn Shìxīn zunächst einen generellen Überblick, damit er ihre China-Aktivitäten richtig einordnen konnte. Im Verhältnis zu ihrem Gesamtportfolio spielten sie nämlich immer noch eine untergeordnete Rolle. Dann zählte sie die größeren Projekte mit chinesischer Beteiligung auf, die sie mit Shamrock Capital maßgeblich finanzierte. Dabei unterschied sie danach, ob China Technologielieferant, Mitinvestor oder beides war. Meistens war Letzteres der Fall, wenn sie ehrlich war. Als Shannon von ihrem Fūjin-Projekt in Japan erzählte, zog er mehrmals staunend die Augenbrauen hoch. Dann kam sie zu Minerva. Shěn Shìxīn hatte von dem Vorhaben gehört, sich aber nicht näher damit beschäftigt. Schließlich erwähnte sie ihr Treffen mit Zhāng Li.

»Von wem ging das aus?« Es war das erste Mal, dass Shěn Shìxīn sie unterbrach.

»Von ihm. Er hat um das Abendessen gebeten. Ich kannte ihn vorher nicht. Ehrlich gesagt, hatte ich sogar noch nie von ihm gehört, was ziemlich erstaunlich ist, wenn man bedenkt, wie viele Berührungspunkte wir auch schon vorher hatten. Kennst du ihn?«

»Nicht persönlich. Aber ich weiß, wer er ist.«

»Zwei Dinge haben mich an ihm besonders beeindruckt: Seine Kompetenz und der Handlungsspielraum, den er zu haben scheint. Ich habe mich selten mit jemandem unterhalten, der so viel von Klimaschutz versteht wie Li. Und zwar über die ganze Palette, von einzelnen Technologien im Detail über die wesentlichen wirtschaftlichen Trends bis hin zu den wissenschaftlichen Gesamtzusammenhängen und Wechselwirkungen. Dazu scheint er ein schier unerschöpfliches Budget zur Verfügung zu haben, über das er mehr oder minder frei verfügen kann. Zumindest hatte ich den Eindruck. Und dazu kam er mir erstaunlich unternehmerisch vor, gar nicht wie ein Politiker.«

»Ja«, sagte Shěn Shìxīn, »zumindest nicht wie ein Politiker, wie du ihn aus unseren Demokratien kennst.«

Daraufhin erzählte sie von dem ungewöhnlichen Beteiligungsangebot, das Zhāng Li ihr unterbreitet hatte. Dabei ließ sie auch nicht aus, dass er ganz offensichtlich sensible Informationen über Shamrock Capital hatte, die nicht öffentlich zugänglich waren, was Shěn Shìxīn jedoch nicht im Geringsten zu wundern schien. Schließlich berichtete sie von dem gestrigen Zusammentreffen mit der CIA. Hier bemühte sie sich, jedes Detail bis hin zu einzelnen Wortlauten und Gesten wiederzugeben, damit sich ihr in diesem Metier ja offenbar erfahrener Coach ein möglichst genaues Bild machen konnte.

Als sie mit ihren Ausführungen am Ende war, stand Shěn Shìxīn schweigend auf und ging zum Fenster. Während er hinausschaute, kratzte er sich langsam am Kopf. Dann drehte er sich zu ihr um. »Wenn das alles so war, wie du es erzählst, und daran habe ich natürlich nicht den geringsten Zweifel, dann ist die Sache doch eigentlich ziemlich klar.«

Es folgte eine dieser allein der Dramaturgie dienenden Pausen, die Shannon noch gut in Erinnerung hatte. Sie waren eine Angewohnheit von Shěn Shìxīn. Dann sagte er:

»Die Chinesen wollen dich einbinden in ihre Strategie; sie wollen dich als Beschleuniger nutzen. Ich finde das nicht nur nachvollziehbar, sondern auch sehr klug. Damit ist klar, warum der Guoanbu dich checkt. Du brauchst dir keine Sorgen zu machen, das ist Routine. Ich frage mich nur, wie sie die Brücke zu mir geschlagen haben. Nach so langer Zeit?«

»Das kann ich dir erklären. Ich habe Zhāng Li in Bologna auf Mandarin begrüßt und ihm in dem Zuge kurz von dir erzählt. Heißt das denn, dass Zhāng Li mit dem Guoanbu zusammenarbeitet?«

Sie bereute ihre Frage sofort, als sie sah, wie Shěn Shìxīn sie für einen kurzen Moment überrascht und dann mitleidig ansah. Sein Blick reichte als Antwort.

Sie ärgerte sich über ihre eigene Naivität. Aber mit Geheimdiensten kannte sie sich nun mal wirklich nicht aus.

»Was die Amerikaner anbetrifft, so liegt deren Fokus nicht auf dir, sondern auf Zhāng Li. Dich haben sie ja nur als Informantin angeworben.«

»Nur« ist gut, dachte Shannon, und »angeworben« war wohl auch das falsche Wort, sie hatte ja keine Wahl.

»Aber auch Informanten werden ausführlich gecheckt. Klar also, dass sie hier waren. Eine Akte über dich existiert bei der CIA sowieso. Ganz unabhängig von den neuesten Ereignissen, schlicht aufgrund der Bedeutung deines Schaffens. Da steht natürlich drin, dass du etwas Mandarin sprichst und sicherlich auch, wie du es gelernt hast.«

Die Akte ist vermutlich inzwischen eine Datei, dachte Shannon, aber das machte es natürlich nicht weniger gruselig.

»Ein besonderes Interesse scheint die CIA ja an diesen Projekten in Afrika zu haben. Über die weißt du tatsächlich gar nichts?«

Shannon schüttelte den Kopf. »Nein, ich habe nie zuvor davon gehört. Was übrigens bedeutet, dass es die Projekte offiziell überhaupt nicht gibt. So etwas würde nicht an mir vorbeigehen.«

»Ja, das kann ich mir denken. Und kannst du dir irgendeinen Reim daraus machen?«

Sie schüttelte den Kopf.

Plötzlich grinste Shěn Shìxīn. Shannon neigte ihren Kopf fragend zur Seite.

»Ich glaube, die Amerikaner haben ein Problem«, erklärte er ihr. »Also, ich meine, das haben sie natürlich sowieso. Weil China Vollgas gibt in einem Feld, das Amerika lange Zeit total unterschätzt hat. Einem Gebiet, das vermutlich über die wirtschaftliche und politische Vormachtstellung in der Welt entscheiden wird. Aber damit nicht genug. Jetzt tauchen da plötzlich auch noch zwei Megaprojekte auf, die sie überhaupt nicht greifen können. Und dazu noch in Ländern, zu denen die USA keine besonders innigen

Beziehungen pflegen, um es mal vorsichtig auszudrücken. Im Gegensatz zu China übrigens.«

Der alte Chinese schien das alles amüsant zu finden. Shannon weniger. Dazu war sie viel zu tief in die Angelegenheit verstrickt.

Kurz angebunden sagte sie: »Mal im Ernst, Shìxīn, was soll ich jetzt tun? Wie schätzt du die Chinesen ein? Was haben sie vor? Ich weiß, dass du mir nichts über Klimaschutz beibringen kannst, aber du weißt, wie China tickt.«

Shěn Shìxīn setzte sich zurück zu ihr an den Tisch und wurde wieder ernst. Sein Blick fiel auf Shannons Teller, der immer noch unbenutzt vor ihr stand. Kopfschüttelnd schob er ein paar Schalen in ihre Richtung und schaute sie aufmunternd an.

»Nun iss endlich mal, dann erzähle ich dir was über die chinesische Mentalität. Möchtest du einen Baijiu dazu?«

Shannon lehnte dankend ab. Appetit hatte sie nun aber tatsächlich bekommen. Sie stand aus ihrem Schneidersitz auf, um ihre Beine auszuschütteln, die beide eingeschlafen waren. Dann kniete sie sich vor den Tisch und legte sich ein paar Kleinigkeiten auf ihren Teller. Kopfschüttelnd zeigte sie auf Shěn Shìxīns Beine.

»Ich werde nie verstehen, wie du das bequem finden kannst?«

Er saß wie immer im Lotussitz und ging nicht weiter auf ihre Bemerkung ein.

»Wie du dir vorstellen kannst, könnte ich stundenlang über die Unterschiede zwischen der chinesischen und der abendländischen Mentalität referieren, Darling. Ich glaube sogar, dass das in Anbetracht deiner möglichen Ambitionen mit Zhāng Li von großem Nutzen für dich wäre. Aber das können wir ein andermal nachholen, ich kenne ja deine Ungeduld.« Mit einem Blick deutete er auf ihren Teller. »Lass es dir schmecken.«

Nach einer weiteren seiner theatralischen Pausen begann er

schließlich: »Anders als es die durch alternative Medizin und andere chinesische Traditionen verfälschte Wahrnehmung im Westen vermuten lässt, agiert man in China sehr rational und wissenschaftsgläubig. Das gilt auch und besonders für die politische Führung. Insofern wundert es auch nicht, dass sich das Politbüro seit Langem dezidiert mit dem Klimawandel auseinandersetzt. Viel länger offenbar, als der Westen glaubte – und vermutlich auch glauben sollte. Nach deinen Ausführungen eben ist die Sachlage aus meiner Sicht vollkommen klar: China hat den menschengemachten Klimawandel als Fakt anerkannt, seine Folgen als nicht tragbar definiert und entschieden, ihn zu bekämpfen. Und wenn China einmal beschlossen hat, etwas zu ändern, dann tut es das mit gnadenloser Konsequenz.«

Wieder eine Pause. Als Shannon aufsah, fragte er: »Hast du dich mal näher mit der chinesischen Ein-Kind-Politik beschäftigt?«

»Nein.« Shannon stutzte. »Also ich weiß, dass es in China lange verboten war, mehr als ein Kind zu bekommen …«

»35 Jahre lang, um genau zu sein, von 1980 bis 2015. Die Ratio dahinter war, dass das starke Bevölkerungswachstum das Land vor unlösbare Probleme stellte. Allem voran konnte die Bevölkerung nicht mehr ernährt werden. Also wurde verfügt, dass Ehepaare bis auf Ausnahmen nur noch ein Kind haben durften. Um das durchzusetzen, gab es eine Vielzahl von Vergünstigungen, vor allem aber Sanktionen. Wer gegen die Regel verstieß, hatte nicht nur deutlich höhere Kosten für Gesundheit und Ausbildung zu tragen, sondern musste auch mit dem Verlust von Kindergarten- und Schulplätzen oder gar der Wohnung und des Arbeitsplatzes rechnen …«

»Wie bitte?«, fiel Shannon ihm ungläubig ins Wort.

»Ich war noch nicht fertig. Darüber hinaus sorgte das Politbüro dafür, dass Heerscharen von Parteivertretern präventiv dafür sorgten, dass es zu möglichst wenig Verstößen kam. Das führte neben den unzähligen freiwilligen Schwangerschaftsabbrüchen« – als er das Wort »freiwillig« aussprach, malte er mit den Zeigefingern Anführungszeichen in die Luft – »zu vielen Millionen behördlich angeordneten Abtreibungen, und zwar ziemlich unabhängig vom Stadium der Schwangerschaft. Bis in den neunten Monat hinein – und darüber hinaus.«

Shannon verzog ihr Gesicht. »Was meinst du denn damit?«

»Es gab behördlich verfügte Tötungen nach der Geburt, und das waren keine Einzelfälle. Anschließend mussten die Frauen, die gegen das Gesetz verstoßen hatten, auch noch damit rechnen, zwangssterilisiert zu werden.«

Shannon war sprachlos.

Shěn Shìxīn fuhr sachlich und anscheinend emotionslos fort. »Dennoch geborene Zweitkinder wurden den Familien zum Teil weggenommen, in Heime gesteckt und international zur Adoption angeboten. Wie später bekannt wurde, hat der Staat bei diesem Geschäft ordentlich mitverdient. Eine hohe Dunkelziffer von Betroffenen tötete ihre Kinder sogar selbst, entweder weil es ein Mädchen war und man lieber einen Sohn zur eigenen Altersvorsorge haben wollte, oder schlicht weil es sich um das zweite Kind handelte. Das war die einzige Chance, die man hatte, um die dramatischen Sanktionen abzuwenden. Es gibt einen chinesischen Künstler, der aus Protest gegen diese Politik Fotos von Föten und toten Säuglingen auf Müllkippen gemacht hat. Es gibt verstörende Ausstellungen von ihm – natürlich nicht in China.«

Angewidert legte Shannon die Essstäbchen auf den Tisch zurück und schob ihren Teller von sich weg. Sie konnte nicht glauben, was Shěn Shìxīn da erzählte.

»Schätzungen zufolge fehlen der chinesischen Bevölkerung durch diese Politik rund 500 Millionen Kinder. Aufgrund der

Bevorzugung von Jungen und der damit überproportionalen Abtreibung beziehungsweise Tötung von Mädchen gibt es heute in China zudem einen beträchtlichen Männerüberschuss.«

»O. k., o. k.« Shannon hielt wie zur Abwehr beide Hände in die Höhe. »Ich habe verstanden. Aber ehrlich gesagt habe ich im Moment weder Lust noch Kraft, mich mit so etwas auseinanderzusetzen. Warum erzählst du mir das alles?«

»Weil ich dir China erklären soll.«

»Also, ... Shìxīn!« Shannon war empört. »Wenn du jetzt nicht selbst Chinese wärst! Ich finde das ehrlich gesagt extrem diffamierend.«

Shěn Shìxīn hob entschuldigend die Arme. »Das war nicht meine Absicht«, beeilte er sich zu sagen. »Mir geht es um was anderes: In China gibt es inzwischen eine Aufarbeitung der Ein-Kind-Politik. Nicht politisch, aber in der Zivilgesellschaft. Insbesondere die entstandene Einzelkindgeneration, also die Leute in deinem Alter und jünger, leisten hier eine ganz bemerkenswerte Aufklärungsarbeit. Und trotzdem, viele damals Betroffene, Opfer wie Täter gleichermaßen, sagen heute noch immer, dass die Ein-Kind-Politik alternativlos war. Dass man ansonsten das Land nicht mehr hätte ernähren können und dass es niemals zu dem starken Wirtschaftsaufschwung gekommen wäre, den China parallel erlebte. Sie rechtfertigen die Politik, und zwar trotz des unendlichen persönlichen Leids, das die Menschen in der Zeit erfahren haben. Dabei weiß die Wissenschaft heute, dass der harte demografische Einschnitt vollkommen falsch war und zu enormen Überalterungsproblemen in der Gesellschaft führen wird, die ja auch längst sichtbar sind. Außerdem hätte sich das Problem von ganz alleine gelöst, weil weltweit erkennbar ist, dass mit höherer Bildung und steigendem Einkommen die Geburtenrate sinkt.«

Shannon hatte genug gehört. Ihr war inzwischen klar, worauf Shěn Shìxīns Ausführungen hinausliefen.

»Und bezogen auf mein Thema lerne ich daraus was?«, fragte sie trotzdem, um auf den Punkt zu kommen.

Ihr alter Coach stand langsam auf und ging zum Fenster zurück. Offenbar erforderte der Lotussitz in seinem Alter doch ein gelegentliches Ausschütteln der Beine. Da er keine Anstalten machte zu antworten, übernahm Shannon das selbst. »Wenn China den Klimawandel stoppen will, werden sie das rigoros tun und dabei alles, insbesondere Einzelschicksale und Individualrechte, dem Gesamtziel unterordnen. Das ist es, worauf du hinaus wolltest, oder?«

Shěn Shìxīn drehte sich um und blickte ihr lange in die Augen.

»Ja, Shannon«, sagte er dann, »das ist mein Punkt. Alles andere hieße, die Augen vor der Realität zu verschließen.«

Sie starrte auf ihren Teller. Auch wenn die gerade ausgesprochene Erkenntnis grundsätzlich nicht neu für sie war, erschien sie ihr jetzt – vor dem Hintergrund der beschriebenen Auswüchse der Ein-Kind-Politik – in einem anderen Licht.

Sie stand ebenfalls auf und ging ans Fenster. Draußen war es längst dunkel geworden. Bunte Lampions beleuchteten den hinteren Teil des kleinen Gartens. Lange standen sie schweigend nebeneinander, bis Shannon klar wurde, dass alles gesagt war. Sie half Shěn Shìxīn, den Tisch abzuräumen. Nachdem sie sich voneinander verabschiedet hatten, drehte sie sich draußen auf der Treppe noch einmal um.

»Darf ich wiederkommen?«

»Jederzeit. Und noch etwas. Du kannst davon ausgehen, dass du überwacht wirst. Und zwar gleich doppelt.« Während er das aussprach, schaute Shěn Shìxīn prüfend erst nach rechts und dann nach links die Straße hinunter.

Shannon presste die Lippen zusammen und nickte tapfer. »Ich weiß.«

»Auch digital.«

Erschreckt starrte sie ihn an.

»Mein Telefon?«

»Ganz bestimmt. Aber alles andere auch.«

Während sie zum Auto ging, fühlte sie sich von allen Seiten beobachtet. Ständig drehte sie sich um und verdächtigte jede Person, die sie auch nur von Weitem sah, der Bespitzelung. Als sie im Wagen saß, checkte sie als Erstes, ob sich jemand auf der Rückbank versteckt hatte. Dann nahm sie ihren Kopf in die Hände und atmete tief durch.

Beruhige dich, sagte sie zu sich selbst, du machst es genau falsch, so wird das nichts.

Sie griff nach ihrem Telefon und hielt es angewidert in der Hand. Kurz überlegte sie, ob sie es einfach aus dem Fenster werfen sollte, begriff aber sofort, dass das nicht viel brächte. Sie würde ein neues brauchen. Entschlossen verstärkte sie den Griff um das Gerät und entsperrte es.

Mehr als vier Stunden lang hatte sie es nicht beachtet. Das kam – außer wenn sie schlief – eigentlich nie vor. Entsprechend viele Mitteilungen hatte sie bekommen. Sie scrollte die verschiedenen Apps durch und fand nichts davon relevant. Nur Tessas Nachricht öffnete sie.

Hi, habe gestern unseren Bundeskanzler getroffen. Ihr würdet euch gut verstehen.

War sie jetzt die Dritte, die diese Nachricht las? Total surreal! Shannon sah, dass Tessa online war. Ja, dachte sie, klar, in Deutschland war es jetzt ja längst wieder morgens. Sie schrieb zurück.

Cool! Aber warum würden wir uns gut verstehen, ist er auch überzeugter Kapitalist? Ich dachte, Pahl ist Grüner?

Dann schoss ihr durch den Kopf, dass dem Guoanbu womöglich nicht gefallen würde, wenn sie sich als überzeugte Kapitalistin outete. Sollte sie es umformulieren? Gedanklich schlug sie sich sofort auf die Finger. So ein Quatsch, du kannst dich nicht verstellen! Das geht nicht, das kann nicht die Lösung sein. Also drückte sie auf »Senden«. Tessas Antwort kam umgehend.

Ihr seid in Italien von demselben Chinesen engagiert worden. Pahl glaubt auch, man muss mit denen gemeinsame Sache machen. Ihr seid doch alle nicht mehr zu retten!

Tatsächlich? Hatte Li auch den deutschen Bundeskanzler getroffen? Interessant ...

»Oh Gott!«, murmelte sie plötzlich.

Ein kalter Schauer lief ihr den Rücken herunter. Tessa, hör auf, so einen Mist zu schreiben! Wie kam sie da jetzt wieder raus? Sie sah, dass Tessa wieder etwas schrieb, und starrte auf ihren Bildschirm.

Dann kam die Nachricht: *Trotz Kollateralschäden!!!*

Verdammte Scheiße, das ging doch alles gar nicht! Was für einen Reim würden sich jetzt die Chinesen darauf machen? Und die CIA erst! Wie konnte sie jetzt bloß den Zunder aus der Kommunikation nehmen? Sie überlegte.

Dann schrieb sie: *Ich bin von keinem Chinesen engagiert worden. Wie kommst du darauf? Ich hatte nur ein einziges Gespräch. Und ich weiß auch nicht, ob eine Zusammenarbeit mit China richtig ist. Ich will das Klima schützen, genau wie du. Darum geht es mir!*

Sie nickte, ja, so ging es, für alle drei Seiten. Sie drückte auf »Senden«. Kurz darauf ging Tessa offline, ohne zu antworten.

Shannon wartete kurz und schrieb dann: *Wie geht es dir?*

Tessa kam zurück, las die Nachricht und formulierte dann offenbar eine ausführliche Antwort. Lange hieß es nur »Tessa schreibt …«. Shannon wartete. Dann plötzlich war ihre Freundin wieder offline, ohne eine Antwort geschickt zu haben.

Shannon schmiss ihr Telefon auf den Beifahrersitz und machte sich aufgewühlt auf den Heimweg. Ständig prüfte sie dabei im Rückspiegel, ob ihr jemand folgte. Und natürlich musste sie dabei an den Wagen denken, der sie letztes Jahr auf dem Weg nach Poole verfolgt hatte.

Ging das schon so lang?

28. Kapitel

Mittwoch, 29. September 2027
Shanghai, China

Fünf Wochen später betrat Shannon um 10:00 Uhr morgens Ortszeit die Maschine von San Francisco nach Shanghai. Endlich mal wieder genug Zeit, um in Ruhe zu schlafen und die Gedanken zu sortieren. Beides hatte sie nötig.

»Guten Morgen, Miss O'Reilly, wie schön, Sie an Bord begrüßen zu dürfen!«

Shannon war gerade dabei, ihr Handgepäck im oberen Locker zu verstauen. Als sie sich umdrehte, blickte sie in das lächelnde Gesicht einer brünetten Stewardess in ihrem Alter und grüßte erfreut zurück. Dass das Bordpersonal sie kannte, war nicht unnormal für Shannon. Sie nahm Platz und kramte ihr Telefon heraus, um noch ein paar Nachrichten zu beantworten.

An die Tatsache, dass vermutlich alles von amerikanischer und chinesischer Seite mitgelesen wurde, hatte sie sich inzwischen fast gewöhnt. Zumindest bei geschäftlicher Kommunikation. Sie hielt sich strikt an das, was sie sich vorgenommen hatte: Bleib, wie du bist, und mach ganz normal weiter wie bisher. Es ergab keinen Sinn zu versuchen, irgendwelche Realitäten zu verdrehen. Wenn der einen oder anderen Seite nicht gefiel, wie sie war oder was sie tat, konnte sie das auch nicht ändern – sie würde es zu gegebenem Zeitpunkt schon merken. Dann wurde im Zweifel eben nichts aus der Partnerschaft mit Zhāng Li, es gab Schlimmeres. Im Privaten verhielt es sich anders. Das erniedrigende Gefühl, dass ihre persönlichen Kontakte von Fremden beobachtet oder gar kontrolliert wurden, wurde nicht schwächer, im Gegenteil. Zumal sie niemandem etwas davon sagen konnte und sich ihre Kommunikationspartner entsprechend ganz natürlich verhielten. Gegebenenfalls auch intim. Lebhaft konnte sie sich an mindestens drei Videocalls mit Tessa erinnern, die ganz bestimmt auf großes Interesse bei ihren Observatoren gestoßen wären, obwohl sie fraglos vollkommen irrelevant für die Erfüllung deren inhaltlicher Aufgaben waren. Zum Glück hatte es aber derartige Calls seit Längerem nicht mehr gegeben. Beziehungsweise leider, dachte sie. Überhaupt war es um Tessa sehr ruhig geworden. Sie öffnete ihren Chatverlauf, scrollte nach oben und stellte fest, dass Tessa in der Tat nicht sonderlich kommunikativ gewesen war in letzter Zeit. Auf Shannons *»Wie geht es dir?«* in der Nacht nach ihrem Besuch bei Shìxīn hatte Tessa gar nicht geantwortet. Drei Tage später hatte Shannon ihr einen Link zu einem Artikel über die Grenzen der Demokratie geschickt, der auch unkommentiert geblieben war. Das sah ihr gar nicht ähnlich. Als Nächstes hatte Shannon ihr eine Sprachnachricht geschickt, in der sie Tessa von einem Solarprojekt auf Hawaii erzählte, das Shamrock Capital gerade akquiriert hatte. Als Antwort war nur ein kurzes »Schön für dich« zurückgekommen. Immerhin mit einem Küsschen-Smiley hinterher, wobei das jetzt fast entschuldigend wirkte. Das war's. Shannon ärgerte sich, dass ihr das nicht eher aufgefallen war.

Sie schrieb: *Sag mal, bist du o. k.? Mache mir Sorgen, bist so schweigsam (siehe oben). Bin auf dem Weg nach Shanghai, melde mich von dort.*

Puh, dachte sie plötzlich, wie soll ich Tessa nur beibringen, dass ich mit Zhāng Li kooperieren werde? In einem Anflug von Sarkasmus überlegte sie, dass sie Tessa ja einfach die im Zuge der Ein-Kind-Politik praktizierten Gräueltaten erläutern könnte, um zu plausibilisieren, warum sie auf China setzte. Das war zwar hart, aber die Wahrheit. Denn tatsächlich hatte Shannon inzwischen nicht mehr den geringsten Zweifel daran, dass die Menschheit im Kampf gegen den Klimawandel scheitern würde, solange *Business as usual* betrieben wurde. Ohne eine absolute Fokussierung auf dieses eine Thema – und ja, auch unter der bewussten Inkaufnahme von Kollateralschäden, wie Tessa es nannte – hatte die Menschheit keine Chance.

Shannons Kompromisslosigkeit ging inzwischen so weit, dass sie in vollem Bewusstsein der Konsequenzen bereit dazu war, zeitweise Rückschritte bei westlichen Zivilisationsstandards in Kauf zu nehmen. Sie war sich sicher, dass das in jedem Fall das kleinere Übel war.

Als Shannon aus dem Fenster schaute, stellte sie überrascht fest, dass sie längst in der Luft waren. Sie hatte gestern bis weit nach Mitternacht gearbeitet und wollte jetzt unbedingt die Zeit nutzen, um zu schlafen. Sie ließ sich ein Kissen und eine Decke bringen, bat die Stewardess, zum Mittagessen nicht geweckt zu werden, und fuhr ihren Sitz nach hinten. Normalerweise schlief sie im Flugzeug immer problemlos ein, heute stellte sie irritiert fest, dass das nicht der Fall war. Nicht nur die Konfrontation mit den Geheimdiensten und der Konflikt mit Tessa beschäftigten sie, sondern auch ihr anstehendes Treffen mit Zhāng Li. In Gedanken wälzte sie sich hin und her, bis sie irgendwann mitbekam, dass das Bordpersonal Lunch servierte. Genervt brach sie ihren Schlafversuch ab, nahm nun doch etwas zu essen und danach einen Espresso. Schließlich griff sie in ihre Tasche und schluckte eine

Schlaftablette: Aus langjähriger Erfahrung wusste sie, dass die Kombination aus gefülltem Bauch, Kaffee zur Anregung der Verdauung und einer Prosom Wunder wirkte. Nachdem sie es sich wieder in der Waagerechten gemütlich gemacht hatte, wanderten ihre Gedanken zu Zhāng Li zurück. Erneut fragte sie sich, welche Agenda sie sich für das Meeting vornehmen sollte. Klar war, dass sie die Partnerschaft unter Dach und Fach bringen wollte.

Was aber war mit den mysteriösen Projekten im Sudan und Mauretanien? Die CIA wollte Informationen von ihr dazu. Bisher hatte sie mit sich gehadert, ob sie versuchen sollte, bei Zhāng Li etwas dazu herauszubekommen. Jetzt plötzlich, im Flieger liegend und langsam müde werdend, war für sie vollkommen klar, dass sie das nicht tun würde. Erstens war es zu gefährlich. Wie sollte sie denn das Gespräch auf die Projekte lenken, wenn sie ihr offiziell unbekannt waren? Und wenn Zhāng Li auch nur ansatzweise vermuten würde, dass sie mit der CIA kooperierte, wäre ihre Partnerschaft vermutlich beendet, bevor sie begonnen hatte. Zweitens war sie inzwischen der Meinung, dass das Ganze die CIA überhaupt nichts anging. Die Chinesen konnten in Afrika doch tun und lassen, was sie wollten. Sie vermutete, dass die USA dazu bereit wären, ein aus Klimaschutzsicht sinnvolles Vorhaben der Chinesen zu torpedieren, nur um die eigene Weltmachtposition zu verteidigen. Und bei so etwas würde sie nicht mitspielen.

Zufrieden drehte sie sich auf die andere Seite und schlief ein.

Die Maschine landete mit einer halben Stunde Verspätung auf dem rund vierzig Kilometer vom Stadtzentrum entfernt gelegenen Shanghai Pudong International Airport. Wie immer wartete sie bei der Immigration länger, als ihr lieb war. Dass hier nicht nur die Pässe kontrolliert wurden, sondern von jedem einzelnen ausländischen Fluggast auch Fingerabdrücke von beiden Daumen, Zeige- und Mittelfingern genommen wurden, war sie bereits gewohnt. Neu für sie war, was auf den provisorisch installierten Anzeigetafeln neben der Warteschlange stand. Man solle sich darauf einstellen, dass Mobiltelefone während der Einreiseformalitäten abgegeben werden müssten. Für einen wenige Minuten dauernden Sicherheitscheck, wie es lapidar hieß. Shannon staunte nicht schlecht, als sie das las. Sie wusste, dass es derartige Maßnahmen zum Scannen der Daten oder sogar zum Aufspielen von Spionage-Apps an bestimmten Grenzübergängen bereits seit Längerem gab. Besonders betroffen war der von den Uiguren bewohnte Nordwesten Chinas. Sie fand das unschön, gleichzeitig war ihr aber klar, dass China kein Sonderfall war: Die USA nutzen diese Technologien ebenfalls regelmäßig in Verdachtsfällen. Als sie näher kam und das Prozedere beobachtete, irritierte sie allerdings doch, dass es hier offenbar jeden traf. Die Beamtinnen und Beamten machten keine Stichproben, sondern verlangten die Herausgabe aller mitgeführten Mobiltelefone inklusive der Zugangscodes von ausnahmslos allen Fluggästen. Wer sich weigerte, dem wurde die Einreise verwehrt. Die entstehenden Diskussionen und der Prüfvorgang selbst verlängerten die Wartezeiten erheblich. Als Shannon endlich an der Reihe war, wurde sie durchgewinkt, nachdem sie ihren Pass zurückbekommen hatte. Es dauerte einen Moment, bis ihr klar wurde, dass das vermutlich kein Zufall war. Ihr Telefon war offenbar bereits als hinreichend präpariert registriert.

Wie ungeschickt, dachte sie, so wäre ich ja selbst, ohne es zu wissen, spätestens jetzt darauf aufmerksam geworden.

Zwanzig Minuten später stand sie mit ihrem Gepäck auf dem Bahnsteig des Maglev Trains, der immer noch weltweit einzigen kommerziell betriebenen Magnetschwebebahn. Die Technologie des vor über zwanzig Jahren in Betrieb genommenen Projekts stammte aus Deutschland. Shannon musste lachen, als sie daran dachte. Das waren noch Zeiten! Heute fand Technologietransfer nur noch in umgekehrter Richtung statt. In unschlagbaren siebeneinhalb Minuten war sie dreißig Kilometer weiter in der Stadt. Die verbleibenden zehn Kilometer legte sie im Taxi zurück und brauchte dafür über eine Dreiviertelstunde. Rushhour. Genervt und viel später, als sie gehofft hatte, kam sie in ihrem Hotel an. Sie wohnte wie immer, wenn sie in Shanghai war, im *Mandarin Oriental*, das mitten in Pudong direkt am Ufer des Huangpu Jiang lag.

Als sie endlich auf ihrem Zimmer war, ging sie als Erstes ins Bad. Sie wusch sich ausführlich die Hände, zog dann ihre Hose samt Unterhose herunter und setzte sich auf den Badewannenrand. Sie schauderte, als die kalte Emaille der Badewanne ihre Haut berührte; dann spreizte sie ihre Beine leicht und griff dazwischen. Als sie den Faden, nach dem sie gesucht hatte, zu greifen bekam, zog sie vorsichtig einen Kunststoffzylinder in der Größe eines Tampons aus ihrer Vagina und legte ihn vor sich ins Waschbecken. Dann zog sie sich wieder an, wusch die kleine Kapsel sorgfältig und steckte sie in ihren Kulturbeutel.

Es gab Zeiten, in denen sie gezögert hätte, eigenes Kokain mit nach China zu nehmen. Nicht, weil hier auf Drogenhandel die Todesstrafe stand. Ihre Menge von gerade einmal einem halben Gramm war offenkundig viel zu gering, um damit Handel zu betreiben. Aber auch der Drogenbesitz für den Eigenkonsum war in China eine Straftat, die mit mehreren Wochen, im schlimmsten Fall mit einigen Monaten oder sogar Jahren im Gefängnis geahndet wurde. Inzwischen wusste sie aber, dass das Risiko für sie, auf Reisen erwischt zu werden, äußerst gering war. Noch nie war sie auf einem Flughafen mit einem Drogenspürhund in Berührung gekommen. Dahingegen war man sich nie sicher, auf was man sich einließ, wenn man vor Ort in einer fremden Stadt versuchte, an Drogen zu kommen. Jedenfalls zog man unnötige Aufmerksamkeit auf sich und wusste nie, was für eine Qualität man bekam. Insofern gehörte die Kapsel inzwischen zum festen Bestandteil ihrer Reiseutensilien, wenn sie wie heute Termine hatte, bei denen sie das Optimum aus sich herausholen wollte.

Sie schaute auf die Uhr und stellte enttäuscht fest, dass sie es nicht mehr schaffen würde, vor ihrer Verabredung ins Fitnessstudio zu gehen. Dann eben morgen früh, versprach sie sich. Sie legte sich für ein paar Minuten aufs Bett und arbeitete E-Mails und Nachrichten ab. Der Blick auf die bunt funkelnde Stadt war faszinierend – es war inzwischen dunkel geworden, und wie immer löste die pulsierende Energie der nächtlichen Metropole etwas in ihr aus.

Als es Zeit wurde, wandte sie sich seufzend ab, sprang unter die Dusche und zog sich frische Klamotten an. Kurz überlegte sie dabei, was Li wohl für ein Restaurant gewählt hatte, und entschied sich dann für ein neutrales, eher legeres Outfit. Gäbe es eine besondere Kleiderordnung, hätte er bestimmt etwas gesagt. Außerdem passte das nicht zu ihm, so, wie er selbst immer rumlief. Nachdem sie sich geschminkt hatte, holte sie die Kokskapsel aus dem Kulturbeutel und steckte sie sich in die Hosentasche. Dann überlegte sie kurz und entschied sich, die erste Ladung gleich hier zu nehmen. Nacheinander streute sie zwei kleine Häufchen auf den Bildschirm ihres Mobiltelefons, formte eine Line und saugte sie auf. Anschließend leckte sie das Display sauber und vergewisserte sich im Spiegel, dass keine weißen Pulverreste außen an ihren Nasenlöchern hängen geblieben waren.

Pünktlich erschien sie in der Lobby. Sie schaute sich um, entdeckte Zhāng Li jedoch nicht. Gerade als sie sich in einen Sessel setzen wollte, erschien er in der Drehtür. Lachend gingen sie aufeinander zu und begrüßten sich herzlicher, als man das für ein erstes Wiedersehen erwarten konnte. Lis Fahrer wartete vor der Tür.

»Magst du Fisch?«, fragte er, während sie beide hinten einstiegen.

»Ich liebe Fisch, wo gehen wir hin?«

»Ins *Shayú Gang*, mein Lieblingsrestaurant. Liegt knapp zehn Kilometer von hier, aber die Rushhour ist vorbei, wir sollten gut durchkommen.«

»Ins Haifischbecken? Na, das kann ja heiter werden!«

Zhāng Li antwortete nicht. Als Shannon sich ihm zuwandte, stellte sie verwundert fest, dass er abwesend aus dem Seitenfenster starrte. Sie folgte seinem Blick und landete bei einem Hochhaus auf der anderen Flussseite in Tilanqiao.

»Sitzt da ein Gespenst im Fenster?«, fragte sie.

Wie ertappt zuckte er zusammen.

»Nein, entschuldige!« Er schien sich zu sortieren. »Haifischbecken, genau, dein Mandarin ist wirklich beeindruckend.«

Shannon lachte und verschwieg ihm, dass sie das Restaurant neulich auf einer Empfehlungsliste entdeckt hatte. Nur daher wusste sie, was der Name bedeutete.

»Wie sieht's aus«, er klopfte sich auf die Oberschenkel, »gehen wir da eigentlich als Geschäftspartner hin?«

Meine Güte, dachte Shannon, Zhāng Li ist wirklich untypisch direkt für einen Chinesen. Umso besser.

Als sie zwanzig Minuten später in Tianzifang hielten und aus dem Wagen stiegen, konnten sie das Geschäftliche im Grunde bereits abhaken. Sie waren sich einig. Um die Details würden sich jetzt die Anwälte kümmern.

Als Zhāng Li mit ihr in eine dunkle, enge Gasse einbog, guckte sich Shannon etwas verunsichert um.

»Das ist schon o. k., hier passiert nichts, außerdem haben wir Verstärkung dabei.«

Er neigte seinen Kopf vielsagend in Richtung der beiden Männer, die ihnen mit etwas Abstand folgten. Shannon hatte sie schon vorher bemerkt, sie hatten in dem Wagen gesessen, der ihnen gefolgt war. Ob die wohl vom Guoanbu sind?, fragte sie sich fast amüsiert, behielt den Gedanken aber für sich.

Im *Shayú Gang* angekommen, setzte sie zunächst einmal einen Haken hinter ihre Kleiderwahl. Es gab zwar auch ein paar herausgeputzte Gäste, aber sie war definitiv nicht underdressed. Das Ambiente überraschte sie positiv, auch wenn sie insgeheim hoffte, dass das Essen einen Kontrast dazu bilden würde. Zhāng Li schien ihre Gedanken zu erraten.

»Keine Sorge, der Koch kann eine Reihe von Michelin-Sternen aus seiner Vergangenheit vorweisen.«

Li führte Shannon an seinen Stammplatz in der Nische, ihre beiden Begleiter nahmen am Nachbartisch Platz.

»Ich schlage vor, wir stoßen zur Feier des Tages mit Champagner an.«

Shannon war einverstanden. Sie machte sich zwar überhaupt nichts aus Champagner, fand es aber unhöflich, einen Toast auf ihre Partnerschaft abzulehnen.

»Wir nehmen den 96er Krug Clos du Mesnil«, beschloss Zhāng Li, nachdem er kurz in die Karte geguckt hatte. »Hervorragender Jahrgang, perfekte Witterungsbedingungen. Und aufgrund seines guten Säuregerüsts lange haltbar, er wird von Jahr zu Jahr besser. Genau das Richtige, um unsere Zusammenarbeit zu feiern.«

Shannon machte ein interessiertes Gesicht, hörte aber nicht wirklich zu. Auch wenn sie nicht viel von Champagner verstand, wusste sie, dass ein dreißig Jahre alter Krug Clos du Mesnil vermutlich um die 2 000 Dollar kosten dürfte. So etwas ging ihr aus Prinzip gegen den Strich. Sie wollte über andere Dinge sprechen.

»Hast du dir schon mal überlegt, wie viel Wasser das ist, das unseren Meeresspiegel um vier Millimeter im Jahr ansteigen lässt?«

Zhāng Li schaute sie amüsiert an. »Na ja, ein Drittel davon ist ja schon mal allein auf den Temperaturanstieg der Ozeane zurückzuführen. Wärmeres Wasser hat eine geringere Dichte und damit ein größeres Volumen.«

Shannon war überrascht. Vom Grundsatz her war ihr das natürlich klar, aber sie hatte das bei ihren Abschätzungen bisher nicht berücksichtigt. Das ärgerte sie.

»Der Rest ist tatsächlich auf zusätzliches Wasser zurückzuführen, das im Wesentlichen durch die Eisschmelze in der Antarktis ins Meer gelangt. Das sind derzeit gut zweieinhalb Milliarden Kubikmeter pro Tag. Hört sich zunächst viel an, entspricht aber am Ende doch nur dem Abfluss des Jangtsekiang – oder zweimal dem Mekong. Der führt ungefähr so viel Wasser wie der Mississippi, den ihr vermutlich eher als Vergleich heranziehen würdet.«

Shannon war baff, Zhāng Li war wirklich gut. Außerdem amüsierte es sie, dass die Antwort genauso gut auch von ihr hätte stammen können.

»Genau, und wenn man es so vergleicht, hat man fast das Gefühl, als könnte man das irgendwie in den Griff bekommen. Findest du nicht?«

»Wie meinst du das?«

»Ich weiß es noch nicht. Habe bisher nicht die Zeit gefunden, mich eingehend damit zu beschäftigen. Aber könnte man nicht vielleicht einen Teil des Problems dadurch lösen, dass man Wasser wieder raussaugt aus den Meeren und anderweitig nutzt? Überall auf der Welt wird doch das Trinkwasser knapp.«

Jetzt war es Zhāng Li, der verdutzt wirkte. Dann winkte er ab.

»Das kann ich mir, ehrlich gesagt, nicht vorstellen. Die mit Abstand größte Anlage der Welt steht meines Wissens derzeit in Dubai und produziert ungefähr zweieinhalb Millionen Kubikmeter Trinkwasser am Tag. Das ist ja gerade mal ein Tausendstel des Schmelzwassers. Eher ein Tropfen auf den heißen Stein, oder?«

Als Shannon gerade etwas darauf erwidern wollte, erschien Chen Chang am Tisch und begrüßte die beiden. Er schlug vor, auf die klassischen Gänge zu verzichten und stattdessen lauter Kleinigkeiten zu servieren, um Shannon einen umfassenderen Einblick in die chinesische Fischküche zu geben. Sie fand das eine tolle Idee. Zhāng Li bestand darauf, dass dann aber auch Baijiu dazu gehören würde, der chinesische Getreideschnaps. Auch damit war sie einverstanden, Hauptsache, es kam keine zweite Flasche von dem unverschämt teuren Champagner. Dann bückte sich der Küchenchef zu Zhāng Li herunter und flüsterte ihm etwas ins Ohr. Zhāng Li grinste nickend, machte dabei aber eine beschwichtigende Handbewegung.

»Ja, ja, ganz mild, selbstverständlich«, sagte Chen Chang und verschwand wieder in der Küche.

Shannon sah Li fragend an.

»Wenn du die chinesische Fischküche wirklich kennenlernen willst, musst du auch Hetun probieren«, raunte er ihr in fast konspirativem Ton zu.

Sie verstand nicht.

»Da reicht dein Mandarin wohl nicht, was? Kugelfisch, eine exklusive Delikatesse.«

Shannon schreckte zurück und hob abwehrend eine Hand vom Tisch. »Nein danke, einen solchen Kick brauche ich nicht. Wie war das? Ein halbes Milligramm reicht aus, um einen Menschen zu töten? Den kannst du allein essen.«

Zhāng Li beruhigte sie. »Chen Chang ist ein Meister der fachgerechten Zubereitung von Hetun. Du brauchst dir keine Sorgen zu machen, das Gift sitzt nur an ganz bestimmten Stellen im Fisch. Das Muskelfleisch, das serviert wird, ist in der Regel sauber. Es wird nur mit homöopathischen Mengen des Giftes ... ähm, wie soll ich sagen, ... gewürzt. Das führt zu einer Art Rausch, im Grunde vergleichbar mit Alkohol.«

Er lächelte sie auffordernd an.

»Und ich habe es ganz mild bestellt.«

Shannon verzog das Gesicht. »Mal sehen – wenn du dich als Vorkoster zur Verfügung stellst, vielleicht. Aber zurück zu unserem Thema: Immerhin ein Tausendstel, oder? Ist ja nur eine einzige Anlage. Wir müssen halt in großen Dimensionen denken.«

»Ja, das müssen wir. Aber diese Anlagen funktionieren fast alle nach dem Verdampfungsprinzip und verbrauchen wahnsinnig viel Energie. Dazu haben sie noch ein ungelöstes Entsorgungsproblem. Die als Abfall entstehende Lauge ist voller Chemikalien und damit hochgradig kontaminiert.«

Shannon lehnte sich zurück, drehte ihren Kopf leicht zur Seite und guckte Zhāng Li ungläubig an.

»Was?«, fragte er irritiert.

»So kenne ich dich ja gar nicht, Li. Spielst du jetzt plötzlich den verbeamteten Risikobeauftragten, oder was? Dann lass aber bloß die Finger vom Kugelfisch!«

Sie kam langsam in Fahrt. Zhāng Li war es offensichtlich nicht gewohnt, dass so mit ihm geredet wurde. Das amüsierte sie.

»Wo ist denn bitte schön dein Optimismus?«, provozierte sie

weiter. »Du weißt doch sonst immer, wie man die Dinge anders und besser machen kann!«

Beschwichtigend hob er beide Hände. »Ist ja gut, ich habe ja nur gesagt, wo die Welt heute steht. Perspektivisch wird es sicherlich andere Technologien geben, die deutlich weniger energieintensiv sind und auch weniger Schadstoffe in der Abfallsole enthalten. Die Umkehrosmose gehört dazu und auch mit Ionenkraft kann man viel erreichen. Das ist zwar alles noch nicht großtechnisch ausgereift, aber du hast schon recht. Vielleicht wird da mal was draus.«

Im Detail beschrieb er jetzt, was er über diese Technologien wusste. Vor- und Nachteile der unterschiedlichen Prozesse, spezifische Kennwerte zu Energie- und Flächenbedarf, Kosten in Abhängigkeit der jeweiligen Leistung, Entsorgungskonzepte und so weiter.

Als er fertig war, schaute Shannon ihn keck an. »Na also, geht doch!«

Innerlich war sie jedoch abermals beeindruckt, was Zhāng Li draufhatte. Egal, welches Thema sie auf den Tisch brachte, er wusste mindestens so gut Bescheid wie sie selbst, oft besser.

Das Essen kam. Zunächst wurde eine große Drehscheibe auf den Tisch gestellt, die offensichtlich so schwer war, dass es dafür vier Hände brauchte. Nachdem sie bestückt worden war, kam Chen Chang zurück an ihren Tisch. Er wollte es sich nicht nehmen lassen, jede einzelne Delikatesse persönlich zu erklären. Als er damit fertig war, nutze Shannon die Gelegenheit, auf die Toilette zu gehen. Sie hatte das dringende Bedürfnis, eine neue Line Koks zu ziehen.

»Falls du es nicht mitbekommen hast, diese Carpaccio-ähnlichen, dünnen Scheiben hier, das ist der Hetun«, erinnerte Zhāng

Li sie, als sie sich wieder zu ihm gesetzt hatte, und griff nach seinen Essstäbchen.

»Ich nehme jetzt mal gleich ein Stück, siehst du? Wenn ich in einer Viertelstunde noch lebe, traust du dich auch zu probieren, o. k.?«

Er steckte das Kugelfischfleisch in den Mund und machte ein zufriedenes Gesicht. Während Shannon ihn beobachtete, fragte sie sich, wie sich Kugelfisch wohl mit Kokain vertrug.

»Wie gesagt, mal sehen. Aber pass auf, ich habe noch ein Thema, das ich gerne mit dir diskutieren würde.«

»Nur zu, immer gerne! Ich liebe es, herausgefordert zu werden, und das kommt ehrlich gesagt nicht so oft vor.« Zhāng Li grinste Shannon an.

Shannon lächelte zurück. Sie wusste genau, was er meinte, ihr ging es ja genauso. »Stell dir mal hypothetisch vor, wir, also wir Menschen meine ich, wären total erfolgreich.« Sie begann, an ihren Fingern aufzuzählen. »Wir stellen die Welt auf eine komplett CO_2-freie Energieversorgung um, revolutionieren die Landwirtschaft und kommen ohne Stickstoffdünger aus, wir essen viel weniger Fleisch, stoppen die Abholzung der Regenwälder ...« Sie dachte kurz nach und ergänzte dann mit einem Augenzwinkern: »... und bauen lauter Trinkwasseraufbereitungsanlagen. So schaffen wir es innerhalb von, sagen wir, fünfzehn Jahren klimaneutral zu werden und den Meeresspiegelanstieg zu stoppen.«

»Ein ziemlich rosiges Zukunftsbild.«

»Ja, aber stell dir vor, wir schaffen das, o. k.?«

»O. k.«

»Und es reicht trotzdem nicht. Wir haben den Bogen bereits überspannt. Das System Erde ist zu träge. Die Temperaturen und der Meeresspiegel steigen weiter. Was tun wir dann?«

Zhāng Li dachte kurz nach.

»Nun, im Grunde haben wir dann zwei Möglichkeiten. Wir können entweder abwarten und hoffen, dass unsere Maßnahmen trotz Trägheit irgendwann greifen. Da wir hier aber nicht über Jahre sprechen, sondern über Jahrzehnte, würde das bedeuten, dass wir es schaffen müssten, mit den Folgen des Klimawandels zu leben. Abwarten hieße also in einem solchen Szenario nicht nichts tun, sondern Bündelung aller Kräfte auf das Management der Folgeerscheinungen: Stürme, Überschwemmungen, Dürren und Verwüstungen, als Folge daraus Hungerkatastrophen durch Ernteausfälle und Wassermangel, gigantische Flüchtlingsströme, Küstenschutz beziehungsweise Umsiedelungen, wo das Meer nicht mehr aufzuhalten ist und so weiter.«

»Und die zweite Möglichkeit?«

»Man überlässt die Zukunft nicht ihrem Schicksal, sondern versucht durch Eingriffe in die Klimakreisläufe der Erde beschleunigende Verbesserungen herbeizuführen.«

Shannon nickte. »Geo-Engineering also, ja? Hast du dich damit mal auseinandergesetzt?«

Zhāng Li guckte sie verdutzt an. »Ja, natürlich habe ich das. Ich habe mich mit allen denkbaren Optionen beschäftigt, dem Klimawandel entgegenzuwirken.«

»Gut.« Shannon hatte nichts anderes erwartet.

»Geo-Engineering kann aber keine Alternative zur Reduktion der CO_2-Emissionen sein«, ergänzte er. »Wir müssen das Problem schon an der Wurzel packen und die Ursachen des Klimawandels bekämpfen. Wenn wir das aber intensiv tun und trotzdem weitere Maßnahmen brauchen, um Katastrophen zu verhindern – das ist ja das Szenario, das wir hier im Moment diskutieren –, dann halte ich das für ein adäquates Mittel.«

Sie nickte. »Sehe ich genauso. Wir sind uns vermutlich aber einig, dass alle Überlegungen rund um die Reduzierung der Sonneneinstrahlung durch Weltraumsegel oder künstliche Wolkenbildung Blödsinn sind?«

»Ja, bei beiden Ansätzen ist die Wahrscheinlichkeit von unerwünschten Nebeneffekten, die dann nicht mehr kontrollierbar sind, zu hoch.«

»Du sagst es. Dann lass uns doch mal über die Möglichkeiten sprechen, CO_2 aktiv aus der Atmosphäre herauszuholen. Hier gibt es ja auch wieder eine ganze Reihe von Ansätzen, über die näher nachzudenken meiner Meinung nach keinen Sinn ergibt.«

»Ich höre?« Zhāng Li lehnte sich zurück und verschränkte die Arme.

»Eigentlich alle physikalischen und alle chemischen Verfahren. Viel zu aufwendig, großtechnisch nicht kurzfristig umsetzbar und unverhältnismäßig teuer.«

»Also?«, fragte er fordernd.

Shannon bewegte die zwischen ihnen stehende Drehscheibe ein Stückchen weiter und füllte ihren Teller zum zweiten Mal. Um den Kugelfisch machte sie nach wie vor einen Bogen.

»Bäume!«, antwortete sie. »Der Baum ist das Beste, was es gibt, um CO_2 aus der Atmosphäre zu ziehen. Ich bin der Meinung, dass wir deshalb nicht nur aufhören müssen, Wälder abzuholzen, sondern wir müssen neue Wälder schaffen. In Dimensionen, die alles übertreffen, was bisher gedacht wurde.«

Zhāng Li begann, über das ganze Gesicht zu stahlen. Dann schüttelte er seinen Kopf. Aus seinen Augen las Shannon Anerkennung und auch ein bisschen Ungläubigkeit.

»Was?«, fragte sie forsch.

»Nein, gar nichts, ich bin total bei dir. Wusstest du, dass wir in der Wüste Gobi jedes Jahr mehr Bäume pflanzen, als im Rest der Welt zusammen aufgeforstet werden.«

»Eure Große Grüne Mauer? Ja, das Projekt kenne ich. Allerdings war mir die Dimension nicht klar. In unseren Medien heißt es eigentlich immer nur, dass ihr ein Kohlekraftwerk nach dem anderen in Betrieb nehmt.«

Sie mussten beide lachen.

»Das ist ja auch nicht ganz falsch gewesen in der Vergangenheit. Aber eben nur die halbe Wahrheit.« Er unterbrach sich und grinste sie an. »So, Shannon, Themawechsel!« Zhāng Li machte ein betont unschuldiges Gesicht. »Ich lebe noch, und es geht mir gut.«

Er reichte ihr den Teller mit dem Hetun-Carpaccio.

»Oft bekommt man diese Gelegenheit nicht. Und Chen Chang weiß wirklich, was er tut.«

Shannon zögerte. Dabei wusste sie längst, dass ihre Neugier siegen würde. Also zierte sie sich nicht länger und nahm ein Stück, sie steckte es sich direkt in den Mund. Natürlich musste sie dabei an Tessa denken und an den Tag, an dem sie den Kugelfisch am Strand gefunden hatten.

»Na ja«, sagte sie kauend mit gespielter Enttäuschung in der Stimme, »schmeckt jetzt nicht nach besonders viel.«

»Sag das nicht der Küche! Aber darum geht es ja auch nicht. Was passiert mit deinen Lippen und an der Zungenspitze?«

»Ja«, Shannon begann zu lachen, »tatsächlich! Ein bisschen wie nach einer Spritze beim Zahnarzt ist das, bäh! Aber lustig auch.«

Tatsächlich spürte sie überhaupt nichts. Oder zumindest keinen Unterschied zu vorher. Ihre Lippen und ihre Zungenspitze waren sowieso schon pelzig, das machte das Kokain. Sie hatte nach ihrer ersten Line im Hotel noch drei weitere im Hinterhof des Restaurants gezogen – in Ermangelung von Toiletten, die ihren nicht sonderlich hohen Ansprüchen gerecht wurden.

»Sag ich doch«, meinte er zufrieden. »Und wenn du auch die euphorisierende Wirkung spüren willst – und ich finde, das solltest du –, musst du noch ein paar Stückchen mehr nehmen. Im Verlauf des Abends.«

»Mal sehen. – Aber zurück zu eurem Aufforstungsprojekt. Ich finde das superspannend! Was waren denn die wichtigsten Erkenntnisse bisher?«

»Shannon, das Projekt läuft seit fast fünfzig Jahren! Und ist für die nächsten 25 Jahre fest durchgeplant. Die von uns bepflanzte Fläche ist heute schon größer als Italien. Ich könnte dir jetzt stundenlang über Learnings berichten, aber ich weiß nicht, ob das so sinnvoll ist. Unsere Zusammenarbeit wird sich ja auf die Finanzierung von Technologieprojekten konzentrieren und nicht auf Aufforstungsvorhaben.«

»Nein, bitte! Das interessiert mich total. Ihr könnt ja aus einem riesigen Erfahrungsschatz schöpfen. Kann man denn aus einer Sandwüste überhaupt einen Wald machen?«

Zhāng Li lehnte sich zurück und schien mit sich zu hadern. Shannon fokussierte ihn und nahm sich noch ein Stückchen Kugelfisch. Fast so, als wollte sie ihn damit überreden weiterzuerzählen.

Er beobachtete sie dabei, zuckte dann mit den Schultern und begann: »Es gibt eine ganze Reihe von wesentlichen Kriterien, die zu beachten sind, wenn man Kohlenstoff langfristig und nachhaltig in Form von Biomasse speichern will. Drei davon sind naheliegend: Sonne, Wasser und Nährstoffe. Je intensiver die Sonneneinstrahlung, desto mehr Photosynthese und damit mehr Kohlenstoffbindung. Als Daumenwert kann man sagen, dass Regenwälder in den Tropen allein aufgrund der höheren Sonneneinstrahlung doppelt so produktiv in Bezug auf die Kohlenstoffbindung sind wie Wälder in der gemäßigten Zone. In Wüsten scheint die Sonne natürlich ausreichend, da wächst aber nichts, weil es nicht genügend Wasser gibt. Deshalb werden Wüsten in allen verfügbaren Studien auch nicht zu potenziellen Aufforstungsgebieten gezählt. Wir haben mit unserem Projekt bewiesen, dass das falsch ist. Man muss das Wasser nur dorthin bringen. Das ist aufwendig, aber nicht unmöglich. In der Wüste Gobi zum Beispiel gibt es viel Grundwasser, eben nur tief unter der Erde. Wir pumpen das mit Hilfe von solarbetriebenen Brunnen an die Oberfläche.«

Shannon lauschte gebannt. Sie war fasziniert von seinem Wissen.

Er erzählte weiter, wie die chinesischen Forschungsteams im Verlauf der Jahrzehnte gelernt hatten, dass man mit Sonne, Wasser und Sand praktisch ohne die Hinzugabe künstlicher Dünger genügend Nährstoffe allein durch den natürlichen Faulprozess der Pflanzen generieren konnte. Dazu musste man mit Gräsern beginnen, dann Büsche sähen und erst im dritten Schritt Bäume. Die Aussaat erfolgte inzwischen aus der Luft. Meistens mit Flugzeugen, in kleineren Abschnitten zum Teil mit Drohnen. Dazu hatten die Chinesen ein System entwickelt, bei dem die einzelnen Saatkörner mit Lehm ummantelt wurden. Das hatte zwei Vorteile: Zum einen schlugen die abgeworfenen Körner aufgrund des höheren Gewichts beim Auftreffen auf die Sandoberfläche tiefer in die Erde ein, und zum anderen diente der Lehm als erster Dünger.

»Also, die Antwort auf deine Frage ist eindeutig Ja! Unter der Voraussetzung, dass man hinreichend Wasser zur Verfügung hat, kann man aus jeder Sandwüste einen dichten Wald machen. Du kannst es dir bei uns zu Hause ansehen.«

Shannon war beeindruckt. Gedankenverloren griff sie wieder nach einem Stück Hetun. »Und die anderen Kriterien?«

»Einen Wald zu pflanzen, ist nur der erste Schritt. Gewonnen hast du fürs Klima erst dann etwas, wenn das aus der Luft gezogene CO_2 auch langfristig in der Biomasse gebunden bleibt. Wenn der Wald abbrennt oder von Parasiten befallen wird und verfault, war alle Arbeit umsonst, weil alles wieder freigesetzt wird. Du brauchst also einen Wald, der entsprechend widerstandsfähig ist.«

Jetzt referierte Zhāng Li über die Vorteile von Mischwäldern gegenüber Monokulturen, die Bedeutung einer gesunden und vor allem diversen Fauna, das Prinzip wandernder Brandschneisen und deren Potenzial für den Getreideanbau und letztlich über verschiedene Ansätze der nachhaltigen Forstwirtschaft, also Nutzungskonzepte für Hölzer, die aus dem Wald geschlagen werden.

»Ach.« Shannon war plötzlich ganz aufgeregt. »Ihr arbeitet daran, diese Wälder nicht nur zu langfristigen CO_2-Speichern zu machen, sondern gleichzeitig laufende Erträge aus ihnen zu generieren? Dann wird ja sogar ein Business Case daraus!«

»Damit hätte ich dich dann endgültig eingefangen, was?«

»Quatsch, mich hast du sowieso, mir geht es um die Bindung von CO_2 und nicht ums Geldverdienen. Aber wir beide wissen, wie die Welt funktioniert. Und wenn es gelingt, ein Konzept umzusetzen, bei dem laufende Einnahmen eine attraktive Rendite versprechen, wird das ja quasi zum Selbstläufer!«

»Ja, aber so einfach ist das leider nicht. Das Wasser an die Wüstenoberfläche zu bringen, ist aufwendig und teuer. Ein Business Case mit positiver Rendite ist da schwer zu erreichen. Aber einen Beitrag zur Refinanzierung können die Erlöse aus dem Holzverkauf durchaus leisten. Das kontrollierte Einschlagen des Waldes hat aber noch einen ganz anderen Vorteil: In einem ausgewachsenen Wald entsteht kaum noch neue Biomasse. Wenn es aber gelingt, durch das regelmäßige Ernten ein kontinuierliches Nachwachsen sicherzustellen, wird fortlaufend CO_2 gebunden.«

Als sie spätabends das Restaurant verließen, waren beide in einem regelrechten Rausch. Gegenseitig übertrumpften sie sich mit zum Teil vollkommen abstrusen Ideen, mit denen sie die Welt retten wollten. Nichts schien ihnen unmöglich, kein Gedanke zu groß. Shannon hinterfragte die Ursache für ihre Hochstimmung nicht. Ob es der intellektuelle Austausch auf Augenhöhe war, die Flasche Baijiu, das komplett geleerte Kugelfisch-Carpaccio oder das Koks, spielte ja auch keine Rolle: Vermutlich war es eine Kombination aus allem.

Li brachte Shannon zurück zum Hotel und stieg noch mit aus, eigentlich nur, um sich zu verabschieden. Kichernd betraten sie zusammen die Lobby. Als sich die Fahrstuhltür mit einem lauten Pling öffnete und damit gnadenlos das Ende des Abends ankündigte, schreckten sie beide auf. Als hätte man sie abrupt aus einem Traum gerissen, in dem sie gerne länger verweilt wären.

Dann geschah etwas, was Shannon sich auch später nie wirklich erklären konnte. Wie fremdgesteuert griff sie Li an den Oberarmen und zog ihn mit sich in den Fahrstuhl. Er leistete keinen Widerstand. Während sie nach oben fuhren – sie blickten sich an und schwiegen –, war die Spannung zwischen ihnen greifbar. Shannon war vollkommen klar, dass das, was gerade passierte, eigentlich nicht passieren durfte. Und trotzdem fühlte es sich gut an. Nicht richtig, aber gut. Offenbar waren sie sich einig, dass der Abend eine Steigerung verdient hatte. Einen Höhepunkt, der nach der anspruchsvollen geistigen Auseinandersetzung der letzten Stunden nur noch körperlicher Natur sein konnte. Oben angekommen, zog sie Li zu ihrer Zimmertür, öffnete und schubste ihn hinein. Er lehnte sich mit dem Rücken an die Wand des kleinen Flurs und guckte sie auffordernd an. Kaum hatte sie die Tür zugeschmissen, begann Shannon sich auszuziehen. Nicht langsam und aufreizend, sondern hastig und fordernd. Li tat es ihr nach, ebenso, als könnte er es nicht mehr abwarten. Unvermittelt standen sie nackt voreinander, die Blicke aufeinander gerichtet und tief atmend – wie zwei Raubtiere vor dem Kampf. Im krassen Kontrast zu der gemeinsamen intellektuellen Ebene, die sie heute Abend gefunden hatten, übernahmen plötzlich ihre Triebe das Kommando. Sie fielen übereinander her, küssten sich mit großem Verlangen und ließen sich zu dabei Boden sinken. Ihr Sex brauchte kein Bett und kein Vorspiel. Er war hart, fast animalisch. Shannon kam es so vor, als ob sie sich abwechselnd gegenseitig nahmen, und sie fragte sich kurz, ob sie in dieser Form ihre wechselseitige Dominanz auslebten. Dann aber schaltete die Lust ihren Geist vollends ab, und sie ließ sich gehen wie lange nicht mehr.

Als Shannon am nächsten Morgen aufwachte, fühlte sie sich immer noch wie im Delirium. Es dauerte, bis ihr Gehirn ansprang und ihr langsam wieder in Erinnerung rief, was passiert war. Sie hatte das Gefühl, am gestrigen Abend mehr erlebt zu haben als andere Menschen in zwanzig Jahren. Auf ihrem Nachttisch lag eine Packung Prosom. Verstehe, dachte sie, so konnte ich also einschlafen nach dem ganzen Koks. Tastend prüfte sie, ob sie allein im Bett lag. Mit einem Mann zu schlafen, war ja schon schräg genug, neben einem aufzuwachen, musste nun wirklich nicht sein. Langsam stand sie auf, zog die Vorhänge zurück und vergewisserte sich dann, dass Li auch nicht mehr im Badezimmer war. Sie war erleichtert.

Was war gestern Nacht bloß passiert? Sie ging zum Fenster zurück und blickte auf Shanghai hinunter. Vor über zehn Jahren hatte sie zum letzten Mal ein heterosexuelles Abenteuer gehabt. Sie hatte das seitdem zwar nie kategorisch ausgeschlossen, aber trotzdem hätte sie im Leben nicht damit gerechnet, dass das noch mal passieren würde.

Männer zogen sie einfach nicht an – normalerweise. Was war gestern anders gewesen? Sein Intellekt? Seine androgyne Art? Oder einfach die Folgen der diversen Rauschmittel, die sie konsumiert hatte? Grinsend musste sie sich zugestehen, dass sie Spaß gehabt hatte. Anstrengend war es gewesen, den Gang ins Fitnessstudio konnte sie sich heute Morgen sparen. Li hatte ein enormes Stehvermögen bewiesen. Vielleicht war ja auch das nur eine angenehme Nebenwirkung des Kugelfischs?, dachte sie.

Dann schoss ihr Tessa durch den Kopf, und ihre gute Stimmung war wie weggeblasen. Das schlechte Gewissen traf sie mit Wucht. Jetzt hatte sie also noch etwas, das sie ihr erklären musste.

Sie kroch ins Bett zurück und starrte an die Decke. Ihre Gedanken wanderten zurück zu den Themen, die sie gestern Abend diskutiert hatten. Sie hatte wahnsinnig viel gelernt. Und Gesamtzusammenhänge verstanden, die sie vorher so nicht hatte verknüpfen können. Daraus ergaben sich ganz neue Perspektiven.

Auf einmal weiteten sich ihre Augen. Mit einem Ruck saß sie aufrecht und hellwach im Bett.

»Mein Gott!«, murmelte sie leise.

Während sich die unzähligen Informationen in ihrem Gehirn zu einem perfekt passenden, gigantischen Gesamtbild zusammensetzten, lief es ihr mehrmals kalt den Rücken hinunter. Sie begann zu schwitzen und hatte fast das Gefühl, sich vor Aufregung übergeben zu müssen. Aber sie hatte keine Angst. Im Gegenteil, sie spürte ein unglaubliches Glücksgefühl. Vor allem aber war sie tief beeindruckt und voller Ehrfurcht.

Teil 3

Weitere neun Monate später

29. Kapitel

Montag, 3. Juli 2028
Bologna, Italien

Wie immer, wenn es nicht gerade in Strömen regnete, war Mikka Järvinen mit dem Fahrrad zur Arbeit gekommen. Sein in der südlichen Altstadt von Bologna gelegenes Zimmer lag knapp fünf Kilometer von der alten Tabakfabrik entfernt.

Zu den Aufgaben des 38-jährigen Finnen gehörte es, die Daten, die Minerva ausspuckte, zu validieren. Er tat das natürlich nicht allein, sondern in einem Team mit rund einem Dutzend weiterer interdisziplinärer Wissenschaftlerinnen und Wissenschaftler vor Ort, die wiederum im engen Austausch mit den führenden Klimaforschungszentren in der EU standen.

Bisher hatten sie Minerva nicht in die Zukunft, sondern in die Vergangenheit blicken lassen. Der große Vorteil dieses Plausibilitätschecks lag auf der Hand: Man wusste, woran man war. Da unzählige historische Daten aus Messreihen und geologischen Untersuchungen wie Analysen von Eisbohrkernen zur Verfügung standen, konnte man die errechneten Ergebnisse jeweils mit realen Ist-Daten vergleichen.

Die Genauigkeit, mit der Minerva in der Lage gewesen war, die Vergangenheit abzubilden, hatte Mikka Järvinen gleichermaßen wie Forscherinnen und Forscher weltweit in Staunen versetzt. Die in den Testläufen simulierten Werte und Entwicklungen stimmten in einem Maße mit der Realität überein, wie es bisher keinem anderen Klimamodell auch nur annähernd gelungen war. Obwohl er bereits seit Monaten Teil des Kernteams war, wollte sich die Mischung aus Beklemmung und Euphorie, die Mikka Järvinen angesichts der Präzision der Zahlen spürte, nicht auflösen. Im Gegenteil, seine Aufregung nahm von Tag zu Tag zu. Besonders beeindruckend fand er, wie exakt Minerva den Anstieg des Meeresspiegels nachrechnen konnte. Die Abweichungen waren minimal, sogar gegenüber den seit einigen Jahren sehr akkuraten, satellitengestützten Messdaten betrugen sie nur wenige Zehntel Millimeter.

Im Gegensatz zu der erwartungsvollen Aufregung, die die Wissenschaft erfasst hatte, hatte weder die Politik noch die breitere Öffentlichkeit besondere Notiz von den bahnbrechenden Zwischenergebnissen genommen. Offenbar waren sie noch zu abstrakt, um ihren Wert greifen zu können.

Mikka Järvinen schloss sein Rennrad vor dem Eingang zum Kontrollzentrum an, betrat pfeifend das Gebäude und öffnete die Personalschranke durch einen kurzen Blick in die Gesichtserkennungskamera. Er war etwas spät dran und lief deshalb direkt in den Meeting-Bereich der Cafeteria im zweiten Stock, wo turnusmäßig die Übergaben stattfanden. Seit Minerva letzte Woche angefangen hatte, in die Zukunft zu schauen, hatten sie sich in Arbeitsschichten organisiert. Jeweils zu zweit waren sie nun im Acht-Stunden-Rhythmus rund um die Uhr damit beschäftigt, die resultierenden Teilergebnisse quasi in Echtzeit zu begutachten.

Die eigentliche Auswertung nahm natürlich das Computersystem vor. Da man aber unmöglich von vornherein wissen konnte, welche Parameterverschiebungen in Wechselwirkungen zueinander möglicherweise zu interessanten neuen Erkenntnissen führen konnten, bedurfte es trotz des massiven Einsatzes von Big Data und künstlicher Intelligenz eben doch noch des Menschen, um den Überblick zu behalten. Kaum hatte Mikka, immer noch leise vor sich hin pfeifend, die Cafeteria betreten, winkten ihn die beiden Klimatologen aus der Nachtschicht ungeduldig zu sich an den Stehtisch. Sie wollten Feierabend machen. Auch Bao Mailin, seine chinesische Kollegin für die heutige Schicht, war schon da. Die Übergabe ging schnell, es gab keine besonderen Vorkommnisse.

Mikka schätzte Mailin auf professioneller Ebene, ansonsten hatten sie nicht viel gemeinsam. Er war ein lebensfroher extrovertierter Mensch, sie das Gegenteil. Mikka fand seine Kollegin, wenn er ehrlich war, verklemmt. Seines Wissens hatte sie keinerlei privaten Kontakt zu irgendjemanden in ihrem Team. Mailin gehörte zu einer kleinen Gruppe chinesischer Wissenschaftlerinnen und Wissenschaftler, die auch nach Fertigstellung des Quantencomputers vor Ort geblieben waren, um dabei zu helfen, die ersten Ergebnisse zu validieren. Diese Zusatzdienstleistung hatte der Lieferant des Systems zur Überraschung der EU großzügigerweise kostenlos angeboten.

Nachdem er sich einen doppelten Espresso und Mailin einen Tee geholt hatte, machten sie sich auf den Weg zum Überwachungsraum, der ein Stockwerk tiefer lag. Sie suchten sich einen Arbeitsplatz aus, loggten sich ein und luden Tabellen, Diagramme und Graphen auf die fünf großen Bildschirme, die an jedem Schreibtisch montiert waren. Routiniert begannen sie, die sich fortlaufend aktualisierenden Daten zu studieren. Als Mikka wieder gedankenverloren zu pfeifen begann, warf Mailin ihm einen genervten Blick zu, griff in ihre Jackentasche und holte zwei rosafarbene Ohrenstöpsel heraus. Mikka merkte das gar nicht, er war bereits tief in seine Arbeit versunken.

Die für Laien vollkommen unverständlichen Zahlenkolonnen begeisterten ihn jeden Tag aufs Neue. Natürlich war das so. Er empfand es als großes Privileg, zu den Ersten zu gehören, die weltweit erfuhren, wie Minerva die Klimazukunft hervorsagen würde. Die Planung für die kommenden Wochen sah vor, Minerva mit unterschiedlichen Zukunftsszenarien zu füttern. Die Stellschraube, an der sie drehen würden, war die Entwicklung der anthropogenen Treibhausgasemissionen. Im Ergebnis sollte Minerva eine Matrix liefern, die ganz konkret die Konsequenzen aufzeigte, mit denen die Menschheit in Abhängigkeit ihres zukünftigen Verhaltens leben müssen würde. Die erste Variante, die sie gerade durchrechneten, war das 1,5-Grad-Szenario.

Es war eine nicht unumstrittene politische Entscheidung gewesen, die Ziele des auf der Pariser Klimakonferenz von 2015 ausgehandelten Abkommens als Basisszenario festzulegen. Viele Stimmen in der EU waren geneigt gewesen, ein konservativeres Szenario als Ausgangspunkt für die Minerva-Berechnungen zu wählen, zum Beispiel eine Erwärmung um +2 Grad. Von da aus wollte man sich dann nach oben und unten orientieren und so auch das ehrgeizige 1,5-Grad-Ziel im zweiten Schritt mit abbilden. Es war der deutsche Kanzler gewesen, der darauf bestanden hatte, den Druck aufrechtzuerhalten: Eine Aufweichung der Pariser Ziele hatte er kategorisch abgelehnt und letztlich durchgesetzt, diese als Grundlage für alle weiteren Betrachtungen zu definieren.

Und tatsächlich hatte Minerva vor wenigen Tagen in einem ersten Schritt verifizieren können, dass die mittlere Temperatur auf der Erde unter Einhaltung der im Pariser Abkommen vereinbarten Maßnahmen um 1,54 Grad über das vorindustrielle Niveau steigen würde. Wissenschaftlich war das schon ein großer Erfolg, weil es die bisherigen Annahmen nahezu exakt bestätigte.

So hatte das 1,5-Grad-Szenario nun jedenfalls seinen Namen verdient. Im zweiten Schritt ging es jetzt darum herauszufinden, ob auch die These richtig war, dass eine Temperaturerhöhung um 1,5 Grad noch vertretbar war, sprich zu keinen eklatanten Verschlechterungen der Lebensbedingungen auf der Erde führen würde. Wie würde die Welt aussehen, wenn es tatsächlich gelänge, alle Maßnahmen des Paris-Abkommens umzusetzen? Gab es vielleicht sogar Spielraum für weniger drastische Einschränkungen?

Mikka reckte sich. Die ersten zwei Stunden seiner Schicht waren wie im Flug vergangen. Er stand auf, ging zu Mailin hinüber, um ihr zu sagen, dass er kurz einen Abstecher in die Cafeteria machen würde. Mailin starrte auf ihre Bildschirme und antwortete nicht. Ihre Ohrenstöpsel schienen gute Arbeit zu leisten. Jeder normale Mensch würde doch trotzdem merken, wenn er angesprochen wird, dachte Mikka genervt, zumal er unmittelbar neben ihr stand.

Ungeduldig winkte er ab und verließ den Raum einfach ohne Abstimmung. Als er mit einem Kaffee und einer Tüte Mandel-Cantuccini zurückkam, saß Mailin immer noch genauso da wie vorher. Wie eingefroren starrte sie auf ihre Monitore. Mikka schüttelte den Kopf, fuhr die Tischplatte seines Arbeitsplatzes nach oben, um im Stehen weiterarbeiten zu können, und vertiefte sich wieder in seine Datensätze. Weil man mit Cantuccini-Krümeln im Mund nicht gut pfeifen konnte, begann er leise vor sich hin zu summen.

Plötzlich verstummte er. Mit gerunzelter Stirn fokussierte Mikka sich auf eine Zahlenreihe, deren Hintergrundfarbe gerade von dem vorherrschenden Mittelblau auf Orange gewechselt war. Das bedeutete, dass das System in den Werten eine Unplausibilität identifiziert hatte. Üblicherweise handelte es sich dabei um harmlose Ausreißer, die nicht innerhalb der definierten Standardabweichungen lagen. Er griff zu seiner Maus und zog den Ausschnitt größer. Was er sah, ergab keinen Sinn. Ungläubig schloss er das Fenster und öffnete es erneut. Erfahrungsgemäß löste das manchmal das Problem, dann hatte sich nur etwas aufgehängt. Heute nicht, die Zahlenwerte blieben dieselben, die Hintergrundfarbe auch. Sein Körper straffte sich. Er griff zu seinem Kaffeebecher und trank einen Schluck.

»Das gibt's doch gar nicht«, murmelte er.

Dann stellte er den Kaffee kopfschüttelnd zurück, griff wieder zu seiner Maus und öffnete ein weiteres Fenster, das ihm die Zahlenwerte, die seine Aufmerksamkeit erregt hatten, in vier nebeneinanderstehenden Tabellenspalten aufschlüsselte. Drei davon wiesen den normalen mittelblauen Hintergrund auf. Mikka fixierte die vierte, in Orange markierte. Er klickte auf den Grafik-Icon im Menu und verwandelte die Zahlenkolonnen in ein Diagramm. Mehrmals wechselte er zwischen verschiedenen Darstellungsformen hin und her und entschied sich dann für die gestapelte Linienvariante. Er justierte die Skalierungen der Achsen, um den maßgeblichen Bereich in den Fokus zu bekommen, und sortierte die Linien. Dann zog er die Grafik über die gesamte Bildschirmdiagonale auf, stützte seine Ellenbogen auf den Tisch und studierte, was er sah.

Nacheinander ging er die angezeigten Werte bis zum Ende des laufenden Jahrhunderts durch. Die untersten drei mit »Wärmeausdehnung«, »Gletscherschmelze« und »Sekundäreffekte« bezeichneten Linien, waren unauffällig. Sie verliefen zwar leicht oberhalb der Standardabweichung, vor allem nach 2050, aber insgesamt noch im Bereich von Mikkas Erwartungshorizont. Und offensichtlich in dem von Minerva, schließlich waren sie auch vom System nicht mit Warnfarbe markiert. Für die oberste Linie galt das nicht. Die Kurve, die ausweislich der Legende einen Effekt der Eisschilde beschrieb, verließ ab 2050 den Korridor der Standardabweichung und brach nach oben aus. Zum Jahrhundertwechsel erreichte die Summenlinie ein Niveau, das doppelt so hoch war wie der bisherige obere Erwartungswert. Mikkas Hals schnürte sich zu. Nur mit Mühe gelang es ihm zu schlucken.

»Mailin?«

Seine Stimme versagte fast. Er räusperte sich, drehte sich zu seiner Kollegin um und versuchte erneut, ihre Aufmerksamkeit zu erregen, deutlich lauter jetzt, hektisch.

»Mailin, kannst du dir das mal bitte ansehen?«

Mailin machte nicht den Eindruck, als ob sie etwas gehört hätte. In aller Seelenruhe tippte sie weiter auf ihrer Tastatur herum. Mikka machte zwei Schritte auf sie zu und klopfte ihr auf die Schulter. Quietschend vor Schreck wandte sie sich um, sprang in die Höhe und riss ihre Augen auf. In einer Mischung aus Verärgerung und Erstaunen nahm sie ihre Ohrenstöpsel heraus und fauchte: »Was ist denn? Warum erschreckst du mich so?«

Mikka deutete auf seine Bildschirme und stammelte: »Ich, ähm …, ich glaube, wir haben ein Problem.«

Er fuhr seine Schreibtischplatte ein gutes Stück herunter, damit Mailin etwas sehen konnte. In gebückter Haltung wies er sie auf seine Entdeckung hin.

Mailin hörte aufmerksam zu und sagte dann, anscheinend vollkommen unbeeindruckt: »Ein Meldeereignis der höchsten Kategorie, würde ich sagen.«

»Wie bitte?«, rief Mikka aufgebracht. Er war vollkommen konsterniert ob ihrer emotionslosen Reaktion.

»Oder meinst du nicht, dass es so dramatisch ist?« Mailin wich ängstlich zurück.

»Doch! Natürlich ist das ein Meldeereignis der höchsten Kategorie. Was denn sonst? Aber … sonst fällt dir nichts dazu ein?«

»Na ja, doch, natürlich, ... aber ich finde, wir sollten es jetzt erst mal melden.«

Mikka war fassungslos. Er war ja vieles gewohnt von Mailin, aber das hier konnte doch einfach nicht wahr sein. Da machten sie eine buchstäblich die Welt verändernde Entdeckung, die – wenn sie denn stimmte – das Zukunftsbild der Menschheit in dramatischer Art und Weise auf den Kopf stellen würde, und diese Frau zeigte überhaupt keine Regung? Nicht einmal verwundert oder überrascht schien sie zu sein.

Für den Bruchteil einer Sekunde hatte Mikka in Mailins Miene allerdings etwas anderes bemerkt, gleich nachdem sie den ersten Blick auf seinen Bildschirm geworfen hatte. Er konnte es nicht einordnen, noch nicht.

Als er sich die Szene im Laufe der kommenden Wochen wieder und wieder in Erinnerung rief, wuchs in ihm der Verdacht, dass es so etwas wie Erleichterung gewesen war. »Na endlich«, schienen die Augen seiner Kollegin gesagt zu haben.

30. Kapitel

Montag, 3. Juli 2028
Kopenhagen, Dänemark

Shannon war am Vormittag im Zuge einer ihrer Weltumrundungen von Tokio aus in Richtung Westen gestartet. Fūjin entwickelte sich prächtig, in acht Monaten schon sollte der größte Windpark der Welt in Betrieb gehen. Sie hatte vor, während und nach dem Mittagessen gearbeitet und dann ein wenig geschlafen. Jetzt hörte sie ihre Lieblingsplaylist und schaute dabei verträumt nach draußen. Ein ausgedehntes Hochdruckgebiet in Verbindung mit trockener sibirischer Kälte sorgte für exzellente Sicht. Der Himmel war glasklar und nahezu wolkenfrei. Über 300 Kilometer weit reichte bei derartigen Bedingungen von hier oben der Blick, wie Shannon wusste. Und obwohl man sich es einbilden konnte, blieb der Horizont tatsächlich ein gerader Strich, die Erdkrümmung war mit bloßem Auge von einem Flugzeug aus noch nicht zu erkennen. Wie in Zeitlupe zog unter ihr die unwirtliche Winterlandschaft Russlands vorbei. Seit Stunden war die Erde mit einer geschlossenen Schneeschicht bedeckt, und trotzdem zeichnete sich ein deutliches Schattenrelief aus Bergen, Tälern, Flüssen und Seen sowie wenigen Straßen und vereinzelter Bebauung ab. In dieser Gegend spielte der Mensch eine untergeordnete Rolle. Gerade hatten sie das beeindruckende Einzugsgebiet des Ob überflogen, da lag vor ihnen nicht minder faszinierend der Ural. Weit im Norden entdeckte sie die Küste mit den südlichen Ausläufern des Polarmeeres.

Wie so oft von hier oben, fühlte Shannon eine tiefe Demut und Dankbarkeit dafür, dass sie einen Beitrag dazu leisten durfte, dieses große Wunder unter ihr zu erhalten. Das war es, was für sie zählte, warum es sich lohnte, so viel zu arbeiten. Den Klimawandel zu stoppen und die Erde so zu bewahren, wie sie war, sah sie als die Aufgabe an, die ihrem Leben einen Sinn gab.

Mit Zhāng Li hatte sie einen Bruder im Geiste gefunden, er war inzwischen zu ihrem engsten und wichtigsten Geschäftspartner geworden. Ihr wilder Ausrutscher vor knapp einem Jahr war ein One-Night-Stand geblieben. Beiden war ihre Mission zu wichtig, um sie mit körperlicher Lust oder gar Gefühlen zu belasten. China hatte sich nur vier Wochen nach ihrem Handschlag in rekordverdächtiger Geschwindigkeit über einen Staatsfonds mit zwanzig Prozent an Shamrock Capital beteiligt. Widerstand von Shannons bisherigen Mitgesellschaftern hatte es nicht gegeben, das Gesamtpaket war einfach zu attraktiv, für alle Beteiligten. Die Genehmigung durch die US-Behörden hatte etwas länger auf sich warten lassen, was aber Li und Shannon nicht davon abgehalten hatte, bereits Vollgas zu geben und Fakten zu schaffen. Innerhalb kürzester Zeit war Shamrock Capital in den Olymp der weltweit größten Finanzinvestoren aufgestiegen. China lieferte ein Großprojekt nach dem anderen, vorzugsweise in Afrika, Südamerika und Osteuropa. Vor allem Solar- und Windparks, aber auch viele andere Klimaschutztechnologien von Ladeinfrastrukturen für Elektromobilität bis hin zu In-vitro-Fleischfabriken. Shannons Team kam mit der Umsetzung kaum hinterher. Dabei lag der Engpass ausschließlich im operativen Projektmanagement und nicht etwa in der Finanzierung. Institutionelle und private Investoren standen regelrecht Schlange, weil die Projekte dank der immer wettbewerbsfähigeren Technologien und Rahmenbedingungen attraktive Renditen abwarfen. Auf das Angebot von Li, sich bei Bedarf auch an der Projektfinanzierung zu beteiligen, musste sie deshalb nicht zurückgreifen. Insofern war die Strategie der Chinesen voll aufgegangen, das war Shannon bewusst: Die Beteiligung an Shamrock Capital war für Zhāng Li nicht mehr und nicht weniger als ein riesiger Finanzierungshebel, der es China ermöglichte, weltweit Projekte wie am Fließband umzusetzen und gleichzeitig die eigenen finanziellen Ressourcen auf ihr geheimes Hauptvorhaben zu konzentrieren.

Obwohl die Zusammenarbeit global und umfassend war, blieb Shannon im Sudan und Mauretanien außen vor. Sie hatte niemandem erzählt, auch Li nicht, dass sie mittlerweile ahnte, was dort geplant war. Gleichzeitig vermutete sie, dass er seinerseits den Schluss gezogen hatte, dass sie erraten hatte, was China spielte. Stillschweigend gab es ein Einvernehmen zwischen ihnen, das Thema auszusparen. So musste Shannon sich nicht mit Dingen belasten, die sie in Schwierigkeiten bringen könnten. Der CIA erzählte sie bei ihren regelmäßigen Treffen, dass sich ihre Zusammenarbeit mit den Chinesen auf die bekannten Großprojekte beschränkte, die von Shamrock Capital finanziert wurden. Die CIA blieb skeptisch, auch dessen war sie sich bewusst. Dennoch übte der US-amerikanische Geheimdienst für den Moment keinen offenen Druck auf sie aus. Der Guoanbu war für Shannon wie vom Erdboden verschluckt, was sie als gutes Zeichen deutete.

Gegen 17:00 Uhr Ortszeit landete sie am Flughafen Kastrup in Kopenhagen. Sie hatte ein paar Termine in der ersten CO_2-neutralen Hauptstadt der Welt. Es ging im Wesentlichen um Öffentlichkeitsarbeit, Shamrock Capital hatte maßgeblichen Anteil an der Finanzierung des Leuchtturmprojekts gehabt. Vor allem aber war sie hierhergekommen, um mit Tessa weiter nach San Francisco zu fliegen. Ihre Freundin war Teil einer Delegation der dänischen Hauptstadt, die für eine Konferenz nach San Francisco eingeladen war. Es gab inzwischen enge Bande zwischen den beiden in etwa gleichgroßen Küstenmetropolen. San Francisco eiferte Kopenhagen nach und strebte an, bis 2030 ebenfalls CO_2-neutral zu werden. Tessa hatte sich in ihrer Studienstadt für das Vorhaben engagiert und war deshalb Teil des Beratungsgremiums für San Francisco. Shannon wusste, dass Tessa lange mit sich gehadert hatte, ob sie den langen Flug antreten sollte. Letztlich hatte die Überzeugung gesiegt, dass der Klimanutzen ihres Trips den entstehenden Schaden deutlich überstieg. Zumal Tessa ihre Reise auf Shannons Wunsch hin auch damit verbinden wollte, Shěn Shìxīn endlich kennenzulernen. Tessa hielt es zwar für ausgeschlossen, dass ein Gespräch mit dem alten Mann ihre Meinung zu China ändern würde, aber treffen wollte sie ihn unbedingt – nach alldem, was Shannon erzählt hatte. Denn China zu verstehen, erschien ihr mehr und mehr als der entscheidende Schlüssel, um einen Ausweg aus ihrem Dilemma zu finden.

Das Verhältnis der beiden Frauen hatte sich im Verlauf des letzten Jahres weiter verkompliziert. Und abgekühlt. Obwohl sie sich nach wie vor stark zueinander hingezogen fühlten, riss der Graben zwischen ihnen immer weiter auf. Ihre unterschiedlichen Weltanschauungen waren schlicht nicht miteinander kompatibel. Der bei ihrem Kennenlernen von Shannon angeregte Versuch, Ideologie mit Pragmatismus zu verbinden und so eine größere Schlagkraft zu entwickeln, war praktisch gescheitert, das war ihr inzwischen klar. Tatsächlich krankte es jedoch weniger an ihren unterschiedlichen Ansichten zu Kapitalismus und Marktwirtschaft als vielmehr an Zhāng Li. Nicht wegen Shannons Seitensprung, davon hatte sie Tessa bis heute nichts erzählt. Tessa hielt Shannons Kooperation mit den Chinesen für indiskutabel verantwortungslos. Demokratie und Menschenrechte waren für sie keine zweitrangigen Werte, die man zum Schutz des Klimas aufs Spiel setzen durfte. Tessa ging nicht so weit, ihr diesbezüglich Vorsatz vorzuwerfen. Aber sie fand, dass Shannon die Unterwanderung von freiheitlichen Grundsätzen und demokratischer Rechtsstaatlichkeit grob fahrlässig in Kauf nahm.

Shannon hingegen fand Tessa zunehmend naiv. Sie warf ihr vor, emotionale Luftschlösser zu bauen und die Augen vor der Realität zu verschließen. Shannon war weder in der Lage noch bereit dazu, die auf ihrer hochgradigen Rationalität beruhenden Schlussfolgerungen unter moralischen Gesichtspunkten infrage zu stellen.

Aber das war nicht alles. Es gab auch andere Gründe, warum sich ihre Beziehung verschlechtert hatte. Zu Beginn war es noch möglich gewesen, zusammen zu lachen und ausgelassen zu sein. Sie hatten Ideen gehabt und Pläne geschmiedet. Im Verlauf des letzten Jahres hatte Tessa die Kraft dazu verloren. Ihre Lebensfreude und ihr Humor waren ihr zunehmend abhandengekommen. Immer mehr hatte sie sich zurückgezogen. Sie meldete sich nicht oder stark verspätet und wirkte gernerell lust- und antriebslos.

Als sich die Reisegruppe am nächsten Vormittag am Flughafen traf, sahen auch Shannon und Tessa sich seit mehreren Monaten zum ersten Mal wieder. Shannon war sowohl am Vortag wie auch am Morgen zu beschäftigt gewesen. Auch die Nacht hatten sie getrennt verbracht. Shannon hatte zwar spätabends noch gefragt, ob Tessa zu ihr ins Hotel kommen wolle, aber keine Antwort erhalten. Jetzt standen sie inmitten der Delegation etwas unsicher voreinander. Shannon kam nicht umhin festzustellen, dass Tessa nicht gut aussah. Sie hatte tiefe Ringe unter den Augen, ihr Haar wirkte stumpf. Außerdem hatte sie merklich zugenommen, was untypisch für Tessa war.

»Wir haben noch ein bisschen Zeit, bis der Flieger geht«, sagte Shannon leise an Tessa gewandt. »Wollen wir in die Lounge gehen? Ich kann da eine Person als Gast mitnehmen.«

»Ja, wenn ich da so reinkomme?« Tessa guckte an sich herunter. Sie hatte eine schlabbrige Jogginghose für den langen Flug angezogen.

Shannon winkte ab. »Solange du eine Bordkarte für denselben Flug hast, ist das denen egal.«

Kaum hatten sie die First Class Lounge betreten, zu der Shannon aufgrund ihrer vielen Bonusmeilen Zutritt hatte, bereute sie ihren Vorschlag. Tessa war im Eingang stehen geblieben und schaute sich nun mit halb geöffnetem Mund kopfschüttelnd um. Der weiträumige Bereich bot den Gästen alle nur denkbaren Annehmlichkeiten. In der Mitte des Raumes stand eine lange geschwungene Bar, hinter der neben dem üblichen Getränkeangebot ein umfangreicher Frontcooking-Bereich auf die individuellen Bestellungen der Besucher wartete. An den Wänden gab es zusätzlich eisgekühlte Auslagen mit exklusiven Kleinigkeiten für zwischendurch. Wegweiser nach rechts und links versprachen Arbeitsbereiche, Ruheräume, Schlafkabinen und Duschen. Shannon zuckte beim Anblick von Tessas angewidertem Gesichtsausdruck zusammen, als deren Blick auf dem Wegweiser zu der ebenfalls zur Verfügung stehenden Wellness-Oase landete.

»Ich weiß, es ist dekadent«, bemerkte Shannon entschuldigend.

»Ja, Shannon. Das ist es. Zumal wir doch gleich im Flieger wieder gemästet werden. Außerdem zähle ich hier zwölf Personen im

Servicebereich, und wir beide scheinen die einzigen Gäste zu sein. Ich finde das einfach ekelerregend und wirklich ein tolles Beispiel für die grenzenlose Dummheit unserer Zivilisation.«

Shannon seufzte. Irgendwie hat sie ja recht, dachte sie. Es ist alles maßlos übertrieben und ein Zeugnis dafür, dass es den Fluggesellschaften zu gut ging und sie dazu noch überhaupt nichts verstanden hatten. Zum Glück hatte Tessa ihre Meinung leise kundgetan, was ja sonst eher nicht ihre Art war. Das Personal konnte schließlich nichts dafür.

»Vergiss es einfach, o. k.? Lass uns jetzt nicht gleich wieder miteinander streiten. Wir haben uns so lange nicht gesehen. Komm, wir trinken einfach nur einen Kaffee. Das geht hier nämlich auch.«

Tessa warf ihr einen bitterbösen Blick zu und fläzte sich in einen der vielen Sessel. Kaum saßen sie, tauchte ein charmanter Servicemitarbeiter auf, begrüßte sie herzlich und fragte, ob er ihnen erklären dürfe, was die Küche heute alles zu bieten habe.

Shannon lächelte ihm freundlich zu, schüttelte aber den Kopf, als sie sagte: »Wir nehmen beide nur einen Caffè Latte und ein stilles Wasser. Nichts zu essen, vielen Dank.«

»Sehr gern, Miss O'Reilly.«

Shannon las Tessas Gedanken und musste grinsen.

»Nein, Tessa, der kennt mich nicht. Ich bin, glaube ich, zum dritten Mal in meinem Leben hier. Das letzte Mal vor ungefähr drei Jahren. Er wird dich auch gleich mit Miss Hansen ansprechen, er hat unsere Bordkarten gesehen. Jetzt lass bitte gut sein, o. k.? Erzähl mir lieber, wie es dir geht?«

Tessa schloss ihre Augen und presste die Lider zusammen. Dann schüttelte sie sich, fast als wollte sie irgendwelche bösen Geister aus ihrem Körper vertreiben. Die beiden Bedienungen, die das aus einiger Entfernung mitbekamen, schauten sich verunsichert an. Shannon warf ihnen einen entschuldigenden Blick zu.

Tessa hatte sich unterdessen gesammelt. »Ganz o. k., danke.« Nickend ergänzte sie nach einem Augenblick: »Nein wirklich, ich bin o. k. Ich freue mich auf San Francisco, und es ist schön, dich zu sehen.«

Shannon überlegte kurz, ob sie nachhaken sollte. Natürlich ging es Tessa nicht gut, das sah sie ihr ja an. Sie entschied sich dagegen.

31. Kapitel

Dienstag, 4. Juli 2028
Peking, China

»Zusammenfassend kann man sagen: Alles läuft nach Plan. In knapp vier Wochen, also Ende Juli, wird die Verifizierung der jüngsten Erkenntnisse in Bologna abgeschlossen sein. Wir wissen das so genau, weil wir das Standardprozedere für derartige Ereignisse gemeinsam mit der EU entwickelt haben. Alle Eingangsgrößen müssen gelöscht und erneut eingepflegt werden. Das dauert seine Zeit. Anschließend muss Minerva neu rechnen und alle erforderlichen Plausibilitätschecks durchlaufen. Dass die Prognosen der EU zur Abschmelzdynamik der Eisschilde unsere bisherigen Erkenntnisse sogar noch übertreffen, ist schlicht und einfach der Tatsache geschuldet, dass Minerva noch leistungsfähiger ist als unsere Klimarechner. Ich habe keine Zweifel daran, dass sie stimmen, und hoffe, Liu Wu, dass das nicht besorgniserregend ist.«

Damit beendete Gao Sheng seinen computertechnischen Sachstandsbericht und gab das Wort an den führenden chinesischen Klimawissenschaftler weiter. Die Runde war eilig zusammengerufen worden, unmittelbar nachdem Bao Mailin am Vortag die Informationen aus Bologna weitergegeben hatte. Die meisten

Teilnehmer waren persönlich in Zhongnanhai erschienen, einige per Video zugeschaltet. Natürlich hatte das Politbüro damit gerechnet, dass die Bombe irgendwann in diesen Wochen platzen würde, der genaue Zeitpunkt war aber nicht vorhersehbar gewesen.

Vizepremier Yao Wáng saß an der Spitze des Konferenztisches, er leitete die Sitzung.

»Nun, ohne unsere geplanten Gegenmaßnahmen wären die neuen Erkenntnisse außerordentlich besorgniserregend, geradezu katastrophal«, begann Liu Wu. »Glücklicherweise brauchen wir so ein Szenario aber nicht weiter zu betrachten.« Er stand auf und ging zur Präsentationswand hinüber, um die Grafiken besser erläutern zu können, die er vorbereitet hatte. »Aber der Reihe nach: Die westliche Wissenschaft geht bis heute fälschlicherweise davon aus, dass es bei Einhaltung des Pariser Klimaschutzabkommens gelingen wird, den Anstieg des Meeresspiegels in den Griff zu bekommen. Die internationalen Schätzungen liegen alle irgendwo im Bereich zwischen dreißig Zentimetern und einem Meter bis zum Ende des Jahrhunderts. Da der obere Wert aber schon dramatische Folgen für viele Küstengebiete der Erde hätte, gilt Paris inzwischen als überholt. Man hat sich darauf geeinigt, zweigeteilt vorzugehen. Das erste Etappenziel ist die Klimaneutralität bis 2050. Anschließend soll in der zweiten Hälfte des Jahrhunderts versucht werden, über das Pariser Abkommen hinauszugehen und zusätzliche Maßnahmen zu ergreifen, um bereits in der Atmosphäre enthaltenes CO_2 wieder zu binden. Unter Annahme der bisherigen Prognosen zum Meeresspiegelanstieg im Übrigen ein durchaus vernünftiger Ansatz.« Er erlaubte sich ein kurzes Achselzucken und fuhr dann fort: »Minerva kommt nun auf zwei Meter. Das ist aus Sicht der westlichen Wissenschaft eine Verdopplung ihres oberen Erwartungswertes –

und selbst für uns noch einmal fünfzig Zentimeter mehr, als wir bisher zugrunde gelegt hatten.«

Er räusperte sich. »Zu den Abweichungen kommt es folgendermaßen: Wenn wir die diversen Sekundäreffekte außen vor lassen, wird der Meeresspiegelanstieg im Wesentlichen durch drei Vorgänge verursacht: Wärmeausdehnung des Meerwassers, Gletscherschmelze und Abschmelzen der Inland-Eismassen in Grönland und der Antarktis, der sogenannten Eisschilde.« Er hob einen Finger nach dem anderen bei der Aufzählung der Ursachen und machte dann eine wegwerfende Handbewegung. »Die ersten beiden Prozesse sind relativ trivial. Hier kommt Minerva auch zu denselben Prognosen wie wir. Das Verhalten der Eisschilde hingegen ist ein hochkomplexes dynamisches Phänomen, das bis heute im Wesentlichen als unverstanden gilt. Die kilometerhohen Eismassen in der Antarktis verursachen einen enormen Tiefendruck, der in den unteren Schichten zu Temperaturerhöhungen bis oberhalb des Schmelzpunktes führen kann. Dadurch bilden sich tief unter dem Eis große Wasserströme, die riesige Teile der Eisschilde abtrennen und in Bewegung setzen können. Wenn so ein Block, der Tausende Kilometer lang und ebenso breit sein kann, einmal in Bewegung gerät, ist er nicht mehr aufzuhalten und rutscht ins Meer.« Er pausierte einen Moment und sagte dann: »Ich will Sie nicht weiter langweilen, aber glauben Sie mir, die Vorhersage dieser Prozesse ist komplex. Minerva ist hier offenbar einen entscheidenden Schritt weitergekommen und prognostiziert, dass die Südpol-Eisschilde schon im Verlauf dieses Jahrhunderts stärker abschmelzen, als wir es bisher angenommen haben.«

Liu Wu nahm einen Schluck aus seinem Wasserglas und wandte sich an Gao Sheng: »Zu deiner Frage: Sind die Minerva-Ergebnisse beunruhigend? Die Antwort lautet nach allem, was wir heute wissen, vermutlich Nein. Allerdings nur unter zwei wesentlichen Bedingungen, die wir zum Glück beide selbst in der Hand haben: Erstens müssen wir unsere Planzahlen beim globalen Absatz unserer Klimaschutztechnologien mindestens einhalten, besser noch übertreffen. Die CO_2-Emissionen müssen jetzt noch dringender und noch radikaler gesenkt werden als bisher vorgesehen. Und auf den Rest der Welt können wir uns hier bekanntlich nicht verlassen.«

Zhāng Li, der ebenfalls in der Runde saß und auf den sich jetzt alle Blicke richteten, hob zuversichtlich beide Daumen und nickte. »Das schaffen wir. Die Nachricht, mit der die EU in Kürze die Welt schockieren wird, wird als zusätzlicher Katalysator wirken und uns Rückenwind geben.«

Ein zustimmendes Murmeln erfüllte den Raum.

Liu Wu nickte und fuhr fort: »Zweitens müssen wir in der Sahara so schnell wie möglich Wirkung entfalten. Die Prozesse rund um die Eisschilde sind aufgrund der unvorstellbar großen Massen extrem träge. Es ist deshalb damit zu rechnen, dass es viele Jahrzehnte, wenn nicht Jahrhunderte dauert, bis positive Gegeneffekte greifen. Aber wenn wir jetzt unmittelbar loslegen, sollte es reichen.«

»Es *sollte* reichen?« Yao Wáng hob eine Augenbraue. Bisher hatte er reglos am Tisch gesessen und sich nicht an der Diskussion beteiligt.

»Ja. Die Tatsache, dass die Landeismassen nun doch in Bewegung geraten, führt leider dazu, dass wir mit einer gewissen Unsicherheit leben müssen.«

Wieder durchzog ein Murmeln den Saal, diesmal aber begleitet von deutlich besorgteren Gesichtern. Die entwaffnend ehrliche Antwort des Klimawissenschaftlers sorgte für Unruhe.

Yao Wáng bemühte sich, seine ausdruckslose Miene beizubehalten. Ihm fiel nichts Beruhigendes ein, mit dem er hätte dagegenhalten können. Wie auch, es gab ja vermutlich nichts, mit dem man den Konjunktiv des Chefwissenschaftlers hätte entkräften können. Wie gelähmt saß er da und starrte ins Leere. Sollte das das Ergebnis seiner seit mehr als fünfzig Jahren andauernden Arbeit sein? Seines Lebenswerkes? Alles war bis ins letzte Detail geplant, akribisch vorbereitet und unzählige Male überprüft worden. Viele Opfer waren gebracht worden, buchstäblich. Und jetzt hieß es »Es sollte reichen«?

Inzwischen war es lauter geworden im Raum. Die Anwesenden erwarteten eine Reaktion von Yao Wáng. Sogar mit den Fingern wurde vereinzelt auf ihn gezeigt, während die Gespräche anschwollen. Die Sitzung schien ihm zu entgleiten.

Da beugte sich sein Nebenmann zu ihm und bat flüsternd um das Wort. Yao Wáng war erleichtert. Chen Kunming war nur wenige Jahre jünger als er selbst. Er war Direktor der Zentralen Parteihochschule der Kommunistischen Partei Chinas und Mitglied des Politbüros. Klimaschutz interessierte ihn nur am Rande. Seine ganze Aufmerksamkeit galt den politischen Potenzialen, die sich als Konsequenz aus dem Handeln seines Landes ergaben. Chen Kunmings Hauptziel war der Ausbau der strategischen Machtposition, die sich China aus der gegebenen Situation erarbeiten würde. Er stand auf und ging zu dem neben der Präsentationswand stehenden Rednerpult. Um Ruhe bitten musste er nicht, es wurde schlagartig still im Raum.

»Liebe Genossinnen und Genossen, es gibt überhaupt keinen Grund zur Beunruhigung! Die Einmischung der Eisschilde in unsere Pläne ist das Beste, was uns passieren konnte. Die nachhaltige Unsicherheit, mit der die Welt von nun an wird leben müssen, spielt uns doch perfekt in die Hände. Die Lage ist besser, als wir sie jemals hätten planen können. Denn wer, frage ich euch, wird nun noch etwas gegen unsere Maßnahmen einzuwenden haben? Wer wird sich uns in den Weg stellen, wenn wir unsere Klimaschutztechnologien in der ganzen Welt verteilen? Wer wird es wagen, unser Vorhaben in der Sahara infrage zu stellen?«

Die Runde quittierte das Gehörte mit zustimmendem Nicken.

»Ich sage es euch: Niemand wird das tun! Unsere Pläne sind ab sofort absolut alternativlos. Wir werden politischen Rückhalt auf der ganzen Welt bekommen, weil die Erde ohne China verloren ist.«

Die Verunsicherung auf den Gesichtern der Anwesenden löste sich schlagartig auf. Den Saal ergriff eine fiebrige Erregung, die sich durch frenetisches Klatschen Luft zu machen versuchte. Auch auf den zugeschalteten Bildschirmen spielten sich tumultartige Szenen ab.

Yao Wáng klatschte nicht. Er saß zusammengesunken auf seinem Platz und konnte nicht fassen, was er eben gehört hatte.

32. Kapitel

Donnerstag, 6. Juli 2028
San Francisco, USA

Seit ihrem missglückten Besuch der Flughafen-Lounge in Kopenhagen hatte Tessa praktisch nicht mehr mit Shannon gesprochen. Sie war mit ihrer Delegation Economy-Class geflogen und hatte in San Francisco zwei Tage lang volles Programm gehabt. Jetzt war der offizielle Teil ihrer Reise zu Ende. Sie hatte in ihrem Hotel ausgecheckt und würde heute Nacht bei Shannon bleiben. Morgen wollten sie beide zurück nach Europa. Shannon musste ohnehin nach London und hatte vorgeschlagen, ein paar gemeinsame Tage in Poole zu verbringen.

Tessa hatte nur widerwillig zugestimmt, sie haderte mit der Perspektive. Letztendlich war sie sich aber im Klaren darüber, dass sie nicht weiter vor der Realität weglaufen konnte. Sie musste sich endlich entscheiden, und ihr dämmerte, dass das eine sehr weitreichende Entscheidung sein würde. Entsprechend erwartungsvoll sah sie jetzt auch dem Gespräch mit Shěn Shìxīn entgegen. Eben hatte sie Shannon vor der City Hall getroffen und war mit ihr das kurze Stück bis zu seinem Haus gelaufen. Als sie klingelten, hatte es bereits begonnen zu dämmern.

Wie immer dauerte es, bis der Chinese öffnete. Lächelnd bat er sie herein, und Tessa schaute sich interessiert um. Shannon hatte ihr erzählt, wie mystisch es hier war, doch das, was sie sah, übertraf ihre Erwartungen. Sie folgten dem alten Coach ins Wohnzimmer, setzten sich auf den Boden und bekamen Tee aus dem mächtigen Samowar.

Shannon hatte das Gefühl, dass sie das Gespräch einleiten sollte. Sie holte kurz Luft und sagte: »Ich habe euch beiden ja viel voneinander erzählt. Also, Tessa findet, ähm, wie soll ich sagen ...«

Shěn Shìxīn hob seine Hand ganz leicht, was Shannon sofort veranlasste zu schweigen. Dankbar überließ sie ihm das Wort.

»Das kann uns Tessa nachher ja selbst erzählen, wenn sie möchte.« Er wandte sich Tessa zu und ergänzte: »Ich freue mich jedenfalls, dass ich die Ehre habe, dich kennenzulernen, junge Frau. Shannon hat mir einiges von dir erzählt. Die Welt wäre eine bessere, gäbe es mehr von deinem Kaliber.«

Tessa räusperte sich etwas verlegen und trank einen Schluck von ihrem Tee.

Da war es wieder, dachte Shannon, das unnachahmliche Talent ihres Coachs, seinen Gesprächspartnern Geborgenheit zu vermitteln.

Shìxīn zeigte auf Tessas Beine. »Du beherrschst den Lotussitz?«

»Ich mache manchmal Yoga.«

»Meditierst du auch?«

Sie lächelte ihn an. »Nein, leider nicht.«

So begann sich ein vollkommen unverfängliches Gespräch zwischen den beiden zu entwickeln, das scheinbar ziellos vor sich hin plätscherte. Shannon, die eine Art Beobachterposition eingenommen hatte, spürte, wie Shěn Shìxīn den Dialog lenkte. Er wollte, dass Tessa sich entspannte und wohl in ihrer Haut fühlte. Es gelang ihm wie immer, auch wenn er sich viel mehr Zeit dafür nahm, als Shannon für nötig befand. Gerade als sie langsam die Geduld zu verlieren begann, kam er sehr unvermittelt zur Sache.

»Nur wer mit dem Strom schwimmt, wird das Meer erreichen«, sagte er.

Shannon musste grinsen, als sie Tessas verdutzten Gesichtsausdruck sah.

»Der Satz stammt von Konfuzius und ist über 2500 Jahre alt. Individualismus wird in China traditionell verachtet. Im Unterschied zum Westen, wo es als höchstes Gut überhaupt gilt, anders zu sein. ›Nur tote Fische schwimmen mit dem Strom‹ wurde hier deshalb daraus gemacht.« Er suchte Tessas Blick. »In den USA und auch in Europa«, fuhr er fort, »wird immer wieder argumentiert, dass unser totalitäres Regime, in dem politische, wirtschaftliche und gesellschaftliche Maßnahmen einfach diktiert werden können, der Grund dafür ist, warum China handlungsfähiger ist als die westlichen Demokratien. Das ist aber nicht richtig, Ursache und Wirkung werden hier durcheinandergebracht. Die chinesische Staatsform ist nur eine Folge unserer Kultur, insbesondere unseres ausgeprägten Kollektivdenkens. Auch unser traditionell langfristiges Denken und Handeln, das für den Westen immer besonders stark durch die Fünfjahrespläne zum Ausdruck kommt, ist tief in der chinesischen Mentalität verwurzelt. Dass eure Demokratien dagegen nur in Wahlperioden denken und planen können, ist ebenfalls keine Frage des politischen Systems, sondern eurer kurzlebigen Denkweise geschuldet.« Er blickte Tessa und Shannon nacheinander an. »Versteht ihr, was das bedeutet?«

Shannon warf ihrer Freundin einen aufmunternden Blick zu. »Ja«, sagte Tessa etwas zögerlich, »ich glaube schon. Du sagst, dass unsere unterschiedlichen Kulturen uns gewissermaßen vorgeben, wie wir uns organisieren und Entscheidungen treffen. Und dass man deshalb in China jetzt nicht einfach sagen könnte, wir machen es wie die Europäer. Und umgekehrt auch nicht.«

»Ganz genau. Wir haben es hier mit zwei diametral unterschiedlichen Weltanschauungen zu tun, die fast unabhängig voneinander entstanden sind und sich jeweils auf ihre Art bewährt haben. Die Frage, welche von beiden die bessere ist, ist akademisch.«

Shěn Shìxīn las Tessas Gedanken.

»Ich weiß, man kann China vorwerfen, dass die politische Führung des Landes Menschenrechte verletzt. Man muss es sogar tun, denn es ist vielfach bewiesen. Und ich verurteile und verabscheue das. Aber heißt das automatisch, dass China dem Westen moralisch unterlegen ist?«

Tessa richtete sich auf. »Natürlich heißt es das! Kollektives Denken darf nicht zulasten der Grundrechte Einzelner gehen.«

Der alte Chinese nickte.

»Da hast du recht. Vieles darf nicht sein, und es passiert trotzdem. Aber findest du nicht, wir sollten hier eine Perspektive einnehmen, die dem Problem gerecht wird, das es zu lösen gilt?«

Tessa schaute ihn fragend an.

»Wenn wir die Werte Chinas mit denen des Westens vergleichen, um über die Zukunft zu urteilen, sollten wir nicht nur den aktuellen Status quo, sondern auch die längere Vergangenheit als Maßstab heranziehen, findest du nicht?«

»Shìxīn ...« Tessa seufzte. Sie presste die Lippen zusammen und schüttelte langsam den Kopf. »... bei allem Respekt, aber ich glaube, dass das nicht stimmt. Und ich weiß genau, wie sich die Europäer in der Kolonialzeit benommen haben, wenn du darauf anspielst.« Sie warf Shannon einen Seitenblick zu. »Das Vermögen meiner Familie beruht auf Verbrechen gegen die Menschlichkeit in dieser Zeit, es ist wirklich nicht so, dass ich mich nicht damit beschäftigt habe. Und mir ist auch bekannt, dass China in den letzten Jahrhunderten zum Teil – wie soll ich sagen? – der angenehmere Eroberer war. Bestimmt nicht immer, wenn wir zum Beispiel an Japan denken, aber ja. Das hatte vermutlich auch etwas mit dem Unterschied zwischen der europäischen und der chinesischen Mentalität zu tun, wie du es nennst.«

»Allerdings.«

»Na ja, weniger berechnend waren die Chinesen aber sicher nicht, sie hatten nur ein anderes Kalkül. China ging es eben nie um Ausbeutung mit schnellem Profit, sondern um den Aufbau langfristiger Abhängigkeiten.«

»Handelsbeziehungen würde ich es nennen, aber genau. Und hat die Geschichte nicht gezeigt, dass das die Menschheit viel eher weiterbringt als der kurzsichtige europäische Ansatz?«

Tessa schaute ihn lange zweifelnd an. Dann sagte sie mit Resignation in ihrer Stimme: »Weißt du, ich glaube, es geht gar nicht um das Wesen der chinesischen Seele. Es geht um den Charakter der Kommunistischen Partei. Die politische Führung Chinas hat sich disqualifiziert. China unterjocht seine Bevölkerung und macht sich dabei nicht nur das ausgeprägte Kollektivdenken, sondern auch die starke Hierarchiegläubigkeit zunutze, die ja ebenfalls tief in eurer Kultur verwurzelt ist. Wer Demokratiebewegungen brutal niederschlägt und Minderheiten in Zwangsarbeits- oder Umerziehungslager steckt, kann nicht mit darüber entscheiden, wie die Welt in Zukunft aussehen soll.«

Shannon hatte sich bisher zurückgehalten. Sie hatte sehen wollen, wie sich das Gespräch zwischen Tessa und Shìxīn entwickeln würde. Der Verlauf missfiel ihr aber. Dass Tessa sich in ihren Überzeugungen nicht beirren ließ, war dabei nicht der Punkt. Damit hatte sie gerechnet. Es war die Art und Weise ihres Auftretens, die Shannon beunruhigte. Ungeachtet der nach wie vor inhaltlichen Schärfe ihrer Aussagen verriet ihre Körpersprache das genaue Gegenteil. Tessa wirkte desillusioniert, fast kapitulierend. Ihr Siegeswille schien erloschen zu sein. Matt und ausgebrannt saß sie da und ließ das Gespräch über sich ergehen.

»Die junge Generation in China scheint aber anders zu sein«, schaltete Shannon sich jetzt ein.

»Nein«, erwiderte Tessa müde, »vergiss es einfach, so schnell geht das nicht.«

Shannon öffnete ihren Mund, um etwas zu erwidern, schloss ihn aber sofort wieder. Es hatte keinen Zweck. Zu oft hatte sie mit Tessa diskutiert und immer wieder dieselben Argumente bemüht. Hilfe suchend blickte sie zu Shìxīn.

»Nehmen wir mal an«, sagte der, nachdem er länger in seine leere Teetasse geschaut hatte, »du hast recht, Tessa. Traust du dem Westen denn zu, die Mammutaufgabe, vor der wir stehen, ohne die Hilfe Chinas zu lösen?«

Tessa schwieg. Sie schien mit sich zu ringen. »Nein«, sagte sie schließlich resigniert. »Natürlich muss China helfen. Aber wir können uns nicht abhängig machen. China nicht überall den Vortritt lassen, nur weil es schneller und billiger liefern kann. Die demokratischen Staaten müssen ein ebenbürtiges Gegengewicht bilden, so wie wir das in den vergangenen Jahrzehnten auch geschafft haben.«

»Und wenn die Bekämpfung des Klimawandels eine zu langfristige Aufgabe für die kurzfristig denkende westliche Welt ist?«

Tessa starrte ins Leere. Sie wusste keine Antwort auf die Frage. In ihrem Gesicht zeichnete sich deutlich ihre Zerrissenheit ab, die sie seit Langem quälte und innerlich immer weiter auffraß.

Nachdem sie länger schweigend dagesessen hatten, stand Shĕn Shìxīn auf und begann langsam, den Tisch abzuräumen. Als sie sich verabschiedeten, nahm er Tessa lange in den Arm. Sie ließ sich das gefallen. Dann schaute er ihr tief in die Augen. »Auch bei einer Entscheidung zwischen Skylla und Charybdis gibt es einen Weg, wir dürfen nur unsere Zuversicht nicht verlieren.«

Tessa erwiderte nichts. Shannon warf ihrem Coach beim Gehen einen dankbaren Blick zu, der aber gleichzeitig zum Ausdruck brachte, dass alles keinen Zweck hatte. Unentschlossen blieben die beiden Frauen auf dem Bürgersteig vor Shĕn Shìxīns Haus stehen. Shannon spürte, dass Tessa zum Heulen zumute war, aber selbst das schien ihr im Moment nicht zu gelingen.

Sie nahm sie in den Arm. »Komm, wir fahren jetzt erst mal zu mir nach Hause.«

Ihr gut gemeinter Beruhigungsversuch ging gründlich daneben. Tessa riss sich los, machte eine abwehrende Handbewegung und trat einen Schritt zurück.

»Ich ... ich kann das nicht. Ich möchte allein sein. Ich komme nicht mit zu dir.«

»Aber wo willst du denn hin mitten in der Nacht? Mach jetzt bitte keinen Quatsch.«

»Nein, ich ... ich weiß es nicht. Ich fahre direkt zum Flughafen, ich will nach Hause.«

»Wie bitte? Aber wir wollen doch morgen nach Poole!«

Tessa machte noch einen Schritt zurück. Sie hob ihren Kopf, sodass ihr Gesicht für einen kurzen Moment von der Straßenlaterne ausgeleuchtet wurde. Der Blick, den Shannon so von ihrer Freundin erhaschte, fuhr ihr durch Mark und Bein. Noch nie hatte sie Augen gesehen, aus denen eine derart bedrückende Mischung aus Verzweiflung, Angst und Hoffnungslosigkeit sprach.

»Nein, ich ...« Tessas Stimme versagte fast. »Es tut mir leid.«

Kurz schaute sie noch einmal auf. Wieder dieser Blick. Shannon sollte ihn niemals vergessen. Dann drehte Tessa sich um und lief ohne ein Wort des Abschieds davon, fast rannte sie.

Shannon rief ihr nach und spürte den Drang hinterherzulaufen. Sie ließ es aber sein. Stattdessen stand sie wie angewurzelt auf der Straße und schaute Tessa nach. Als das Geräusch ihres Rollkoffers schon lange verhallt war, ging sie zu ihrem Auto und fuhr nach Hause.

Später versuchte sie noch mehrmals, Tessa zu erreichen. Erfolglos. Sie antwortete nicht.

33. Kapitel

Dienstag, 18. Juli 2028
Peking, China

Wie immer, wenn er zu Hause war, saß Yao Wáng nach dem Abendessen mit seiner Frau Yao Ming im Wohnzimmer. Sie rauchten und tranken ein Glas Baijiu. Früher hatte er dann immer von seinem Tag erzählt. Das war in den letzten Monaten kontinuierlich weniger geworden, und vor zwei Wochen – seit dem denkwürdigen Meeting zu den Minerva-Ergebnissen – hatte er ganz damit aufgehört.

Auch an diesem Abend starrte er gedankenverloren Löcher in die Luft. Yao Ming las. Irgendwann, es war schon spät, klappte sie ihr Buch zu und sah ihn lange an. Nach einer Weile stand sie auf, ging zu ihm hinüber und setzte sich wortlos auf seinen Schoß. Das taten sie immer noch, auch nach über 55 Jahren Ehe. Dann legte sie ihre Arme um ihren Mann und vergrub ihr Gesicht an seiner Schulter.

In dieser Nacht lag Yao Wáng lange wach. Als Yao Ming längst eingeschlafen war, stand er auf und ging leise in sein Arbeitszimmer. Er setzte sich an seinen Schreibtisch, knipste die Lampe an und wartete einen Moment, bis sich seine Augen an die Helligkeit gewöhnt hatten. Dann setzte er seine Brille auf, nahm Papier und Stift zur Hand und schrieb eine Notiz. Im Anschluss starrte er lange auf den Zettel, faltete ihn dann zusammen, machte das Licht wieder aus und ging zurück ins Schlafzimmer. Vorsichtig schlich er um das Bett seiner Frau herum und legte die Nachricht auf ihren Nachttisch. Dann legte er sich zurück in sein Bett und versuchte zu schlafen.

Am nächsten Morgen verließ er das Haus in aller Frühe, lange bevor Yao Ming aufwachte. Sein Fahrer brachte ihn, begleitet von zwei Leibwächtern, zum Südbahnhof. Er hatte Termine in Shanghai und benutzte heute den Hochgeschwindigkeitszug. Wie üblich saß er am Fenster, seine beiden Begleiter hatten vor und hinter ihm Platz genommen. Anders als sonst arbeitete Yao Wáng diesmal nicht während der Fahrt. Die ganze Reise über schaute er gedankenverloren aus dem Fenster. Es ging überwiegend durch ländliches Gebiet. Das Wetter passte zu seiner Stimmung. Die Wolken hingen tief, und es regnete ohne Unterlass. Auch nachdem die Sonne aufgegangen war, wurde es nicht richtig hell.

Nach dreieinhalb Stunden verringerte der Zug seine Geschwindigkeit von fast 400 Stundenkilometern, um in Nanjing zu halten. Kurz vor dem einzigen Zwischenstopp auf dem Weg nach Shanghai überquerten sie südlich der Stadt den Jangtsekiang. Yao Wáng lehnte sich an die Fensterscheibe und versuchte, die Wasseroberfläche des mächtigen Stroms zwischen den vorbeisausenden Stahlträgern der modernen Eisenbahn-Brücke auszumachen. Es gelang ihm nicht, die Sicht war zu schlecht.

Unmittelbar vor Einfahrt in den Bahnhof nahm Yao Wáng seine Brieftasche aus der Jacke, die er die ganze Fahrt über nicht ausgezogen hatte, und verstaute sie in seinem Aktenkoffer. Dann signalisierte er seinen Leibwächtern, dass er die Toilette aufsuchen wollte, ließ alles an seinem Sitzplatz liegen und durchquerte das Abteil. Der Zug kam zum Stehen, und mit einem letzten Blick über die Schulter stieg er, ohne zu zögern, aus. Auf dem Bahnhofsvorplatz nahm er den Bus. Sein Ziel war die alte Nanjing-Jangtse-Brücke, die in einer Doppelstockkonstruktion Zügen und Autos die Querung des Jangtsekiang erlaubte. An der Haltestelle auf der Mitte der Brücke stieg er aus und machte einige unsichere Schritte auf dem Fußweg, der parallel zu der vierspurigen Straße auf dem oberen Deck verlief. Yao Wáng war zum ersten Mal hier, hatte aber oft über die unrühmliche Geschichte der Brücke gelesen. Er ließ den Blick schweifen. Aufgrund der Wetterverhältnisse war niemand zu sehen. Abgesehen von den vorbeirauschenden Autos war er allein. Der Nebel war so dicht, dass er das vierzig Meter unter ihm fließende Wasser nur hörte, sehen konnte er es nicht.

Etwa zur selben Zeit wachte Yao Wángs Frau auf und sah die Notiz auf ihrem Nachttisch liegen. Zögernd richtete sie sich auf, setzte sich auf die Bettkante und faltete das Blatt auseinander.

Liebe Ming,
ich habe mich entschieden, für Ehrungen nicht zur Verfügung
zu stehen, weil mein Lebenswerk keine Ehrungen verdient.
Du ahnst das schon lange, vielleicht sogar länger als ich selbst.
Danke, dass es keiner Worte bedurfte und dass Du mich verstehst.
Bitte kümmere dich um Zhāng Li. Er hat den Geist und die Kraft,
um zu verhindern, dass die Dinge schlimm werden.
Was er jetzt aber braucht, ist Dein Herz.
Ich liebe Dich,
Dein Wáng

34. Kapitel

Sonntag, 30. Juli 2028, 22:00 Uhr
Berlin, Deutschland

Ihr Suizid fand vor laufender Kamera statt. Live und zur Primetime im deutschen Fernsehen.

Es war der Vorabend der COP32, der 32. UN-Klimakonferenz, und sie war wieder einmal Gast in einer politischen Talkshow, zusammen mit den üblichen Verdächtigen, auch Hartmut Willemann war mit von der Partie.

Die Moderatorin, eine erfahrene Journalistin in den Fünfzigern, begann nach der üblichen Vorstellungsrunde mit einer Frage an den Bundeswirtschaftsminister.

»Wie weit muss die junge Generation eigentlich noch gehen, bis die Politik endlich versteht, was die Stunde geschlagen hat?«

Über Tessas Gesicht huschte ein Ausdruck von Verblüffung, der aber erst später bei der nachträglichen Analyse des Bildmaterials durch Polizeipsychologen bemerkt wurde. Hartmut Willemann guckte wie ein treuer Cockerspaniel, während er antwortete.

»Schauen Sie, das ist doch gar nicht die entscheidende Frage. Wir wissen doch inzwischen alle, dass der Klimawandel ein durchaus ernst zu nehmendes Phänomen ist, das es gemeinsam zu bearbeiten gilt. Und zwar mit aller Kraft, die wir vernünftigerweise dafür aufwenden können.« Schmunzelnd drehte er sich zu Tessa. »Und wenn die Jugend dabei helfen will, freuen wir uns natürlich. Aber auch Rom ist nicht an einem Tag erbaut worden. Also lasst uns doch gemeinsam hinsetzen und in Ruhe überlegen, was jetzt am besten zu tun ist.«

Als die Moderatorin gerade zur nächsten Frage ausholen wollte, hob er seinen Zeigefinger: »Und mit ›gemeinsam‹, wenn ich das noch ergänzen darf, meine ich nicht nur die verschiedenen Interessengruppen in Deutschland. Wir müssen international an einem Strang ziehen. Schließlich machen CO_2-Moleküle ja auch nicht an Landesgrenzen halt. In diesem Zusammenhang freue ich mich ganz besonders, dass China endlich auch langsam in Fahrt kommt, weil sie offenbar verstanden haben, was die Stunde geschlagen hat. Der Klimawandel ist eine globale Herausforderung, insofern brauchen wir einen globalen Konsens und einen globalen Maßnahmenplan, um ihn erfolgreich zu bekämpfen.«

Wie nahezu alle Vertreterinnen und Vertreter aus Politik und Wirtschaft versuchte auch Hartmut Willemann inzwischen, sich als Klimaschützer zu inszenieren – zumindest in der Öffentlichkeit. Er hatte eingesehen, dass gegen die überwältigende Meinung der jungen Generation nichts zu gewinnen war.

In Wahrheit aber – und das wurde hier mal wieder überaus deutlich – verfolgte er nach wie vor eine Agenda der Entschleunigung. Unter normalen Umständen wäre Tessa jetzt aus der Haut gefahren. Heute aber blieb sie ungewöhnlich beherrscht. Kein Aufbäumen mehr gegen die grenzenlose Ignoranz der Politik. Sie hatte den Kampf für sich als beendet erklärt. Er war nicht zu gewinnen. Zumindest nicht so, wie sie es seit acht Jahren erfolglos versucht hatte. Das war ihr klar geworden nach dem Treffen mit Shannon und Shěn Shìxīn vor etwas mehr als drei Wochen. Danach hatte sie resigniert, heute würde sie kapitulieren. Aber nicht ohne einen letzten Versuch, die Welt wachzurütteln.

Die Moderatorin hatte vom Wirtschaftsminister ein inhaltsloses Statement erwartet. Tessas vermeintliche Gelassenheit hingegen irritierte sie. Ihr Drehbuch hatte etwas anderes vorgesehen. Um die Diskussion dennoch in Gang zu bringen, versuchte sie es mit einer Provokation. Süffisant lächelnd wandte sie sich Tessa zu. »Frau Hansen, auch wenn wir Sie schon so lange kennen, nehmen Sie es mir ja sicher nicht übel, wenn ich Sie noch zu der Jugend zähle, die Herr Willemann gerade angesprochen hat. Das klang doch alles sehr vernünftig, fanden Sie nicht?«

Tessa antwortete nicht. Sie konnte das auch gar nicht tun, weil sie nicht mehr verstand, was ihre Ohren hörten. Die Stimmen erreichten ihr sensorisches Sprachzentrum nicht mehr, in dem die wahrgenommenen Laute in Zusammenhänge gesetzt werden, weil ihr Gehirn vollauf mit anderen Dingen beschäftigt war. Mit übereinandergeschlagenen Beinen saß sie scheinbar in sich ruhend da und starrte unverhältnismäßig lange schweigend auf einen imaginären Punkt in der Ferne. Fast so, als hätte sie einen Blackout. Allerdings fehlten ihr die dafür typischen nervösen, nach Hilfe suchenden Augen.

Im Studio und auch unter den Leuten zu Hause vor den Fernsehern, denen Tessa über die ihren Blick einfangende Kamera fest in die Augen schaute, machte sich das alle Sinne schärfende Gefühl breit, dass irgendetwas nicht stimmte.

In den vergangenen Tagen hatte sie sich immer wieder gefragt, wie ihr Körper wohl reagieren würde, wie sie sich fühlen würde, nachdem der Point of no Return überschritten war. Sie hatte nicht die leiseste Ahnung, was diese Extremsituation mit ihr machen würde. In einer Mischung aus Angst und Neugierde fieberte sie nun auf diesen Moment hin.

Langsam legte sie ihre rechte Hand auf die Innenseite ihres linken Unterarms, der auf ihrem Schoß ruhte. Behutsam öffnete sie das Einspritzventil des Venenkatheters, den sie sich zur Übung nach Anleitung diverser YouTube-Tutorials bereits mehrfach in den vergangenen Tagen und final heute am späten Nachmittag in ihre linke Ellenbeuge gelegt hatte. Dann drehte sie ihren Unterarm vorsichtig nach außen, sodass sie den Zylinder der Einwegspritze, die sie mit Tape auf ihrer Haut unter dem Pullover befestigt hatte, mit dem Daumen arretieren konnte. Nachdem ihr Zeigefinger das Kolbenende ertastet hatte, drückte sie die Flüssigkeit in der Spritze entschlossen in ihre Blutbahn.

Tessa zögerte keine Sekunde, sie war von der Richtigkeit ihres Vorhabens überzeugt. Obwohl sie innerlich zum Bersten angespannt war und die Gedanken in ihrem Kopf wild Karussell fuhren, blieb sie zu ihrer eigenen Überraschung nach außen vollkommen ruhig.

Sie hatte sich für den intravenösen Weg und gegen eine orale Einnahme entschieden, weil die Wirkung so deutlich schneller einsetzte und eine Gegenbehandlung unmöglich machte. Die Substanz, die sie sich spritzte, gehörte zu den toxischsten Nervengiften der Welt. Ihren Recherchen zufolge hätte ein halbes Milligramm ausgereicht, um sie zu töten. Zur Sicherheit hatte sie soeben die vierfache Menge verdünnt mit einer isotonischen Kochsalzlösung injiziert. Tessa spürte noch nichts, es würde rund fünf Minuten dauern, bis die pathogene Wirkung einsetzte. Dann allerdings massiv.

Seit sie auf dem Rückflug von San Francisco die Entscheidung getroffen hatte, ihrem Kampf auf diese Weise ein Ende zu setzen, war sie nicht mehr zur Ruhe gekommen. Niemanden hatte sie in ihre Pläne eingeweiht. Und keiner hatte merken können, was sie umtrieb, weil sie sich seit dem Entschluss weitgehend zurückgezogen hatte. Das Gift, für das sie sich entschieden hatte, konnte man zu ihrer Verblüffung ganz unkompliziert im Internet bestellen. Bei einem Unternehmen aus Großbritannien, das ihr die gewünschte Menge ohne jeglichen Legitimationsnachweis innerhalb von drei Tagen in einer kleinen unscheinbaren Klarglasampulle zugeschickt hatte. In einem gepolsterten Umschlag für 259 Britische Pfund frei Haus. Die Welt war grotesk, im Großen wie im Kleinen.

Trotz der kaum auszuhaltenden, immer stärker werdenden Anspannung hatte sie keinen Moment lang daran gezweifelt, dass sie das Richtige tat. Zum ersten Mal in ihrem Leben war sich Tessa sicher, dass sie Großes erreichen würde. Die innere Gewissheit, dass *Impact* und *Purpose*, die beiden Schlagwörter ihrer Generation, in ihrem Handeln vereint und auf ein Maximum gesteigert wurden, erfüllte sie mit Genugtuung. Mehr noch: Sie fühlte sich wie auf einem anderen Spielfeld, einem nächsten Level, das man nur erreichen konnte, wenn man das Leben gedanklich schon hinter sich gelassen hatte und nach Höherem strebte. Sie war vollkommen mit sich im Reinen.

Gerade als die Moderatorin versuchen wollte, die peinliche Stille mit einer Folgefrage wegzumoderieren, ergriff Tessa das Wort. Dabei sah sie niemanden an, sondern starrte abwesend ins Publikum. Ihre Stimme war fest, aber leiser als üblich. Auch sprach sie langsamer als sonst.

»Ich bin heute nicht mehr hier, um mit euch zu diskutieren.« Kurz hielt sie inne, aber nicht, weil sie zögerte, sondern weil sie wusste, dass sie so die größtmögliche Aufmerksamkeit auf sich bündeln würde. Sie hatte sich diesen Griff bei Shĕn Shìxīn abgeguckt. »Viel zu lange habe ich geglaubt, dass wir in der Lage sein würden, das Klima zu retten und dabei die Welt so zu lassen, wie sie ist.« Wieder legte sie gekonnt eine kurze Pause ein. »Inzwischen weiß ich, wie falsch ich damit lag. Die Geschehnisse der letzten Jahre beziehungsweise all die Dinge, die nicht passiert sind, lassen gar keinen anderen Schluss mehr zu. Die Welt wird sich radikal verändern müssen.«

In der Runde und im Publikum hatte sich absolute Stille ausgebreitet. Alle Augen waren gebannt auf Tessa gerichtet.

»Das aber wird eine Welt sein, in der ich nicht mehr leben kann.« Ihre Stimme wurde jetzt brüchig. »Die einzige Chance, die bleibt, um den Klimawandel zu stoppen ...«

Sie stockte. Eigentlich hatte sie noch mehr sagen wollen, die jetzige Pause war nicht geplant. Ein Zucken ging durch ihren Körper. Sie schlug die Beine auseinander, die aber keinen Halt mehr fanden, sondern unkontrolliert nach vorne glitten. Das Nervengift begann zu wirken.

Obwohl er direkt neben Tessa saß, verkannte Hartmut Willemann die Sachlage eklatant. Einen Kreislaufzusammenbruch der jungen Dame vermutend, versuchte er – durchaus gut gemeint – die Situation zu retten, indem er die Aufmerksamkeit auf sich zog. Mit belehrend erhobenem Zeigefinger lehnte er sich nach vorne und bemühte sich um eine Fortsetzung seiner eben proklamierten Thesen: »Bei aller Dringlichkeit in der Sache müssen wir aber bitte unbedingt auch Rücksicht auf Partikularinteressen nehmen. Was ist denn zum Beispiel mit den vielen Eigenheimbesitzern, die ihre Immobilien weitsichtig als Altersvorsorge gebaut oder erworben haben? Die haben ein Recht auf Planungssicherheit und dürfen unter keinen Umständen durch den Bau von Windrädern vor ihrer Haustür um ihre langfristige Rendite betrogen werden ...«

Niemand hörte ihm mehr zu. Tessa hatte ihren linken Ärmel nach oben gezogen und so die Infusionsvorrichtung freigelegt.

Das war die letzte kontrollierte Bewegung, zu der sie fähig gewesen war. Schweißüberströmt sackte sie jetzt in ihrem Stuhl zusammen. Gleichzeitig begann sie krampfartig zu zucken, als würden ihr kurz aufeinanderfolgende, starke Stromschläge versetzt. Ihr Körper bog sich vor Schmerzen, die aus jeder einzelnen Körperzelle zu kommen schienen. Damit hatte sie nicht gerechnet. Fast erleichtert nahm sie die Lähmung wahr, die sich mit rasender Geschwindigkeit auszubreiten begann, erst in den Armen und Beinen, dann in ihren Organen. Nur noch schemenhaft registrierte sie, wie jemand in der Runde aufsprang und schrie: »Wir brauchen einen Arzt!«

Dann flehte dieselbe Stimme Tessa an: »Was war da drin? Was hast du genommen? Sag doch was, damit wir dir helfen können!«

Tessa antwortete nicht. Ihre letzten Gedanken kreisten um die Menschen, die ihr etwas bedeutet hatten. Würde Shannon doch noch etwas verstehen? Vielleicht würde die sie wie ein Schutzpanzer umgebende Rationalität jetzt endlich brüchig. Oder sollte sie ihr das lieber nicht wünschen? Und Mila? Bei ihr war sie sich ganz sicher, Mila hätte Verständnis gehabt. Nein, nicht nur Verständnis, sie hätte dasselbe getan. Sie hatte dasselbe getan. Für den Bruchteil einer Sekunde sah sie wieder das Bild des Attentäters vor sich. Sie blickte tief in seine Augen, während er über ihr kniete und das Messer in ihren Hals bohrte. Würde er jetzt Ruhe geben? Ja, das würde er. Er hatte sein Ziel ja endlich erreicht. Und dann – zu ihrer eigenen Verblüffung – kamen ihr ihre Eltern in den Sinn. Ihre Mutter hatte sie schon jahrelang nicht mehr gesehen. Ihren Vater vor sechs Monaten zum letzten Mal, mit gewohnt unversöhnlichem Ausgang. Doch die Bilder, die ihr durch den Kopf schossen, waren aus einer anderen Zeit: als sie drei oder vier Jahre alt war und ihre Eltern vergötterte. Sie wusste, dass beide jetzt vor dem Fernseher saßen, das taten sie immer, wenn ihre Tochter auftrat. Sie würden nicht im Ansatz verstehen, was sie hier tat. Bei dem Gedanken durchzog Tessa ein Herzschmerz, der alle körperlichen Qualen überstrahlte.

Die anderen Gäste der Runde blieben wie gefesselt in ihren Stühlen sitzen, unfähig, irgendetwas zu tun. Die Moderatorin versuchte, gegen die Reaktionen ihres Körpers anzukämpfen, allerdings erfolglos. Sie bekam einen Schweißausbruch und hyperventilierte. Dann übergab sie sich. Nur halbwegs gelang es ihr, sich abzuwenden.

Inzwischen waren zwei Notärzte auf der Bühne erschienen. Vollkommen überfordert stand der eine nutzlos herum, während der andere in einem Anflug von sinnlosem Aktionismus versuchte, Tessas Blutdruck zu messen. Dabei war jedem halbwegs kundigen Betrachter klar, dass alle Hilfe zu spät kam. Tessa war blau angelaufen und hatte aufgehört zu zucken. Ihre Augen standen offen. Sie atmete nicht mehr. Sie war tot.

35. Kapitel

Sonntag, 30. Juli 2028, 22:00 Uhr
Mailand, Italien

Carsten Pahl war am Abend nach Mailand geflogen, wo am Folgetag die COP32 beginnen würde. Als die Talkshow in Berlin begonnen hatte, war er gerade auf einem Laufband im Fitnessraum seines Hotels gewesen und hatte seine übliche Zehn-Kilometer-Strecke absolviert. Wieder einmal versuchte er gedanklich für sich zu sortieren, was passieren würde, wenn die Minerva-Ergebnisse tatsächlich wahr waren und in die Öffentlichkeit gelangten. Täglich konnte die Bestätigung aus Bologna kommen. Dann würde die Bombe platzen. Platzen müssen, so viel war klar.

Zu seiner eigenen Überraschung war es bisher tatsächlich gelungen, die erschreckenden Prognosen geheim zu halten. Nachdem Pieter de Vries ihn als Aufsichtsratsvorsitzenden an dem Montagvormittag vor vier Wochen als Ersten darüber informiert hatte, was Minerva herausgefunden hatte, war ihm sofort klar gewesen, dass es jetzt zunächst seine oberste Pflicht war, alles nur Denkbare zu unternehmen, um die Erkenntnisse geheim zu halten. Sie durften unter keinen Umständen an die Öffentlichkeit gelangen, bevor sie nicht verifiziert waren. Dementsprechend hatte er entschlossen unter bewusster Missachtung der geltenden Vorschriften für Meldeereignisse der höchsten Kategorie gehandelt. Resolut hatte er Pieter de Vries dazu verpflichtet, dafür Sorge zu tragen, den Kreis der Wissenden innerhalb des Forschungsvorhabens so klein wie möglich zu halten. Insbesondere hatte er betont, dass niemand Externes, insbesondere kein weiteres Aufsichtsratsmitglied davon erfahren dürfe. Verdutzt hatte der Minerva-Chef entgegengenommen, dass er jeden einzelnen Wissenschaftler im Team mit expliziter Androhung einer Schadenersatzklage bei Zuwiderhandeln auf Verschwiegenheit verpflichten sollte.

Dass mit Bao Mailin eine der beiden Hauptinvolvierten noch am selben Tag zurück nach China beordert werden und damit spurlos verschwinden sollte, war ihnen zu diesem Zeitpunkt noch nicht klar gewesen. Aber auch das hatte sich im Nachhinein nicht als Informationsleck herausgestellt, was Pahl wunderte.

Der deutsche Bundeskanzler hatte damals in Aussicht gestellt, am nächsten Morgen persönlich nach Bologna zu kommen, um zu dem Kreis der Eingeweihten zu sprechen. Nachdem sie aufgelegt hatten, hatte er verzweifelt versucht, sich auszumalen, welche Konsequenzen die neuen Minerva-Erkenntnisse mit sich brachten und wie beziehungsweise ob die Folgen überhaupt in den Griff zu kriegen waren, wenn die Ergebnisse der Wahrheit entsprachen. Gleichzeitig war ihm sofort klar gewesen, dass er niemanden in den aktuellen Zwischenstand der Erkenntnisse einweihen konnte, bis sie nicht verifiziert waren. Eine am Ende womöglich unbegründete Panik auf der Welt musste er unter allen Umständen verhindern. Und niemanden hieß nicht nur kein anderes Land, sondern auch kein eigenes Regierungsmitglied.

Seit vier Wochen trug er nun die Bürde, der Einzige zu sein, der neben den unmittelbar beteiligten Wissenschaftlerinnen und Wissenschaftler über die katastrophalen Informationen verfügte.

Somit hatte auch Hartmut Willemann keine Ahnung, wie dramatisch es möglicherweise um die Lage der Welt bestellt war, als er Zeuge von Tessas Suizid wurde. Noch aus dem Fernsehstudio rief er, sobald er sich wieder einigermaßen unter Kontrolle hatte, seinen Bundeskanzler an.

Carsten Pahl war schockiert. Sofort hielt er sein Laufband mit Hilfe des Notausknopfes an und ließ sich auf den Boden gleiten, er war fassungslos. Willemann nahm die »Hansen-Nummer«, wie er das Drama unpassenderweise nannte, persönlich. Aber nicht in dem Sinne, dass er betroffen war. Der Wirtschaftsminister interpretierte die Geschehnisse als direkten Angriff auf die Regierungsarbeit und damit auch auf sich selbst. Dementsprechend war er in erster Linie empört. Spürbar überfordert wollte er von seinem Kanzler wissen, was jetzt zu tun sei.

Pahl zögerte keine Sekunde. Mit Willemann war heute nichts mehr anzufangen. »Du gehst jetzt erst mal nach Hause. Wir telefonieren morgen früh um 6:30 Uhr miteinander. Bis dahin wird man mehr wissen. Ich überlege, wen ich noch dazuhole zu dem Gespräch. Ruh du dich bis dahin aus.«

Zu diesem Zeitpunkt wusste Carsten Pahl noch nicht, dass er am nächsten Morgen um 06:30 Uhr ganz andere Sorgen haben würde.

Den Kopf voll wirrer Gedanken lief er in sein Zimmer zurück, holte sich ein Bier aus der Minibar und machte den Fernseher an. Was hatte Tessa bloß zu solch einer Verzweiflungstat getrieben? Und was bezweckte sie damit? Er schaltete zwischen deutschen Programmen, der BBC und CNN hin und her.

Kaum eine halbe Stunde war vergangen seit Tessas Suizid, und schon füllte er alle Kanäle. Was ist das bloß für ein verrücktes Timing?, fragte er sich. Da spielte die Welt jetzt bereits verrückt, obwohl noch überhaupt niemandem klar war, was womöglich tatsächlich auf sie zukommen würde. Er fragte sich, ob er es in Anbetracht der aktuellen Geschehnisse überhaupt durchhalten konnte, noch länger zu schweigen.

Die Antwort auf die Frage erübrigte sich, weil im selben Moment sein Telefon klingelte.

Der Anruf kam aus Bologna.

36. Kapitel

Sonntag, 30. Juli 2028, 14:30 Uhr
San Francisco, USA

Während einer kurzen Gesprächspause griff Shannon nach ihrem Telefon, um Nachrichten zu checken.

Im ersten Moment verstand sie überhaupt nicht, was los war. Als sie dann aber Tessas Namen und die Fotos sah, katapultierte sie ihr vegetatives Nervensystem schlagartig in den Ausnahmezustand. Ein gewaltiger, ihr den Atem raubender Schlag traf sie mit voller Wucht. Die sowohl durch ihren Brustkorb wie auch ihren Kopf zuckenden Stiche gaben ihr das Gefühl, gleichzeitig einen Herzinfarkt und einen Gehirnschlag bekommen zu haben. Zitternd umklammerte sie ihr Telefon und versuchte, an weitere Informationen zu kommen. Als sie begriff, was geschehen war, brach ihr Kreislauf zusammen. Es gelang ihr nur mit Mühe, auf ihrem Stuhl sitzen zu bleiben und ihre Atmung ging unregelmäßig und stoßweise.

Die Geschäftspartner, mit denen sie in Chinatown von San Francisco zusammensaß, verschwammen in ihrem Gesichtsfeld. Von weit weg hörte sie Rufe. Antworten konnte sie nicht. Sie war außerstande, irgendeinen Gedanken zu fassen. Sie hatte ihr Telefon fallen gelassen und war in sich zusammengesunken. Als sie spürte, dass sie gestützt wurde und irgendjemand Wasser in ihr Gesicht spritzte, hob sie langsam ihren Kopf.

»Ich ...«, stotterte sie, »Tessa ..., ihr müsst ...« Sie griff sich mit der einen Hand an die Stirn, während sie mit der anderen hektisch zu gestikulieren begann. »Sie ist, ich meine, sie war ... meine Freundin«, brachte sie schließlich hervor.

37. Kapitel

Montag, 31. Juli 2028, 01:00 Uhr (MESZ)
Überall auf der Welt

Die Talkshow war live im deutschen Fernsehen gelaufen und hatte so rund vier Millionen Zuschauerinnen und Zuschauer direkt erreicht. Unmittelbar nachdem die verstörenden Bilder von der Regie gekappt worden waren, hatten die sozialen Medien ein Übriges getan. Die Tragödie war innerhalb von wenigen Minuten weltbekannt.

Als spontane Reaktion auf Tessas Selbsttötung organisierten sich rund um den Erdball Trauerkundgebungen. Allein in Berlin kamen 50 000 Menschen zusammen, in Hamburg nicht viel weniger. Am nächsten Morgen war zu lesen, dass die Demonstrationen in der Nacht nach Angaben der Polizei bundesweit insgesamt weit mehr als eine Million Teilnehmerinnen und Teilnehmer an über 500 Orten gezählt hatten.

Fridays for Future sprach später von global über dreißig Millionen Menschen, die in mehr als 150 Ländern gleichzeitig auf die Straße gegangen waren. CNN stellte eine Woche später nach eigener Recherche fest, dass es vermutlich sogar über fünfzig Millionen Menschen in 183 Staaten waren, die Tessa ihren letzten Tribut gezollt hatten.

Eine besondere Wirkung entfaltete die mit Abstand größte Protestaktion, die die Menschheit je gesehen hatte, aus der Art und Weise, wie sie vonstattenging. Es gab keine Sprechchöre, keine Reden, keine Transparente, überhaupt keine Statements irgendeiner Art. Die Leute trafen sich lautlos. Nur Kerzen und Handylichter waren zu sehen. Es blieb unklar, wer das Drehbuch dafür geschrieben hatte, aber es wurde überall auf der Welt befolgt und erzielte einen unbeschreiblichen Effekt. Die schweigende Anklage von so vielen Millionen Menschen zeitgleich in nahezu allen Ländern der Erde kam einem gellenden Aufschrei gleich.

Die Berichterstattung der Medien konzentrierte sich schnell auf die Symbolkraft, die von den schweigenden Kundgebungen ausging. Politikerinnen und Politiker rund um den Globus fühlten sich aufgrund des enormen Drucks, der so erzeugt wurde, spontan dazu veranlasst, Statements abzugeben. Die meisten solidarisierten sich mit Tessa und den Massen und deklarierten eine Zeitenwende in der Klimapolitik.

Was Tessa mit ihrer Tat tatsächlich hatte zum Ausdruck bringen wollen, blieb zunächst unklar. Im Netz begann sich gerade erst eine Diskussion darüber zu entwickeln, was sie mit ihren letzten Worten hatte sagen wollen.

38. Kapitel

Montag, 31. Juli 2028, 10:00 Uhr
Mailand, Italien

»Ja, Sie haben richtig gehört, um das Doppelte!« Carsten Pahls Herz raste. »Wir sehen uns gezwungen, unsere bisherigen Prognosen entsprechend zu korrigieren. Bisher war die Wissenschaft davon ausgegangen, dass der Meeresspiegel bis zur Jahrhundertwende um etwa einen halben, maximal um einen Meter ansteigen wird. Die jüngsten Kalkulationen ergeben nun einen mittleren Wert von zwei Metern.«

Die Journalistinnen und Journalisten im Raum schienen ihren Ohren nicht zu trauen. Regungslos und mit weit aufgerissenen Augen fixierten sie in Erwartung weiterer Informationen das Podium. Die Stimmung im Raum war zum Zerreißen angespannt.

»Auch wenn wir Prognoseungenauigkeiten naturgemäß nicht vollkommen ausschließen können«, der deutsche Bundeskanzler bemühte sich, nicht zu aufgeregt zu wirken, »müssen wir nach aktuellen Erkenntnissen leider davon ausgehen, dass die neuen Werte nahe an der Wahrheit liegen. «

Die eilig einberufene Pressekonferenz im *Fiera Milano*, dem Veranstaltungszentrum im Nordwesten von Mailand, in dem auch die diesjährige Klimakonferenz stattfand, war hoffnungslos überfüllt. Es war Montagmorgen, 10:00 Uhr, Tessas Selbstmord war nicht einmal zwölf Stunden her.

Carsten Pahl redete lauter als sonst und hatte zudem ein leichtes Zittern in der Stimme. Während er fortfuhr, überlegte er, ob es jemals einen Menschen gegeben hatte, der weitreichender Worte gesagt hatte, als er es gerade tat.

»Uns ist die Tragweite dessen, was wir hier verkünden, selbstverständlich bewusst. Trotzdem – oder ich sollte besser sagen, gerade deshalb – haben wir uns dazu entschieden, die jüngsten Erkenntnisse umgehend und ungefiltert mit der ganzen Welt zu teilen. Die potenziellen Folgen davon sind uns bewusst. Trotzdem halten wir unser Vorgehen für alternativlos.«

Im Veranstaltungsraum machte sich hörbar Unruhe breit.

»Wir haben eine frei zugängliche Website eingerichtet, auf der Sie alles finden, was aktuell an Informationen verfügbar ist. Die Seite wird fortlaufend aktualisiert, sodass maximale Transparenz sichergestellt ist.« Pahl hob die Stimme, um Gehör zu finden. »Wir möchten gleichzeitig darum bitten, unbedingt Ruhe zu bewahren und den neuen Kenntnisstand nicht zu dramatisieren, sondern vielleicht sogar als Chance zu betrachten. Faktisch hat sich an unserer Zukunft ja nichts geändert. Im Unterschied zu gestern wissen wir nur mehr darüber. Das ist eigentlich nichts Schlimmes, sondern im Gegenteil ein großer Vorteil. Denn nur so haben wir die Chance, die Dinge vielleicht noch zum Guten hin zu verändern.«

Jetzt zog Minerva-Chef Pieter de Vries das vor ihm stehende Mikrofon an sich heran und räusperte sich.

»Meine Damen und Herren, mir ist wichtig, in aller Kürze zwei Fakten hervorzuheben.« Er atmete tief durch. »Erstens, die Zwei-Meter-Prognose beruht nicht auf einem ›Business as usual‹-Ansatz, sondern setzt die globale Einhaltung sämtlicher Selbstverpflichtungen des Paris-Abkommens voraus. Es handelt sich also gewissermaßen um ein Best-Case-Szenario. Zweitens erfolgt der Großteil des Meeresspiegelanstiegs erst nach 2060, was uns gewisse Handlungsspielräume eröffnen könnte. Über dreißig Jahre sind eine lange Zeit, in der wir – insbesondere jetzt im klaren Wissen der Konsequenzen eines Nichtstuns – vieles schaffen können, davon bin ich überzeugt.«

Weiter kam er nicht. Die Journalistinnen und Journalisten hatten längst genug erfahren, um zu begreifen, dass die Welt in diesen Sekunden im Begriff war, in die größte Krise zu rutschen, die die Menschheit je erlebt hatte. An eine geordnete Fortsetzung der Pressekonferenz war nicht mehr zu denken. Viele schrien durcheinander und versuchten, Fragen loszuwerden. Andere rannten aus dem Raum, um telefonieren zu können. Die meisten jedoch starrten nur noch gebannt auf ihre Mobiltelefone und verfolgten die Liveticker, über die sich die ersten dramatischen Konsequenzen der Katastrophenmeldung abzuzeichnen begannen.

Carsten Pahl nutzte das Chaos, um sich mithilfe seines Sicherheitsteams einen Weg durch die Menge zu bahnen und zu verschwinden. Er hatte jetzt Wichtigeres zu tun, als Fragen zu beantworten. Das überließ er de Vries.

In den Stunden nach der Pressekonferenz würde es jetzt darum gehen, das entstehende Chaos auf der Welt in den Griff zu bekommen und erste, möglichst global orchestrierte Maßnahmen abzustimmen, wie mit der neuen Realität umzugehen sei. Pahl hatte sich vorgenommen, dabei eine moderierende Rolle einzunehmen, um insbesondere die USA und China ins Boot zu bekommen. Dass jetzt alle an einem Strang zogen, hielt er für essenziell.

Die Idee wurde jedoch im Keim erstickt. Unmittelbar nachdem er den Saal verlassen hatte – Pahl fuhr gerade im Aufzug nach oben zurück ins Krisenzentrum – erfuhr er, dass China unabgestimmt einen eigenen Pressetermin angesetzt hatte. In knapp 24 Stunden wollte Zhāng Li am selben Ort in Mailand Stellung zu den soeben veröffentlichten Neuigkeiten nehmen und ausweislich der Einladung auch direkt einen Lösungsbeitrag präsentieren.

Pahl schüttelte fassungslos den Kopf. Ausgerechnet Zhāng Li hatte er letzte Nacht trotz vieler Versuche nicht erreichen können. Was hatte das zu bedeuten?

39. Kapitel

Montag, 31. Juli 2028, 10:15 Uhr (MESZ)
Überall auf der Welt

Schon wenige Minuten nach dem Eingangsstatement von Carsten Pahl, noch während die Pressekonferenz in Mailand lief, war die Nachricht um die Welt: Die EU rechnete bis zum Ende des Jahrhunderts, also innerhalb der nächsten siebzig Jahre, mit einem mittleren Anstieg des Meeresspiegels um zwei Meter gegenüber dem aktuellen Status quo. Aufgrund der wissenschaftlichen Hochachtung, die das Minerva-Vorhaben international genoss, wurden die neuen Prognosen nicht angezweifelt. Praktisch unmittelbar mit ihrer Verkündung galten sie als das neue Maß der Dinge, auf das es sich einzustellen galt.

Das sich aus dieser Hiobsbotschaft innerhalb von kürzester Zeit entwickelnde Kommunikationsbedürfnis der Weltbevölkerung sprengte die Kapazitäten der bestehenden globalen Infrastrukturen: Die führenden Social-Media-Plattformen brachen wegen Überlastung zusammen, weil reihenweise Großserver ausfielen. Dasselbe galt für die meisten Mobilfunknetze. Sogar das Internet versagte zumindest regional und zeitweise seinen Dienst. Die zuverlässigsten Medien der ersten Stunden waren die analogen Kanäle im Fernsehen und Radio, die zumindest überwiegend im Normalbetrieb weitersendeten. Die Informationslage war entsprechend unübersichtlich.

Als unmittelbare Folge der dramatischen Erkenntnisse stürzten die Börsen in Europa ab. Die Handelsplätze in New York, Tokio und Shanghai wurden vorerst verschont, allerdings nur, weil sie noch nicht geöffnet oder schon wieder geschlossen hatten. Die Future-Märkte verrieten freilich schon, dass sie das gleiche Schicksal ereilen würde, schließlich folgten sie derselben Logik.

Angeführt wurde der Ausverkauf von den großen Versicherungsgesellschaften, die ungeachtet der Tatsache, dass es zur Überflutung von Küstengebieten vermutlich erst nach 2050 kommen würde, schlagartig über achtzig Prozent ihres Wertes verloren. Die Ratio dahinter war nachvollziehbar: Wenn sich die Wissenschaft beim Meeresspiegelanstieg dermaßen vertan hatte, war damit zu rechnen, dass das für alle anderen Klimawandelfolgeschäden wie Starkregenereignisse, Stürme und Dürren gleichermaßen galt. Und in diesen Fällen war es plausibel, dass das die Menschheit nicht erst in mehreren Jahrzehnten treffen würde. Da der Finanzsektor aufgrund der katastrophalen Aussichten und der engen Verwobenheit mit der Versicherungswirtschaft ebenfalls zusammenbrach, wurde der globalen Wirtschaft ihr Schmierstoff entzogen, und es kam zum größten Börsencrash aller Zeiten. Infolgedessen büßten nahezu alle auch nicht unmittelbar betroffenen Branchen wie Technologie, Konsumgüter, Energie und Gesundheit massiv an Wert ein. Lediglich zwei Bereiche profitierten von den Meldungen aus Mailand und legten entgegen dem Trend sogar deutlich zu: erneuerbare Energien und Baukonzerne. Offenbar erwartete man hier einen Boom, bei Letzteren vor allem im Bereich des Küstenschutzes. Im Schnitt aber notierten die internationalen Leitindizes am Montagvormittag durchweg um über fünfzig Prozent unterhalb ihrer Schlusskurse der Vorwoche. Die damit einhergehende Wertvernichtung von über fünfzig Billionen US-Dollar entsprach in etwa dem Vierfachen der jährlichen Staatshaushalte von China, den USA, Japan, Deutschland, Frankreich und Großbritannien zusammen, den sechs finanzstärksten Ländern der Welt.

Dass der chinesische Staat die historische Börsenschwäche nutzte und in großem Stil Aktien nachkaufte, fiel zunächst niemandem auf.

Auch der Ölpreis konnte sich dem Sog nicht entziehen und sackte in ähnlicher Größenordnung ab. Alles schien sich in die Krisenwährung Gold zu flüchten, die Feinunze notierte bei fast 4 000 US-Dollar. Ihr Wert hatte sich damit innerhalb eines Tages mehr als verdoppelt. Krypto-Währungen profitierten ebenfalls und erreichten historische Höchststände.

Die einschlägigen Wirtschaftskanäle verbreiteten in ersten Analyseversuchen wenig Optimismus. Nach ihrer Einschätzung handelte es sich nicht um übertriebene Negativausschläge, die bald korrigiert werden würden, sondern um fundamental begründete Reaktionen der Märkte. Das neue Zukunftsszenario führte zu einer massiven und nachhaltigen Wertvernichtung des globalen Kapitals und hatte damit nichts mit dem Platzen von Spekulationsblasen zu tun. Mit einer schnellen Erholung rechnete niemand.

Als plakatives Beispiel für das, was hier gerade passierte, wurden die Grundstücks- und Immobilienpreise in tief liegenden Küstenregionen auf der ganzen Welt genannt. Auch wenn es hierfür keine kurzfristig verfügbaren Indizes gab, war jedem klar, dass die Preise ins Bodenlose fallen mussten, weil sie mittelfristig schlicht wertlos waren. Das galt für nahezu alle Häfen dieser Welt genauso wie für die Innenstädte zahlreicher Metropolen. CNN zeigte Bilder von verzweifelten Luxusvillenbesitzern an Palmenstränden, die eilig handschriftlich erstellte »*For Sale*«-Schilder an ihren Grundstückszäunen anbrachten.

Dafür aber war es vermutlich zu spät.

40. Kapitel

Montag, 31. Juli 2028, 01:00 Uhr
San Francisco, USA

Shannon hatte gar nicht erst versucht einzuschlafen. So gehörte sie zu denjenigen an der amerikanischen Westküste, die quasi live erfuhren, wie schlecht es um die Welt bestellt war. San Francisco war neun Stunden hinter Mitteleuropa zurück; als Carsten Pahl die Pressekonferenz in Mailand eröffnete, war es bei ihr erst eine Stunde nach Mitternacht.

Nachdem sie gestern Mittag fluchtartig das Restaurant verlassen hatte, war sie stundenlang ziellos durch die Stadt geirrt. Die Nachricht von Tessas Suizid hatte alle Stecker bei ihr gezogen. Zum ersten Mal in ihrem Leben hatte sie gespürt, wie es sich anfühlte, wenn man die Kontrolle über sich verlor. Wenn man aus der Bahn gerissen wurde und nicht mehr wusste, welche Knöpfe man drücken musste, um wieder zurückzufinden.

Sie war mit der Situation hoffnungslos überfordert, auch, weil sie nie hatte üben können, mit Schicksalsschlägen oder persönlichen Krisen umzugehen. Alles in ihrem Leben war bisher nach Plan gelaufen. Meistens sogar besser. Abgesehen vom frühen Tod ihrer Eltern. Aber das hatte sie damals mit einer erstaunlichen Abgeklärtheit, die nicht wenige als Gefühlskälte verurteilt hatten, rational greifen und verarbeiten können. Ein Gehirnschlag passierte eben. Niemand konnte etwas dafür, und man hätte es auch nicht ändern können. Und auch, dass ihre Mutter nach dem Tod ihrer großen Liebe nicht weiterleben wollte, hatte sie nachvollziehen können.

Aber jetzt war alles anders. Tessas Tod verstand sie nicht. Sie fand ihn sinnlos und überflüssig. Gleichzeitig spürte sie eine tiefe, quälende Schuld. Mehr noch, Shannon empfand den Selbstmord als eine regelrechte Anklage gegen sich selbst. Gegen ihre Weltsicht, gegen ihre Überzeugungen und gegen ihr Handeln. Beziehungsweise gegen ihr Unterlassen, je nachdem, wie man es betrachtete. Und gleichzeitig vermisste sie Tessa mit einer Intensität, die sie bisher nicht gekannt hatte. Auch wenn ihre Freundin ihr gerade offensichtlich klargemacht hatte, dass sie nichts mehr mit ihr und ihrer Welt zu tun haben wollte, fühlte sich Shannon ihr so nah wie nie zuvor.

Getrieben von diesem Gefühlspotpourri aus schmerzender Trauer, unerfüllbarer Liebe und verzweifelter Hilfslosigkeit war sie erst planlos durch Chinatown, dann zum Union Square und von da aus weiter Richtung Westen getaumelt. Plötzlich hatte sie vor Shěn Shìxīns buntem Haus gestanden, ohne zu wissen, wie und warum sie hierhergekommen war. Wie in Trance war sie einen Moment lang auf dem Bürgersteig stehen geblieben, um dann fast panikartig das Weite zu suchen. Nein, der alte Chinese konnte ihr jetzt ganz bestimmt nicht helfen. Wie ferngesteuert war sie immer weitergelaufen und hatte sich irgendwann inmitten einer großen Menschenmenge wiedergefunden, die sich schweigend im Mission Dolores Park versammelt hatte und von dort aus langsam weiterzog. Willenlos hatte Shannon sich ihnen angeschlossen, ohne zu verstehen, was die Leute trieb. Als ihr irgendwann klar wurde, dass sie in einem Trauerzug für Tessa gelandet war, musste sie sich fast übergeben. Angewidert hatte sie sich aus der Menge losgerissen, war in eine ruhige Seitengasse gerannt und dort an einer Häuserwand auf den Boden geglitten. Ihre Trauer zu teilen, war für sie keine Option. Schon gar nicht mit irgendwelchen Fremden, die nichts verstehen konnten, weil sie Tessa nie begegnet waren.

Jetzt saß sie mit einer Flasche Wodka in der einen und einem Joint in der anderen Hand in der Hollywoodschaukel vor ihrem Haus in Palo Alto. Ein Taxi hatte sie hierhergebracht, daran erinnerte sie sich. Wann und von wo aus sie es bestellt hatte, war ihr unklar. Seit Stunden starrte sie in den Sternenhimmel und versuchte zu verstehen, was passiert war. Warum hatte Tessa das getan? Und warum so?

Shannon quälte sich mit Dingen, für die sie derzeit gar keine Antworten finden konnte. Einen gehörigen Anteil an der Leere in ihrem Kopf hatte aber auch die Tatsache, dass ihre Synapsen im Gehirn blockierten. Das war eine Folge des schweren Nervenzusammenbruchs, den sie heute erlitten hatte, und gehörte zu den typischen Symptomen, diagnostizierte sie sich selbst. Jetzt kamen verstärkend noch Alkohol und Cannabis dazu.

Ab und zu nahm sie apathisch ihr Telefon und scrollte durch die Meldungen, die auf ihrem Bildschirm erschienen. Egal, ob es sich um offizielle Nachrichten oder private Chats handelte, fast ausschließlich ging es um Tessa.

Als sie um kurz nach eins wieder den Bildschirm entsperrte, war Tessa fast vollständig von den Breaking News aus Mailand verdrängt worden. Trotz ihres traumatisierten Zustands begriff Shannon die Ausmaße der Neuigkeiten sofort. Zusätzlich verstärkt wurde ihr Gefühl durch den Schwall von Nachrichten, den sie jetzt plötzlich mitten in der Nacht von diversen Geschäftspartnern rund um den Globus erhielt. Orientierungslos klickte sie verschiedene Newsseiten durch und nahm unter anderem wahr, wie die Börsen abstürzten. Klar, dachte sie, an den Finanzmärkten werden schließlich Zukunftserwartungen gehandelt. Die Nachricht aus Italien wird die Welt aus den Angeln heben. Als sie das zu realisieren begann, nickte sie mehrmals übertrieben stark und befand dann, dass es ihr egal war.

Gegen 03:00 Uhr morgens, Shannon hing immer noch lethargisch in ihrer Hollywoodschaukel, klingelte ihr Telefon, obwohl sie es auf lautlos gestellt hatte. Sie wusste sofort, dass es Zhāng Li war, weil sie nur zwei Nummern mit dem Feature »Stummschaltung umgehen« belegt hatte, seine und Tessas. Aus einem Impuls heraus ging sie dran.

»Shannon, bist du wach?« Zhāng Li wirkte aufgeregt. »Schon gehört, was die Europäer mit Minerva herausgefunden haben? Der Hammer, oder? Schade, dass du nicht in Mailand bist. Ich gebe morgen früh dazu eine Pressekonferenz, wir haben nämlich eine Lösung für das Problem. Du verstehst?«

Shannon verstand überhaupt nichts. »Li ... sorry, aber ...«, lallte sie, »du ... du weißt, dass Tessa meine Freundin war?«

Am anderen Ende blieb es kurz still.

»Bist du betrunken? Egal. Ja, entschuldige, natürlich. Das tut mir wahnsinnig leid. Ähm, ... weißt du schon Genaueres über die Hintergründe?«

»Nein, ich weiß überhaupt nichts«, schrie sie. »Außer dass mir im Moment so ziemlich alles andere scheißegal ist. Nerv mich jetzt bitte nicht mit Mailand.«

»Verstehe. Also, beziehungsweise ..., Yao Wáng hat sich ja neulich auch umgebracht. Wie du weißt, stand er mir ebenfalls sehr nahe. Das ist schlimm, aber das Leben geht weiter ...«

Shannon war fassungslos. Ohne etwas zu erwidern, legte sie auf und schmiss ihr Telefon wütend neben sich. Was für ein gefühlskaltes Schwein, dachte sie. Nur Business im Kopf, sonst nichts. Sie nahm den letzten Schluck aus der Wodkaflasche und warf sie dann vor sich auf den Rasen. Scheißzeug, dachte sie.

Dann ging sie schwankend ins Haus, weil sie aufs Klo musste. Im Badezimmer hatte sie plötzlich das Bedürfnis, ihren Kopf unter den kalten Wasserhahn zu halten. Anschließend schaute sie in den Spiegel und befand, dass sie furchtbar aussah. Sie schlurfte zurück in den Garten und ließ sich wieder in die Hollywoodschaukel sinken. Was hatte Li da eben gesagt? Lösung? Hieß das etwa …? Meine Güte, dachte Shannon, was war das für ein Timing?

41. Kapitel

Montag, 31. Juli 2028, 11:00 Uhr
Hamburg, Deutschland

Christian bekam erst am Montagvormittag mit, was Tessa sich am Vorabend angetan hatte und wie es um die Zukunft der Welt stand – praktisch zeitgleich.

Er hatte die Nacht von Samstag auf Sonntag durchgemacht und war am Sonntagabend früh ins Bett gegangen. Tessas Fernsehauftritte sah er sich schon lange nicht mehr an. Es war doch immer dasselbe.

Als er durch das klappernde Geräusch des Briefschlitzdeckels in der Wohnungstür geweckt wurde, stellte er mit einem Blick auf die Uhr erstaunt fest, dass er über dreizehn Stunden durchgeschlafen hatte. Dann kam Digby ins Zimmer gelaufen. Er hatte einen Brief in der Schnauze, legte ihn neben das Kopfkissen auf die Matratze und begann, auffordernd mit dem Schwanz zu wedeln. Als Christian keine Anstalten machte, sich dafür zu interessieren, fing der Hund an, leise zu winseln.

»Ist ja gut«, richtete sich Christian genervt auf, »wenn du meinst, dass es so wichtig ist. Aber danach ist wieder Ruhe, verstanden?«

Als er nach dem handschriftlich an ihn adressierten Briefumschlag griff, fiel ihm der quer über die ganze Rückseite verlaufende Schriftzug auf:

Egal was passiert, bitte erst Dienstagmorgen öffnen!!!

Verdutzt erkannte er Tessas Handschrift. Warum schrieb sie ihm einen Brief? Und warum durfte er ihn erst morgen öffnen?

»Tessa?«, rief er in die Wohnung hinein. »Bist du da?«

Als er keine Antwort erhielt, legte er den Umschlag stirnrunzelnd zur Seite, nahm sein Telefon vom Nachttisch und schaltete den Flugmodus aus.

Die Flut der Nachrichten erschlug ihn förmlich. Ohne auch nur ansatzweise zu verstehen, was in Mailand geschehen war, fokussierten sich seine Sinne zunächst alleinig auf Tessa. Im ersten Moment hielt er die Nachricht von ihrem Suizid für einen perfiden Witz. Aufgrund der erdrückenden Evidenz auf seinem Display brach dieser rettende Strohhalm aber sofort in sich zusammen. Vergeblich versuchte er, die über ihn hereinbrechende Panikattacke in den Griff zu bekommen. Innerhalb von Sekunden war seine bisher halbwegs heile Welt im Kern erschüttert. Er war eingehüllt in Schmerz, Trauer, Verzweiflung und – vor allem – Unverständnis. Nur bruchstückartig gelang es ihm, die gnadenlos auf ihn einprasselnden Fakten mit dem in Einklang zu bringen, was bis gerade noch seine Realität gewesen war.

Fast sieben Jahre lang hatte er mit Tessa zusammengelebt. Gestern Mittag war sie nach Berlin aufgebrochen und hatte ganz normal »Tschüss« gerufen. In völliger Unkenntnis der Endgültigkeit dieses Abschieds hatte er nicht einmal sein Zimmer verlassen, als er ihr viel Spaß gewünscht hatte. Hatte er wirklich »Viel Spaß« gerufen?

Und sie? Sie hatte doch gewusst, was sie sich antun würde.

Warum hatte sie nichts gesagt? Warum hatte sie die ganze Zeit über nichts gesagt? Er hätte ihr doch vielleicht helfen können. So, wie er es früher immer getan hatte.

Ja, sie hatten sich voneinander entfernt in den vergangenen Jahren. Ihre Beziehung hatte sich verändert. Zu viel war passiert. Als er vor knapp einem Jahr den Streit mit Shannon provoziert hatte, war es fast zu einem Bruch gekommen. Aus purer Eifersucht hatte er es getan, weil ihm spätestens da klar geworden war, dass er niemals eine Chance bei Tessa haben würde.

Aber das hieß doch nicht, dass er nicht mehr für sie da sein wollte.

42. Kapitel

Montag, 31. Juli 2028, 08:00 Uhr
Washington, D. C., USA

»Die Frage kann ich in der Tat beantworten, und ja, das wissen wir sehr genau.« Niklas Karotidis, der erst kürzlich ernannte Chef des Office of Science and Technology Policy des Weißen Hauses räusperte sich. »Es gibt eine ganze Reihe von Studien darüber, welche Folgen ein stufenweiser Meeresspiegelanstieg hätte. Ich fasse mich kurz. Rund eine Milliarde Menschen leben derzeit weltweit in Küstengebieten. Der jetzt durch Minerva prognostizierte Anstieg von zwei Metern führt dazu, dass ungefähr zwei Millionen Quadratkilometer Landfläche dauerhaft überflutet werden. Das ist in etwa fünfmal die Fläche von Kalifornien. Und das ist keine vage Prognose, sondern ein Fakt. Man weiß ja schließlich, welche Gebiete weniger als zwei Meter über dem Meeresspiegel liegen. Fünfmal Kalifornien auf die ganze Welt verteilt hört sich vielleicht gar nicht so schlimm an. Untergehen werden aber unter anderem viele küstennahe Megastädte wie New York, Boston, L. A., San Francisco, aber auch Tokio, Bangkok, Manila, Jakarta, Shanghai, London und so weiter. Alle Erdteile sind betroffen, Asien und die USA aber ganz besonders stark. Hier bei uns verlieren rund fünfzig Großstädte wesentliche Teile ihres heutigen Territoriums.«

Im voll besetzten Situation Room des Weißen Hauses machte sich unruhiges Gemurmel breit. Es war 08:00 Uhr morgens, der National Security Council, der Nationale Sicherheitsrat der Vereinigten Staaten von Amerika, war eilig zusammengerufen worden.

Karotidis warf seinem Präsidenten einen etwas verunsicherten Blick zu.

Nightingale stellte mit grimmiger Genugtuung fest, dass er mit der Personalie alles richtig gemacht hatte, sein erst kürzlich ernannter neuer OSTP-Chef war nämlich Klimawissenschaftler. Mit einem Nicken signalisierte er ihm, dass er fortfahren solle.

»Neben der gigantischen Kapitalvernichtung werden wir es mit einem unvorstellbar großen Strom von Klimaflüchtlingen zu tun bekommen. Etwa 200 Millionen Menschen verlieren dauerhaft ihre Heimat, schlicht weil sie überflutet wird. Das trifft wie immer viele Arme, diesmal aber auch die Schicht der Wohlhabenden. Denken Sie bitte an die vielen exklusiven Grundstücke auf der Welt, die direkten Strandzugang haben. Darüber hinaus gibt es eine ganze Reihe von massiven Sekundärfolgen, die weitere Hunderte von Millionen Menschen mehr oder weniger unmittelbar treffen werden. Zum Beispiel wird das Grundwasser durch den Anstieg des Meeresspiegels bis weit ins Landesinnere hinein versalzen. Das führt nicht nur dazu, dass das Trinkwasser in küstennahen Regionen unbrauchbar oder zumindest knapp wird. Auch die Landwirtschaft bekommt ein Problem, weil die Bewässerung mit versalzenem Wasser unmöglich ist. Insbesondere der Reisanbau in vielen asiatischen Ländern wird darunter leiden und die Ernährungsprobleme auf der Erde drastisch verschlimmern.«

»Danke, Nik.« Nightingale kratzte sich am Kopf. »Ich glaube, das reicht. Dann lautet wohl die nächste Frage: Gibt es überhaupt noch Wege, das Schlimmste zu verhindern, oder ist es bereits zu spät?«

Erneut übernahm Niklas Karotidis das Antworten: »Wenn ich das in der Kürze der Zeit richtig verstanden habe, rühren die größten Abweichungen zwischen den Minerva-Resultaten und unseren bisherigen Annahmen von einem verstärkten Abschmelzen der Eisschilde her. Das ist in der Tat beunruhigend, weil die riesigen Eismassen in Grönland und der Antarktis hochkomplexen langfristigen Prozessen ausgesetzt sind, die nach allem, was wir heute wissen, nicht kurzfristig zu beeinflussen sind. Unsere bisherigen Rechnerkapazitäten waren unzulänglich, um die Zeitpunkte und Auswirkungen diesbezüglicher Tipping Points greifen zu können.«

Nightingale musste innerlich schmunzeln, als er die Fragezeichen über den Köpfen diverser Sitzungsteilnehmer sah. Seine Frau Meg hatte das Phänomen der Tipping Points neulich mal Freunden erklärt und dabei einen Orgasmus als Analogie genutzt. Das hatte gut funktioniert, schien ihm hier aber unangebracht.

»Die Eisschilde haben enorme Ausmaße«, fuhr der Chefwissenschaftler des Weißen Hauses fort. »Sie reichen wie Hochplateaus mehrere Kilometer weit in die obere Atmosphäre hinein. Wenn es dort oben nun durch den Ausstoß von Klimagasen zu warm wird, schmelzen sie ab und werden immer dünner. Damit ragen sie nicht mehr so hoch in den Himmel und enden in wärmeren Luftschichten. Das wiederum führt dann zu einem beschleunigenden Schmelzprozess, selbst wenn es uns gelingen würde, die oberen Atmosphärenschichten wieder zu kühlen. Ein typischer Tipping Point wäre erreicht.«

James Nightingale war sich nicht sicher, ob diese Ausführungen zu mehr Klarheit geführt hatten, beließ es jedoch für den Moment dabei. Stirnrunzelnd erwiderte er: »Das hört sich nicht gut an.«

»Nein, Sir. Zumal wir bei einem kompletten Abschmelzen des

Grönlandeises einen Meeresspiegelanstieg von sieben Metern zu verzeichnen hätten. Die Antarktis kann nach allem, was wir wissen, nicht ganz abschmelzen, aber hier sprechen wir trotzdem über ein deutlich größeres Potenzial von rund zwanzig Metern zusätzlichem Meeresspiegelanstieg.«

Ein Raunen ging durch den Raum, aber Karotidis breitete beruhigend beide Arme aus. »Keine Sorge, das wäre ein Prozess von vielen Jahrtausenden. Da hätte die Menschheit dann doch noch viel Zeit, Gegenmaßnahmen zu ergreifen.«

»Aber Nik«, Nightingale reichte es jetzt, »was sollen wir denn damit anfangen? Wo stehen wir konkret? Gibt es Handlungsspielraum oder nicht?«

»Natürlich gibt es Handlungsspielraum, den gibt es doch immer. Aber ich kann leider nicht sagen, welche Wirkung wir bezogen auf den Meeresspiegel konkret erzielen könnten. Das können uns vermutlich nur die Europäer sagen, wenn sie Minerva mit entsprechenden Inputdaten füttern.«

»O. k., verstanden.« Die erst 32-jährige Stabschefin des Weißen Hauses, Sheryl Schnitzer, meldete sich zu Wort. »Welche Maßnahmen sind denn überhaupt denkbar?«

»Grundsätzlich gibt es nur eine einzige Stellschraube: Wir müssen die Temperatur in unserer Atmosphäre senken, und zwar so schnell wie möglich. Insgesamt haben wir vier Aktionsfelder, um das zu tun. Erstens müssen wir den Ausstoß von Treibhausgasen so schnell wie möglich beenden. Nicht reduzieren, sondern beenden. Und ich rede hier nicht nur von CO_2, sondern vor allem auch von Methan und Düngemitteln. Es ist unpopulär, aber Fleischkonsum ist leider nicht mehr angesagt. Zumindest nicht mehr in der Dimension, in der wir es bisher gewohnt waren. Zweitens dürfen wir keine Wälder mehr abholzen. Drittens müssen wir versuchen, unsere Sünden der Vergangenheit zumindest teilweise wieder rückgängig zu machen, sprich CO_2 aus der Atmosphäre ziehen. Der einfachste Weg ist Aufforstung, aber es gibt auch technische Möglichkeiten, die untersucht werden müssen. Und dann ...« Er stockte kurz, als ob er nicht sicher wäre. »... gibt es natürlich noch die Möglichkeit von Geo-Engineering.«

»Genau! Da haben wir doch die Lösung, oder nicht?« Zum ersten Mal meldete sich Jack Flanagan mit seiner sonoren Stimme zu Wort. Der mächtige, inzwischen über Achtzigjährige republikanische Mehrheitsführer im Repräsentantenhaus hatte sich bisher zurückgehalten. Nightingale hatte bewusst auf Transparenz gesetzt und seinen größten Widersacher zu der Sitzung des NSC dazugebeten. Alle im Raum sahen Flanagan fragend an.

»Nun«, setzte er zu einer resoluten Erklärung an. »Geo-Engineering hat den großen Vorteil, dass man massiv in die Natur eingreifen und so sehr schnell Dinge zum Besseren hin bewegen kann. Wenn wir zum Beispiel steuerbare Schattensegel in die Umlaufbahn der Erde schießen, können wir die Intensität der Sonneneinstrahlung nach Belieben regulieren. Bei der Raumfahrt macht uns bekanntlich niemand etwas vor, selbst die Chinesen nicht. Dann schlagen wir gleich zwei Fliegen mit einer Klappe. Wir beenden den Klimawandel und zeigen den Chinesen endlich mal wieder, wo der Hammer hängt!«

James Nightingale traute seinen Ohren nicht. Hatte der alte Mann immer noch nicht verstanden, was die Stunde geschlagen hatte? »Da hast du im Prinzip recht, Jack«, antwortete er diplomatisch. »Das ist ein Punkt, den wir ganz oben auf der Agenda haben sollten. Nik, kümmerst du dich bitte explizit darum?«

Unter normalen Umständen hätte Nightingale anders reagiert. Heute ging das nicht. Er war auf die Republikaner angewiesen, ohne Zustimmung des Kongresses war er handlungsunfähig. Niklas Karotidis guckte seinen Präsidenten verständnislos an.

»Aber Mr President, ich bin mir nicht sicher, ob Geo-Engineering eine gute Idee ist. Die Auswirkungen derartiger Maßnahmen sind nicht abzusehen. Außerdem gibt es eine Fülle von ungeklärten rechtlichen und ethischen Fragen, wenn der Mensch versucht, derart in die Kreisläufe der Erde einzugreifen.«

Nightingale seufzte, Nik war eben kein Politiker und verstand nichts von taktischem Vorgehen. Natürlich hatte er recht, aber das war im Moment zweitrangig.

»Danke für deinen Hinweis, aber wir verfolgen das trotzdem. Wir sind nicht in der Situation, Dinge von vornherein ausschließen zu können. Verstanden?«

Der Chefwissenschaftler nickte verblüfft.

»Sehr gut!« Jack Flanagan zeigte sich zufrieden. »Vermutlich weiß das niemand hier im Raum, aber wir haben uns schon mit Geo-Engineering beschäftigt, als es das Wort noch gar nicht gab. Das war für LBJ Mitte der 1960er-Jahre. Es ging um die Frage, ob es sinnvoll sein könnte, irgendwann einmal die Wärmeeinstrahlung der Sonne zu reduzieren, wenn der Klimawandel wirklich wahr werden sollte.«

Der Präsident beugte sich zu seiner Stabschefin hinüber, die problemlos die Enkeltochter von Flanagan sein könnte, und flüsterte ihr vorsichtshalber zu: »LBJ war Präsident Lyndon B. Johnson.«

Sheryl Schnitzer nickte kurz und murmelte: »Ich weiß, wer LBJ war.« Dann wandte sie sich lauter an Flanagan. »Das ist wirklich beeindruckend, Sir, vor allem, dass Sie damals schon dabei waren. Aber auch wenn uns beim Geo-Engineering niemand etwas vormachen kann, sind wir uns doch einig, dass wir nicht alleine auf dieses Pferd setzen können, oder?«

Der Kongressführer nickte missmutig.

»Das haben der Präsident und ich in den vergangenen Monaten

ja gemeinsam herausgearbeitet, und dazu stehe ich. Wenn man sich die aktuellen Bilder ansieht«, er machte eine Kopfbewegung in Richtung der Bildschirme, die im Situation Room an der Wand hingen und die Livesendungen der Nachrichtensender zeigten, »wird einem ja wirklich ganz anders. Ich muss schon zugeben, Mr President, das haben Sie frühzeitig richtig erkannt. Wir dürfen den Klimaschutz nicht den Chinesen überlassen, allein schon aus wirtschaftlichen und machtpolitischen Gesichtspunkten.«

Nightingale atmete durch. Es war ihm im Verlauf der letzten zwölf Monate tatsächlich gelungen, das Land zumindest in dieser Frage zu einen. Sein Plan, nicht den Klimawandel, sondern Chinas Vorherrschaft als Hauptargument in den Mittelpunkt der Auseinandersetzung mit den Republikanern zu rücken, war aufgegangen.

Die Bildschirme, auf die Flanagan verwiesen hatte, zeigten unter anderem Bilder der Wall Street, die gerade geöffnet hatte: die Indizes stürzten ins Bodenlose. Der Finanzminister hatte eingangs der Sitzung bereits erläutert, dass die Fed, die für die monetäre Stabilität der Vereinigten Staaten zuständige Zentralbank, kurzfristig keine Ansätze sehe, der immensen Kapitalvernichtung entgegenzuwirken. Das Problem sei zu fundamental. Vielmehr müsse man umgehend den größten Bail-out aller Zeiten vorbereiten, um eine Chance zu haben, Masseninsolvenzen von Banken und Versicherungen abzuwenden.

»O. k.«, fuhr Sheryl Schnitzer präzise und eloquent fort, »wir müssen davon ausgehen, dass die resultierenden Flüchtlingsströme das soziale Gefüge der Welt kollabieren lassen. Im Best Case wird das zu lang anhaltenden Wirtschaftskrisen führen, im Worst Case zu Kriegen. Um überhaupt eine Chance zu haben, das in den Griff zu bekommen, führt an einem engen internationalen Schulterschluss kein Weg vorbei. Und auch wenn wir bisher keine

Informationen dazu haben, was für Pläne Zhāng Li morgen vorstellen wird, wir werden auch die Chinesen brauchen, um aus der Misere wieder herauszukommen. Ohne deren Technologien und Produktionskapazitäten kommen wir nicht weit.«

»Aber wenn wir China weiter erlauben, deren Produkte in der ganzen Welt zu verteilen, machen wir sie ja immer stärker«, merkte der Verteidigungsminister an.

Ein zustimmendes Murmeln ging durch den Raum.

»Ja, Sir«, Sheryl Schnitzer zuckte mit den Schultern, »das stimmt. Aber wir können es im Moment nicht ändern. Jetzt ist weder der richtige Zeitpunkt, die Konfrontation mit China zu suchen, noch, sie zu isolieren. Gucken Sie sich die Millionen von Menschen auf der ganzen Welt an, die sich seit heute Nacht in Gedenken an die deutsche Klimaaktivistin organisieren. Wir müssen ihnen doch etwas anbieten!« Auch sie verwies auf die Monitore. »Die Weltbevölkerung lässt sich die Trägheit der Politik nicht mehr länger gefallen.«

»Und wie glaubt die junge Dame dann, dass wir uns wieder aus den chinesischen Fängen befreien können?« Der Sarkasmus des Verteidigungsministers war nicht zu überhören.

»Indem wir auf übermorgen setzen. Wir müssen endlich das machen, was die Chinesen schon lange tun. Massiv in Forschung und Entwicklung von Zukunftstechnologien investieren. China war doch selbst vor fünfzig Jahren hoffnungslos abgeschlagen. Dann haben sie erfolgreich kopiert, und jetzt sind sie Innovationsführer. Was hindert uns daran, denselben Weg zu gehen? Wir brauchen nur etwas Geduld.«

Mit einem Räuspern machte der Finanzminister auf sich aufmerksam: »Und sehr viel Geld, fürchte ich.«

»Ja, und deshalb brauchen wir eine strategische Partnerschaft von Staaten, die unsere Werte von Freiheit und Gleichheit teilen.

Also insbesondere die EU, aber auch Kanada, Großbritannien, Australien. Die Liste ist zum Glück noch lang genug. Gemeinsam gegen die Vormachtstellung von China. Ein Bollwerk für Demokratie und Menschenrechte.«

43. Kapitel

Montag, 31. Juli 2028, 16:00 Uhr
Hamburg, Deutschland

Nachdem sich sein Kreislauf wieder halbwegs stabilisiert hatte, war Christian mühsam aufgestanden und stundenlang apathisch in der Wohnung herumgeirrt. Er hielt es nicht länger als ein paar Minuten an einer Stelle aus. Immer wieder war er in Tessas Zimmer gegangen, um es kurz darauf fast panisch wieder zu verlassen. In der Hoffnung, irgendetwas von Relevanz zu entdecken, hatte er sich trotz des unerträglichen Schmerzes, der damit verbunden war, mehrmals die Bilder der Talkshow angesehen. Vergeblich. Auch im Netz fand er nichts, was ihm weiterhalf. Im Gegenteil, je mehr Informationen er bekam, desto weniger schien er zu verstehen. War Tessas Tat unabhängig davon, dass die EU zwölf Stunden später die Klima-Apokalypse ausgerufen hatte? In den Nachrichten verschwamm das alles, aber gab es überhaupt einen Zusammenhang? Und wenn ja, was hatte Tessa damit zu tun? Natürlich fragte er sich auch, wie es einzuordnen war, was Minerva herausgefunden hatte. Klar zu sehen, woran man war, schien ihm zunächst eher gut als schlecht zu sein. Immerhin würde die Welt dadurch endlich aufwachen. Dafür hatten sie doch immer gekämpft.

Irgendwann nachmittags klingelte es. Einmal und dann noch mal. Erst als es auch an der Wohnungstür zu klopfen begann und Rufe zu hören waren, stand er vom Küchentisch auf und trottete durch den Flur. Mehr um Digby zu beruhigen, als aus Interesse oder Pflichtbewusstsein, öffnete er. Zu seiner Überraschung standen ihm zwei Beamtinnen der Kriminalpolizei gegenüber. Christian verzog das Gesicht: Ihm war nicht nach Gesellschaft zumute, nach Polizei schon gar nicht. Da die beiden Beamtinnen ihm aber einen Durchsuchungsbeschluss unter die Nase hielten, hatte er keine Wahl und trat zur Seite.

Er führte sie auf ihren Wunsch hin in Tessas Zimmer und setzte sich zurück an den Küchentisch. Nach einiger Zeit kam die eine der beiden Polizistinnen zu ihm, während ihre jüngere Kollegin den Rest der Wohnung inspizierte.

»Herr Bogenstock, darf ich Ihnen ein paar Fragen stellen?«

Christian nickte teilnahmslos.

Sie setzte sich zu ihm, betrachtete ihn eingehend und fragte zunächst gar nichts. Christian hatte den Eindruck, dass sie versuchte, sich einen Eindruck von seiner psychischen Stabilität zu machen.

»Das muss schwer für Sie sein, aber ich würde Sie dennoch bitten, uns zu helfen. Ist Ihnen irgendetwas aufgefallen in den letzten Wochen, das uns helfen könnte?«

Offenbar war sie zu dem Schluss gekommen, dass er vernehmungsfähig war.

»Wobei denn helfen?«

»Na ja, Frau Hansen ist ja offensichtlich keines natürlichen Todes gestorben. Deshalb sind wir gesetzlich verpflichtet zu ermitteln.«

Christian starrte sie ungläubig an.

»Es ist hier wohl genauso offensichtlich, dass es sich um Suizid gehandelt hat, da haben Sie natürlich recht«, ergänzte die Beamtin entschuldigend, »aber das ist Standardprozedere.«

Christian fehlten die Worte.

»Also noch einmal: Ist Ihnen irgendetwas Ungewöhnliches aufgefallen?«

»Was, verdammt noch mal, soll mir denn aufgefallen sein?«, schrie er wütend. »Tessa war ganz normal in den letzten Wochen, gar nichts habe ich Idiot gemerkt.«

Tränen schossen ihm in die Augen.

»O. k., o. k., ist ja gut. Keine ungewöhnlichen Verhaltensweisen, irgendwelche Andeutungen, Besuche von Fremden? Irgendwelche Nachrichten, die sie zurückgelassen hat? Ein Abschiedsbrief vielleicht?«

Christians Puls machte einen Aussetzer und beschleunigte dann schlagartig. Er konnte von Glück sagen, dass seine generelle Verfassung so desolat war, dass das nicht weiter auffiel. Noch bevor er antworten konnte, rief die andere Kripo-Beamtin von hinten: »Aha, ich habe was!«

Christian erstarrte. Sie kam in die Küche und hielt triumphierend Tessas Laptop in der Hand.

»Was wollen Sie denn mit dem?«, fragte er erleichtert.

»Beschlagnahmen. Uns interessiert, wie Tessa Hansen an den Stoff gekommen ist, den sie sich gespritzt hat. Eventuell hat sie gegen das Arzneimittelgesetz verstoßen. Oder gegen das Betäubungsmittelgesetz.«

»Verstehe, das ist natürlich eine wichtige Frage. Wenn dem so ist, wollen Sie Tessa bestimmt verhaften«, knurrte er.

Christian konnte sich den Sarkasmus nicht verkneifen, er fand das alles einfach nur lächerlich.

»Sie nicht, aber ihren Dealer vielleicht. Haben Sie eine Ahnung, was Frau Hansen verwendet hat und woher sie das hatte?«

»Nein«, sagte Christian erschöpft, »ich kann ihnen nicht helfen. Ich habe Tessa offenbar weniger gut gekannt, als ich dachte.«

Die beiden Beamtinnen tauschten einen Blick. Dann bedankten sie sich und ließen Christian wieder allein. Für den Fall, dass ihm noch etwas einfiel, ließen sie eine Visitenkarte da.

Nachdem die Wohnungstür ins Schloss gefallen war, wartete Christian noch einen Moment, sprang dann auf und rannte in sein Zimmer. Tessas Brief lag immer noch auf seinem Bett, offenbar unangetastet. Erleichtert griff er nach dem Umschlag, drehte ihn mehrfach unschlüssig in seinen Händen und hielt ihn dann gegen das Licht. Es war nichts zu sehen. Konnte es sein, dass die Anweisung, ihn erst morgen zu öffnen, durch das Geschehene obsolet geworden war? War es vielleicht sogar unverantwortlich, ihn nicht zu öffnen? Er spürte, wie seine Neugier aufflackerte. Dann aber besann er sich. Nein, natürlich hatte Tessa gewusst, was passieren würde, als sie den Brief geschrieben und abgeschickt hatte. So schwer es ihm auch fiel, er würde ihr diesen letzten Gefallen tun. Er würde den Brief erst morgen öffnen.

44. Kapitel

Montag, 31. Juli 2028, 18:00 Uhr (MESZ)
Überall auf der Welt

Etwa zwei Stunden später sickerte eine Meldung durch, die sowohl in Fachkreisen wie auch in der Öffentlichkeit Fassungslosigkeit und Erstaunen hervorrief. Die Ergebnisse von Tessas staatsanwaltschaftlich angeordnetem Obduktionsbericht lagen vor. Die toxikologische Untersuchung hatte Tetrodotoxin in ihrem Körper nachgewiesen und auch Reste davon in der Injektionsnadel gefunden. Damit stand die Todesursache fest.

Die Medien hatten daraufhin schnell ihre Hausaufgaben gemacht. Tetrodotoxin, kurz TTX genannt, war 10 000-mal tödlicher als Zyankali und eines der stärksten Nervengifte der Welt. Die tödliche Dosis betrug nur etwa zehn Mikrogramm pro Kilogramm Körpergewicht. Das natürlich vorkommende Gift wurde von verschiedenen Meeresbewohnern produziert, unter anderem dem Kugelfisch. Durch die Blockade von Natriumkanälen wirkte es ausschließlich auf die Nerven, nicht auf das Gehirn – die Opfer wurden vollständig gelähmt und konnten sich nach kurzer Zeit weder bewegen noch sprechen, blieben aber bei vollem Bewusstsein. Sie starben an Atem- oder Herzstillstand. Obwohl Tetrodotoxin selbst als Gegenmittel für das ebenfalls tödliche Toxin der südamerikanischen Pfeilgiftfrösche wirkte, war das umgekehrt nicht der Fall. Ein Gegenmittel gab es nicht.

Ferner erfuhr man, dass das Gift im asiatischen Raum, insbesondere in Japan und China, eine gewisse Rolle spielte, weil dort traditionell Kugelfischfleisch mit minimalen Dosen Tetrodotoxin als Delikatesse und Mutprobe auf der Speisekarte von Spitzenrestaurants stand. Die orale Einnahme des Giftes war jedoch deutlich weniger wirksam als die direkte Aufnahme über das Blut.

Die medizinische Welt zeigte sich verblüfft ob Tessas spezifischer Fachkenntnis. Noch nie war ein Selbstmord mit Tetrodotoxin dokumentiert worden. Es hieß, das Gift sei im Vergleich zu anderen Substanzen schwer zu beschaffen und erfordere einen sehr sorgfältigen Umgang, weil es aufgrund seiner extrem starken Toxizität auch schon bei kleinsten Berührungen mit der Haut zu schweren Komplikationen kommen konnte. Die von der deutschen Klimaaktivistin gewählte intravenöse Injektion war in jedem Fall tödlich und hatte jegliche Rettungsversuche unmöglich gemacht.

Die breite Öffentlichkeit reagierte mit Entsetzen auf die Grausamkeit von Tessas Freitod. Und natürlich fragte man sich, warum sie zu einem derart außergewöhnlichen Gift gegriffen hatte. Was hatte das zu bedeuten?

Als Christian erfuhr, was die Obduktion ergeben hatte, fiel ihm sofort wieder ein, dass Tessa ihm vor Längerem einmal erzählt hatte, dass sie an der südenglischen Küste auf einen toten Kugelfisch gestoßen war. Zusammen mit Shannon. Er hatte ihr nicht geglaubt, weil er den Lebensraum der drolligen Spezies weiter südlich in wärmeren Gefilden verortet hatte. Erst ein Blick ins Internet hatte ihn damals eines Besseren belehrt. Hauptsächlich kamen Kugelfische zwar in den Tropen und Subtropen vor, begünstigt durch den Golfstrom waren sie aber vereinzelt auch noch an den Südküsten Englands zu finden.

Sie hatten sich damals spaßeshalber auch über die enorme Giftigkeit der Kugelfische informiert, erinnerte er sich. Und ja, Christian hatte die Szene durchaus positiv abgespeichert, mit einer fröhlichen und unbeschwerten Tessa. Danach hatten sie nie wieder über Tetrodotoxin gesprochen.

45. Kapitel

Montag, 31. Juli 2028, 13:00 Uhr
San Francisco, USA

Shannon war irgendwann im Morgengrauen in ihrer Hollywood-schaukel eingeschlafen, nachdem sie auf den Wodka eine doppelte Dosis Prosom eingeworfen hatte.

Entsprechend gerädert war sie, als sie gegen Mittag durch die warmen Sonnenstrahlen geweckt wurde. Mit schmerzverzerrtem Gesicht ging sie ins Haus, um sich einen Kaffee zu machen. Als sie wieder vor die Tür trat, entdeckte sie ihr Telefon, das mit der Rückseite nach oben auf dem Polster lag. Sie zögerte. Wollte sie weitere Informationen? Eigentlich nicht, dennoch überwog ihre Neugier. Sie griff danach und entriegelte es. Trotz des vielfältigen Wirrwarrs an Meldungen, die ihr die verschiedensten Apps boten, fiel ihre Aufmerksamkeit ausschließlich auf eine. Sie gab Shannon den Rest. Dass Tessa sich mit Kugelfischgift das Leben genommen hatte, war zu viel für sie. Ihre Beine verweigerten den Dienst und knickten ohne Vorwarnung weg.

Als sie wieder zu sich kam, lag sie mit dem Gesicht nach unten auf dem Boden. Ihren Kaffee hatte sie fallen lassen und dabei über ihre Hose gegossen. Die Tasse lag zerbrochen neben ihr. Auch ihr Telefon war auf die Steine geknallt und hatte einen diagonal über den Bildschirm verlaufenden Sprung. Sie sammelte sich und kroch zurück auf ihre Hollywoodschaukel.

Tessa hatte sich mit dem Gift umgebracht, von dem Shannon ihr damals in Studland Bay zum ersten Mal erzählt hatte. Es war der Tag, an dem sie sich kennengelernt und erstmals miteinander geschlafen hatten. Aufgrund dieser engen emotionalen Verkettung hatte Shannon das Gefühl, als hätte sie Beihilfe zum Selbstmord geleistet. Oder Tessa gar eigenhändig umgebracht. Was sie aber zutiefst verstörte, war die Tatsache, dass Tessa mit der Wahl von Tetrodotoxin ganz offenbar ein Signal an sie senden wollte. Und was konnte das anderes sein als die gnadenlose Verurteilung ihres Schulterschlusses mit China?

46. Kapitel

Dienstag, 1. August 2028, 10:00 Uhr
Mailand, Italien

»Seit gestern, meine Damen und Herren, haben wir die schreckliche Gewissheit, dass das Pariser Klimaabkommen zu kurz greift. Die bisher vereinbarten Maßnahmen reichen bei Weitem nicht aus, um eine apokalyptische Klimakatastrophe zu verhindern.«

Mit diesen Worten eröffnete Zhāng Li nur 24 Stunden nach der ersten die zweite unplanmäßige Pressekonferenz auf der COP32. Obwohl die Ankündigung zu dem chinesischen Auftritt unmittelbar nach der Minerva-Offenbarung erfolgt war, war es im Verlauf des Montags niemandem gelungen, inhaltliche Vorabinformationen zu erhalten. Auch eine Abstimmung mit anderen Ländern hatte China nicht für nötig befunden.

Insofern blickte nicht nur die Presse, sondern auch die Politik aus aller Welt mit großer Spannung auf das, was jetzt passieren würde. Der Raum war bis zum Bersten gefüllt, diverse Kamerateams übertrugen zudem Livebilder rund um den Globus.

»Die Weltengemeinschaft wird weit über Paris hinausgehen und bereits deutlich vor 2050 klimaneutral werden müssen, um das Schlimmste zu verhindern. Wir gehen davon aus, dass es hierzu seit gestern einen Konsens unter allen Staaten der Erde geben dürfte.«

Zhāng Li hatte mittig auf dem Podium Platz genommen. Rechts und links von ihm saßen je zwei Experten für verschiedene Fachthemen, die aber nur als Back-up zur Verfügung standen. Die anstehende Party würde er allein schmeißen, und er konnte es kaum erwarten.

»Wie vermutlich nicht alle von Ihnen wissen, ist China bereits globaler Marktführer bei Klimaschutztechnologien und beliefert die ganze Welt mit effizienten Lösungen. Wir haben allein in den vergangenen drei Jahren unsere Produktionskapazitäten nochmals verdoppelt und planen, das Wachstum auch in diesem Tempo fortzusetzen. Insofern tun wir heute schon mehr als jedes andere Land, um den CO_2-Ausstoß weltweit zu reduzieren.«

Die anwesenden Journalistinnen und Journalisten tauschten unsichere Blicke aus. Zhāng Li erkannte in ihren Minen, dass sie sich fragten, ob es das schon war, was er hier verkünden würde. Abwarten, dachte er, ihr werdet euch noch wundern.

»In Anbetracht der dramatischen Minerva-Prognosen ist nun aber klar, dass auch das nicht ausreichen wird. Wir müssen darüber hinaus einen Weg finden, das bereits in der Atmosphäre befindliche anthropogene CO_2 wieder einzufangen. Ungeachtet dessen, dass kumulativ betrachtet nach wie vor die westlichen Industriestaaten die Hauptverursacher der historischen Emissionen sind, wollen wir vorangehen und haben deshalb heute einen Lösungsvorschlag mitgebracht.«

Diesen Seitenhieb konnte er sich nicht verkneifen. Und Zhāng Li hatte recht: China war inzwischen zwar Jahr für Jahr der weltweit größte Emittent von Kohlendioxid. Wenn man allerdings aufaddierte, was die einzelnen Länder seit der industriellen Revolution insgesamt an CO_2 verursacht hatten, sah das Ranking anders aus. Auf dem Spitzenplatz lagen dann die USA mit inzwischen weit über 400 Milliarden Tonnen, dicht gefolgt von Europa.

China hingegen hatte bis zum heutigen Zeitpunkt nur etwas über 200 Milliarden Tonnen CO_2 emittiert.

»Es gibt viele Technologien, die in der Lage sind, CO_2 aus der Atmosphäre herauszufiltern. Die aber mit Abstand effizienteste ›Maschine‹, die uns dafür zur Verfügung steht«, er machte eine dramatische Pause, »ist der Baum.«

Während er in ein Meer von Fragezeichen schaute, bekam Zhāng Li vor Aufregung Gänsehaut. Wie lange hatte er, wie lange hatte sein Land auf diesen Moment gewartet?

»Ja, Sie haben richtig gehört«, fuhr er fort. »Oft liegt die Lösung näher, als man denkt. Auch im Baumpflanzen ist China übrigens Weltmarktführer.«

Während er die diesbezüglichen Aktivitäten seines Landes zusammenfasste, tauchten auf der großen Stirnwand hinter dem Podium Luftbilder und kurze Filmsequenzen des gigantischen Aufforstungsprojekts in der Wüste Gobi auf. Im Saal machte sich Staunen breit.

»Vor dem Hintergrund der jüngsten Erkenntnisse allerdings bleiben all diese Bemühungen letztendlich ein kläglicher Versuch. Wenn wir so weitermachen wie bisher, wird es uns nicht gelingen, schnell genug ausreichend viel CO_2 zu binden. Deshalb glauben wir, dass jetzt der Zeitpunkt gekommen ist, anders an die Sache heranzugehen, und zwar viel, viel größer!«

Zhāng Li machte eine kurze Pause und trank einen Schluck Wasser. Auch wenn man es ihm nicht anmerkte, war er so aufgeregt, dass er einen trockenen Mund bekommen hatte.

»Sämtliche bisherigen Studien zu Aufforstungspotenzialen auf der Welt unterliegen einem entscheidenden Denkfehler. Sie alle suchen ausschließlich nach natürlichen Pflanzregionen, also nach Gebieten, die die beiden wesentlichen Kriterien für Wachstum von Biomasse erfüllen: hinreichende Sonneneinstrahlung und gleichzeitig genügend Wasser. Die besten Wälder entstehen dort, wo es beides im Überfluss gibt.«

Hinter Zhāng Li wurden Bilder von üppigen Regenwäldern und erläuternden Diagrammen auf die Wand projiziert.

»Es gibt auf unserem Planeten noch etwa zehn Millionen Quadratkilometer Regenwald, das ist eine Fläche der Größe Chinas oder der USA. Die Hälfte davon steht im Amazonasgebiet. Schätzungen zufolge haben die bestehenden Regenwälder auf der Erde mehr Kohlenstoff gebunden als die Menschheit seit Beginn der Industrialisierung in Form von CO_2 in die Atmosphäre emittiert hat.«

Eine entsprechende Grafik verdeutlichte den eindrucksvollen Vergleich.

»Die Lösung ist also ganz einfach: Wir müssen einen gigantischen neuen Regenwald bauen, der so groß ist wie alle bestehenden Regenwälder zusammen. Und die größte dafür zur Verfügung stehende Fläche mit genügender Sonnenintensität ist die Sahara!«

Jetzt wurden die saftigen Regenwaldbilder von trostlosen Sandwüsten abgelöst. Die Leute im Saal spürten, dass sie gerade Zeugen von etwas Großem wurden. Alle starrten gebannt auf das Podium und die dahinter projizierten Bilder.

»Die Sahara hat genau die richtige Größe für ein derartiges Vorhaben. Was hier noch fehlt, ist offensichtlich: das Wasser!«

Während er sprach, wurde die Silhouette von Nordafrika hinter ihm an die Wand gemalt. Dann folgten die einzelnen Ländergrenzen und ein dickes Band, dass sich leicht geschlängelt über die gesamte Strecke zwischen dem Atlantik und dem Roten Meer erstreckte – die Sahara.

»Wir, meine Damen und Herren, werden genau das ändern. Wir werden zwei gewaltige Flüsse bauen!«

Zhāng Li sagte tatsächlich »bauen«. Ungläubiges Kopfschütteln machte sich breit.

»Dazu errichten wir in Mauretanien und im Sudan Meerwasserentsalzungsanlagen mit einer jährlichen Kapazität von einer Billion Kubikmetern aufbereitetem Süßwasser. Das entspricht auf jeder Seite der Sahara in etwa der Wassermenge, die der Mississippi führt.«

Sogar Zhāng Li bekam jetzt Herzklopfen. Was er hier verkündete, war selbst für ihn immer noch fantastisch.

»So ermöglichen wir die Bewaldung der Sahara und schlagen damit zwei Fliegen mit einer Klappe. Wir saugen nicht nur große Mengen CO_2 aus der Luft, sondern auch sehr viel Wasser aus dem Meer – und zwar tatsächlich in etwa so viel, wie derzeit an klimawandelbedingtem Schmelzwasser den Meeresspiegel steigen lässt. Das bedeutet, dass unser Projekt allein durch seinen primären Wasserbedarf den Meeresspiegelanstieg bis zum Ende des Jahrhunderts um rund einen halben Meter reduzieren wird!«

Ein lautes Raunen ging durch den Raum. Auf der Projektionsfläche an der Wand lief parallel zu seinen Ausführungen eine Animation, die in Bildern und Grafiken erklärend unterstützte, was er beschrieb. Alles war perfekt aufeinander abgestimmt.

Zhāng Li hob beide Arme, um die Aufmerksamkeit zurückzuerlangen, schließlich war er noch nicht fertig.

»Neben der CO_2-Bindung und der Meerwasserabsaugung gibt es aber noch einen dritten Aspekt unseres Projekts, den ich gerne erläutern würde.«

Bei der Vorstellung, was jetzt gleich in den Köpfen seines Publikums vorgehen würde, konnte er sich ein Grinsen nicht verkneifen.

»Ein einmal ausgewachsener Wald speichert kaum noch zusätzliches CO_2. Um eine langfristige und kontinuierliche CO_2-Bindung zu erreichen, werden wir in regelmäßigen Abständen Holz ernten. Wenn das Holz in der Bauindustrie oder der Möbelproduktion eingesetzt wird und damit weder verrottet noch verbrennt, bleibt der Kohlenstoff langfristig gebunden. So können neue Bäume gepflanzt werden, die dann zusätzlichen Klimanutzen entfalten. Darüber hinaus ist Feuer immer eine große Gefahr für Wälder. Brennt ein Wald ab, wird sein gesamtes gespeichertes Kohlendioxid wieder zurück in die Atmosphäre geblasen. Um das zu verhindern, sehen wir gigantische Brandschneisen vor, also Gebiete, in denen wir keinen Wald pflanzen. Hier werden wir Ackerbau betreiben und vorzugsweise Reis anpflanzen. Unsere Kalkulationen zeigen, dass wir im eingeschwungenen Zustand, den wir in voraussichtlich fünfzehn Jahren von heute an gerechnet erreichen werden, 250 Millionen Tonnen Sahara-Reis im Jahr produzieren können. Zur Einordnung: Das ist mehr als die Hälfte der derzeit weltweiten Reisproduktion. Unser damit geleisteter Beitrag zur Sicherung der Ernährung der Weltbevölkerung ist auch deshalb besonders wichtig, weil gerade der Reisanbau unter dem Klimawandel leiden wird. Prognosen sagen voraus, dass die Reisproduktion durch Wassermangel und Hitze weltweit um die Hälfte einzubrechen droht. Diese Lücke schließen wir, und zwar vollständig!«

Im Zuschauerraum spielten sich tumultartige Szenen ab. Die Reaktionen der aus der ganzen Welt stammenden Journalistinnen und Journalisten variierten von empörter Ablehnung über unschlüssiges Abwarten bis hin zu begeisterter Zustimmung.

Zhāng Li holte tief Luft. Jetzt kam ein Punkt, an dem er besonderen Spaß hatte.

»Aus diesem Dreifachnutzen erklärt sich der Name, den unser Vorhaben trägt: Treenity. Damit bringen wir die auf Bäumen basierende Dreifaltigkeit des Projekts zum Ausdruck.«

Hinter ihm zeigte ein animierter Erklärfilm, wie in den Brandschneisen des Regenwaldes Reis angebaut, abgeerntet und mit

Schiffen über die beiden Häfen in Mauretanien und dem Sudan in der ganzen Welt verteilt wurde. Dann wurden ausgewachsene Bäume gefällt, ebenfalls an die Küste transportiert, noch vor Ort in Fabriken zu Bauholz und Möbeln verarbeitet und anschließend verschifft. Auch sah man, dass der gigantische Energiebedarf für das Vorhaben regenerativ gedeckt wurde, und zwar mithilfe von solarbetriebenen Wasserstoffproduktionsanlagen. Abschließend setzten sich die beiden Wörter »Tree« und »Trinity« kunstvoll zu »Treenity« zusammen und bildeten ein gefälliges Logo.

Der Projektname war innerhalb der Parteispitze kontrovers diskutiert worden. Es hatte Stimmen gegeben, die befürchteten, dass Treenity nicht genügend Ernsthaftigkeit vermitteln könnte. Als Gegenvorschlag waren technische Begriffe oder Abkürzungen gekommen. Andere störten sich an dem Englischen oder der Nähe zur christlichen Dreifaltigkeit. Zhāng Li aber hatte darauf bestanden, dass es einzig und allein darauf ankam, dass das Projekt möglichst vielen Menschen auf der Welt in Erinnerung blieb und darüber gesprochen wurde. Dazu war es essenziell, einen möglichst gefälligen und einprägsamen Namen zu haben.

Nicht wenige Journalistinnen und Journalisten im Raum waren von den Dimensionen des Megaprojekts überfordert und hatten dementsprechend Schwierigkeiten mit der Einordnung des gerade Gelernten. Vielen aber dämmerte, was es zu bedeuten hatte, wenn China an derart mächtigen Hebeln sitzen würde.

Zhāng Li bat noch mal um Aufmerksamkeit.

»Wir bitten um Verständnis, dass wir Ihnen Treenity heute unmöglich in Gänze erläutern können, dazu ist die Zeit zu kurz und das Vorhaben zu komplex. Auch wir haben deshalb eine Website eingerichtet, auf der Sie alle Einzelheiten im Detail nachlesen können. Technologie der Meerwasserentsalzung, Entsorgungskonzepte, Energieversorgung, Wasserwirtschaft, Pflanztechnik, bevorzugte Spezies, Dünge- und Erntekonzepte und so weiter. Dort finden Sie auch verschiedene Chats und Hotlines jeweils gesondert für Belange aus der Wissenschaft, aus Journalistenkreisen sowie für Fragen aus der Bevölkerung. Die Hotlines werden rund um die Uhr zur Verfügung stehen. Abschließend möchte ich gerne noch eines klarstellen: Unsere ersten Überlegungen zu dem, was wir heute vorstellen, reichen bis in die 1970er-Jahre zurück. Treenity ist kein Schnellschuss, sondern eine wohlüberlegte Antwort auf den akuten Notfall, die über zwei Generationen sorgfältig geplant wurde. Vieles von dem, was wir in der Wüste Gobi umgesetzt haben, waren im Wesentlichen vorbereitende Testläufe für Treenity. Erst seit gestern wissen wir allerdings, dass Treenity alternativlos umgesetzt werden muss und keinen Aufschub mehr duldet. Also handeln wir jetzt entsprechend der gegebenen Dringlichkeit.«

Ohne dass er es explizit aussprach, verstanden die meisten im Saal die damit zum Ausdruck gebrachte Überlegenheit des chinesischen Systems gegenüber den westlichen Demokratien.

»Wir werden Treenity in enger Partnerschaft mit den Ländern vor Ort in Nordafrika realisieren. Wir werden Hunderttausende, vermutlich über eine Million dauerhafte Arbeitsplätze schaffen und Wohlstand in eine der ärmsten Regionen unserer Erde bringen. Den Nutzen von Treenity teilen wir mit der ganzen Welt. Bezüglich der Senkung der CO_2-Konzentration in unserer Atmosphäre und des Meeresspiegels rund um den Globus ist das evident. Aber auch die nachhaltige Produktion von Holz und Reis wird allen zugutekommen und den Weltfrieden sichern.«

Damit schloss er seine Ausführungen und bedankte sich für die Aufmerksamkeit. Zwei Mitglieder des Organisationsteams der COP32 erhoben sich. Sie hatten Mikrofone in ihren Händen und gingen nun durch die Reihen, um Rückfragen entgegenzunehmen. Der Andrang war natürlich groß. Eine CNN-Reporterin kam als Erste an die Reihe.

»China hat Minerva bekanntlich gebaut. Haben Sie schon vor dem Rest der Welt gewusst, dass der Quantencomputer so niederschmetternde Ergebnisse liefern würde?«

Na, dachte Zhāng Li, das geht ja direkt mit den Fragen los, die sie erwartet hatten.

»Nein, wir hatten keine Ahnung«, antwortete er knapp. Weniger war hier mehr, hatten ihm seine PR-Experten geraten.

»Nachfrage: Wie kann es dann sein, dass Sie jetzt so wahnsinnig schnell handlungsfähig sind?«

»Das hatte ich eben zu erläutern versucht. Wir verfolgen Treenity seit fünfzig Jahren. Das Projekt lag quasi baureif in unseren Schubladen. Wir waren bisher davon ausgegangen, dass wir es nicht oder zumindest noch nicht realisieren müssen. Aber seit gestern ist die Welt nun bekanntlich eine andere. Deshalb handeln wir jetzt entschlossen.«

Als Nächstes kam ein Vertreter des niederländischen *De Telegraaf* zu Wort.

»Beeindruckender Vortrag, aber wer garantiert uns, dass Treenity die Lösung für die gestern kommunizierte Katastrophe ist? Fünfzig Zentimeter weniger Meeresspiegelanstieg führen ja immer noch zu verheerenden Ergebnissen, wenn die Minerva-Prognosen stimmen. Unser Land zum Beispiel ist dann trotzdem großflächig überflutet.«

»Sehr gut, vielen Dank für die Frage. Sie haben recht, der entscheidende Beitrag von Treenity ist das CO_2, das wir mit dem Wachstum des Regenwaldes aus der Luft ziehen. Wir werden vermutlich knapp zehn Jahre brauchen, bis wir richtige Bäume pflanzen können. Vorher werden Gräser und Büsche dem Wüstenboden durch ihre Humusbildung die notwendigen Nährstoffe zuführen.

Ab circa 2040 wird mit Treenity jährlich deutlich mehr Kohlenstoff gebunden, als global emittiert wird. Unser Wald in der Sahara macht die Welt also mit einem Schlag klimanegativ. Wir werden der EU in den nächsten Tagen alle wesentlichen Daten zur Verfügung stellen, damit Minerva neu rechnen kann. Das Ergebnis wird schätzungsweise zwei Wochen auf sich warten lassen. Wir gehen allerdings schon heute fest davon aus, dass verifiziert werden wird, dass der Meeresspiegel bei sofortiger Umsetzung von Treenity und gleichzeitiger Forcierung aller anderen denkbaren Klimaschutzinvestitionen noch maximal um dreißig Zentimeter ansteigt und dann langsam, aber nachhaltig zu sinken beginnt.«

Jetzt durfte ein Berichterstatter des britischen *Guardian* eine Frage stellen.

»Sie sagten einleitend, dass Sie einen Vorschlag mitgebracht haben, wie man die Erde retten kann. Die Art und Weise, wie Sie Ihr Projekt hier präsentieren, lässt aber eher darauf schließen, dass die Würfel schon gefallen sind. Ich frage mich, wer auf der Welt eigentlich die Befugnis hat, eine so weitreichende Entscheidung zu treffen. Können Sie dazu etwas sagen?«

Endlich eine intelligente Frage, dachte Zhāng Li. Er würde trotzdem banal antworten, so wie es ihm nahegelegt worden war.

»Natürlich, das ist im Grunde ganz einfach. Die Entscheidung treffen diejenigen Länder, die das benötigte Geld und die geeigneten Flächen für das Vorhaben zur Verfügung stellen. Das sind konkret der Sudan, Mauretanien, Mali, der Niger und China. Alle diesbezüglichen Verträge sind langfristig geschlossen.«

Natürlich war der Vertreter des *Guardian* unzufrieden mit der Antwort und setzte nach. »Rein rechtlich ist das wohl so. Aber der Einfluss des Projekts geht ja weit über diese Ländergrenzen hinaus. Ich meine, dass es da doch eine globale und vor allem auch ethische Komponente gibt.«

»Unbedingt. Treenity ist zum Wohle aller. Insofern kann ich mir auch nicht vorstellen, dass es Widerstände geben wird.«

Der britische Journalist fuhr sichtlich aufgebracht aus seinem Stuhl. So billig wollte er Zhāng Li nicht davonkommen lassen. Er kam aber nicht mehr dazu nachzuhaken, weil das Mikrofon inzwischen an eine Vertreterin des *Le Monde* weitergewandert war.

»Sie sagten, die Umsetzung von Treenity erfordert den Einsatz von vielen 100 000, vielleicht sogar einer Million Arbeitskräften vor Ort. Können Sie uns garantieren, dass sie dabei die Menschenrechte beachten?«

»Unser Vorhaben trägt mehr zur Wahrung von Menschenrechten bei als alles, was es bisher gegeben hat.«

Die Französin stutze und fragte nach: »Wie meinen Sie das?«

»Nun, ein Meeresspiegelanstieg um zwei Meter würde 200 Millionen Menschen auf der Erde ihrer Existenz berauben und in unendliches Elend treiben. Treenity verhindert das.«

Während die Journalistin des *Le Monde* nachdenklich zurückblieb, stellte sich als Nächstes eine Vertreterin der Deutschen Presseagentur *dpa* vor.

»Können Sie sich erklären, warum sich die deutsche Umweltaktivistin Tessa Hansen mit dem Gift des Kugelfischs umgebracht hat? Der Fisch spielt ja gerade in ihrem Kulturkreis eine gewisse Rolle.«

Zhāng Li stockte. »Ich ... nein, ich kann mir das nicht erklären.« Auf die Frage war er nicht vorbereitet. Wie auch, er hatte gar nicht mitbekommen, dass Tessas Obduktionsergebnisse veröffentlicht worden waren.

»Könnte es sein, dass Tessa Hansen damit gegen die chinesische Klimapolitik demonstrieren wollte? Vielleicht sogar gegen Treenity?«

»Ich ... ich weiß es nicht.« Zhāng Li versuchte angestrengt, sich einen Reim aus dem zu machen, was er gerade erfahren hatte. »Nein, ich meine, ... ich kann mir nicht vorstellen, dass es da einen Zusammenhang gibt. Treenity kann sie ja gar nicht gekannt haben ...«

Er räusperte sich. Die Nachricht hatte ihn aus dem Konzept gebracht. Warum um Himmels willen hatte sich diese Tessa mit Hetun-Gift umgebracht? Zufall konnte das ja wohl kaum sein. Sofort schoss ihm die Frage durch den Kopf, ob Shannon dabei irgendeine Rolle spielte. Darum bemüht, sich seine Verwirrung nicht anmerken zu lassen, beendete er die Pressekonferenz an dieser Stelle und verschwand eilig von der Bühne. Seine vier Adlaten folgten ihm.

Die Zuhörerinnen und Zuhörer im Veranstaltungsraum blieben etwas ratlos zurück. Die meisten waren aber viel zu aufgeregt, um das abrupte Ende zu hinterfragen. Sie machten sich alle sofort an die Arbeit und bemühten sich, das Gehörte zu sortieren und richtig einzuordnen.

Die globale Presseresonanz auf Treenity war gespalten, das Vorhaben polarisierte. Zweifelsfrei hatte der chinesische Lösungsvorschlag für die gerade erst seit 24 Stunden bekannte Klima-Apokalypse eine bestechende Logik. Für viele war das Projekt deshalb ein Hoffnungsschimmer, ein Strohhalm, an dem man sich festhalten konnte, die derzeit einzige Chance auf Rettung. In weiten Teilen Asiens und Südamerikas wurde Treenity entsprechend gefeiert. In Afrika aufgrund der lokal noch dazukommenden positiven Effekte sowieso. Die südlichen und nördlichen Anrainerstaaten der Sahara versuchten sogar unmittelbar, sich als weitere Partner von Treenity ins Spiel zu bringen. Hier jedenfalls hatte China nicht mit Widerständen zu rechnen. Die europäischen und nordamerikanischen Medien hingegen waren in ihrer

Berichterstattung zurückhaltender. Sie betonten zwar das große Lösungspotenzial von Treenity, stellten aber gleichzeitig kritische Fragen. Wie konnte China so schnell eine Lösung aus dem Hut zaubern? War das Projekt technisch überhaupt umsetzbar? Und vor allem: Welche politischen Konsequenzen hätte eine erfolgreiche Umsetzung von Treenity? Am griffigsten beschrieb das offensichtliche Dilemma, vor dem die westliche Welt hier stand, die *New York Times*. In Windeseile hatte sie eine Karikatur auf ihre Website gezaubert, auf der Xi Jinping als Mafiosi-Boss dargestellt war. In Anlehnung an das berühmte Filmzitat stand darüber:

»Ein Angebot, das man nicht ablehnen kann?«

Und die Politik? Die verhielt sich nicht viel anders als die Medien. Große Zustimmung und spontane Unterstützungsangebote aus Afrika, Südamerika und Asien. Zurückhaltende Anerkennung und zeitgewinnende Floskeln aus den westlichen Industriestaaten, verbunden mit der Ankündigung, dass man sprechen und prüfen müsse.

Nur die USA, die schwiegen. Offenbar war Washington sprachlos.

47. Kapitel

Dienstag, 1. August 2028, 10:00 Uhr
Hamburg, Deutschland

Eigentlich hatte sich Christian vorgenommen, Tessas Post direkt um Mitternacht zu öffnen, so hätte er ihre Vorgabe ja schließlich erfüllt. Sein Körper war aber letztlich stärker als seine Neugier und hatte ihm einen Strich durch die Rechnung gemacht. Erschöpft von den Belastungen des Tages war er irgendwann am späten Montagabend eingeschlafen.

Es war kurz nach 10:00 Uhr morgens als er aufschreckte. So kam es, dass er den Brief öffnete, während Zhāng Li seine Pressekonferenz in Mailand abhielt. Dass die stattfand, hatte Christian noch überhaupt nicht mitbekommen. Zu sehr war er gestern mit Tessas Schicksal beschäftigt gewesen, hatte sich mit Fragen und Vorwürfen gequält und seine Freundin betrauert.

Sein Herz raste. Er hatte keine Ahnung, was ihn erwartete, war sich aber sicher, dass es alles andere als belanglos sein würde. Mit zittrigen Händen riss er den Umschlag auf. Zum Vorschein kam nichts weiter als ein kleiner grüner Zettel von einem Post-it-Notizblock. Darauf stand in Tessas Handschrift:

Bitte poste das Insta-Video,
das ich als Entwurf gespeichert habe.
Jetzt.

Er drehte den Zettel um. Nichts, außer ihren Login-Daten. Enttäuscht, fast gekränkt, sackte er zusammen. Das war alles? Na ja, versuchte er sich selbst zu erklären, Tessa hatte natürlich andere Sorgen, als sie das geschrieben hatte. Aber gar kein persönliches Wort? Dann las er die Nachricht noch einmal. »Jetzt« hieß ja wohl jetzt, überlegte er. Neugierig griff er zu seinem Telefon und loggte sich auf ihrem Instagram-Konto ein. Unter Entwürfe fand er das Video, auf dessen Startbild Tessas ernstes Gesicht zu sehen war. Im Hintergrund war ihr Zimmer zu erkennen, sie hatte es also hier aufgenommen. Kurz überlegte er, ob es o. k. war, vorab einmal reinzuschauen. Dann schmiss er sich auf sein Bett und drückte auf »Play«.

»Wenn ihr das hier seht, bin ich tot.«

Christian drückte sofort wieder auf »Stop«. Ihm waren Tränen in die Augen geschossen. Er konnte es kaum ertragen, Tessa so präsent und – wie er fand – intim zu erleben. Sie sprach Englisch. Klar, dachte er, schließlich hatte sie über eine Million Follower auf der ganzen Welt. Obwohl sie flüssig und mit fester Stimme sprach, wirkte sie angespannt. Er wischte sich die Augen trocken und drückte wieder auf »Play«.

»Bestimmt fragt ihr euch, warum ich mich umgebracht habe, und vor allem, warum ich es *so* gemacht habe. Ich werde es euch jetzt erklären.« Sie machte eine Pause. »Alle Versuche, die wir bisher unternommen haben, um die Welt zu retten, sind gescheitert. Es wird Zeit, dass wir uns endlich eingestehen, dass die Klimakrise so nicht zu bewältigen ist. Nicht, wenn wir gleichzeitig alles so lassen wollen, wie es ist. Das Problem, das wir lösen müssen, ist zu groß, um es als einen Agendapunkt von vielen zu behandeln. Wir müssen uns fokussieren. Und das bedeutet auch, dass wir viele Dinge zurückstellen, vielleicht sogar aufgeben müssen, die uns lieb und teuer sind. Und damit meine ich nicht nur Materielles.«

Wieder machte sie eine Pause, während der sie weiterhin ernst und entschlossen in die Kamera blickte.

»Das größte Hindernis auf dem Weg in eine CO_2-freie Zukunft ist genau da zu finden, wo die Industrialisierung unserer Welt begonnen hat: Hier bei uns in Europa und in den USA. In der abendländischen Kultur und unserer Mentalität. Die Tatsache, dass wir alle individualistisch und kurzfristig orientiert denken, macht es uns unmöglich, langfristige, das Allgemeinwohl betreffende Krisen zu meistern. Unsere Demokratien sind im Begriff, an der Dimension der Klimakrise zu scheitern. Wer ständig den Konsens sucht, ist auf verwässernde Kompromisse angewiesen, die schnelle und grundlegende Veränderungen unmöglich machen. Um die Klimakrise zu beenden, hilft nur Radikalität. Demokratien aber lassen Radikalität per definitionem nicht zu. Deshalb müssen sie jetzt einen Schritt zurücktreten.«

Sie sprach das alles frei und ohne zu stocken.

»Ich habe mich lange gegen diese Erkenntnis gewehrt. Aber die einzige Macht, die in der Lage ist, die Klimakrise mit der notwendigen Rücksichtslosigkeit und der gebotenen Langfristigkeit zu bekämpfen, ist China. Deshalb lautet mein Appell: Lasst China das Klima retten! Es ist unsere einzige Chance. Sie können das besser als wir.«

Aus ihrer Stimme und ihrem Gesichtsausdruck entsprang eine tiefe Entschlossenheit.

»Und ja, es ist eine Wahl zwischen Pest und Cholera, um die es hier geht. Denn China wäre nicht China, wenn es seine daraus resultierende Machtposition nicht ausnutzen würde. Natürlich verfolgt das Land eine über den Klimaschutz hinausgehende Agenda. Und deshalb bitte ich euch, dass ihr euch von nun an auf die größte Errungenschaft unserer Zivilisation fokussiert, unser auf Freiheit, Gleichheit und Gewaltenteilung basierendes Wertesystem. Denn nur so kann es gelingen, beides miteinander in Einklang zu bringen – die Beendigung der Klimakrise und die Wahrung von Menschenrechten. Das nämlich sind die beiden großen Aufgaben unserer Generation.«

Jetzt schluckte sie. Als sie wieder ansetzte, wirkte ihre Stimme plötzlich weniger fest. »Kugelfische sind bei uns im Westen auf der Speisekarte verboten. Spätestens seit gestern wisst ihr warum. In China ist der Verzehr von Kugelfisch beliebt, er gilt dort als kulinarische Mutprobe. China liebt das Spiel mit dem Feuer. Und deshalb vergesst bitte nie, mit wem ihr es zu tun habt.«

Dann brach das Video abrupt ab.

Christian umklammerte das Telefon krampfhaft. Er brauchte einen Moment, um die Botschaft zu verstehen, die Tessa vermittelte. Jetzt erst wurde ihm klar, in welcher Zerrissenheit sie in den vergangenen Monaten gelebt haben musste. Er kannte ihre Aversionen gegen China nur zu gut. Und er teilte sie. Und jetzt opferte sie alle ihre diesbezüglichen Ideale und forderte die Welt auf, China zu unterstützen. Weil sie glaubte, nur so das Klima retten zu können. Und dann hatte sie sich auch noch auf eine so bestialische Art und Weise getötet, nur um ihren Warnungen Nachdruck zu verleihen. Ohne Frage war ihr das eindrücklich gelungen, diese Symbolik würde die Welt nicht mehr vergessen.

Er spürte, wie eine tiefe Bewunderung in ihm aufstieg. Für ihren Mut und ihre Konsequenz. Wieder fing er bitterlich zu weinen an.

Irgendwann, aus Erschöpfung hatte er sich inzwischen beruhigt, brummte sein Telefon. Erst einmal, dann immer wieder in kurzer Folge. Er griff danach, um es lautlos zu stellen, warf dabei aber doch einen Blick darauf. So erfuhr er, was China soeben in Mailand verkündet hatte. Konsterniert las er die Meldungen dazu und versuchte, Ordnung in das Chaos seiner Gedanken zu bringen. Hatte Tessa das gewusst? Nein, unmöglich. Und selbst wenn, warum hätte sie sich dann derart instrumentalisieren lassen?

Er ging zurück auf Instagram und schaute sich das Video noch einmal an, diesmal in Kenntnis der chinesischen Pläne. Es war unglaublich, wie perfekt das alles zusammenpasste. Was Tessa wohl gesagt hätte zu Treenity? Und zu der ganz besonderen Sprengkraft, die ihr Video jetzt dadurch freisetzen würde? Die Wucht ihres Handelns würde nun um ein Vielfaches stärker sein, als sie sich das jemals hatte erträumen können.

In großer Unsicherheit, ob er das Richtige tat, aber pflichtbewusst und in Dankbarkeit, dass er von Tessa dafür ausgewählt worden war, drückte Christian auf »Veröffentlichen«.

48. Kapitel

Dienstag, 1. August 2028, 07:00 Uhr
Washington, D. C., USA

Es war 07:00 Uhr morgens in Washington, als Sheryl Schnitzer gerade das Auftakt-Briefing für den National Security Council beendete, der aufgrund der aktuellen Geschehnisse nur einen Tag nach der letzten Sitzung erneut zusammengekommen war. Der Situation Room im Keller des Weißen Hauses war wieder prall gefüllt. Die versammelte Spitze der US-Regierung samt ihrer Top-Berater lauschte fassungslos den Ausführungen der Stabschefin. Obwohl sie während ihres rund zwanzigminütigen Vortrags kein einziges Mal in die Verlegenheit gekommen war, auf die Notizen in dem vor ihr liegenden Tablet schauen zu müssen, schaltete sie das Gerät jetzt aus – wie zum Signal, dass sie fertig war. Abschließend ergänzte sie: »Ob es einen kausalen Zusammenhang zwischen den Minerva-Erkenntnissen, den chinesischen Ambitionen in der Sahara und dem ungewöhnlichen Ableben der deutschen Klimaaktivistin gibt, wissen wir nicht.«

»Wie meinen Sie das?«, fauchte Jack Flanagan spürbar missmutig über den Tisch. Er saß direkt gegenüber der Stabschefin.

»Na ja«, antwortete Sheryl Schnitzer. Offensichtlich nahm sie seinen Tonfall nicht persönlich, sondern schrieb ihn der dramatischen Nachrichtenlage zu. »Das ganze Timing ist einfach sehr erstaunlich. Und wir wissen, dass Tessa Hansen ein enges Verhältnis zu Shannon O'Reilly pflegte, die Gründerin und CEO von Shamrock Capital ist, einem der größten Finanzinvestoren unseres Landes. Shamrock Capital wiederum arbeitet schon länger eng mit China zusammen. Aber Sinn ergibt das alles irgendwie keinen, die Motivlage erschließt sich uns nicht.«

James Nightingale horchte auf. Dass Shannon O'Reilly eine Beziehung zu Tessa Hansen gehabt hatte, fand er bemerkenswert.

»Kann uns diese Klimaaktivistin nicht egal sein? Wir haben doch ganz andere Probleme«, raunte Flanagan.

»Das stimmt natürlich«, erwiderte die Stabschefin. »Aber Tessa Hansen entwickelt sich gerade zu einem regelrechten Katalysator für die chinesischen Interessen. Ihr Vermächtnis, also die Videobotschaft, von der ich eben berichtete, hat …«

Sie nahm ihr Telefon und schaute kurz nach. Dann pfiff sie anerkennend durch die Zähne.

»… inzwischen über achtzig Millionen Aufrufe. Seit wir hier zusammensitzen, hat sich das fast verdoppelt. Das ist Wahnsinn, die geht komplett viral! Die Zahl ihrer Follower explodiert förmlich.« Sie dachte kurz nach. »Auch wenn es da ja vermutlich nicht mehr allzu viel zu followen gibt.«

Jack Flanagan konnte mit den Zahlen nichts anfangen. Trotzdem verstand er, was das unter dem Strich bedeutete. Auf Bitten des Präsidenten lud Sheryl Schnitzer jetzt Tessas Videobotschaft hoch und spielte sie auf einem der großen Monitore ab.

»Die Umweltbewegung stellt sich also hinter Treenity?«, fragte Nightingale, als das Video geendet hatte.

»Ja«, antwortete seine Stabschefin schlicht und nickte in Richtung der auf dem Bildschirm hinter ihm aufflackernden Nachrichtensendungen, »es sieht ganz danach aus.«

Als er sich umdrehte, sah er die Livebilder der Demonstrationen auf der ganzen Welt. Überall waren Plakate und Banner zu sehen, die Treenity und China feierten. Das Thema Menschenrechte tauchte auch vereinzelt auf, flog aber eher unterhalb des Radars.

»Gut«, sagte Nightingale, »beziehungsweise nicht gut, aber wir können es nicht ändern. Vielen Dank, Sheryl. Nik, könnten Sie uns bitte Ihre wissenschaftliche Einschätzung zu Treenity geben? Ist das Projekt überhaupt realistisch und kann es leisten, was die Chinesen versprechen?«

»Mr President, es versteht sich von selbst, dass wir dazu nach so kurzer Zeit keine dezidierte Meinung haben können. Aber ich habe spontane Gedanken zu dem Vorhaben, die – so glaube ich – valide genug sind, um sie mit dieser Runde zu teilen.« Niklas Karotidis räusperte sich. »Vier, um genau zu sein.«

»Wir hören.« Nightingale lehnte sich mit verschränkten Armen in seinem Stuhl zurück. Es war eine Gabe des Präsidenten, auch in angespannten Lagen Gelassenheit zum Ausdruck zu bringen.

»Erstens«, begann der Chefwissenschaftler des Weißen Hauses, »ist Treenity ein Projekt, dessen Größenordnung schlicht unglaublich ist. Ohne Details zu kennen, bin ich mir sicher, dass es sich gleich in mehrfacher Hinsicht um das mit Abstand größte Vorhaben handelt, das jemals von Menschen erdacht worden ist. Eine Wüstenfläche, die so groß ist wie die Vereinigten Staaten von Amerika, künstlich zu bewässern, zu bepflanzen und zu bewirtschaften, erscheint auf den ersten Blick vollkommen verrückt. Wenn ich richtig informiert bin, stand in der Kategorie ›Größte Projekte der Menschheit‹ bisher die Chinesische Mauer auf Platz eins. Aber natürlich ist Treenity ungleich komplexer. Damit möchte ich nicht nur Bewunderung zum Ausdruck bringen, sondern vor allem darauf hinweisen, dass das Projekt enorme Realisierungsrisiken in sich birgt. Heute davon auszugehen, dass Treenity funktioniert und die Welt retten wird, wäre Leichtsinn.«

»Sie glauben also nicht an das Projekt?« Nightingale runzelte die Stirn.

Karotidis schüttelte energisch den Kopf. »Nein, Sir, das habe ich nicht gesagt! Im Gegenteil, ich traue den Chinesen das Vorhaben durchaus zu. Offenbar bereiten sie sich ja seit zwei Generationen intensiv darauf vor. Das allein muss man sich mal auf der Zunge zergehen lassen. Aber bei einer derartigen Projektdimension und so viel integrierter Innovation gibt es immer Risiken. Bei allem, was wir entscheiden, müssen wir in Betracht ziehen, dass weder heute noch in den kommenden Jahren ausgemacht ist, dass Treenity tatsächlich ...« Er suchte offenbar nach der richtigen Formulierung. »... in Betrieb gehen wird, wenn man das so sagen kann. Und dabei rede ich zunächst nur über die technische Realisierbarkeit, nicht über die Wirkung, die das Vorhaben entfaltet.«

Die Runde schwieg. Viele nickten, ihren Gesichtsausdrücken war aber anzusehen, dass ihnen die Konsequenzen dieser Aussage nicht wirklich klar waren.

»Zweitens stellt Treenity aufgrund seiner Größenordnung einen erheblichen Eingriff in das Gesamtsystem Erde dar. Die globalen Auswirkungen des Projekts sind nach meiner Überzeugung nicht seriös absehbar, auch mit Minerva nicht. Im Grunde handelt es sich hier um eine Art Geo-Engineering im ganz großen Stil. Bewässerung und Aufforstung hört sich zwar zunächst harmlos an, ist es aber womöglich nicht, wenn wir über derartige Dimensionen sprechen. Nehmen wir mal für einen Moment an, Treenity wird gebaut und funktioniert auch wie geplant. Vermutlich würde dann tatsächlich genug CO_2 aus der Atmosphäre gezogen, um zusammen mit der gigantischen erforderlichen Meerwasserentnahme zur Bewässerung der Sahara einen weiteren Meeresspiegelanstieg zu verhindern.«

»Das glauben Sie tatsächlich?« Nightingale wirkte überrascht.

»Ich halte es für möglich, ja. Und ich gehe davon aus, dass Minerva uns das innerhalb von wenigen Wochen definitiv wird sagen können. Aber ...« Er hob seine Stimme. »Wenn man aus der größten Wüste der Welt einen Regenwald macht, verändert das die Klimakreisläufe rund um den Erdball. Temperaturen, Niederschläge, Winde und vermutlich sogar Meeresströmungen werden sich nicht nur in Nordafrika, sondern überall auf der Welt verändern. Wir haben die nicht vorhersehbaren Auswirkungen von Geo-Engineering gestern diskutiert. Um ein Beispiel zu nennen: Wenn man die helle Sahara bewaldet, hat das einen erheblichen Einfluss auf den Albedo-Effekt der Erdoberfläche. Durch die dunklen Baumkronen wird die Albedo verringert, also mehr Wärmestrahlung von der Erde absorbiert. Wir können nur hoffen, dass Minerva in der Lage ist, auch all diese Nebeneffekte richtig abzubilden.«

»Na also, mit gesundem Menschenverstand reicht ja erstens und zweitens schon, um das Vorhaben der Chinesen zum Teufel zu jagen. Habe ich mir sowieso gedacht, sonst wären wir ja längst auch selbst auf die Idee gekommen«, stellte Jack Flanagan zufrieden fest und klang auch schon wieder viel versöhnlicher.

Niklas Karotidis schüttelte den Kopf.

»Nein, Jack, da bin ich anderer Meinung.«

Nicht nur Flanagan, sondern alle im Raum blickten überrascht auf.

»Entschieden sogar! Ich glaube nämlich drittens, dass Treenity trotz der beschriebenen Risiken und Unwägbarkeiten derzeit unsere einzige Chance ist. Wir müssen aus Klimaschutzgesichtspunkten alles daransetzen, dass das Projekt realisiert wird. Auch wenn wir dadurch möglicherweise massive Klima- und Wetterverwerfungen auf allen Erdteilen in Kauf nehmen müssen, ich sehe keine Alternative.«

Der republikanische Kongressführer sackte in seinem Sessel zusammen.

»Und viertens?« Sheryl Schnitzer ging es nicht schnell genug.

»Nun, viertens zahlt noch mal auf der Negativseite ein. Die Idee mit dem Reisanbau ist zwar genial, birgt aber ebenfalls erhebliche Risiken. Klimatologisch, weil sich in dem Schlamm von gefluteten Reisfeldern Bakterien bilden, die als eine der größten Methanemittenten überhaupt gelten. Damit wird die CO_2-Bindung des Vorhabens gewissermaßen konterkariert. Und auch epidemiologisch, weil durch die Entstehung der gigantischen Feuchtgebiete in den Tropen Krankheiten wie Malaria, Dengue-Fieber und Ähnliches begünstigt werden.«

Es wurde still im Raum, Ratlosigkeit machte sich breit. Selbst die ansonsten immer für eine knackige These bekannte Stabschefin hatte ihr Gesicht in den Händen vergraben und schüttelte langsam den Kopf.

Dann meldete sich der Finanzminister zu Wort, der bisher noch gar nicht gesprochen hatte.

»Auch wenn das vielleicht etwas profan klingt, aber ist Treenity überhaupt finanzierbar? Ich meine, kann die chinesische Volkswirtschaft so ein Megaprojekt in so kurzer Zeit stemmen?«

Sheryl Schnitzer schaute auf, ein gequältes Lächeln ging über ihr Gesicht.

»Leider ja. Das war heute Morgen auch mein erster Gedanke, weil die Investitionen in die Billionen Dollar gehen müssen. Aber das Projekt wirft gleichzeitig enorme Erträge ab. Nicht nur durch Reis- und Forstwirtschaft, sondern vor allen durch die CO_2-Bindung. China bekommt durch Treenity ein Quasimonopol auf den globalen Handel mit CO_2-Kompensationszertifikaten. Jeder, der

CO_2 emittiert auf der Erde, kann sich ja bekanntlich durch den Kauf von diesen Zertifikaten reinwaschen. Die Regularien dazu wurden in den vergangenen Jahren sogar noch dahingehend optimiert, dass genau solche Vorhaben international als CO_2-Senken anerkannt werden und damit wertvolle Zertifikate generieren können. Dadurch sollen sie explizit gefördert werden. Grundsätzlich ja auch eine gute Idee. Aber raten Sie mal, wer der Treiber dieser Änderungen war? Genau, China. Jetzt wissen wir auch warum. Das Ganze ist leider eine extrem gut durchdachte Nummer, ich fürchte sogar, dass sich die Chinesen mit Treenity dumm und dämlich verdienen werden.«

Nightingale sah in die Runde und erhaschte nichts als Ratlosigkeit und Niedergeschlagenheit. Er spürte, dass er jetzt gefordert war. »O. k., die Aussichten sind ganz offensichtlich nicht besonders gut«, begann er, ohne so recht zu wissen, wo er enden würde. »Der einzige Plan, den die Menschheit derzeit zur Verfügung zu haben scheint, um eine apokalyptische Katastrophe – so müssen wir einen Meeresspiegelanstieg um zwei Meter ja wohl tatsächlich bezeichnen – zu verhindern, steckt voller Unwägbarkeiten und Risiken. Außerdem führt er dazu, dass China im Falle des Gelingens endgültig an uns vorbeiziehen wird, wirtschaftlich und politisch. Das wäre eine globale Niederlage für Demokratie und Freiheit. Ein Weg also, den Amerika unmöglich gutheißen kann.«

Er unterbrach sich, um seine Gedanken zu sammeln. Die Lage war wirklich verzwickt. Zu versuchen, Treenity zu verhindern, war offenbar keine Option. Wenn das Vorhaben im Verlauf der Realisation scheiterte, war ebenfalls alles zu spät. Und gar nicht vorstellen wollte er sich die dritte Variante, bei der die Chinesen langfristigen Erfolg haben würden. Das Projekt sollte eigentlich nicht Treenity heißen, Treelemma wäre die passendere Bezeichnung, dachte er.

»Ich fürchte, wir können bis auf Weiteres nur tun, was diese Tessa Hansen proklamiert.«

Alle im Raum schauten ihn verblüfft an.

»Und das wäre?«, fragte seine Stabschefin mit gerunzelter Stirn.

»Dafür sorgen, dass die Welt keine tödliche Dosis Kugelfischgift von China verabreicht bekommt.«

49. Kapitel

Mittwoch, 2. August 2028, 11.00 Uhr
San Francisco, USA

Es klingelte. Dann noch mal. Shannon schlug die Augen auf und fand sich auf ihrem dicken, wollenen Wohnzimmerteppich wieder, in Klamotten und ohne Decke. Offenbar war sie hier gestern Abend irgendwann eingeschlafen. Immerhin, eine Verbesserung im Vergleich zur Hollywoodschaukel, dachte sie. Auf dem Couchtisch lagen eine leere Wodkaflasche und ihre Schlaftablettenpackung. Sonst nichts, nicht einmal ein Glas.

Auf dem Weg zur Haustür fragte sie sich, wer das sein könnte. Bestellt hatte sie nichts. Und Freunde oder Nachbarn klingelten nicht, sie klopften oder kamen einfach rein. Sie schloss ihre Tür nie ab, wenn sie zu Hause war.

Es war die Post. Verwundert nahm Shannon ein Einschreiben entgegen. So etwas hatte sie seit Jahren nicht bekommen. Mit offenem Mund blieb sie auf der Schwelle stehen, als sie las, was sie in ihren Händen hielt – es war ein Brief von Tessa. Der Umschlag trug einen deutschen Poststempel mit Datum vom 29. Juli 2028. Das war vergangener Samstag, der Tag vor ihrem Tod. Mit zitternden Knien ging sie zu ihrer Gartenschaukel und setzte sich. Ihr Herz pochte bis in ihren Hals hinauf. Wie um sich vorzubereiten auf das, was sie gleich lesen würde, überlegte sie krampfhaft, was Tessa ihr hätte schreiben können. Vergeblich, sie hatte nicht die geringste Ahnung, was sie erwartete. Dann atmete sie einmal tief durch und riss den Umschlag auf. Zum Vorschein kam ein kleiner grüner Zettel von einem Post-it-Block. Darauf stand mit der Hand geschrieben:

Ihr hattet recht, Shěn Shìxīn und du.
Lassen wir China das Klima retten.

Bitte, Shannon, minimiere die Kollateralschäden.

Irritiert drehte sie den Zettel um. Da stand nichts. Dann guckte sie noch mal in den Umschlag. Leer. Was sollte das?

Sie ging ins Haus und holte ihr Telefon. Auf dem Weg zurück in den Garten scannte sie die Nachrichten. Treenity war das, was sie erwartet hatte. Die internationalen Reaktionen auf das Sahara-Projekt aber fand sie erstaunlich. Warum bekam China überall so breite Unterstützung? Sogar aus der Umweltbewegung.

Erst als sie wieder auf der Schaukel saß, fiel ihre Aufmerksamkeit auf Tessas Videobotschaft, die inzwischen mehr als 150 Millionen Aufrufe hatte. Als sie auf »Play« drückte und Tessas Stimme hörte, machte ihr Herz einen Sprung.

Stunden später saß sie immer noch in ihrer Hollywoodschaukel. Apathisch blickte sie mit geschwollenen Augen ins Leere. Sie hatte irgendwann aufgehört zu weinen.

Als sie spürte, dass jemand ihr Grundstück betrat, blickte sie auf. Es war Shěn Shìxīn. Er setzte sich schweigend neben sie und nahm ihre Hand. Sie spürte, dass er keine Worte erwartete, und war dankbar dafür.

Nach einer Weile stand er wieder auf. Schon im Gehen begriffen, drehte er sich noch einmal um.

»Weißt du, was die besondere Ironie des Schicksals ist? Die Jungen Wilden, die jetzt Treenity bauen, sind die Kinder der Revolutionäre von 1989, die auf dem Platz des Himmlischen Friedens ihr Leben für Freiheit, Menschenrechte und Demokratie gelassen haben.«

50. Kapitel

Ende August 2028
Timbuktu, Mali

Fassungslos stand Ajak auf der Straße hinter der Absperrung und beobachtete die Bulldozer, die den ganzen Häuserblock dem Erdboden gleichmachten. Er hatte sich sein orangefarbenes Adama-Traoré-Trikot über die Nase gezogen, um den herüberwehenden Abrissstaub nicht einatmen zu müssen. Seine neue Bleibe, in die er mit seiner Mutter hatte ziehen müssen, bestand aus provisorischen Blechbaracken, die außerhalb der Stadt errichtet worden waren. Hier, in dem Viertel, in dem er aufgewachsen war, würde ein Logistikzentrum entstehen. Man hatte ihnen gesagt, dass die Erweiterung des Flughafens und der zehn Kilometer südlich von Timbuktu errichtete Nigerhafen das mit sich bringen würden. Es müsste viel Material nach Norden geschafft werden in den kommenden Jahren. Und später dann in umgekehrter Richtung.

Vor zwei Wochen war Ajaks Vater eines Abends aufgeregt nach Hause gekommen, sehr aufgeregt. Er hatte erzählt, dass die Chinesen mithilfe des malischen Militärs die Salzminen im Norden geschlossen hatten. Man bräuchte die Flächen jetzt für Treenity. Ajaks Vater war nicht nur aufgeregt, er war auch wütend gewesen und kampfbereit. Er würde sich das nicht gefallen lassen, hatte er gesagt. Seit über tausend Jahren hätte seine Familie nach Salz geschürft, das könne jetzt nicht einfach verboten werden. Dann hatte er Widerstand organisiert unter den Salzhändlern in Timbuktu. Am nächsten Tag schon hatten sie begonnen zu demonstrieren. Am Tag darauf war das Militär zu Ajak nach Hause gekommen. Ein Chinese war auch dabei gewesen. Die Soldaten schienen ihm zu gehorchen. Es hatte ein kurzes Gespräch mit dem Vater gegeben, dann hatten sie ihn mitgenommen.

Die Mutter hatte Ajak erklärt, dass man dem Vater nur beibringen würde, warum es Wichtigeres als den Salzhandel gebe. Auch Väter müssten manchmal noch erzogen werden. Bald würde er wieder zu ihnen kommen.

Ajak war nicht dumm, und er kannte seine Mutter gut. Er merkte ihr an, dass sie selbst nicht glaubte, was sie ihm erzählte. Und er sollte recht behalten.

Er sah seinen Vater nie wieder.

Epilog

Im Oktober 2028
Poole, Südengland

Ebbe und Flut spielten in diesem Teil der englischen Kanalküste verrückt. Sie hielten sich weder an das allgemein bekannte Sechs-Stunden-Muster zwischen Hoch- und Niedrigwasser, noch folgte der Wasserstand dem sonst üblichen Verlauf einer Sinuskurve. Das Meer schien hier Herzrhythmusstörungen zu haben. Die Abstände zwischen Ebbe und Flut variierten ständig, mal waren es deutlich über sechs Stunden, mal weniger als zwei. Dazu gab es Doppelfluten, bei denen auf eine Flut keine Ebbe, sondern eine zweite Flut folgte, das Wasser also überhaupt nicht zurückging, sondern nach einem Peak erneut zu steigen begann. Genauso gab es manchmal Doppelebben. Und überhaupt waren die Ausschläge hier geringer als an anderen Orten der Südküste.

Shannon war die Tiden-Anomalie in Poole schon als kleines Mädchen aufgefallen. Ihre Eltern hatten ihr gesagt, das sei kompliziert und habe irgendwie mit der Isle of Wight zu tun. Shannon hatte sich mit dieser Antwort nicht zufriedengegeben und weitergefragt. Freunde, Nachbarn und sogar Fremde am Strand, die auf sie den Eindruck gemacht hatten, dass sie es wissen müssten. Aber sie fand niemanden, der ihr das Phänomen erklären konnte.

Entweder gaben die Leute zu, dass sie keine Ahnung hatten, oder sie sagten, dass sie es Shannon nicht erklären konnten, weil sie dafür noch zu klein sei. Ihr dämmerte schon damals, dass das dasselbe bedeutete.

Irgendwann hatte sie – sie muss damals acht oder neun gewesen sein – an einem ruhigen Tag mit den Füßen im Wasser gestanden und beobachtet, wie ein alter Fischer ganz dicht am Ufer in einer kleinen Nussschale vorbeizog.

»Weißt du, warum Ebbe und Flut hier so komisch sind?«, hatte sie zu ihm hinübergerufen. »Du musst das doch wissen. Ist doch deine Arbeit. Stimmt es, dass das was mit der Isle of Wight zu tun hat?« Sie hatte ihren Zeigefinger in Richtung der Insel ausgestreckt, deren Felsen draußen aus dem Meer ragten.

Der Fischer hatte aufgeschaut, irritiert den Kopf geschüttelt und war dann zu ihr an Land gerudert. Ohne etwas zu sagen, war er aus seinem Bötchen gesprungen und hatte eine kleine Plastikwanne, die vermutlich für den Fang des Tages gedacht war, halb mit Meerwasser gefüllt. Dann hatte er sie hin- und hergeschwenkt und das Wasser in ihr in eine gleichmäßige Längsschwingung versetzt. So wie man das in einer Badewanne machen konnte, wenn man sich im Sitzen rhythmisch vor- und zurückbewegte.

»Siehst du diesen Punkt hier?«

Er hatte die schwappende Wanne vor Shannon in den Sand gestellt und auf die Mitte gezeigt, wo sich der Wasserspiegel trotz der heftigen Wellenbewegungen kaum veränderte.

Sie hatte genickt.

»Hier leben wir. Das ist ein ganz besonderer Ort. Davon gibt es nicht viele auf der Welt. Rechts und links von uns gibt es viel Ebbe und Flut, siehst du?«

Er hatte auf die Enden der Wanne gedeutet.

»Hier bei uns ist es dagegen ziemlich still. Poole liegt genau auf der Mitte der englischen Südküste. Hier im Kanal schwappen Tidenwellen hin und her, so wie in der Wanne. Das ist der Grund, nicht die Isle auf Wight, die hat nichts damit zu tun.«

Er hatte noch für einen Augenblick beobachtet, wie Shannons staunende Augen gebannt auf die ruhige Mitte der Wanne gerichtet waren, hatte dann das Wasser abrupt ausgekippt, Shannon über den Kopf gestrichen und war zurück aufs Meer hinausgerudert.

Shannon sollte diesen Augenblick niemals vergessen. Endlich hatte sie verstanden, was so lange unerklärlich zu sein schien. Und sie hatte noch etwas gelernt: Dass es möglich war, komplizierte Dinge ganz einfach zu erklären.

Einige Jahre später hatte sie recherchiert und festgestellt, dass der Fischer recht gehabt hatte. Die Eigenfrequenz des Ärmelkanals entsprach in etwa der Frequenz der aus dem Atlantik hereinrollenden Gezeiten, sodass sich in der Mitte eine sogenannte stehende Welle bildete, die dazu führte, dass es bei Poole nur wenig und sehr unregelmäßigen Tidenhub gab. Das Phänomen war selten, trat aber auch an anderen Stellen der Erde auf, zum Beispiel zwischen Madagaskar und dem afrikanischen Festland oder bei Neuseeland.

Noch heute wunderte sie sich oft darüber, wie viele Leute diese seltene Anomalie überhaupt nicht wahrnahmen. Das traf sogar auf viele begeisterte Wassersportler zu. Und wenn man sie dann darauf aufmerksam machte, interessierte es die meisten nicht weiter. Shannon fand das ignorant. Wie konnte man die Natur mit all ihren Wundern nur als derartige Selbstverständlichkeit wahrnehmen?

Jetzt stand sie wieder an der Stelle, an der der Fischer ihr vor mehr als dreißig Jahren die Augen geöffnet hatte, wieder mit den Füßen im Wasser.

Sie war vor sechs Wochen nach Poole gekommen, um zu versuchen, ihr Leben in den Griff zu kriegen.

Gerade hatte sie an den Fischer und seine Erklärung denken müssen. Ihr schien, als wären die Gezeiten eine der wenigen Konstanten auf der Welt, die so bleiben würden, wie sie sie kannte.

Aber selbst bei den Gezeiten war sie sich im Moment nicht mehr sicher.

Wissenswertes rund um die Geschehnisse im Buch (in der Reihenfolge ihres Vorkommens)

Quantencomputer

Quantencomputer funktionieren vollkommen anders als alle bisher gängigen Computer, Laptops oder Smartphones. Während diese nach den Prinzipien der klassischen Physik Informationen in digitalen Bits verarbeiten und speichern, die ausschließlich entweder den Zustand null oder eins annehmen können, operieren Quantencomputer mit sogenannten Quantenbits. Nach den Gesetzen der Quantenphysik können Quantenbits – im Gegensatz zu Bits – auch null und eins gleichzeitig und sogar unendlich viele Teilzustände dazwischen repräsentieren. Dadurch entsteht ein exponentieller Performance-Vorsprung, der für konventionelle Prozessoren uneinholbar ist. Da Quantenbits auch noch durch sogenannte Quantenverschränkungen miteinander verbunden agieren und dies – auch wenn es unvorstellbar klingt – in Überlichtgeschwindigkeit geschieht, erfolgen die Berechnungen im Quantencomputer tatsächlich ebenfalls zum Teil in Überlichtgeschwindigkeit. Dieses von Albert Einstein als »Spukhafte Fernwirkung« bezeichnete Phänomen gilt in der Wissenschaft nach wie vor als unverstanden.

Neben diesen enormen Performance-Vorteilen haben Quantencomputer aber auch einen entscheidenden Nachteil. Um Quantenbits zu erzeugen und mit ihnen arbeiten zu können, muss es sehr kalt sein. Die Temperatur im Prozessor muss auf fast null Grad Kelvin heruntergekühlt werden. Das ist die kälteste Temperatur, die in unserem Universum erreicht werden kann. In Celsius gemessen sind das minus 273,15 Grad. Weil bei dieser Temperatur keine Atome egal welcher Materie mehr schwingen, wird bei null Grad Kelvin in der klassischen Physik der absolute Stillstand erreicht. In der Quantenphysik allerdings geht erst dann so richtig die Post ab. Erreicht wird dieser absolute Nullpunkt in der Praxis nicht, bis auf wenige zehntel Grad schafft man es inzwischen aber, sich ihm zu nähern. Der dafür erforderliche Energieaufwand ist beträchtlich.

Kommerziell einsetzbare Quantencomputer gibt es noch nicht. Im Jahr 2021 stand der größte (konventionelle) Supercomputer der Welt in Japan und wies eine Rechenleistung von knapp einem halben ExaFLOPS auf. Die aufsummierte Rechenleistung der 500 größten Supercomputer der Welt im selben Jahr betrug etwa drei ExaFLOPS. Ein ExaFLOPS bezeichnet eine Trillion Rechenoperationen pro Sekunde. Zum Vergleich: Wenn jeder der rund acht Milliarden Menschen, die es auf der Erde gibt, jeden Tag zehn Stunden lang eine Rechenoperation pro Sekunde durchführen würde – das sind 36 000 Rechenaufgaben pro Tag für jeden Einzelnen –, bräuchte die Menschheit knapp dreißig Jahre, um das zu schaffen, was die Top500 der Supercomputer im Jahr 2021 in einer einzigen Sekunde bewältigen konnten.

In Anbetracht dieses Vergleichs klingt es ambitioniert, dass ein einziger Quantencomputer wie Minerva in diesem Buch 300-mal schneller sein soll als alle anderen Supercomputer weltweit zusammen. Wenn man aber die oben beschriebenen Performance-Vorteile des Quantencomputers im Speziellen und die ohnehin exponentiell ansteigende Rechenleistung von Computern im Allgemeinen berücksichtigt, scheint das nicht utopisch. Mit einsatzfähigen Quantencomputern wird allerdings nicht mehr in diesem Jahrzehnt gerechnet.

Nanhui New City

Neben Brasilia, Canberra und den beiden indischen Städten Chandigarh und Navi Mumbai ist Nanhui New City (früher Lingang) die einzige nennenswerte Stadtneugründung im Verlauf der letzten hundert Jahre. Die zwischen 2003 und 2020 realisierte Retortenstadt im Süden Shanghaisbeherbergt knapp eine Million Menschen. Bei der Realisierung von Nanhui New City wurde großer Wert auf bauliche Qualität, ökologische Aspekte und urbane Identifikationsstiftung gelegt. Die Planung griff die historischen Ideen von europäischen Städten auf und verband sie mit einem besonderen Clou: Den Mittelpunkt bildet anstelle eines baulich verdichteten Stadtzentrums ein kreisrunder See mit einem Durchmesser von knapp drei Kilometern und einer Seepromenade mit Badestrand à la Copacabana. Um diesen künstlichen See herum breitet sich die Stadt in konzentrischen Wellen aus, sodass sich die Nutzungsstrukturen in Ringen von innen bis an den äußeren Stadtrand gliedern.

Mehrfach-Solarzellen, Solare Wasserspaltung

Sogenannte Mehrfach-Solarzellen erzeugen keinen Strom, sondern zerlegen Wasser in seine Bestandteile Wasserstoff und Sauerstoff. Diesen als solare Wasserspaltung bezeichneten Prozess gibt es bisher nur im Forschungsstadium. Der große Vorteil dieser Art der Energiegewinnung aus der Sonne besteht darin, dass man sich einen aufwendigen Zwischenprozess zur kontinuierlichen Nutzung der Solarenergie sparen kann. Bisher muss der in konventionellen Solarzellen tagsüber erzeugte Strom gespeichert werden, um auch nachts nutzbar zu sein. In großem Maßstab funktioniert das nur, wenn man den Strom in Wasserstoff umgewandelt. Eine derartige Elektrolyse erübrigt sich bei der solaren Wasserspaltung. Das macht das Gesamtverfahren einfacher und – so die Prognose – perspektivisch deutlich billiger.

Die solare Wasserspaltung gilt in der Wissenschaft als Meilenstein auf dem Weg zur künstlichen Photosynthese, die als Allheilmittel gegen den Anstieg der CO_2-Emissionen in der Atmosphäre gehandelt wird. Wenn es gelänge, mit zukünftigen Solarzellen nicht nur Strom zu erzeugen oder Wasserstoff zu separieren, sondern Kohlendioxid aus der Atmosphäre zu ziehen und daraus wieder kohlenstoffbasierte Brennstoffe und Sauerstoff herzustellen, könnte man tatsächlich einen klimaneutralen Kohlenstoff-Kreislauf realisieren und damit die Natur nachahmen. Bis heute ist dies allerdings Theorie.

Aufforstung in der Wüste Gobi – Chinas Grüne Mauer

Es gibt seit dem Ende der 1970er-Jahre tatsächlich ein großes chinesisches Aufforstungsprojekt in der Wüste Gobi. Dabei geht es allerdings vornehmlich nicht um Klimaschutz, sondern darum, die voranschreitende Verwüstung im Norden Chinas zu stoppen.

Im Rahmen der chinesischen Aufforstungsbemühungen gibt es in einigen Regionen auch tatsächlich lokale Gesetze, die jeden

Bürger verpflichten, eine bestimmte Anzahl von Bäumen zu pflanzen.

Nanjing und die alte Nanjing-Jangtse-Brücke

Das rund 200 Kilometer nordwestlich von Shanghaiam Jangtsekiang gelegene Nanjing ist mit rund acht Millionen Einwohnern für chinesische Verhältnisse klein. Traurige Berühmtheit erlangte die Stadt durch den barbarischen Massenmord, den japanische Soldaten 1937 an rund 200 000 Chinesen, überwiegend Zivilisten, verübten, darunter unzählige Frauen und Kinder. Das Massaker von Nanjing gilt als Tiefpunkt des chinesisch-japanischen Verhältnisses, die Aufarbeitung ist bis heute nicht abgeschlossen.

Die alte Nanjing-Jangtse-Brücke hat mit inzwischen über 2 500 dokumentierten Fällen die GoldenGateBridge als Brücke mit den meisten Selbsttötungen abgelöst.

Geo-Engineering unter LBJ

Tatsächlich gab es Geo-Engineering-Überlegungen während der Lyndon B. Johnson Administration (1963–1969). Sie gelten als Geburtsstunde dieser Wissenschaft. Es ging um die Frage, ob man im Falle einer zukünftigen Erderwärmung durch CO_2-Emissionen Gegenmaßnahmen ergreifen könne. Interessanterweise wurden Reduktionen des CO_2-Ausstoßes damals nicht diskutiert, sondern ausschließlich Sekundärmaßnahmen erörtert. In Betracht gezogen wurde unter anderem, den Albedo-Effekt, also die Reflektion der Sonnenstrahlung auf der Erdoberfläche, zu erhöhen. Durch einen hellen Anstrich von Teilen der Erdoberfläche sollte die Erdatmosphäre gekühlt werden.

Die Große Grüne Mauer

Es gibt tatsächlich ein Projekt zur Begrünung der Sahara, das im Jahr 2007 initiierte Great Green Wall Projekt der Afrikanischen Union. Die Vision ist, bis zum Jahr 2030 einen fünfzehn Kilometer breiten und 7 000 Kilometer langen Baumgürtel einmal quer durch die Sahara zu ziehen. Auch bei diesem Projekt geht es – wie bei der Aufforstung der Wüste Gobi in China – primär darum, die fortschreitende Ausdehnung der Wüste zu stoppen. Ein Beitrag zum Klimaschutz ist hier allerdings ein explizit gewollter Sekundäreffekt. Aufgrund vielfältiger Probleme vor Ort bleibt das Projekt weit hinter seinem Anspruch zurück.

Ich danke ...

... vor allem meinen Lektorinnen Annalena Ehrlicher und Katharina Rottenbacher. Ohne euch beide wäre ich nicht annähernd in der Lage gewesen, so zu schreiben, wie es jetzt zu lesen ist.

... dem Ullstein Verlag und all seinen großartigen Mitarbeiter*innen, die mir mit ganz viel Herzblut und Passion zur Seite gestanden und stets für das bestmögliche Ergebnis gekämpft haben.

... meiner Agentin Frauke Jung-Lindemann, die mich vor dem Treibsand der Unbeachteten bewahrt hat.

... und allen, die mich über die zweieinhalb Jahre meiner Arbeit bestärkt, beraten, geerdet, kritisiert, korrigiert, inspiriert und motiviert haben, vor allem Anna, Christian, Dirk, Holger, Paula, Papi, Sean, Stefan, Ulf und Varena.